Henry von Heiseler

Russische Erzähler

Heiseler, Henry von

Russische Erzähler

ISBN: 978-3-86267-546-3

Auflage: 1
Erscheinungsjahr: 2012
Erscheinungsort: Bremen, Deutschland

Europäischer Literaturverlag GmbH, Fahrenheitstr. 1, 28359 Bremen (www.elv-verlag.de).

Bei diesem Titel handelt es sich um den Nachdruck eines historischen, lange vergriffenen Buches aus dem Karl Rauch Verlag, Leipzig und Markkleeberg (1939). Da elektronische Druckvorlagen für diesen Titel nicht existieren, musste auf alte Vorlagen zurückgegriffen werden. Hieraus zwangsläufig resultierende Qualitätsverluste bitten wir zu entschuldigen.

Cover: Ausschnitt aus dem Gemälde »Osterprozession in Jaroslawl« (1863) von Alexei Bogoljubow.

HENRY VON HEISELER

Russische Erzähler

KARL RAUCH VERLAG

Herausgegeben von Bernt von Heiseler
Copyright 1939 by Karl Rauch Verlag, Leipzig-Markkleeberg
Satz und Druck der Offizin Haag-Drugulin in Leipzig
Printed in Germany

IWÁN TURGENJEW

Faust

Erzählung in neun Briefen von Pawel Alexandrowitsch B...
an Simeon Nikolajewitsch W...

Entbehren sollst du, sollst entbehren.
Faust, 1. Teil

Erster Brief

Gehöft M . . . . , 6. Juni 1850.

Vor vier Tagen bin ich hier eingetroffen, lieber Freund, und greife meinem Versprechen gemäß nach der Feder, um Dir zu schreiben. Ein feiner Regen stäubt seit dem Morgen: es ist unmöglich auszugehen; auch habe ich Lust ein wenig mit Dir zu schwatzen. Da bin ich wieder in meinem alten Nest, wo ich — es klingt schrecklich — ganze neun Jahre nicht gewesen bin. Es ist wahr, man kann denken, ich sei ein ganz anderer Mensch geworden. Und auch in der Tat anders: erinnerst Du Dich an das kleine dunkle Spiegelchen meiner Urgroßmutter im Wohnzimmer, mit so seltsamen Schnörkeln in den Ecken, — Du hast vor Zeiten darüber nachgedacht, was es wohl alles vor hundert Jahren gesehen haben könnte, — ich trat gleich nach meiner Ankunft davor hin und war wider Willen betroffen. Ich erblickte auf einmal, wie ich alt geworden war und mich in der letzten Zeit verändert hatte. Übrigens, nicht ich allein bin alt geworden. Mein Häuschen, längst schon altersschwach, hält sich kaum noch aufrecht, ist schief geworden, in die Erde hineingewachsen. Meine gute Wassíljewna, die Schließerin (Du hast sie gewiß nicht vergessen: sie hat Dir so ausgezeichnetes Eingemachtes vorgesetzt), ist ganz ausgedörrt und krumm geworden; bei meinem Anblick konnte sie nicht aufschreien und weinte auch nicht, sondern ächzte und hustete nur, setzte sich erschöpft auf einen Stuhl und fuchtelte mit der Hand. Der alte Teréntij ist noch rüstig, hält sich wie früher grade und dreht im Gehen die Beine nach auswärts, die in ganz denselben gelben Nankinghöschen und in denselben knarrenden Chevreau-

Schuhen stecken, mit hohem Blatt und mit Schleifchen, die Dich mehr als einmal in Rührung versetzten... aber, mein Gott! – wie schlottern jetzt diese Höschen um seine dünnen Beine! wie weiß ist sein Haar geworden! und das Gesicht hat sich ganz zu einer kleinen Faust zusammengezogen; und als er mit mir zu sprechen, als er im Nebenzimmer anzuordnen und Befehle zu geben begann, kam er mir zugleich lächerlich und kläglich vor. Alle Zähne hat er verloren und er schmatzt mit Gepfeif und Gezische. Dafür ist der Garten erstaunlich hübsch geworden: die bescheidenen Büschlein von Flieder, Akazie, Gaisblatt (erinnerst Du Dich, wir haben sie zusammen gepflanzt) haben sich zu prachtvollen dichten Büschen ausgewachsen; Birken, Ahorn – dies alles hat sich gestreckt und ausgebreitet; die Lindengänge sind besonders gut geworden. Ich liebe diese Gänge, ich liebe die grau-grüne zarte Farbe und den feinen Geruch der Luft unter ihren Laubkuppeln; ich liebe das buntfarbene Netz von kleinen hellen Flecken auf der dunklen Erde – du weißt, es gibt bei mir keinen Sand. Aus meinem liebsten Eichbäumchen ist schon eine junge Eiche geworden. Gestern am Tag bin ich über eine Stunde in ihrem Schatten auf der Bank gesessen. Ich fühlte mich sehr wohl. Rings umher wuchs das Gras so fröhlich; auf allem lag ein goldenes Licht, stark und weich; es drang sogar bis unter den Schatten... und was für Vögel man da hörte! ich hoffe, Du hast nicht vergessen, daß Vögel meine Leidenschaft sind. Tauben gurrten unaufhörlich, zuweilen pfiff die Goldamsel, der Fink führte seine liebe Tonfolge aus, die Drosseln ärgerten sich und schmetterten, der Kuckuck gab Antwort von fern; plötzlich, wie ein Verrückter, schrie durchdringend der Specht. Ich lauschte, lauschte diesem ganzen weichen vereinigten Lärm und mochte mich nicht rühren, halb Trägheit, halb Rührung im Herzen. Und nicht der Garten allein war gewachsen: allaugenblicklich kommen mir derbe stämmige Burschen vor die Augen, in denen ich durchaus die früher gekannten Buben nicht erkennen kann. Und Dein Günstling Timóscha ist jetzt ein solcher Timotheus geworden, wie Du es Dir nicht vorstellen kannst. Du warst immer besorgt um seine Gesundheit und sagtest ihm die Schwindsucht voraus; sähest Du aber jetzt nur seine mächtigen roten Hände, wie sie aus den engen Ärmeln seines Nankingrockes hervorragen und wie bei ihm überall die runden und dicken Muskeln schwellen! ein Nacken wie bei einem Stier und der Kopf ganz mit steifen blonden Locken bedeckt — ganz und gar der Farnesische Herkules! sein Gesicht hat sich übrigens weniger verändert als bei den anderen, hat sogar an Umfang nicht besonders zugenommen und das lustige, wie Du sagtest „gähnende" Lächeln ist das gleiche geblieben. Ich habe ihn als Kammerdiener zu mir genommen; den aus Petersburg habe ich in Moskau fortgeschickt: er liebte es zu sehr, mich zu beschämen und seine Überlegenheit in großstädtischen Umgangsformen fühlbar zu machen. Von meinen Hunden fand ich keinen mehr vor; alle waren draufgegangen. Nefka allein hat länger gelebt als alle — und auch sie hat mich nicht abgewartet, wie Argos auf den Ulysses wartete; sie hat ihren früheren Herrn und Jagdgefährten nicht mehr erblickt mit ihren trübgewordenen Augen. Schawka aber ist heil und bellt ebenso heiser und das eine Ohr ist ebenso zerrissen, und hat Kletten im Schwanz, wie es sich gehört. Ich bewohne Dein früheres Zimmerchen. Es ist wahr, die Sonne prallt hinein und es gibt viele Fliegen; dafür riecht es aber darin weniger nach dem alten Haus als in den anderen Zimmern. Sonderbar! dieser muffige, ein wenig säuerliche und schlappe Geruch wirkt stark auf meine Einbildungskraft: ich will nicht sagen, daß ich ihn unangenehm finde, im Gegenteil; aber er weckt Kummer in mir und zuletzt Schwermut. Ich liebe ebensosehr wie auch Du diese alten bauchigen Kommoden mit den Messingschildern, die von Fliegen befleckten weißen Sessel mit den ovalen Lehnen und den krummen Beinchen, den Glaskronleuchter mit dem großen Ei auf violetter Folie in der Mitte, — mit einem Wort, diesen ganzen Großvaterhausrat; aber ich kann dies alles nicht beständig vor mir sehen: eine Art von unruhiger Langeweile (genau so!) erfaßt mich. In dem Zimmer, das ich bewohne, ist die allergewöhnlichste, zu Hause gemachte Einrichtung; nur habe ich in der Ecke einen schmalen und langen Schrank mit kleinen Fächern stehen lassen, auf denen durch den Staub hindurch verschiedenes alttestamentliche Geschirr aus grünem und blauem Glasgebläse kaum sichtbar wird; und an der Wand habe ich, Du erinnerst Dich, jenes Frauenbildnis in schwarzem Rahmen aufhängen lassen, welches Du das Bildnis der Manon Lescaut nanntest. Es ist in diesen neun Jahren ein wenig dunkel geworden; doch die Augen blicken ebenso nachdenklich, verschlagen und zärtlich, die Lippen lachen ebenso leichtfertig und traurig und die halb-entblätterte Rose fällt ebenso leise aus den feinen Fingern. Sehr unterhalten mich die Rollvorhänge in meinem Zimmer. Sie waren vor Zeiten grün, sind aber von der Sonne gelb geworden: mit schwarzen Farben sind Szenen aus dem „Eremiten" von d'Arlencourt darauf gemalt. Auf dem einen Vorhang entführt dieser Eremit, mit einem ungeheuerlichen Bart, hervorstehenden Augen und in Sandalen, irgend ein zerzaustes Fräulein in die Berge; auf dem anderen geht ein erbitterter Kampf vor sich zwischen vier Rittern in Baretten und mit Puffärmeln; einer liegt, au raccourci, erschlagen — kurz, alle Greuel sind dargestellt und ringsumher herrscht eine so unerschütterliche Ruhe und von den Vorhängen selbst fallen so sanfte Lichtflecken auf die Zimmerdecke ... eine Art seelischer Stille war über mich gekommen seit ich hier wohnte; man möchte nichts tun, man möchte niemand sehen, es gibt nichts wovon man träumen könnte, man ist träge zu denken; zum Sinnen aber ist man nicht träge, das sind zwei verschiedene Dinge, wie Du es selbst gut weißt. Zuerst strömten Kindheitserinnerungen auf mich ein ... wohin ich auch ging, was ich auch betrachtete, sie kamen von überall her, klar, bis zu den kleinsten Einzelheiten klar, und gleichsam regungslos in ihrer deutlichen Bestimmtheit ... dann wurden diese Erinnerungen von anderen verdrängt, dann ... dann wandte ich mich leise vom Vergangenen ab und es blieb nur in der Brust eine traumhafte Schwere zurück. Stelle Dir vor! auf dem Damm sitzend, unter der Uferweide, fing ich auf einmal unerwartet zu weinen an und hätte lange geweint, meiner schon vorgerückten Jahre ungeachtet, wenn ich mich nicht vor einem vorübergehenden Weibe geschämt hätte, das mich neu-

gierig anblickte, dann ohne das Gesicht zu mir zu wenden sich
grade und tief verneigte und vorüber ging. Ich wünschte sehr
in einer solchen Stimmung (weinen werde ich selbstverständlich schon nicht mehr) bis zu meiner Abreise zu bleiben, das
heißt bis zum September, und wäre sehr betrübt, wenn es einem
von den Nachbarn einfiele mich zu besuchen. Übrigens brauche
ich mich, wie es scheint, nicht davor zu fürchten; ich habe ja
auch keine nahen Nachbarn. Ich bin sicher, daß Du mich verstehen wirst; Du weißt selbst aus Erfahrung, wie die Zurück-
gezogenheit oft wohltätig ist ... sie tut mir jetzt not, nach Irr-
fahrten jeglicher Art.

Und langweilen werde ich mich nicht. Ich habe mehrere
Bücher mitgebracht und habe hier eine ansehnliche Bibliothek.
Gestern öffnete ich alle Schränke und wühlte lange in den ver-
schimmelten Büchern. Ich fand viele interessante Sachen, die
ich früher nicht bemerkt hatte: „Candide" in einer hand-
schriftlichen Übersetzung der 70er Jahre; Zeitungen und
Journale aus der selben Zeit; das „Triumphierende Chamä-
leon" (das heißt: Mirabeau); Le Paysan perverti und
so weiter. Ich stieß auf Kinderbücher, auf meine eigenen, und
meines Vaters, und meiner Großmutter, und sogar, stelle Dir
vor, meiner Urgroßmutter: auf einer ur-uralten französischen Grammatik in buntem Einband steht mit großen Buchstaben geschrieben: Ce Livre appartient à M-lle Eu-
doxie de Lavrine, mit Angabe des Jahres 1741. Ich sah
Bücher, die ich früher einmal aus dem Ausland mitgebracht
hatte, unter anderen den Goetheschen „Faust". Dir ist vielleicht nicht bekannt, daß ich — es war einmal — den „Faust"
auswendig kannte (natürlich den ersten Teil) Wort für Wort;
ich konnte mich nicht satt an ihm lesen ... doch andere Tage —
andere Träume und im Lauf der letzten neun Jahre habe ich
kaum je einmal Goethe wieder zur Hand genommen. Mit welch
einem unerklärlichen Empfinden erblickte ich das kleine, mir
allzubekannte Büchelchen (in einer schlechten Ausgabe von
1828). Ich nahm es mit, legte mich auf das Bett und begann
zu lesen. Wie wirkte auf mich die ganze prachtvolle erste
Szene! das Erscheinen des Erdgeists, seine Worte, weißt Du

noch: „in Lebensfluten, im Tatensturm", erweckten in mir ein längst vergessenes Zittern, den Schauer des Entzückens. Ich erinnerte mich an alles: an Berlin, und an die Studienzeit, und an Fräulein Klara Stich, und Seydelmann in der Rolle des Mephistopheles, und die Musik Radziwills, und an alles und jedes... lange konnte ich nicht einschlafen: meine Jugend kam und stellte sich vor mich hin wie ein Geist; wie ein Feuer, wie ein Gift lief sie mir durch die Adern, das Herz schwoll und wollte sich nicht zusammenziehen, irgend etwas fuhr über seine Saiten hin und die Wünsche begannen zu sieden...

Das waren die Träumereien, denen Dein beinahe vierzigjähriger Freund sich hingab, einsam dasitzend in seinem einsamen Häuschen! wie, wenn jemand mich belauscht hätte? nun, was denn weiter? ich hätte mich durchaus nicht geschämt. Sich schämen — das ist auch ein Merkmal der Jugend; und ich, weißt Du, wie ich zu merken begann, daß ich älter ward? — Auf solche Weise. Ich bemühe mich jetzt, vor mir selbst meine fröhlichen Empfindungen zu übertreiben und meine traurigen zu bezähmen, in den Tagen der Jugend aber verfuhr ich grade umgekehrt. Damals trug man seine Trauer herum wie einen Schatz und schämte sich vor einem Ausbruch der Fröhlichkeit...

Dennoch aber scheint es mir, daß es meiner ganzen Lebenserfahrung zum Trotz doch noch so etwas auf der Welt gibt, mein Freund Horatio, was ich nicht erfahren habe, und daß dieses „etwas" fast das Allerwichtigste ist.

Oho, wohin hat mich da meine Feder geführt! lebwohl! bis zu einem anderen Mal. Was tust Du in Petersburg? beiläufig gesagt: Ssawélij, mein dörflicher Koch, läßt Dich grüßen. Er ist auch alt geworden, aber nicht allzusehr, dick und ein wenig gedunsen. Er bereitet noch ebenso gut die Hühnersuppen mit weichgekochten Zwiebeln, Quarkkuchen mit gemustertem Rand und Pigus — das berühmte Steppengericht Pigus, von dem Dir die Zunge weiß wurde und das Dir vierundzwanzig Stunden lang wie ein Pfahl im Munde stand. Das Gebratene aber dörrt er wie früher so aus, daß man damit auf den Teller klopfen kann — richtige Pappe. Nun aber, lebwohl!

Dein P. B.

Zweiter Brief

Gehöft M ...., 12. Juni 1850.

Ich habe Dir eine recht wichtige Neuigkeit mitzuteilen, lieber Freund. — Höre! gestern vor dem Mittagessen wollte ich einen Spaziergang machen — nur nicht im Garten; ich ging auf dem Wege zur Stadt. Es ist sehr angenehm, ohne jedes Ziel mit raschen Schritten auf einem langen graden Wege hinzuschreiten. Man tut gleichsam ein Geschäft, man eilt irgendwohin. — Ich sehe: ein Wagen kommt mir entgegen. Vielleicht zu mir? dachte ich mit heimlichem Schreck ... aber nein: im Wagen sitzt ein mir unbekannter Herr mit einem Schnurrbart. Ich beruhigte mich. Auf einmal aber läßt dieser Herr, da er neben mir angekommen ist, den Kutscher die Pferde anhalten, zieht höflich die Mütze und fragt mich noch höflicher: „sind Sie nicht der und der?" — und nennt meinen Namen. Ich meinerseits bleibe stehen und antworte mit dem Mut des Angeklagten, den man zum Verhör führt: „ich bin es", und blicke selbst wie ein Hammel den Herrn mit dem Schnurrbart an und denke für mich: ich habe ihn doch irgendwo gesehen!

„Sie erkennen mich nicht?" spricht er, indem er aus dem Wagen steigt.

„Durchaus nicht."

„Ich aber habe Sie sofort erkannt."

Ein Wort gibt das andere: es erweist sich, daß es Priímkow war, erinnert Du Dich?, unser früherer Studiengenosse. Was ist denn das für eine wichtige Neuigkeit? denkst Du in diesem Augenblick, lieber Simeon Nicolájewitsch. — Priímkow, soviel ich mich erinnere, war ein ziemlich nichtssagender Bursch, obgleich nicht böse und nicht dumm. — Stimmt alles, Freund; hör aber die Fortsetzung des Gesprächs.

„Ich", sagt er, „habe mich sehr gefreut, als ich von Ihrer Ankunft bei sich auf dem Lande hörte, in unserer Nachbarschaft. Übrigens habe ich mich nicht allein gefreut."

„Darf ich erfahren", fragte ich, „wer denn sonst noch so liebenswürdig war ..."

„Meine Frau."

„Ihre Frau?"
„Ja, meine Frau: sie ist eine alte Bekannte von Ihnen."
„Und darf ich erfahren, wie Ihre Frau Gemahlin heißt?"
„Sie heißt Wera Nikolájewna; sie ist eine geborene Jelzówa..."
„Wera Nikolájewna!" — rufe ich unwillkürlich ...
Nun, dies ist eben die wichtige Neuigkeit, von der ich Dir im Anfang des Briefes sprach.
Vielleicht findest Du aber darin nichts Wichtiges... so muß ich Dir etwas aus meinem früheren Leben erzählen... aus meinem längst vergangenen Leben.
Als Du und ich mit einander im Jahr 183... die Universität verließen, war ich dreiundzwanzig Jahre alt. Du nahmst ein Amt; ich, wie Dir bekannt ist, beschloß nach Berlin zu gehen. In Berlin aber hatte ich vor dem Oktober nichts zu tun. Ich wollte den Sommer in Rußland verbringen, auf dem Lande, wollte zum letzten Mal richtig faul sein und mich dann schon im Ernst an die Arbeit machen. In welchem Maße dieser letztere Vorsatz sich erfüllt hat, darüber lohnt es sich jetzt nicht viel zu reden... Wo aber verbringe ich den Sommer? fragte ich mich. Auf mein Landgut wollte ich nicht fahren: mein Vater war vor kurzem gestorben, nahe Verwandte hatte ich keine, ich fürchtete die Einsamkeit, die Langeweile... und darum nahm ich mit Freude die Einladung eines meiner Verwandten an, eines Onkels im zweiten Grade, ihn auf seinem Gut zu besuchen, im T***schen Gouvernement. Er war ein wohlhabender, guter und einfacher Mensch, lebte und wohnte herrschaftlich. Ich zog zu ihm. Der Onkel hatte eine große Familie: zwei Söhne und fünf Töchter. Außerdem wohnte in dem Hause eine Unmenge Menschen. Unaufhörlich kamen Gäste gefahren — dennoch aber war es nicht lustig. Die Tage vergingen lärmend, es war nicht möglich allein zu sein. Alles tat man gemeinsam, alle waren bemüht, sich irgendwie zu zerstreuen, irgend etwas auszudenken und zum Schluß des Tages wurden alle schrecklich müde. Nach irgend etwas Banalem schmeckte dieses Leben. Ich fing schon an von der Abreise zu träumen und erwartete nur des Onkels Namenstag, doch am

Namenstag selbst sah ich auf dem Ball Wera Nikolájewna Jelzówa — und blieb.

Sie war damals sechzehn Jahre alt. Sie lebte mit ihrer Mutter in einem kleinen Gütchen, etwa fünf Werst von meinem Onkel entfernt. Ihr Vater — wie man sagt, ein bedeutender Mensch — erreichte rasch den Rang eines Obersten und wäre noch weiter gekommen, ging aber in jungen Jahren zugrunde, indem er im Versehen auf der Jagd von einem Kameraden erschossen wurde. Wera Nikolájewna hinterließ er als ein Kind. Ihre Mutter war auch eine ungewöhnliche Frau: sie sprach mehrere Sprachen, wußte vieles. Sie war sieben oder acht Jahre älter als ihr Mann, den sie aus Liebe geheiratet hatte; er hatte sie heimlich aus dem Elternhause entführt. Sie konnte den Verlust kaum überwinden und trug bis zu ihrem Tode (nach Priímkows Worten starb sie bald nach der Hochzeit der Tochter) nur schwarze Kleider. Ich entsinne mich lebhaft ihres Gesichts: ausdrucksvoll, dunkel, mit dichtem ergrautem Haar, großen, strengen, gleichsam erloschenen Augen und einer graden feinen Nase. Ihr Vater — ihre Familie hieß Ládanow — hatte fünfzehn Jahre lang in Italien gelebt. Wera Nikolájewnas Mutter war als Kind einer einfachen Bäuerin in Albano geboren worden und am Tag nach Weras Geburt hatte ein Transteveriner sie ermordet, ihr Bräutigam, dem Ládanow sie abspenstig gemacht ... diese Geschichte machte seinerzeit viel von sich reden. Nach seiner Rückkehr nach Rußland ging Ládanow nicht nur aus seinem Haus, sondern auch aus seinem Kabinett nicht mehr heraus, beschäftigte sich mit Chemie, Anatomie, Kabbalistik, wollte die menschliche Lebensdauer verlängern, bildete sich ein, daß man mit Geistern in Beziehung treten, Tote herbeirufen könne ... die Nachbarn hielten ihn für einen Hexenmeister. Er liebte seine Tochter außergewöhnlich, unterrichtete sie selbst in allen Fächern, verzieh ihr aber nie ihre Flucht mit Jelzów, ließ weder sie noch ihren Mann sich je wieder unter die Augen kommen, prophezeite beiden ein trauriges Leben und starb einsam. Als Witwe weihte Frau Jelzówa ihre ganze Muße der Erziehung der Tochter und empfing fast gar nicht mehr. Als ich mit Wera Nikolájewna bekannt

wurde, war diese, stelle Dir vor, zeitlebens noch nie in einer Stadt gewesen, nicht einmal in ihrer Kreisstadt.
Wera Nikolájewna glich den üblichen russischen jungen Damen nicht: sie trug irgend einen besonderen Stempel. Von Anfang an überraschte mich an ihr die erstaunliche Ruhe aller ihrer Bewegungen und Reden. Sie schien sich um nichts zu bemühen, um nichts zu erregen, gab einfache und kluge Antworten, hörte aufmerksam zu. Der Ausdruck ihres Gesichts war aufrichtig und wahrhaft wie der eines Kindes, aber einigermaßen kalt und einförmig, wenn auch nicht nachdenklich. Lustig war sie selten, und nicht so wie die anderen: die Klarheit einer unschuldigen Seele, etwas Freudigeres als bloße Lustigkeit, strahlte aus ihrem ganzen Wesen. Sie war nicht groß, sehr gut gewachsen, ein wenig schmal, hatte regelmäßige und zarte Züge, eine wunderschöne ebene Stirn, dunkel-goldblondes Haar, eine grade Nase wie die der Mutter, ziemlich volle Lippen; die grau-schwärzlichen Augen blickten fast allzu grade unter den dichten, nach oben gekrümmten Wimpern hervor. Ihre Hände waren nicht groß, aber nicht sehr hübsch: Leute mit Talenten haben keine solchen Hände ... und wirklich, Wera Nikolájewna hatte kein besonderes Talent irgendwelcher Art zu pflegen. Ihre Stimme klang hell wie die eines siebenjährigen Mädchens. Ich wurde auf dem Ball bei meinem Onkel ihrer Mutter vorgestellt und fuhr einige Tage darauf zum ersten Mal zu ihnen.
Frau Jelzówa war eine sehr seltsame Frau, charaktervoll, hartnäckig und konzentriert. Auf mich übte sie einen starken Einfluß aus: ich verehrte sie und fürchtete sie zugleich ein wenig. Alles geschah bei ihr nach System, und auch die Tochter hatte sie nach System erzogen, beschränkte aber ihre Freiheit nicht. Die Tochter liebte sie und vertraute ihr blind. Frau Jelzówa brauchte ihr nur ein Buch zu geben und zu sagen: hier diese Seite lies nicht — sie hätte eher die vorhergehende Seite ausgelassen, aber die verbotene nicht angesehen. Aber auch Frau Jelzówa hatte ihre idées fixes, ihre Steckenpferde. Sie fürchtete sich zum Beispiel wie vor dem Feuer vor allem, was auf die Einbildung wirken konnte; und darum hatte ihre Tochter vor

ihrem siebzehnten Jahr keine einzige Erzählung, kein einziges Gedicht gelesen; in der Geographie, der Geschichte und sogar der Naturgeschichte setzte sie öfter mich, den Kandidaten, in Verlegenheit, und nicht den schlechtesten unter den Kandidaten, wie Du Dich vielleicht erinnern wirst. Ich machte einmal den Versuch, mit Frau Jelzówa über ihr Steckenpferd zu sprechen, obgleich es schwer war, sie in ein Gespräch hineinzuziehen: sie war sehr schweigsam. Sie schüttelte nur den Kopf.

„Sie sagen", äußerte sie endlich, „es sei s o w o h l angenehm w i e nützlich, poetische Sachen zu lesen ... ich denke, man soll von vornherein im Leben die Wahl treffen: e n t w e d e r das Nützliche o d e r das Angenehme, und sich so entscheiden, ein für allemal. Auch ich wollte einst das eine mit dem anderen vereinigen ... das ist unmöglich und führt zum Verderben oder zur Trivialität."

Ja, ein erstaunliches Wesen war diese Frau, ein ehrliches, stolzes Wesen, nicht ohne Fanatismus und Aberglauben in ihrer Art. „Ich fürchte das Leben", sagte sie mir einst. — Und es war richtig, sie fürchtete es, sie fürchtete jene geheimen Kräfte, darauf das Leben sich aufbaut und die selten, aber plötzlich durchbrechen können. Wehe dem, der in ihre Wirbel gerät! der Jelzówa hatten sich diese Kräfte als schrecklich erwiesen: denke an den Tod ihrer Mutter, ihres Mannes, ihres Vaters ... das hätte wohl einen jeden erschrecken können. Ich habe sie nie irgendwann einmal lächeln sehen. Sie hatte gleichsam das Schloß hinter sich zugesperrt und den Schlüssel ins Wasser geworfen. Sie hat wahrscheinlich viel Leid ertragen in ihrem Leben und es nie mit irgendwem geteilt: hat es in sich verborgen. Sie hatte sich in solchem Maße daran gewöhnt, ihren Empfindungen keinen freien Lauf zu lassen, daß sie sich sogar schämte, ihre leidenschaftliche Liebe zur Tochter offen zu zeigen; sie hat sie kein Mal in meiner Gegenwart geküßt, sie nie mit einem Kosenamen angeredet, immer: Wera. Mir fällt ein Ausspruch von ihr ein: ich sagte bei irgend einer Gelegenheit, daß wir modernen Leute alle einen Knacks hätten ... „Es taugt nichts, sich einen Knacks beizubringen",

äußerte sie, „man muß sich selbst ganz umbrechen oder überhaupt nicht an sich rühren" ...
Die Jelzówa hatte sehr wenig Gäste: nur ich besuchte sie häufig. Ich war mir heimlich bewußt, daß sie mir wohlwollte; und Wera Nikolájewna gefiel mir sehr gut. Wir hatten Gespräche mit einander, Spaziergänge ... die Mutter hinderte uns nicht; die Tochter selbst war ungern ohne die Mutter, und ich meinerseits fühlte auch kein Bedürfnis nach heimlicher Unterhaltung ... Wera Nikolájewna hatte die seltsame Angewohnheit, laut zu denken; in der Nacht sprach sie laut und deutlich im Traum von dem, was sie am Tage betroffen hatte. — Einst, indem sie mich aufmerksam ansah und sich nach ihrer Gewohnheit leicht auf die Hand stützte, sagte sie: „Mich däucht, daß B. ein guter Mensch ist, aber verlassen kann man sich auf ihn nicht." Unsere Beziehungen zu einander waren sehr freundschaftliche und gleichmäßige; einmal nur schien es mir, als bemerkte ich dort, ganz fern irgendwo, in der letzten Tiefe ihrer hellen Augen etwas Seltsames, irgend eine Weichheit und Zärtlichkeit ... ich habe mich aber vielleicht geirrt.
Unterdessen ging die Zeit hin, und ich mußte mich schon zur Abreise vorbereiten. Doch zögerte ich immer. Es kam wohl vor, wenn ich nachdachte, wenn mir einfiel, wie bald ich dieses liebe Mädchen, an dem ich so hing, nicht mehr sehen würde, daß mir schwer zu Mute wurde ... Berlin begann seine Anziehungskraft für mich einzubüßen. Ich wagte es mir selbst nicht einzugestehen, was in mir vor sich ging, und ich verstand auch nicht, was da vor sich ging — wie ein Nebel gärte es in meiner Seele. Eines Morgens endlich wurde mir auf einmal alles klar. Was soll ich noch suchen, dachte ich, wonach streben? die Wahrheit legt sich uns ja doch nicht in die Hände. Wäre es nicht besser, hierzubleiben, zu heiraten? Und denke Dir, dieser Gedanke an die Ehe erschreckte mich damals durchaus nicht. Im Gegenteil, ich war froh darüber. Und noch mehr: an dem selben Tag eröffnete ich meine Absicht, aber nicht Wera Nikolájewna, wie man glauben sollte, sondern der Jelzówa selbst. Die Alte blickte mich an.
„Nein, mein Lieber", sagte sie, „fahren Sie nach Berlin, er-

weitern Sie den Knacks. Sie sind gut; aber Wera braucht einen anderen Mann."

Ich senkte den Kopf, errötete und, was Dich vielleicht noch mehr wundern wird, war innerlich sofort mit der Jelzówa einverstanden. Nach einer Woche fuhr ich fort und habe seitdem weder sie noch Wera Nikolájewna wiedergesehen.

Ich habe Dir meine Erlebnisse in Kürze erzählt, weil ich weiß, daß Du alles „Weitgeschweifte" nicht gern hast. Nach meiner Ankunft in Berlin vergaß ich Wera Nikolájewna sehr bald ... aber ich muß gestehen, daß die unerwartete Kunde von ihr mich erregt hatte. Ich war betroffen bei dem Gedanken, daß sie mir so nahe, daß sie meine Nachbarin ist, daß ich sie in den nächsten Tagen sehen würde. Das Vergangene war plötzlich wie aus der Erde vor mir emporgewachsen und auf mich eingedrungen. Priímkow erklärte mir, daß er mich grade mit der Absicht besucht habe, unsere alte Bekanntschaft zu erneuern, und daß er mich in allerkürzester Zeit bei sich zu sehen hoffe. Er teilte mir mit, er habe bei der Kavallerie gedient, als Leutnant den Abschied genommen, ein acht Werst von mir entfernt gelegenes Gut gekauft und daß er es zu bewirtschaften gedenke, daß er drei Kinder habe, zwei aber seien gestorben, eine fünfjährige Tochter sei übrig geblieben.

„Und Ihre Frau erinnert sich meiner?" fragte ich.

„Ja, das tut sie", erwiderte er ein wenig zögernd. „Natürlich war sie damals, darf man sagen, noch ein Kind, aber ihre Mutter hat Sie immer sehr gepriesen, und Sie wissen, wie teuer ihr ein jedes Wort der Verstorbenen ist."

Mir kamen die Worte der Jelzówa in den Sinn: daß ich zum Gatten ihrer Wera nicht tauge ... du also hast getaugt, dachte ich mit einem heimlichen Blick auf Priímkow. Er verbrachte mehrere Stunden bei mir. Er ist ein sehr guter lieber Kerl, spricht so bescheiden, guckt so gutmütig; man kann nicht umhin, ihn zu lieben ... aber seine geistigen Fähigkeiten haben sich nicht entwickelt seit der Zeit, da wir ihn kannten. Ich werde bestimmt zu ihm fahren, vielleicht schon morgen. Ich bin außerordentlich neugierig zu sehen, was aus Wera Nikolájewna geworden ist.

Du Bösewicht lachst jetzt wahrscheinlich über mich von Deinem direktorialen Sitz aus: und ich werde Dir trotzdem schreiben, was für einen Eindruck sie auf mich machen wird. Lebwohl! bis zum nächsten Brief.

Dein P. B.

Dritter Brief

Gehöft M ..., 16. Juni 1850

Nun, Bruder, ich war bei ihr, habe sie gesehen. Vor allem muß ich Dir einen erstaunlichen Umstand mitteilen: glaub's oder nicht, wie Du willst, aber sie ist sowohl im Gesicht wie in der Figur fast unverändert geblieben. Als sie mir entgegen kam, schrie ich beinah auf: ein siebzehnjähriges Mädchen und sonst nichts! nur die Augen sind keine Mädchenaugen; übrigens waren auch in der Jugendzeit ihre Augen nicht kindlich, sie waren allzu hell. Aber die selbe Ruhe, die selbe Klarheit, die selbe Stimme, kein Fältchen auf der Stirn, als hätte sie alle diese Jahre irgendwo im Schnee gelegen. Und sie war jetzt achtundzwanzig Jahre alt und hatte drei Kinder gehabt ... unbegreiflich! denke bitte nicht, daß ich aus Vorurteil übertreibe; im Gegenteil, mir hat diese „Unveränderlichkeit" an ihr durchaus nicht gefallen.

Eine Frau von achtundzwanzig Jahren, Gattin und Mutter, soll nicht wie ein Mädchen aussehen: sie hat doch nicht umsonst gelebt. Sie begrüßte mich sehr freundlich; Priímkow aber war über meinen Besuch richtig froh: dieser gute Kerl ist immer nur so bereit, jemanden in sein Herz zu schließen. Ihr Haus ist sehr gemütlich und sauber. Wera Nikolájewna war auch wie ein Mädchen gekleidet: ganz in Weiß, mit einer hellblauen Schärpe und einem feinen goldenen Kettchen um den Hals. Ihr Töchterchen ist sehr nett und sieht ihr garnicht ähnlich: es erinnert an seine Großmutter. Im Wohnzimmer über dem Divan hängt ein erstaunlich wohlgetroffenes Portrait dieser seltsamen Frau. Es fiel mir sofort bei meinem Eintritt in die Augen. Sie

schien mich streng und aufmerksam anzusehen. Wir setzten uns, gedachten alter Zeiten und kamen allmählich ins Gespräch. Unwillkürlich mußte ich immer wieder meine Blicke auf das finstere Portrait der Jelzówa richten. Wera Nikolájewna saß direkt unter ihm: das war ihr Lieblingsplatz. Denke Dir meine Verwunderung: Wera Nikolájewna hat bis jetzt noch keinen Roman, kein einziges Gedicht gelesen — mit einem Wort noch kein einziges, wie sie sich ausdrückt, ausgedachtes Werk! diese unfaßliche Gleichgültigkeit den höchsten Vergnügungen des Geistes gegenüber ärgerte mich. Für eine kluge und, soviel ich urteilen kann, feinfühlige Frau ist das einfach unverzeihlich.
„Wie denn", fragte ich, „Sie haben es sich zur Regel gemacht, nie solche Bücher zu lesen?"
„Es kam nicht dazu", entgegnete sie, „ich hatte keine Zeit."
„Keine Zeit! ich staune! wenn Sie doch wenigstens", fuhr ich fort, zu Priímkow gewendet, „Ihre Frau dazu animieren wollten."
„Ich würde mit Vergnügen ...", begann just Priímkow, aber Wera Nikolájewna unterbrach ihn.
„Verstelle dich nicht, du machst dir selbst nicht viel aus Versen."
„Aus Versen, freilich", begann er, „nicht besonders; aber Romane zum Beispiel ..."
„Was aber tun Sie denn, womit beschäftigen Sie sich des Abends?" fragte ich, „spielen Sie Karten?"
„Zuweilen spielen wir", war die Antwort, „und gibt es denn so wenig zu tun? Wir lesen auch: es gibt gute Werke außer den Versen."
„Warum fallen Sie so über die Verse her?"
„Ich falle nicht über sie her: ich bin von Kindheit an daran gewöhnt, diese ausgedachten Werke nicht zu lesen; die Mutter wollte das so, und je länger ich lebe, um so mehr überzeuge ich mich, daß alles, was die Mutter nur tat, alles, was sie nur sagte, das Rechte war, das heilig Rechte."
„Nun, wie Sie wollen, aber ich kann mit Ihnen nicht einverstanden sein: ich bin überzeugt, daß Sie sich umsonst den allerreinsten, den allerberechtigtsten Genuß versagen. Sie verwer-

fen doch nicht die Musik, die Malerei: warum denn verwerfen Sie die Dichtkunst?"

„Ich verwerfe sie nicht: ich habe sie bis jetzt nicht kennen gelernt — das ist alles."

„So werde ich das übernehmen! Ihre Mutter hat Ihnen doch nicht für Ihr ganzes Leben die Bekanntschaft mit den Schöpfungen der schönen Literatur verboten?"

„Nein; als ich mich verheiratete, hob die Mutter ein jegliches Verbot auf; mir kommt es selbst nicht in den Sinn, zu lesen ... wie sagten Sie da? ... nun, mit einem Wort, Romane zu lesen."

Ich hörte Wera Nikolájewna an, ohne zu begreifen: ich hatte das nicht erwartet.

Sie betrachtete mich mit ihrem ruhigen Blick. Vögel blicken so, wenn sie sich nicht fürchten.

„Ich werde Ihnen ein Buch mitbringen!" rief ich. (Mir war der unlängst gelesene „Faust" durch den Sinn gehuscht.)

Wera Nikolájewna seufzte ein wenig.

„Das ... das wird nicht George Sand sein?" fragte sie nicht ohne Schüchternheit.

„Ah! Sie haben also von ihr gehört! nun, wenn sie es wäre, was für ein Unglück? ... nein, ich bringe Ihnen einen anderen Autor. Sie haben doch Deutsch nicht vergessen?"

„Nein, nicht vergessen."

„Sie spricht wie eine Deutsche", fiel Priímkow ein.

„Nun, das ist herrlich! ich bringe Ihnen ... ja, Sie werden schon sehen, was für eine erstaunliche Sache ich Ihnen bringen werde."

„Nun gut, ich werde sehen. Jetzt aber kommen Sie in den Garten, Natascha kann schon nicht mehr auf dem Fleck sitzen."

Sie setzte einen runden Strohhut auf, einen Kinderhut, ganz den gleichen wie ihre Tochter, nur ein wenig größer, und wir gingen in den Garten. Ich ging neben ihr. In der frischen Luft, im Schatten der hohen Linden erschien mir ihr Gesicht noch lieber, besonders wenn sie sich ein wenig umwandte und den Kopf zurückwarf, um mich unter dem Hutrand hervor anzusehen. Ohne den hinter uns hergehenden Priímkow, ohne das

vor uns herspringende Mädchen hätte ich wirklich denken
können, ich sei nicht fünfunddreißig, sondern dreiundzwanzig
Jahre alt; ich wäre eben bereit, nach Berlin aufzubrechen, um
so mehr, als auch der Garten, in dem wir uns befanden, dem
Garten im Jelzówschen Gut sehr ähnlich sah. Ich konnte nicht
anders, ich teilte meine Wahrnehmung Wera Nikolájewna
mit.

„Alle sagen mir, ich hätte mich äußerlich wenig verändert",
erwiderte sie, „übrigens bin ich auch innerlich die gleiche geblieben."

Wir näherten uns einem kleinen chinesischen Häuschen.

„Solch ein Häuschen da hatten wir in Óssipowka nicht", sagte
sie, „aber schauen Sie nicht hin, wie es verfallen und ver-
blichen ist: drinnen ist es sehr schön und kühl."

Wir traten in das Häuschen. Ich sah mich um.

„Wissen Sie was, Wera Nikolájewna", sprach ich, „lassen Sie
zu meinem Kommen einen Tisch und mehrere Stühle hierher-
bringen. Hier ist es in der Tat wundervoll. Ich lese Ihnen
hier... Goethes ‚Faust‘ vor... solch eine Sache lese ich Ihnen
vor."

„Ja, hier sind keine Fliegen", bemerkte sie treuherzig, „und
wann kommen Sie?"

„Übermorgen."

„Gut", entgegnete sie, „ich mache das."

Natáscha, die mit uns zusammen das Häuschen betreten hatte,
schrie auf einmal auf und sprang ganz blaß zurück.

„Was hast du?" fragte Wera Nikolájewna.

„Ach, Mama", sprach das Mädchen, mit dem Finger nach der
Ecke deutend, „schau, was für eine schreckliche Spinne...!"

Wera Nikolájewna blickte nach der Ecke: eine große bunte
Spinne kroch langsam die Wand empor.

„Was ist denn hier zum Fürchten?" sagte sie, „sie beißt nicht,
sieh einmal."

Und ehe ich sie hindern konnte, nahm sie das mißförmige In-
sekt in die Hand, ließ es über die Handfläche laufen und warf
es fort.

„Nun, wie tapfer Sie sind!" rief ich aus.

„Wieso denn tapfer? diese Spinne gehört nicht zu den giftigen."

„Man sieht, Sie sind immer noch stark in den Naturwissenschaften; ich hätte sie nicht in die Hand genommen."

„Man braucht sie nicht zu fürchten", wiederholte Wera Nikolájewna.

Natascha sah uns beide schweigend an und lachte.

„Wie sie Ihrer Mutter ähnlich sieht!" bemerkte ich.

„Ja", entgegnete Wera Nikolájewna mit einem zufriedenen Lächeln, „ich bin sehr froh darüber. Gott gebe, daß sie ihr nicht nur mit dem Gesicht ähnlich werde!"

Wir wurden zu Tisch gerufen, und nach dem Essen fuhr ich fort. Notabene. Das Essen war sehr gut und schmackhaft — das bemerke ich in Klammern für Dich, Du Vielfraß! Morgen bringe ich ihnen den „Faust". Ich habe Angst, daß ich zusammen mit dem alten Goethe durchfalle. Ich beschreibe Dir alles ausführlich.

Nun und jetzt, was denkst Du von allen diesen „Begebnissen"? wohl daß sie auf mich einen starken Eindruck gemacht hat, daß ich bereit bin, mich zu verlieben und so weiter? Unsinn, Bruder! es ist Zeit, auf Ehre zu halten. Ich habe reichlich Dummheiten gemacht; genug! nicht in meinen Jahren beginnt man das Leben von neuem. Dabei haben mir auch früher derartige Frauen nicht gefallen ... übrigens, was für Frauen gefielen mir!!

> Ich zittre — Weh ist mir im Herzen —
> Ich schäme meiner Götzen mich.

In jedem Fall bin ich sehr froh über diese Nachbarschaft, froh über die Möglichkeit, mit einem klugen, einfachen, hellen Wesen zu verkehren; und was weiter geschieht, erfährst Du seinerzeit.

Dein P. B.

Vierter Brief

Gehöft M . . . ., 20. Juni 1850

Die Vorlesung fand gestern statt, lieber Freund, und zwar wie, das erfolgt punktweise. Vor allem beeile ich mich zu sagen: ein unerwarteter Erfolg ... das heißt, „Erfolg" ist nicht das rechte Wort ... nun, höre. Ich kam zum Mittagessen. Wir waren sechs zu Tische: sie, Priímkow, die Tochter, die Gouvernante (ein unbedeutendes weißes Figürchen), ich und ein alter Deutscher in einem kurzen braunen Frack, sauber, rasiert, abgenützt, mit dem allerfriedlichsten und ehrlichsten Gesicht, mit einem zahnlosen Lächeln, mit dem Geruch von Cichorienkaffee ... alle alten Deutschen riechen so. Man machte uns miteinander bekannt: das war ein gewisser Schimmel, Lehrer der deutschen Sprache bei Priímkows Nachbarn, den Fürsten Ch ... — Wera Nikolájewna will ihm, wie es scheint, wohl und hatte ihn zum Zuhören beim Lesen eingeladen. Wir aßen spät und standen lange nicht vom Tisch auf, dann machten wir einen Spaziergang. Das Wetter war wundervoll. Am Morgen hatte es geregnet, und Wind hatte gerauscht, zum Abend aber war alles still geworden. Ich kam mit ihr auf eine offene Lichtung. Grade über der Lichtung stand leicht und hoch eine große rosige Wolke; wie Rauch zogen graue Streifen darüber hin; an ihrem äußersten Rand, bald sich zeigend, bald verschwindend, zitterte ein Sternchen, und ein wenig weiter weg war die weiße Mondsichel auf dem leicht geröteten Blau zu sehen. Ich zeigte Wera Nikolájewna diese Wolke.

„Ja", sagte sie, „das ist schön; aber sehen Sie einmal hierher". — Ich sah mich um. Die untergehende Sonne verdeckend, stieg eine ungeheure dunkelblaue Wolke auf; sie sah aus wie das Bild eines feueratmenden Berges; ihr Gipfel breitete sich in einer weiten Garbe über den Himmel; ein unheilverkündendes Purpurrot umgab sie mit einem grellen Rand und durchbrach an einer Stelle, grade in der Mitte, ihre schwere Riesenmasse, gleichsam sich losreißend aus einem glühenden Schlund ...

„Es gibt ein Gewitter", bemerkte Priímkow.

Aber ich entferne mich von der Hauptsache. Ich habe Dir in meinem letzten Brief zu sagen vergessen, daß ich nach meiner Heimkehr von Priímkows es bereute, grade „Faust" genannt zu haben; für den Anfang wäre Schiller viel passender gewesen, wenn es denn schon Deutsche sein sollten. Besonders fürchtete ich mich vor den ersten Szenen, vor der Begegnung mit Gretchen; auch wegen Mephistopheles war ich nicht ganz ruhig. Aber ich befand mich unter dem Einfluß des „Faust" und hätte nichts anderes mit Lust lesen können. Als es schon ganz dunkel geworden war, begaben wir uns in das chinesische Häuschen; es war am Tage vorher in Ordnung gebracht worden. Direkt gegenüber der Tür vor dem kleinen Divan stand ein runder Tisch mit einer Tischdecke; rings umher waren Sessel und Stühle aufgestellt; auf dem Tisch eine brennende Lampe. Ich setzte mich auf das Sofa und holte das Buch hervor. Wera Nikolájewna nahm auf einem Sessel Platz, ein wenig entfernt, in der Nähe der Tür. Außerhalb der Tür, in der Dunkelheit, zeigte sich leicht schaukelnd ein grüner Akazienzweig, von der Lampe beleuchtet; hier und da strömte ein Hauch der Nachtluft in das Zimmer. Priímkow saß in meiner Nähe am Tisch, der Deutsche neben ihm. Die Gouvernante war mit Natascha im Hause geblieben. Ich hielt eine kleine einleitende Rede: erwähnte die alte Legende vom Doktor Faust, sprach von der Bedeutung des Mephistopheles, von Goethe selbst, und bat mich zu unterbrechen, wenn irgend etwas unverständlich sein sollte. Dann räusperte ich mich ... Priímkow fragte mich, ob ich nicht Zuckerwasser brauche, und war, wie man an allem sehen konnte, sehr mit sich zufrieden, daß er mir diese Frage gestellt hatte. Ich lehnte ab. Ein tiefes Schweigen trat ein. Ich begann zu lesen, ohne aufzuschauen; es war mir unbehaglich, das Herz klopfte und die Stimme zitterte. Der erste Ausruf der Anteilnahme entfuhr dem Deutschen und im Lauf der Vorlesung unterbrach er allein die Stille ... „erstaunlich! erhaben!" — wiederholte er und setzte zuweilen hinzu: „und das da ist tief". Priímkow langweilte sich, wie ich bemerken konnte: er verstand recht wenig Deutsch und hatte selbst bekannt, daß er keine Verse liebe! ... wer hatte es ihm denn geheißen! — ich hatte bei Tisch bemerken wollen, daß die Vorlesung auch ohne ihn vor sich gehen könne, hatte mich aber geniert. Wera Nikolájewna rührte sich nicht; ein-, zweimal blickte ich heimlich nach ihr hin: ihre Augen waren aufmerksam und grade auf mich gerichtet; ihr Gesicht erschien mir blaß. Nach der ersten Begegnung Fausts mit Gretchen löste sie sich von der Lehne des Sessels, legte die Hände zusammen und blieb in dieser Stellung unbeweglich bis zum Schluß. Ich empfand, daß Priímkow sich schlecht fühlte, und das kühlte mich anfangs ab, allmählich aber vergaß ich ihn, geriet in Hitze und las mit Feuer, hingerissen ... ich las allein für Wera Nikolájewna: eine innere Stimme sagte mir, daß der „Faust" auf sie wirkte. Als ich geendet hatte (das Intermezzo ließ ich fort: dieses Stück gehört seiner Art nach schon zum zweiten Teil; auch aus der „Walpurgisnacht" warf ich einiges hinaus) ... als ich geendet hatte, als dieses letzte „Heinrich!" erklungen war — äußerte der Deutsche mit Rührung: „Gott! wie herrlich!", Priímkow, gleichsam erfreut (der arme Kerl!), sprang empor, atmete auf und fing an mir zu danken für das Vergnügen, das ich ihnen bereitet ... aber ich antwortete ihm nicht: ich sah Wera Nikolájewna an ... ich wollte hören was sie sagen würde. Sie stand auf, ging mit unentschlossenen Schritten zur Tür, verweilte ein wenig auf der Schwelle und ging leise hinaus in den Garten. Ich stürzte hinter ihr drein. Sie war schon einige Schritt weit gekommen; ihr weißes Kleid schimmerte kaum sichtbar im dichten Schatten.

„Was denn?" rief ich, „es hat Ihnen nicht gefallen?"

Sie blieb stehen.

„Können Sie mir dieses Buch dalassen?" erklang ihre Stimme.

„Ich schenke es Ihnen, Wera Nikolájewna, wenn Sie es zu haben wünschen."

„Haben Sie Dank!" antwortete sie und verschwand.

Priímkow und der Deutsche traten zu mir.

„Wie erstaunlich warm!" bemerkte Priímkow, „sogar schwül. Aber wohin ging meine Frau?"

„Wie es scheint, nach Hause", erwiderte ich.

„Ich denke, es wird Zeit, zu Abend zu essen", entgegnete er.
„Sie lesen vorzüglich", fügte er nach einer kleinen Weile hinzu.
„Wera Nikolájewna hat der ,Faust', wie es scheint, gefallen", sprach ich.
„Ohne Zweifel!" rief Priímkow.
„O natürlich!" fiel Schimmel ein.
Wir kamen ins Haus.
„Wo ist die gnädige Frau?" fragte Priímkow ein Stubenmädchen, das uns entgegen kam.
„Die gnädige Frau sind im Schlafzimmer."
Priímkow begab sich ins Schlafzimmer.
Ich ging mit Schimmel auf die Terrasse hinaus. Der Alte blickte zum Himmel empor.
„Wieviel Sterne!" sagte er langsam, eine Prise nehmend, „und das sind alles Welten", fügte er hinzu und schnupfte noch einmal.
Ich hielt es nicht für nötig ihm zu antworten und sah nur schweigend hinauf. Eine heimliche Ungewißheit bedrückte mir die Seele ... mir schien, die Sterne blickten uns ernsthaft an. Nach etwa fünf Minuten erschien Priímkow und rief uns zu Tisch. Bald kam auch Wera Nikolájewna. Wir setzten uns.
„Sehen Sie mal Wérotschka an", sagte Priímkow zu mir.
Ich blickte sie an.
„Was? bemerken Sie nichts?"
Ich bemerkte wirklich eine Veränderung in ihrem Gesicht, erwiderte aber, ich weiß nicht warum:
„Nein, nichts."
„Ihre Augen sind rot", fuhr Priímkow fort.
Ich schwieg.
„Denken Sie, ich kam zu ihr nach oben und finde sie in Tränen. Das ist bei ihr lange nicht vorgekommen. Ich kann Ihnen sagen, wann sie zum letzten Mal geweint hat: als unsere Ssascha starb. Das haben Sie angerichtet mit Ihrem ,Faust'!" setzte er lächelnd hinzu.
„Somit, Wera Nikolájewna", begann ich, „sehen Sie jetzt, daß ich recht hatte, als ..."

„Ich habe das nicht erwartet", unterbrach sie mich, „Gott aber weiß es, ob Sie recht hatten. Vielleicht hat es mir die Mutter darum auch verboten, solche Bücher zu lesen, weil sie wußte..."

Wera Nikolájewna hielt inne.

„Was wußte?" wiederholte ich. „Sprechen Sie."

„Wozu? ich schäme mich auch so: warum nur habe ich geweint? übrigens, wir reden noch mit einander. Ich habe vieles nicht recht verstanden."

„Warum haben Sie mich denn nicht unterbrochen?"

„Die Worte verstand ich doch alle, auch den Sinn, aber..."

Sie vollendete den Satz nicht und sann nach. In diesem Augenblick erklang vom Garten her Blättergräusch, das ein plötzlich herangeflogener Wind aufgestört. Wera Nikolájewna zuckte zusammen und wandte das Gesicht dem offenen Fenster zu.

„Ich sagte Ihnen, es gäbe ein Gewitter!" rief Priímkow. „Und du, Wérotschka, was zuckst du nur so?"

Sie blickte ihn schweigend an. Ein in der Ferne schwach aufleuchtender Blitz warf einen geheimnisvollen Widerschein auf ihr unbewegliches Gesicht.

„Alles von ‚Fausts' Gnaden", fuhr Priímkow fort. „Nach dem Abendessen heißt es sogleich zu Bett... nicht wahr, Herr Schimmel?"

„Nach einem sittlichen Vergnügen ist eine physische Ruhe ebenso wohltätig wie nützlich", entgegnete der gute Deutsche und leerte ein Gläschen Schnaps.

Nach dem Abendessen gingen wir sogleich auseinander. Beim Abschied von Wera Nikolájewna drückte ich ihr die Hand: ihre Hand war kalt. Ich ging in das mir angewiesene Zimmer und stand lange am Fenster, bevor ich mich auszog und zu Bett ging. Priímkows Prophezeihung ging in Erfüllung: das Gewitter kam heran und brach los. Ich hörte auf das Rauschen des Windes, das Pochen und Klatschen des Regens, sah, wie bei jedem Aufzucken eines Blitzes die in der Nähe am Seeufer gebaute Kirche jählings bald schwarz erschien auf weißem Hintergrund, bald weiß auf schwarzem, bald wieder von der

Dunkelheit verschlungen wurde... aber meine Gedanken waren fern. Ich dachte an Wera Nikolájewna, dachte daran, was sie mir sagen würde, wenn sie selbst den „Faust" gelesen haben wird, dachte an ihre Tränen, erinnerte mich, wie sie zugehört hatte.

Das Gewitter war schon lange vorüber — die Sterne waren erschienen, alles war still geworden ringsum. Irgend ein mir unbekannter Vogel sang mit wechselnden Tönen, indem er mehrere Male nacheinander die gleiche Weise wiederholte. Seine tönende einsame Stimme klang seltsam inmitten der tiefen Stille; und ich hatte mich immer noch nicht hingelegt...

Am nächsten Morgen kam ich früher als die anderen in das Wohnzimmer hinunter und blieb vor dem Portrait der Jelzówa stehen. „Was hast du erreicht", dachte ich mit dem heimlichen Gefühl eines spöttischen Triumphes, „nun habe ich ja doch deiner Tochter ein verbotenes Buch vorgelesen!" Auf einmal schien es mir... Du hast wahrscheinlich bemerkt, daß die Augen en face immer grade auf den Betrachter gerichtet erscheinen... aber dieses Mal schien es mir in der Tat, als richte sie die Alte vorwurfsvoll auf mich.

Ich wandte mich ab, trat ans Fenster und erblickte Wera Nikolájewna. Mit einem Schirm auf der Schulter, einen leichten weißen Shawl um den Kopf, ging sie durch den Garten. Ich ging sofort aus dem Hause und begrüßte mich mit ihr.

„Ich habe die ganze Nacht nicht geschlafen", sagte sie mir, „ich habe Kopfweh; ich bin an die Luft gegangen — so vergeht es vielleicht."

„Kommt das denn wirklich von der gestrigen Vorlesung?" fragte ich.

„Natürlich: ich bin daran nicht gewöhnt. In diesem Ihrem Buch sind Sachen, die ich auf keine Weise loswerden kann; mir scheint, diese brennen mir so im Kopf", setzte sie hinzu, indem sie die Hand an die Stirn legte.

„Das wäre ja herrlich", sprach ich, „aber was anderes wäre schlecht: ich fürchte, daß diese Schlaflosigkeit und dieses Kopfweh Ihnen die Lust benehmen könnten, solche Sachen zu lesen."

„Glauben Sie?" entgegnete sie und pflückte im Vorübergehen einen Zweig von wildem Jasmin. „Gott weiß es! mir scheint, wer einmal diesen Weg betreten hat, der kann schon nicht mehr zurück."

Sie warf plötzlich den Zweig fort.

„Kommen Sie, setzen wir uns in diese Laube", fuhr sie fort, „und, bitte, solang ich nicht selbst zu reden anfange, sprechen Sie mir nicht... von diesem Buch." (Sie schien sich zu scheuen, den Namen „Faust" auszusprechen.)

Wir betraten die Laube und setzten uns.

„Ich werde Ihnen nicht vom ‚Faust' sprechen", begann ich, „doch erlauben Sie mir, Ihnen Glück zu wünschen und Ihnen zu sagen, daß ich Sie beneide."

„Sie beneiden mich?"

„Ja; es stehen Ihnen, so wie ich Sie jetzt kenne, mit Ihrer Seele, so viele Entzückungen bevor! es gibt große Dichter außer Goethe: Shakespeare, Schiller... auch unser Púschkin ... auch ihn müssen Sie kennen lernen."

Sie schwieg und zeichnete mit dem Schirm im Sand.

O mein Freund, Simeon Nikolájewitsch! wenn Du hättest sehen können, wie reizend sie in diesem Augenblick war: blaß beinahe bis zur Durchsichtigkeit, leicht vorgebeugt, müde, innerlich verstört – und dennoch klar wie der Himmel! ich redete, redete lange, dann verstummte ich – und saß so schweigend da und blickte sie an...

Sie erhob den Blick nicht und fuhr fort mit dem Schirm bald zu zeichnen, bald das Gezeichnete zu verwischen. Auf einmal erklangen flinke Kinderschritte: Natascha kam in die Laube hereingelaufen. Wera Nikolájewna richtete sich empor, stand auf und umarmte ihre Tochter, zu meinem Erstaunen, mit einer Art von heftiger Zärtlichkeit... das pflegte sie sonst nicht zu tun. Darauf erschien Priímkow. Das grauhaarige, aber zuverlässige Kind Schimmel war vor Tagesanbruch fortgefahren, um den Unterricht nicht zu versäumen. Wir gingen zum Tee.

Indessen, ich bin müde geworden; es ist Zeit diesen Brief zu beenden. Er muß Dir sinnlos, unklar erscheinen. Ich fühle, daß ich selbst unklar bin. Ein Unbehagen ist in mir. Ich weiß nicht, was mit mir los ist. Immer wieder zeigt sich mir das kleine Zimmer mit den kahlen Wänden, die Lampe, die geöffnete Tür, die Nacht mit Geruch und Kühle, und dort neben der Tür das aufmerksame junge Gesicht, das leichte weiße Gewand ... ich begreife jetzt, warum ich sie heiraten wollte: ich bin augenscheinlich doch nicht so dumm gewesen vor meiner Fahrt nach Berlin, wie ich bis jetzt geglaubt habe. Ja, Simeon Nikolájewitsch, in einem sonderbaren Geisteszustand befindet sich Ihr Freund. Dies alles, ich weiß, wird vorübergehen ... und wenn es nicht vorübergeht — nun was denn? so geht's nicht vorüber. Trotzdem bin ich mit mir zufrieden: erstens habe ich einen wundervollen Abend verbracht; und zweitens, wenn ich diese Seele erweckt habe, wer kann mich anklagen? die alte Jelzówa ist an die Wand genagelt und muß schweigen. Die Alte! ... die Einzelheiten ihres Lebens sind mir nicht alle bekannt; ich weiß aber, daß sie dem Vaterhaus entlaufen ist: man sieht, sie ist nicht umsonst von einer Italienerin geboren. Sie wollte ihre Tochter sicherstellen ... wir wollen sehen.

Ich lege die Feder hin. Du spöttischer Mensch, denke bitte von mir was Du willst, aber mache Dich brieflich nicht lustig über mich. Wir sind alte Freunde und müssen einander schonen. Lebwohl!

Dein P. B.

Fünfter Brief

Gehöft M ..., 26. Juli 1850

Ich habe Dir lange nicht geschrieben, lieber Simeon Nikolájewitsch; mir scheint, über einen Monat. Ich hatte nichts zu schreiben und die Trägheit übermannte mich. Die Wahrheit zu sagen, ich habe in all dieser Zeit fast garnicht an Dich gedacht. Aber aus Deinem letzten Brief an mich kann ich den Schluß ziehen, daß Du Dinge von mir voraussetzest, die ungerecht sind, das heißt, nicht völlig gerecht. Du meinst, ich sei in Wera verliebt (es erscheint mir irgendwie unschicklich, sie Wera Nikolájewna zu nennen); Du irrst. Gewiß, ich sehe sie oft, sie gefällt mir außerordentlich ... und wem würde sie nicht gefallen? ich wollte Dich einmal an meiner Stelle sehen. Ein erstaunliches Geschöpf! ein blitzschnelles Durchschauen der Dinge neben der Unerfahrenheit eines Kindes, ein klarer gesunder Verstand und ein angeborenes Schönheitsgefühl, ein beständiges Hinstreben zum Wahren, zum Hohen und ein Verständnis für alles, sogar für das Lasterhafte, für das Lächerliche und über diesem allem, gleich den weißen Flügeln eines Engels, der stille weibliche Reiz ... was helfen Worte! wir haben viel gelesen, uns viel mit einander unterhalten im Lauf dieses Monats. Mit ihr zu lesen ist ein Genuß, wie ich ihn noch nicht kennengelernt hatte. Als entdeckte man neue Länder. In Begeisterung wird sie durch irgend etwas versetzt: alles Geräuschvolle ist ihr fremd; ein stilles Leuchten durchdringt sie ganz, wenn ihr etwas gefällt, und das Gesicht nimmt einen so vornehmen und guten ... ausdrücklich, guten Ausdruck an. Von frühester Kindheit an hat Wera die Lüge nicht gekannt: sie ist an Wahrheit gewöhnt, sie atmet Wahrheit und darum erscheint ihr auch in der Dichtkunst nur die Wahrheit als natürlich; sie erkennt sie sofort, ohne Mühe und Anstrengung, wie ein bekanntes Gesicht ... ein großer Vorzug und ein Glück! man kann nicht anders, als dafür der Mutter ehrend zu gedenken. Wie oft dachte ich beim Anblick Weras: ja, recht hat Goethe: „Ein guter Mensch, in seinem dunkeln Drange, ist sich des rechten Weges wohl bewußt." Eins ist ärgerlich: ihr Mann scharwenzelt immer umher. (Bitte lach kein dummes Lachen, beflecke nicht einmal in Gedanken unsre reine Freundschaft.) Er ist ebenso fähig die Poesie zu verstehen, wie ich geneigt bin Flöte zu spielen, will aber nicht wegbleiben von der Frau; wünscht sich auch zu bilden. Zuweilen bringt sie selbst mich aus der Fassung; auf einmal überkommt sie solch eine Stimmung: weder lesen will sie, noch sprechen, näht am Stickrahmen, plagt sich mit Natascha, mit der Schließerin, läuft plötzlich in die Küche, oder sitzt einfach mit zusammengelegten Händen am Fenster und schaut hinaus, und spielt wohl auch mit der Wärterin Schwarzer Peter... ich habe bemerkt: in diesen Fällen soll man sie in Ruhe lassen und lieber warten, bis sie selbst herankommt, zu sprechen anfängt oder ein Buch vornimmt. Es ist viel Selbständigkeit in ihr und ich bin sehr froh darüber. Es kam wohl vor, weißt Du noch, in den Tagen unserer Jugend, daß irgend ein Mädchen Dir, so gut es kann, Deine eigenen Worte wiedersagt und Du bist entzückt von diesem Echo und neigst Dich wohl gar davor, bis Du merkst was eigentlich los ist; diese aber... nein: sie ist jemand für sich. Auf bloßen Glauben hin nimmt sie nichts an; mit Autoritäten jagst Du sie nicht ins Bockshorn; streiten wird sie nicht, aber auch nicht nachgeben. Über den „Faust" haben wir mehr als einmal verhandelt: aber – sonderbar! – vom Gretchen spricht sie niemals selbst, sondern hört nur zu, wenn ich spreche. Mephistopheles erschreckt sie nicht als Teufel, sondern als „irgend so etwas was in jedem Menschen vorhanden sein kann"... das sind ihre eigenen Worte. Ich begann ihr auseinanderzusetzen, dieses „etwas" sei das, was wir Reflexion nennen; aber sie verstand nicht das Wort Reflexion im deutschen Sinne: sie kennt nur das französische „réflexion" und ist gewohnt es für nützlich zu halten. Wunderlich sind unsere Beziehungen zu einander! von einem gewissen Gesichtspunkt aus darf ich sagen, daß ich einen großen Einfluß auf sie habe und sie gewissermaßen erziehe; aber auch sie, ohne es selbst zu merken, wandelt mich in vielen Dingen zum besseren um. Ich habe zum Beispiel nur dank ihr vor kurzem entdeckt, welch eine Unmenge von Konventionellem, Rhetorischem in vielen schönen bekannten dichterischen Werken steckt. Was sie kalt läßt, das ist auch meinen Augen schon verdächtig geworden. Ja, ich bin besser geworden, klarer. Ihr nahe zu sein, mit ihr zu zusammen zu kommen und der frühere Mensch zu bleiben – ist unmöglich.

Wozu wird denn all das führen? wirst Du fragen. Ja wirklich, ich glaube – zu nichts. Ich werde sehr angenehm die Zeit bis zum September verbringen und dann fortfahren. Dunkel und langweilig wird mir das Leben in den ersten Monaten erscheinen... ich werde mich daran gewöhnen. Ich weiß, wie gefährlich jede Art Verbindung zwischen einem Mann und einer jungen Frau ist, wie unmerklich das eine Gefühl in das andere übergehen kann ... ich könnte mich losreißen, wenn ich mir nicht bewußt wäre, daß wir beide völlig ruhig sind. Es ist wahr, einmal ging zwischen uns etwas Seltsames vor. Ich weiß nicht, wie und aus welcher Ursache — ich erinnere mich, wir hatten den „Onégin" gelesen — ich ihr die Hand küßte. Sie rückte ein wenig fort, heftete den Blick auf mich (ich habe bei keinem als bei ihr einen solchen Blick gesehen: Nachdenklichkeit ist darin und Aufmerksamkeit und eine gewisse Strenge) ... wurde auf einmal rot, stand auf und ging fort. An diesem Tag gelang es mir schon nicht mehr, mit ihr allein zu sein. Sie wich mir aus und spielte geschlagene vier Stunden hintereinander mit ihrem Mann, der Wärterin und der Gouvernante Karten! am nächsten Morgen schlug sie mir vor, in den Garten zu gehen. Wir durchschritten ihn ganz, bis zum Ufer des Sees. Auf einmal, ohne sich zu mir umzuwenden, flüsterte sie leise: „bitte tun Sie das künftig nicht mehr!" und begann mir sogleich irgend etwas zu erzählen ... ich war sehr beschämt.

Ich muß bekennen, daß ihr Bild mir nicht aus dem Kopf geht, und ich habe wohl auch diesen Brief nur in der Absicht zu schreiben begonnen, um an sie zu denken und von ihr sprechen zu können. Ich höre das Schnauben und Stampfen der Pferde: mein Wagen ist vorgefahren. Ich fahre zu ihnen. Mein Kutscher fragt mich jetzt schon nicht mehr, wohin er fahren soll, wenn ich in den Wagen steige — er fährt mich geradeswegs zu Priímkows. Zwei Werst vor ihrem Dorf, an einer scharfen Wendung des Weges, blickt ihr Gutsgebäude plötzlich aus einem Birkenhain hervor ... jedes Mal wird das Herz mir froh, wenn in der Ferne nur ihre Fenster blinken. Schimmel (dieser unschädliche Greis besucht sie zuweilen; die Fürsten Ch ... haben sie, Gott sei Dank, nur ein einziges Mal gesehen) ... Schimmel sagt nicht umsonst mit der ihm eigentümlichen bescheidenen Feierlichkeit, indem er auf das Haus deutet, darin Wera lebt: „das ist das Heim des Friedens!" in diesem Haus hat ein friedlicher Engel Wohnung genommen.

Mit deinem Flügel hüll mich ein,
Dem Sturm des Herzens bring den Schlaf
Und heilsam wird der Schatten sein
Der Seele, die ein Zauber traf ...

Nun aber genug; sonst wirst Du noch weiß Gott was denken. Bis zum nächsten Mal ... was schreibe ich wohl beim nächsten Mal? — lebwohl! — beiläufig, sie sagt mir nie: leben Sie wohl, sondern immer: nun, leben Sie wohl. — Mir gefällt das schrecklich.

Dein P. B.

P. S. Ich erinnere mich nicht, ob ich Dir erzählt habe, daß sie von meiner Werbung um sie weiß.

Sechster Brief

Gehöft M ..., 10. August 1850

Bekenne, Du erwartest von mir entweder einen verzweifelten, oder einen verzückten Brief ... nichts davon. Mein Brief wird sein wie alle Briefe. Nichts Neues ist geschehen und kann auch, wie es scheint, nicht geschehen. In diesen Tagen fuhren wir im Kahn auf den See hinaus. Ich will Dir diese Fahrt beschreiben. Wir waren zu dritt: sie, Schimmel und ich. Ich begreife nicht, was für ein Vergnügen sie daran findet, diesen Alten so oft einzuladen. Die Ch .... is sind verstimmt gegen ihn, sie sagen, er fange an seine Stunden zu vernachlässigen. Dieses Mal übrigens war er unterhaltsam. Priímkow war nicht mit uns gefahren: er hatte Kopfweh. Das Wetter war prächtig, heiter: große, gleichsam zerfetzte, weiße Wolken am Himmel, überall Glanz, Gerausche in den Bäumen, das Plätschern und Klatschen des Wassers am Ufer, auf den Wellen flüchtige goldene Schlänglein, Frische und Sonne! — zuerst ruderte ich mit dem Deutschen; dann zogen wir das Segel auf und schossen dahin. Der Schnabel des Bootes geriet ins Tauchen und das Kielwasser zischte und schäumte. Sie saß am Ruder und begann zu steuern; um den Kopf hatte sie ein Tuch gebunden: ein Hut wäre fortgeweht worden; die Locken rissen sich darunter los und flatterten weich in der Luft. Sie hielt das Steuer fest in der kleinen gebräunten Hand und lächelte über die Spritzer, die ihr hier und da ins Gesicht flogen. Ich kauerte mich im Boot nieder, nicht weit von ihren Füßen, der Deutsche holte die Pfeife hervor, brannte seinen Knaster an und — stelle dir vor — fing mit einem ziemlich angenehmen Baß zu singen an. Zuerst sang er das alte Liedchen: „Freut euch des Lebens", dann eine Arie aus der „Zauberflöte", dann ein Lied mit dem Titel: „Das A-B-C der Liebe." In diesem Lied kommt — natürlich mit anständigen Wortspielen — das ganze Alphabet vor, anfangend mit A, B, C, D — Wenn ich dich seh! und endend mit: U, V, W, X — Mach einen Knix! — Er sang alle Reimpaare mit einem gefühlvollen Ausdruck, aber man hätte sehen müssen, wie verschmitzt er mit dem linken Auge zwinkerte bei der Silbe: Knix — Wera lachte auf und drohte ihm mit dem Finger. Ich bemerkte, daß Herr Schimmel, soviel mir scheint, zu seiner Zeit ein ganz gerissener Kunde gewesen sein müsse. „O ja, und ich wußte mir schon zu helfen!" entgegnete er mit Wichtigkeit, klopfte die Pfeifenasche in seine hohle Hand hinein und, mit den Fingern in den Tabaksbeutel langend, schob er sich verwegen die Pfeife in den Mundwinkel. „Als ich Student war", fügte er hinzu, „o — ho — ho!" mehr sagte er nicht. Aber was war das für ein o — ho — ho! — Wera bat ihn, irgend ein Studentenlied zu singen, und er sang: „Knaster, den gelben", doch den letzten Ton nahm er falsch. Er war schon sehr ausgelassen geworden. Unterdessen hatte der Wind zugenommen, es rollten ziemlich große Wellen daher, das Boot nahm eine leichte Schiefstellung an; die Schwalben schossen nah um uns herum. Wir holten das Segel über, begannen zu kreuzen. Der Wind sprang plötzlich um, wir wurden nicht rechtzeitig fertig — eine Welle schlug über Bord, das Boot schöpfte stark Wasser. Auch hierbei erwies sich der Deutsche als ein tüchtiger Kerl; er entriß mir die Schnur und stellte das Segel richtig, indem er dazu sagte: „So macht man's in Cuxhaven!"

Wera hatte wahrscheinlich einen Schreck bekommen, denn sie war blaß geworden, sagte aber nach ihrer Gewohnheit kein Wort, raffte das Kleid zusammen und stellte die Fußspitzen auf den Quersitz des Bootes. Mir kam auf einmal das Gedicht Goethes in den Sinn (seit einiger Zeit bin ich ganz von ihm angesteckt) ... weißt Du noch: „Auf der Welle blinken tausend schwebende Sterne", und sagte es laut her. Als ich bis zu dem Vers kam: „Aug', mein Aug', was sinkst du nieder?" hob sie die Augen ein wenig empor (ich saß niedriger als sie: ihr Blick fiel auf mich von oben) und schaute lange in die Ferne, gegen den Wind blinzelnd ... ein leichter Regen flog plötzlich herbei und hüpfte in Blasen über das Wasser hin. Ich bot ihr meinen Überzieher an: sie warf ihn sich über die Schultern. Wir legten am Ufer an — nicht am Landungsplatz — und gingen zu Fuß nach Hause. Sie ging an meinem Arm. Mir war immer, als hätte ich ihr etwas sagen wollen; ich schwieg aber. Doch erinnere ich mich, sie gefragt zu haben, warum sie, wenn sie zu Hause ist, immer unter dem Portrait der Frau Jelzówa sitze, wie ein Vögelchen unter dem Flügel der Mutter? — „Ihr Vergleich ist sehr richtig", entgegnete sie, „ich möchte niemals den Schutz ihres Flügels verlassen." — Sie wollen nicht in die Freiheit hinaus? — fragte ich wieder. Sie gab keine Antwort.

Ich weiß nicht, warum ich Dir von dieser Ausfahrt erzählt habe — deshalb vielleicht, weil sie mir in der Erinnerung geblieben ist als eins der hellsten Ereignisse der vergangenen Tage, wenn man das ja auch eigentlich nicht ein Ereignis nennen kann. Mir war so froh und so schweigsam-fröhlich zu Mut und die Tränen, leichte und glückliche Tränen, drängten sich mir nur so in die Augen.

Ja! denke Dir: als ich am nächsten Tag an der Laube vorüberging, hörte ich auf einmal den Gesang einer angenehmen volltönenden weiblichen Stimme: „Freut euch des Lebens" ... ich blickte in die Laube hinein: — es war Wera. „Bravo!" rief ich, „ich habe nicht gewußt, daß Sie eine so prächtige Stimme haben!" — sie schämte sich und verstummte. Ohne Spaß, sie hat einen vorzüglichen starken Sopran. Und sie ahnt es nicht einmal, denke ich, daß sie eine gute Stimme hat. Wie viele unberührte Schätze sind noch in ihr verborgen! sie kennt sich selbst nicht. Aber ist es nicht wahr, daß eine solche Frau in unserer Zeit eine Seltenheit ist?

12. August.

Gestern hatten wir ein mehr als sonderbares Gespräch. Zuerst war die Rede von Gespenstern. Denke Dir: sie glaubt daran und sagt, daß sie dazu Ursache habe. Priímkow, der auch dabei war, senkte die Augen und nickte mit dem Kopf, als bestätige er ihre Worte. Ich hätte sie gern näher befragt, merkte aber bald, daß dieses Gespräch ihr nicht angenehm war. Wir fingen an von der Einbildung zu sprechen, von der Einbildungskraft. Ich erzählte, daß ich in meiner Jugend, oftmals vom Glück träumend (die übliche Beschäftigung von Leuten, die im Leben kein Glück gehabt haben oder haben), unter anderem auch davon träumte, was das für eine Seligkeit wäre, mit einer geliebten Frau einige Wochen in Venedig zu verbringen. Ich hatte so oft darüber nachgedacht, besonders Nachts, daß in meinem Kopf allmählich ein ganzes Bild entstanden war, das ich auf Wunsch vor mich hin stellen konnte: ich brauchte nur die Augen zu schließen. Dieses war's was ich mir vorstellte: Nacht, Mond, weißer und zarter Mondschein, Duft... Du denkst, von Zitrone?... nein, von Vanille, Geruch vom Kaktus, die breite Wasserfläche, die flache, mit Ölbäumen bewachsene Insel; auf der Insel ganz am Ufer ein kleines Marmorhaus mit geöffneten Fenstern; man hört Musik, Gott weiß von woher; am Haus Bäume mit dunklen Blättern, das Licht einer halbverhangenen Lampe; aus dem einen Fenster hängt ein schwerer Samtmantel nieder mit goldenen Fransen und liegt mit dem einen Ende im Wasser; und an den Mantel gelehnt sitzen er und sie neben einander und blicken in die Ferne, dorthin wo Venedig sichtbar ist. Dies alles stellte sich mir so deutlich vor, als sähe ich alles mit eigenen Augen. Sie hörte meine Phantasien an und sagte, daß auch sie oft phantasiere, doch seien ihre Träumereien anderer Art: entweder versetzt sie sich in die Steppen Afrikas, mit irgend einem Reisenden,

oder sie folgt den Spuren Franklins über das Eismeer; stellt sich lebhaft alle Entbehrungen vor, die sie ertragen müsse, alle Schwierigkeiten, mit denen sie zu kämpfen hätte ...
„Du hast zu viel Reiseschilderungen gelesen", bemerkte ihr Mann.
„Kann sein", entgegnete sie, „doch wenn man schon träumen muß, was hat man davon, vom Unerfüllbaren zu träumen?"
„Und warum denn nicht?" fiel ich ein. „Was hat das arme Unerfüllbare verbrochen?"
„Ich habe mich nicht richtig ausgedrückt", sprach sie, „ich wollte sagen, was haben wir davon, von uns selbst zu träumen, von unserem Glück? es lohnt nicht, daran zu denken; es kommt nicht zu uns – wozu ihm nachjagen! es ist wie die Gesundheit: wenn man sie nicht bemerkt, so hat man sie."
Ich wunderte mich über diese Worte. Diese Frau hat eine große Seele, glaube mir. Von Venedig ging das Gespräch auf Italien über, auf die Italiener. Priímkow ging hinaus und ich blieb mit Wera allein.
„Auch in Ihren Adern fließt italienisches Blut", bemerkte ich.
„Ja", entgegnete sie, „wenn Sie wollen, zeige ich Ihnen ein Portrait meiner Großmutter?"
„Wenn Sie so freundlich sein wollen."
Sie ging in ihr Kabinett und brachte von dort ein ziemlich großes goldenes Medaillon. Als ich es geöffnet hatte, erblickte ich die vortrefflich ausgeführten Miniaturportraits des Vaters der Jelzówa und seiner Frau – jener Bäuerin aus Albano. Weras Großvater überraschte mich wegen seiner Ähnlichkeit mit der Tochter. Nur erschienen seine von einer weißen Puderwolke umrahmten Züge noch strenger, spitzer und schärfer und in den kleinen gelben Augen glimmte so etwas wie ein mürrischer Eigensinn. Aber welch ein Gesicht hatte die Italienerin! sinnlich-süß, offen wie eine erblühte Rose, mit großen feuchten vorstehenden Augen und selbstzufrieden lächelnden roten Lippen! die feinen sinnlichen Nasenflügel schienen zu zittern und sich auszudehnen, wie nach eben empfangenen Küssen; die braunen Wangen strahlten geradezu Glut und Gesundheit aus, üppige Jugend und Weibeskraft ...

diese Stirn hatte nie nachgedacht, und Gott sei bedankt dafür!
sie ist gemalt in ihrem Albanerputz; der Maler (ein Meister!)
hat ihr einen Rebenzweig ins Haar getan, das schwarz ist wie
Pech, mit grell-grauen Glanzflecken: dieser bakchische
Schmuck paßt wie nichts anderes zum Ausdruck ihres Gesichts. Und weißt Du, an wen mich dieses Gesicht erinnerte?
an meine Manon Lescaut im schwarzen Rahmen. Und was am
erstaunlichsten ist: beim Anblick dieses Portraits fiel mir ein,
daß auch in Weras Gesicht, trotz der völligen Ungleichheit
der Umrisse, zuweilen etwas aufblinkt, was an dieses Lächeln,
an diesen Blick erinnert ...
Ja, ich wiederhole: weder sie selbst noch irgend jemand sonst
in der Welt kennt das, was in ihr verborgen ist ...
Nebenbei gesagt! die Jelzówa hat, vor der Hochzeit der Tochter, dieser ihr ganzes Leben erzählt, den Tod ihrer Mutter und
so weiter, wahrscheinlich in erzieherischer Absicht. Auf Wera
hatte das besonderen Eindruck gemacht, was sie von ihrem
Großvater gehört, von diesem geheimnisvollen Ládanow.
Glaubt sie nicht deshalb vielleicht an Gespenster? seltsam! sie
selbst ist so hell und rein, fürchtet sich vor allem Finsteren,
Unterirdischen und glaubt dennoch daran ...
Doch genug. Wozu von alledem schreiben? Übrigens, weil es
nun schon einmal geschrieben ist, mag es denn auch zu Dir
hingehen.

Dein P. B.

Siebenter Brief

Gehöft M ..., 22. August 1850

Ich ergreife die Feder wieder zehn Tage nach meinem letzten
Brief ... o mein Freund, ich kann es nicht länger verbergen
... wie schwer ist mir! wie liebe ich sie! Du kannst Dir vorstellen, mit welch einem bitteren Zusammenzucken ich dieses
verhängnisvolle Wort niederschreibe. Ich bin kein Knabe,
nicht einmal ein Jüngling; ich bin schon nicht mehr in dem
Alter, in dem es einem fast unmöglich ist, einen anderen zu be-

trügen, und man sich selbst ohne weiteres betrügt. Ich weiß
alles und sehe klar. Ich weiß, daß ich bald vierzig Jahre alt
sein werde, daß sie die Frau eines anderen ist, daß sie ihren
Mann liebt; ich weiß sehr gut, daß ich mir von dem unglücklichen Gefühl, das mich ergriffen hat, außer geheimen Qualen
und der endgültigen Vergeudung der Lebenskräfte nichts erwarten darf, – ich weiß dies alles, ich erhoffe nichts und
wünsche nichts; das macht es mir aber nicht leichter. Schon vor
einem Monat fing ich an zu bemerken, daß ich immer stärker
und stärker zu ihr hingezogen wurde. Das verwirrte mich zum
Teil, teils freute es mich sogar... konnte ich aber erwarten,
daß sich mit mir all das wiederholen würde, was, wie mir
schien, ebenso wie die Jugend keine Wiederkehr kennt? was
rede ich denn! so habe ich niemals geliebt, nein, niemals! die
Manon Lescauts, die Frétillons – das waren meine Götzen.
Solche Götzen zu zerschlagen ist leicht; jetzt aber... ich habe
jetzt erst erfahren was es heißt, eine Frau zu lieben. Ich schäme
mich sogar, davon zu sprechen; aber es ist so. Ich schäme mich...
die Liebe ist dennoch Egoismus; und in meinen Jahren ist es
unerlaubt, egoistisch zu sein: man darf im Alter von siebenunddreißig Jahren nicht für sich selbst leben; man soll nützlich leben, mit dem irdischen Ziel, seine Pflicht zu erfüllen,
seine Arbeit zu tun. Und ich hatte mich schon an die Arbeit gemacht... da ist nun alles wieder fortgeweht, wie von einem
Wirbelwind! jetzt begreife ich, wovon ich Dir in meinem
ersten Brief schrieb; ich begreife, welche Prüfung mir gefehlt
hatte. Wie plötzlich ist dieser Schlag auf mein Haupt niedergegangen! da stehe ich und schaue sinnlos in die Zukunft hinein: ein schwarzer Vorhang hängt mir dicht vor den Augen;
die Seele fühlt Last und Schrecken! ich kann mich zusammennehmen, ich bin äußerlich ruhig, nicht nur vor den anderen,
sogar mit mir allein; ich werde ja doch nicht herumwüten wie
ein Knabe! aber der Wurm kroch mir ins Herz hinein und
nagt daran Tag und Nacht. Wie wird das enden? bis jetzt
fühlte ich Sehnsucht in ihrer Abwesenheit und Unruhe – und
wurde bei ihr sofort still... jetzt bin ich unruhig, wenn ich
bei ihr bin – das ist es, was mich erschreckt. O mein Freund,

wie schwer ist es, sich seiner Tränen zu schämen, sie zu verbergen! ... nur die Jugend allein darf weinen; ihr allein stehen Tränen an ...

Ich kann diesen Brief nicht durchlesen; er hat sich mir wider Willen entrissen, wie ein Stöhnen. Ich kann nichts hinzufügen, nichts erzählen ... gib mir Zeit: ich werde zu mir kommen, Herrschaft gewinnen über meine Seele, werde zu Dir sprechen wie ein Mann, jetzt aber möchte ich den Kopf Dir an die Brust legen und ...

O Mephistopheles! auch du hilfst mir nicht. Ich halte mit Absicht inne, habe mit Absicht in mir die ironische Ader zu wecken gesucht, erinnerte mich selbst daran, wie lächerlich und schal mir nach einem Jahr, nach einem halben, diese Klagen, diese Ergießungen erscheinen werden ... nein, Mephistopheles ist machtlos und sein Zahn stumpf geworden ... lebwohl.

Dein P. B.

Achter Brief

Gehöft M..., 8. September 1850

Lieber Freund Simeon Nikolájewitsch!

Du hast Dir meinen letzten Brief allzusehr zu Herzen genommen. Du weißt, ich bin immer geneigt, meine Empfindungen zu übertreiben. Das kommt so irgendwie gegen meinen Willen: eine Weibernatur! mit den Jahren wird das natürlich vorübergehen; bis jetzt aber, ich bekenne es mit einem Seufzer, habe ich mich noch nicht gebessert. Und darum beruhige Dich. Ich werde den Eindruck nicht ableugnen, den Wera auf mich gemacht hat; ich sage aber wiederum: in alledem ist nichts Ungewöhnliches. Hierher zu mir kommen, wie Du schreibst, sollst Du durchaus nicht. Tausend Werst weit hergejagt kommen, Gott weiß warum — das wäre ja doch ein Wahnsinn! aber ich bin Dir sehr dankbar für diesen neuen Beweis Deiner **Freundschaft** und werde ihn, glaube mir, niemals vergessen.

Deine Reise hierher wäre noch darum nicht am Platz, weil ich selbst bald nach Petersburg zu fahren beabsichtige. Auf Deinem Divan sitzend werde ich Dir vieles erzählen, jetzt aber habe ich wirklich keine Lust: ich werde wohl gar wieder ins Schwatzen geraten und Verwirrung anrichten. Vor der Abreise schreibe ich Dir noch. Also auf ein baldiges Wiedersehen. Sei gesund und munter und sorge Dich nicht allzusehr um das Schicksal

des Dir ergebenen P. B.

Neunter Brief

Dorf P...., 10. März 1853

Lange habe ich Deinen Brief nicht beantwortet; ich habe alle diese Tage darüber nachgedacht. Ich fühlte, daß nicht müßige Neugier ihn Dir eingegeben hatte, sondern wahre freundschaftliche Teilnahme, und dennoch schwankte ich: ob ich wohl Deinen Rat befolgen, Deinen Wunsch erfüllen sollte? endlich entschloß ich mich; ich will Dir alles erzählen. Ob meine Beichte mir Erleichterung bringen wird, wie Du annimmst, weiß ich nicht; aber mir scheint, daß ich kein Recht habe, das vor Dir zu verbergen, was für immer mein Leben verändert hat; mir scheint, daß ich sogar eine Schuld behielte... ach! eine noch größere Schuld jenem unvergeßlichen lieben Schatten gegenüber, wenn ich unser trauriges Geheimnis nicht dem einzigen Herzen anvertraute, das mir noch teuer ist. Du bist vielleicht der Einzige in der Welt, der sich an Wera erinnert, und Dein Urteil über sie ist leichtfertig und falsch; das darf ich nicht zugeben. Erfahre denn alles! ach! man kann dies alles mit zwei Worten sagen. Das, was zwischen uns geschehen ist, zuckte jäh vorüber wie ein Blitz und hat wie ein Blitz Tod und Verderben gebracht...
Seit der Zeit, daß sie dahin ist, seit der Zeit, da ich meinen Wohnsitz in dieser Öde genommen, die ich bis zum Ende meiner Tage schon nicht mehr verlassen werde, sind über zwei

Jahre vergangen, und alles steht mir so klar im Gedächtnis, so lebendig sind noch meine Wunden, so bitter mein Leid ...
Ich werde nicht jammern. Klagen, indem sie sie aufreizen, stillen die Trauer, aber nicht die meinige. Ich werde erzählen.
Entsinnst Du Dich meines letzten Briefes — jenes Briefes, mit dem ich Deine Befürchtungen zu zerstreuen gedachte und Dir die Abreise aus Petersburg widerriet? seine erzwungene Munterkeit war Dir verdächtig, Du glaubtest nicht an unser baldiges Wiedersehen: Du hattest recht. Am Tage vorher, bevor ich Dir schrieb, hatte ich erfahren, daß ich geliebt ward.
Beim Hinschreiben dieser Worte begriff ich, wie schwer es mir sein wird, meine Erzählung zu Ende zu führen. Der unablässige Gedanke an ihren Tod wird mich quälen mit verdoppelter Stärke, diese Erinnerungen werden mich verbrennen ... aber ich werde mir Mühe geben, mich zu beherrschen, und entweder das Schreiben aufgeben oder wenigstens kein unnötiges Wort sagen.
Daß Wera mich liebt, erfuhr ich auf solche Weise. Vor allem muß ich Dir sagen (und Du wirst es mir glauben), daß ich vor jenem Tag entschieden nichts geahnt habe. Es ist wahr, sie versank zuweilen in Gedanken, was früher bei ihr nicht vorgekommen war; aber ich verstand nicht, warum dieses mit ihr geschah. Eines Tages endlich, am 7. September — ein Erinnerungstag für mich — geschah das folgende. Du weißt, wie ich sie liebte und wie schwer mir zu Mute war. Ich irrte umher wie ein Schatten, fand nirgends Ruhe. Ich wollte gar zu Hause bleiben, hielt es aber nicht aus und begab mich zu ihr. Ich traf sie allein im Kabinett. Priímkow war nicht zu Hause: er war auf die Jagd gefahren. Als ich bei Wera eintrat, blickte sie mich lange unverwandt an und erwiderte meinen Gruß nicht. Sie saß am Fenster; auf ihrem Schoß lag ein Buch, daß ich sogleich erkannte: es war mein „Faust". Ihr Gesicht verriet Müdigkeit. Ich setzte mich ihr gegenüber. Sie bat mich, ihr jene Szene zwischen Faust und Gretchen vorzulesen, in der sie ihn fragt, ob er an Gott glaube. Ich nahm das Buch und begann zu lesen. Als ich geendet hatte, blickte ich sie an. Den Kopf im

Sessel zurückgelehnt und die Arme über der Brust gekreuzt, schaute sie immer noch ebenso unverwandt auf mich.

Ich weiß nicht, warum mir das Herz auf einmal zu klopfen begann.

„Was haben Sie mit mir gemacht?" sprach sie mit langsamer Stimme.

„Wie?" sprach ich verwirrt.

„Ja, was haben Sie mit mir gemacht?" wiederholte sie.

„Sie wollen sagen", begann ich, „warum ich Sie überredet habe, solche Bücher zu lesen?"

Sie stand schweigend auf und schritt aus dem Zimmer. Ich blickte ihr nach.

Auf der Türschwelle blieb sie stehen und wandte sich zu mir um.

„Ich liebe Sie", sagte sie, „das ist es, was Sie mit mir gemacht haben."

Das Blut schoß mir zu Kopfe.

„Ich liebe Sie, ich bin in Sie verliebt", wiederholte Wera.

Sie ging fort und verschloß hinter sich die Tür. Ich will Dir nicht beschreiben, was darauf mit mir geschah. Ich entsinne mich, ich ging in den Garten hinaus, drang in das Dickicht ein, lehnte mich an einen Baum, und wie lange ich dort gestanden bin, weiß ich nicht zu sagen. Ich war wie erstorben; ein Gefühl der Seligkeit lief mir bisweilen wie eine Welle durch das Herz ... nein, ich will nicht davon sprechen. Die Stimme Priimkows weckte mich aus der Erstarrung; man hatte ihm melden lassen, daß ich gekommen war; er war von der Jagd zurückgekehrt und suchte mich. Er staunte, mich im Garten allein, ohne Hut, zu finden, und führte mich ins Haus. „Meine Frau ist im Wohnzimmer", sprach er, „gehen wir zu ihr." Du kannst Dir vorstellen, mit welchen Gefühlen ich die Schwelle des Wohnzimmers überschritt. Wera saß in der Ecke, am Stickrahmen; ich blickte sie heimlich an und schaute nachher lange nicht auf. Zu meinem Erstaunen erschien sie ruhig; in dem, was sie sprach, im Klang ihrer Stimme war keine Erregung zu spüren. Ich entschloß mich endlich sie anzusehen. Unsere Blicke begegneten sich ... sie wurde ein ganz klein

wenig rot und beugte sich über den Stramin. Ich fing an, sie
zu beobachten. Sie schien irgend etwas nicht zu verstehen; ein
unfrohes Lächeln spielte hier und da um ihre Lippen.
Priímkow verließ das Zimmer. Sie hob auf einmal den Kopf
und fragte mich ziemlich laut:
„Was denken Sie denn jetzt zu tun?"
Ich wurde verlegen und erwiderte eilig, mit dumpfer Stimme,
daß ich die Pflicht eines ehrlichen Menschen zu erfüllen gedenke — mich zu entfernen, „denn", fügte ich hinzu, „ich liebe
Sie, Wera Nikolájewna, Sie haben das wahrscheinlich schon
längst bemerkt." Sie beugte sich wieder über den Stramin und
sann nach.
„Ich muß mit Ihnen reden", sprach sie, „kommen Sie heute
Abend nach dem Tee in unser Häuschen ... Sie wissen, wo Sie
den ,Faust' gelesen haben."
Sie sagte dies so vernehmlich, daß ich es auch jetzt nicht fassen kann, wie es kam, daß Priímkow, der in diesem selben
Augenblick in das Zimmer trat, nichts gehört hatte. Langsam,
quälend langsam verging dieser Tag. Wera blickte zuweilen
mit einem solchen Ausdruck um sich, als fragte sie sich, ob sie
vielleicht träume, und zur gleichen Zeit war Entschlossenheit
in ihrem Gesicht zu lesen. Und ich ... ich konnte nicht zu mir
selbst kommen. Wera liebt mich! diese Worte kreisten mir beständig in meinem Sinn; doch ich verstand sie nicht — weder
mich selbst verstand ich, noch sie. Ich glaubte nicht an ein so
unerwartetes, so erschütterndes Glück; mit Anstrengung erinnerte ich mich an das Vergangene und schaute ebenfalls und
redete wie im Traum ...
Nach dem Tee, als ich mir schon zu überlegen begann, wie ich
wohl unbemerkt aus dem Hause schlüpfen könnte, erklärte sie
auf einmal selbst, daß sie einen Spaziergang machen wolle,
und schlug mir vor, sie zu begleiten. Ich stand auf, nahm den
Hut und schlenderte hinter ihr her. Ich wagte nicht zu sprechen, ich atmete kaum, ich wartete auf ihr erstes Wort, auf Erklärungen; sie schwieg aber. Schweigend kamen wir bis zum
chinesischen Häuschen, traten schweigend ein, und hier — ich
weiß bis jetzt nicht, kann nicht verstehen, wie das geschah —

fanden wir uns jählings in einer Umarmung. Irgend eine unsichtbare Kraft hatte mich zu ihr geworfen und sie zu mir. Im verlöschenden Licht des Tages wurde ihr Gesicht, mit den zurückgeworfenen Locken, auf einen Augenblick hell von einem Lächeln der Selbstvergessenheit und Wonne, und unsere Lippen vereinigten sich im Kuß...
Dieser Kuß war unser erster und letzter.
Wera riß sich auf einmal aus meinen Armen los und wankte zurück mit dem Ausdruck des Entsetzens in den weitgeöffneten Augen.
„Sehen Sie sich um", sagte sie mit bebender Stimme, „sehen Sie nichts?"
Ich wandte mich rasch um.
„Nichts. Sehen Sie denn etwas?"
„Jetzt sehe ich nichts, aber ich habe gesehen."
Sie atmete tief und langsam.
„Wen? was?"
„Meine Mutter", sprach sie langsam und erzitterte an allen Gliedern.
Ich fuhr auch zusammen, wie von einer Kälte umfaßt. Mir wurde auf einmal angst, wie einem Verbrecher. Und war ich denn nicht auch ein Verbrecher in diesem Augenblick?
„Ach, gehen Sie doch!" begann ich. „Was haben Sie? sagen Sie mir lieber..."
„Nein, um Gottes willen, nein!" unterbrach sie und faßte sich an den Kopf. „Das ist Wahnsinn... ich werde wahnsinnig... damit darf man nicht scherzen — das ist der Tod... leben Sie wohl..."
Ich streckte ihr die Hände hin.
„Warten Sie, um Gottes willen, nur einen Augenblick", rief ich in unwillkürlichem Antrieb. Ich wußte nicht, was ich sprach und hielt mich kaum auf den Füßen. — Um Gottes willen... das ist doch grausam!
Sie blickte mich an.
„Morgen, morgen Abend", sprach sie, „nicht heute, ich bitte Sie... fahren Sie heute fort... morgen Abend kommen Sie zum Gartenpförtchen, am See. Ich werde dort sein, ich komme

... ich schwöre dir, daß ich komme", fügte sie hingerissen hinzu, und ihre Augen blitzten: „Wer mich auch zurückhalten mag, ich schwöre! ich werde dir alles sagen, nur laß mich heute."
Und ehe ich ein Wort hervorbringen konnte, war sie verschwunden.
Erschüttert bis zum Grunde blieb ich am Platz zurück. Der Kopf ging mir im Kreise. Durch die wahnsinnige Freude hindurch, die mein ganzes Wesen erfüllte, drängte sich schleichend ein beklommenes Gefühl hervor... ich sah mich um. Schrecklich erschien mir das dumpfe feuchte Zimmer, in dem ich stand, mit seiner niedrigen Wölbung und den dunklen Wänden.
Ich trat hinaus und ging mit schweren Schritten dem Hause zu. Wera erwartete mich auf der Terrasse; sie trat ins Haus, sobald ich nah herangekommen war, und entfernte sich sogleich in ihr Schlafzimmer.
Ich fuhr fort.
Wie ich die Nacht und den nächsten Tag bis zum Abend verbracht habe – das läßt sich nicht wiedergeben. Ich weiß nur noch, ich lag mit dem Gesicht nach unten, das Gesicht in den Händen versteckt, entsann mich ihres Lächelns vor jenem Kuß und flüsterte: „Da ist sie, endlich..."
Mir fielen auch die Worte der Jélzowa ein, die Wera mir mitgeteilt hatte. Sie hatte ihr einst gesagt: „du bist wie Eis: solange du nicht auftaust – bist du fest wie Stein, taust du aber auf, bleibt von dir keine Spur zurück."
Noch dieses andere kam mir ins Gedächtnis: ich hatte einmal mit Wera davon gesprochen, was das Können, das Talent bedeutet.
„Ich kann nur eines", hatte sie gesagt, „schweigen bis zum letzten Augenblick."
Ich habe damals nichts verstanden.
„Aber was bedeutet ihr Erschrecken?" fragte ich mich...
„hat sie denn wirklich die Jélzowa gesehen? Einbildung!" dachte ich und überließ mich aufs neue dem Gefühl der Erwartung.

Am selben Tag schrieb ich Dir – mit welchen Gedanken, es ist unheimlich, sich das vorzustellen – jenen listigen Brief.

Am Abend – die Sonne war noch nicht untergegangen – stand ich schon, fünfzig Schritte vom Gartenpförtchen entfernt, im hohen und dichten Weidengehölz am Ufer des Sees. Ich war zu Fuß von zu Hause hergekommen. Zu meiner Schande bekenne ich: Angst, die allerkleinmütigste Angst erfüllte mir die Brust, ich fuhr beständig zusammen... aber ich empfand keine Reue. Zwischen den Zweigen versteckt, blickte ich unverwandt auf das Pförtchen. Es öffnete sich nicht. Jetzt ging die Sonne unter; jetzt wurde es Abend; jetzt kamen die Sterne heraus und der Himmel wurde schwarz. Niemand zeigte sich. Das Fieber schüttelte mich. Die Nacht trat ein. Ich konnte es nicht länger ertragen, ging vorsichtig aus dem Gehölz heraus und schlich mich zum Pförtchen hin. Alles war still im Garten. Ich rief flüsternd: „Wera", rief noch einmal und zum dritten Mal... keine Stimme gab Antwort. Es verging noch eine halbe Stunde, eine Stunde verging; es wurde ganz dunkel. Die Erwartung hatte mich erschöpft; ich zog das Pförtchen zu mir heran, öffnete es mit einem Ruck und ging wie ein Dieb auf Zehenspitzen auf das Haus zu. Ich blieb im Schatten der Linden stehen.

Im Haus waren fast alle Fenster erleuchtet: Menschen gingen in den Zimmern hin und her. Das wunderte mich: meine Uhr, soviel ich bei dem trüben Schein der Sterne unterscheiden konnte, zeigte auf halb zwölf. Die Nacht war dunkel, septemberhaft, doch warm und ohne Wind. Das Gefühl nicht so sehr des Ärgers als der Trauer, das mich wieder überkommen wollte, zerstreute sich allmählich, und ich kam nach Hause, ein wenig müde vom raschen Gehen, aber beruhigt durch die Stille der Nacht, glücklich und beinahe fröhlich. Ich trat ins Schlafzimmer, schickte Timoféj fort, warf mich ohne mich auszuziehen auf das Bett und versank in Nachdenken.

Zuerst waren meine Gedanken freudige; bald aber bemerkte ich in mir eine seltsame Veränderung. Ich begann eine heimliche, nagende Schwermut zu empfinden, eine tiefe innere Be-

unruhigung. Ich konnte nicht begreifen, was die Ursache davon war; doch mir wurde matt und schwer zu Mut, als ob mich ein nahes Unglück bedrohe, als litte irgend ein Liebes in diesem Augenblick und riefe mich zu Hilfe. Das Wachslicht auf dem Tisch brannte mit einer kleinen reglosen Flamme, das Pendel tickte schwer und gemessen. Ich lehnte den Kopf auf die Hand und begann in das leere Halbdunkel meines einsamen Zimmers hineinzuschauen. Ich dachte an Wera, und das Herz tat mir weh: alles, was mich so erfreut hatte, erschien mir, wie es sich auch gehörte, als ein Unglück, als ein unentrinnbares Verderben. Das Gefühl der Schwermut in mir wuchs und wuchs; ich konnte nicht länger liegen; ich glaubte auf einmal zu hören, daß mich jemand rufe mit flehender Stimme ... ich hob den Kopf und fuhr zusammen: es war so, ich hatte mich nicht getäuscht: ein klagender Schrei flog von fern heran und haftete leise zitternd an den schwarzen Fensterscheiben. Angst ergriff mich: ich sprang aus dem Bett, öffnete das Fenster. Ein vernehmliches Stöhnen fuhr ins Zimmer hinein und kreiste gleichsam über mir. Ganz erstarrt vor Entsetzen, lauschte ich seinen letzten hinsterbenden Übergängen. Es schien, irgend jemand wurde in der Ferne hingemordet, und der Unglückliche flehte vergebens um Gnade. Ob da eine Eule im Hain geschrien, ob irgend ein anderes Geschöpf dieses Gestöhn ausgestoßen, darüber legte ich mir damals keine Rechenschaft ab, sondern beantwortete, wie Mazeppa dem Kotschubéj, den unheilverkündenden Ton mit einem Schrei.
„Wera, Wera!" rief ich, „bist du es, die mich ruft?" Timoféj, verschlafen und verwundert, erschien vor mir.
Ich kam zu mir, trank ein Glas Wasser, ging in ein anderes Zimmer; doch der Schlaf wollte mir nicht kommen. Mein Herz klopfte krankhaft, wenn auch nicht rasch. Ich konnte mich schon nicht mehr den Glücksträumen hingeben; ich wagte schon nicht mehr daran zu glauben.
Am nächsten Tag vor dem Mittagessen begab ich mich zu Priímkow. Er kam mir mit einem sorgenvollen Gesicht entgegen.

„Meine Frau ist krank", begann er, „sie liegt im Bett; ich habe nach dem Doktor geschickt."
„Was fehlt ihr?"
„Ich begreife nicht. Gestern Abend war sie in den Garten hinausgegangen und kam auf einmal zurück, außer sich, erschreckt. Das Stubenmädchen kam nach mir gelaufen. Ich komme, frage meine Frau: was ist mit dir? sie antwortet nicht und legte sich gleich hin; in der Nacht fing sie an zu phantasieren. Im Fieber hat sie Gott weiß was geredet, auch von Ihnen. Das Stubenmädchen erzählte mir eine erstaunliche Sache: daß Wérotschka im Garten ihre verstorbene Mutter gesehen habe, sie hätte geglaubt, diese ginge ihr entgegen, mit geöffneten Armen."
Du kannst Dir vorstellen, was ich bei diesen Worten empfand.
„Das ist natürlich Unsinn", fuhr Priímkow fort, „ich muß aber gestehen, daß meine Frau schon ungewöhnliche Dinge solcher Art erlebt hat."
„Sagen Sie, und ist Wera Nikolájewna sehr krank?"
„Ja, krank; jetzt ist sie ohne Bewußtsein."
„Was hat denn der Doktor gesagt?"
„Der Doktor sagt, die Krankheit läßt sich noch nicht bestimmen..."

12. März

Ich kann nicht so fortfahren wie ich angefangen habe, lieber Freund: dieses kostet mich allzuviel Anstrengung und reizt allzusehr meine Wunden. Die Krankheit, mit den Worten des Doktors zu reden, ließ sich bestimmen, und Wera ist gestorben an dieser Krankheit. Sie hat nicht einmal zwei Wochen gelebt nach dem verhängnisvollen Tag unserer flüchtigen Zusammenkunft. Ich habe sie noch einmal vor ihrem Ende gesehen. Es ist die grausamste Erinnerung meines Lebens. Ich wußte schon durch den Arzt, daß es keine Hoffnung gebe. Spät am Abend, als alles im Hause schon zur Ruhe gegangen war, schlich ich mich zur Tür ihres Schlafzimmers und blickte hinein. Wera lag im Bett mit geschlossenen Augen, mager, klein, mit einer fieberhaften Röte auf den Wangen. Wie zu Stein geworden sah ich sie an. Auf einmal öffnete sie die Augen, richtete sie auf mich, blickte genauer hin und, indem sie die abgemagerte Hand ausstreckte —

> Der! der; schick ihn fort!
> Was will der an dem heiligen Ort?

sprach sie mit einer so schrecklichen Stimme, daß ich laufend fortstürzte. Sie hatte fast in der ganzen Zeit ihrer Krankheit vom „Faust" phantasiert und von ihrer Mutter, die sie bald Martha, bald Gretchens Mutter nannte.
Wera starb. Ich war bei ihrem Begräbnis. Seitdem habe ich alles verlassen und bin für immer hierher übergesiedelt.
Denke jetzt an das, was ich Dir erzählt habe; denke an sie, an dieses Wesen, das so rasch untergegangen ist. Wie das geschehen ist, wie man diese unbegreifliche Einmischung eines Toten in die Angelegenheiten der Lebenden erklären soll, weiß ich nicht und werde es nie wissen; aber gib zu, daß nicht ein Anfall launenhaften Trübsinns, wie Du Dich ausdrückst, mich gezwungen hat, mich der menschlichen Gesellschaft zu entziehen. Ich bin ein anderer geworden als der, den Du gekannt hast: ich glaube jetzt an vieles, woran ich früher nicht glaubte. Ich habe in dieser ganzen Zeit so viel nachgedacht über diese unglückliche Frau (fast hätte ich gesagt: Mädchen), über ihre Herkunft, über das geheime Spiel des Schicksals, das wir Blinden einen blinden Zufall nennen. Wer weiß, wie viel Samen ein jeder, der auf der Erde lebt, zurückläßt, denen es beschieden ist, erst nach seinem Tode aufzugehen? Wer kann sagen, welch geheimnisvolle Kette das Schicksal eines Menschen an das Schicksal seiner Kinder, seiner Nachkommen bindet, und wie seine Bestrebungen sich in diesen wiederspiegeln, wie seine Fehler an ihnen heimgesucht werden? Wir alle müssen uns bescheiden und das Haupt beugen vor dem Unbekannten.
Ja, Wera ging unter, und ich blieb heil. Ich erinnere mich, als ich noch ein Kind war, hatten wir im Hause eine schöne Vase aus durchsichtigem Alabaster. Kein einziges Fleckchen schändete ihr jungfräuliches Weiß. Einst, als ich allein geblieben

war, begann ich den Sockel zu schaukeln, auf dem sie stand ...
die Vase fiel plötzlich hin und zersprang in Scherben. Ich erstarrte vor Schreck und stand regungslos vor den Splittern.
Mein Vater trat ein, erblickte mich und sagte: „sieh jetzt, was du gemacht hast: wir werden schon nicht mehr unsere wunderschöne Vase haben; jetzt läßt sie sich schon auf keine Weise mehr herstellen." Ich schluchzte auf. Mir schien, ich hatte ein Verbrechen begangen.

Ich war Mann geworden – und zerschlug leichtsinnig ein Gefäß, das tausendmal kostbarer war ...

Umsonst sage ich mir, daß ich keine so jähe Lösung erwarten konnte, daß sie mich selbst durch ihre Plötzlichkeit erschüttert hat, daß ich nicht ahnte, was für ein Geschöpf Wera gewesen war. Sie verstand wirklich zu schweigen bis zum letzten Augenblick. Ich hätte fliehen müssen, sobald ich nur fühlte, daß ich sie liebe, eine verheiratete Frau liebe; aber ich blieb – und das herrliche Wesen zersprang in Scherben, und ich blicke in stummer Verzweiflung auf das Werk meiner Hände.

Ja, die Jelzówa hat eifersüchtig ihre Tochter gehütet. Sie hat sie bis zum Ende gehütet und beim ersten unvorsichtigen Schritt mit sich ins Grab genommen.

Es ist Zeit zu enden ... ich habe Dir nicht den hundertsten Teil von dem gesagt, was ich sagen müßte: mir aber war auch dieses genug. Mag denn alles, was emporgetaucht ist, wieder auf den Grund der Seele hinabsinken ... zum Schluß sage ich Dir: eine Überzeugung habe ich aus der Erfahrung der letzten Jahre gewonnen: das Leben ist kein Scherz und kein Vergnügen; das Leben ist auch nicht Genuß ... das Leben ist schwere Mühe. Entsagung, beständige Entsagung – das ist sein geheimer Sinn, die Auflösung des Rätsels: nicht die Erfüllung der Lieblingsgedanken und Träume, so hoch sie auch sein mögen – sondern die Erfüllung der Pflicht, das ist es, um was der Mensch sich kümmern muß; ohne sich Ketten anzulegen, die eisernen Ketten der Pflicht, kann er nicht, ohne zu fallen, das Ende seiner Laufbahn erreichen; in der Jugend aber denken wir: je freier, desto besser; um so weiter wirst du kommen. Es ist der Jugend erlaubt, so zu denken; aber schämen sollte man sich, an einem Betrug Freude zu haben, wenn das rauhe Gesicht der Wahrheit dir endlich ins Auge gesehen hat.

Lebwohl! früher hätte ich hinzugefügt: sei glücklich; jetzt sage ich Dir: gib Dir Mühe zu leben, es ist nicht so leicht, wie es scheint. Gedenke meiner, nicht in den Stunden der Trauer — in den Stunden des Nachdenkens, und bewahre in Deiner Seele das Bild Weras in seiner ganzen reinen Makellosigkeit ... noch einmal, lebwohl!

Dein P.B.

IWÁN TURGENJEW
Klara Militſch
Erzählung

I

Im Frühling des Jahres 1878 wohnte in Moskau, in einem kleinen hölzernen Häuschen der Schábolowka, ein junger Mensch von etwa fünfundzwanzig Jahren, der Jakob Arátow hieß. Bei ihm wohnte seine Tante, eine alte Jungfer von über fünfzig Jahren, die Schwester seines Vaters, Platonída Iwánowna. Sie stand seinem Haushalt vor und führte seine Rechnungen, was Arátow zu tun durchaus nicht fähig war. Sonst hatte er keine Verwandten. Vor einigen Jahren war sein Vater, ein wenig begüterter kleiner Edelmann des T . . . schen Gouvernements, nach Moskau übergesiedelt, zusammen mit ihm und Platonída Iwánowna, die er übrigens immer Platóscha nannte; auch der Neffe nannte sie ebenso. Nach der Abreise aus dem Dorf, in dem sie alle bis jetzt beständig gelebt hatten, nahm der alte Arátow seinen Wohnsitz in der Hauptstadt mit der Absicht, seinen Sohn die Universität beziehen zu lassen, wozu er ihn selbst vorbereitet hatte; er erstand sich fast umsonst ein Häuschen in einer der entfernteren Straßen und richtete sich darin ein mit allen seinen Büchern und „Präparaten". Bücher aber und Präparate besaß er in Menge – denn er war ein Mensch nicht ohne Gelehrsamkeit . . . „ein selbstverständlicher Sonderling", wie die Nachbarn sagten. Er galt bei ihnen sogar für einen Hexenmeister und bekam sogar den Spitznamen eines „Insektenbeobachters". Er beschäftigte sich mit Chemie, Mineralogie, Entomologie, Botanik und Medizin; er kurierte freiwillige Patienten mit Kräutern und metallischen Pulvern von eigener Erfindung, nach der Methode des Paracelsus. Mit diesen selben Pulvern hatte er seine junge, hübsche, doch fast schon überschlanke Frau unter die Erde gebracht, die er leidenschaftlich geliebt und von der er den einzigen Sohn besaß. Mit denselben metallischen Kräutern hatte er auch die Gesundheit des Sohnes gründlich erschüttert, die er im Gegenteil zu kräftigen wünschte, da er Bleichsucht in seinem Organismus entdeckt hatte und eine von der Mutter ererbte Neigung zur Schwindsucht. Die Bezeichnung „Hexenmeister" war ihm unter anderem darum zuteil geworden, weil er sich für den Urenkel – natürlich nicht auf direkter Linie – des berühmten Bruce hielt, dem zu Ehren er auch seinen Sohn Jakob genannt hatte. Er war, wie man sagt, ein „allerbester" Mensch, doch von melancholischer Gemütsart, mürrisch und scheu – allem Geheimnisvollen und Mystischen geneigt... Ein halbflüsternd ausgestoßenes A! war sein üblicher Ausruf; er starb auch mit diesem Ausruf auf den Lippen – etwa zwei Jahre nach seiner Übersiedlung nach Moskau.

Sein Sohn Jakob glich äußerlich seinem Vater nicht, der unschön war, schwerfällig und ungeschickt; er erinnerte mehr an seine Mutter. Dieselben feinen hübschen Züge, dasselbe weiche aschfarbene Haar, dieselbe kleine gebogene Nase, dieselben vorstehenden kindlichen Lippen – und die großen grünlich-grauen verschleierten Augen mit dichten Wimpern. Dagegen glich er im Wesen seinem Vater; nicht nur das dem Vater unähnliche Gesicht trug den Stempel des väterlichen Ausdrucks – er hatte auch die sehnigen Hände und die eingefallene Brust des alten Arátow, den man übrigens kaum „alt" nennen dürfte, da er es nicht einmal bis zu fünfzig Jahren gebracht. Noch zu seinen Lebzeiten bezog Jakob die Universität und belegte die physisch-mathematische Fakultät; den Kursus brachte er aber nicht zu Ende – nicht aus Trägheit, sondern darum, weil man nach seiner Meinung in der Universität nicht mehr erfahren, als man auch zuhause erlernen konnte; das Diplom aber erstrebte er nicht, da er nicht in Dienst zu gehen beabsichtigte. Er scheute sich vor seinen Kameraden, schloß fast keine Bekanntschaften, besonders hielt er sich fern von den Frauen und lebte sehr einsam, in Bücher vertieft. Er hielt sich den Frauen fern, obgleich er ein sehr zärtliches Herz besaß und Schönheit ihn bezauberte... Er kaufte sich sogar ein prachtvolles englisches Keepsake — und freute sich (o Schande!) an den Abbildungen verschiedener entzückender Gülnaren und Medoren, die es „zierten"... Beständig aber hemmte ihn die angeborene Schamhaftigkeit. Im Hause bewohnte er das frühere Kabinett seines Vaters, das ihm auch als Schlafzimmer diente, und er schlief in demselben Bett, auf dem sein Vater gestorben war.

Eine große Stütze in seiner ganzen Existenz, ein zuverlässiger Kamerad und Freund war ihm seine Tante, jene Platóscha, mit der er im Lauf des Tages kaum zehn Worte wechselte, ohne die er aber keinen Schritt zu tun vermochte. Dies war ein Wesen mit langem Gesicht und langen Zähnen, mit blassen Augen im blassen Gesicht, mit dem ständigen Ausdruck halb des Kummers, halb besorgten Schreckens. Ewig in das gleiche graue Kleid und den grauen Shawl gehüllt, der nach Kampfer roch, irrte sie wie ein Schatten unhörbaren Schrittes durch das Haus, seufzte, flüsterte Gebete — besonders ein Lieblingsgebet, das nur aus zwei Worten bestand: „Herrgott, behüte!" — und verwaltete den Hausstand sehr tüchtig, hütete jeden Pfennig und machte alle Einkäufe selbst. Ihren Neffen vergötterte sie; war immer bekümmert um seine Gesundheit, fürchtete sich vor allem — nicht für sich, sondern für ihn — und zuweilen, wenn irgendetwas ihr verdächtig erschien, kommt sie sofort leise heran und stellt ihm eine Tasse Brusttee auf den Schreibtisch oder streicht ihm über den Rücken mit ihren wie Watte weichen Händen. Jakob bedrückte diese Fürsorge nicht — freilich trank er den Brusttee nicht — und nickte nur billigend mit dem Kopf. Übrigens konnte auch er sich seiner Gesundheit nicht rühmen. Er war sehr erregbar, nervös, hypochondrisch, litt an Herzklopfen, bisweilen an Asthma; wie sein Vater glaubte auch er, daß es in der Natur und in der menschlichen Seele Geheimnisse gebe, die man zuweilen ahnen, unmöglich aber erfassen könne; glaubte an die Gegenwart einiger Kräfte und Strömungen, zuweilen wohlwollender, öfter aber feindlicher... und glaubte auch an die Wissenschaft, an ihre Würde und Wichtigkeit. In letzter Zeit hatte ihn eine Leidenschaft zum

Photographieren ergriffen. Der Geruch der hierbei gebrauchten Ingredienzien beunruhigte die alte Tante sehr – wiederum nicht um ihret-, sondern um Jakobs willen, wegen seiner Brust; doch bei aller Weichheit seines Wesens war auch nicht wenig Hartnäckigkeit in ihm, und er setzte beharrlich die ihm liebgewordene Beschäftigung fort. „Platóscha" ergab sich und seufzte nur mehr denn früher und flüsterte: „Herrgott, behüte!" beim Anblick seiner mit Jod gefärbten Finger.
Jakob, wie schon gesagt, scheute sich vor seinen Kameraden; mit einem von ihnen aber hatte er sich ziemlich nah befreundet und sah ihn oft, sogar nachdem dieser Gefährte nach Austritt aus der Universität einen übrigens nicht sehr anstrengenden Dienst angenommen hatte: er hatte sich, mit seinen Worten zu reden, beim Bau der Erlöser-Kathedrale „mitanbauen" lassen, ohne natürlich irgend etwas von Architektur zu verstehen. Sonderbar: dieser einzige Freund Arátows, Kupfer mit Namen, ein in solchem Grunde ver-rußter Deutscher, daß er kein Wort Deutsch verstand und das Wort „Deutscher" sogar zum Schelten benutzte – dieser Freund hatte mit ihm augenscheinlich nichts gemeinsam. Das war ein schwarzlockiger rotbackiger Gesell, lustig, schwatzhaft und ein großer Liebhaber jener selben Damengesellschaft, welcher Arátow so sehr auswich. Es ist wahr, Kupfer war oft zum Frühstück und zu Mittag bei ihm und entlieh von ihm, da er nicht wohlhabend war, sogar kleine Summen; nicht dieses aber veranlaßte den kleinen munteren Deutschen, das bescheidene Häuschen in der Schábolowka fleißig zu besuchen. Die seelische Reinheit, die „Idealität" Jakobs war ihm lieb geworden, vielleicht im Gegensatz zu alledem, was er jeden Tag sah und antraf; oder vielleicht zeigte sich grade in dieser Hinneigung zum „idealen" Jüngling dennoch sein immerhin deutsches Blut. Und Jakob gefiel die gutmütige Offenherzigkeit Kupfers; außerdem beschäftigten heimlich und erregten den jungen Einsiedler sogar seine Erzählungen von Theatern, von Konzerten und Bällen, deren stetiger Besucher er war, überhaupt von jener fremden Welt, in die Jakob sich nicht einzudringen entschloß – ohne übrigens in ihm das Verlangen zu erwecken, dies alles am eige-

nen Leibe zu erfahren. Auch Platóscha war Kupfer günstig gesinnt; freilich erschien er ihr zuweilen allzu ungeschliffen, aber da sie instinktiv seine aufrichtige Anhänglichkeit zu ihrem teuren Jascha fühlte und verstand, so litt sie nicht nur den geräuschvollen Gast, sondern wollte ihm wohl.

II

Zu jener Zeit, von der jetzt bei uns die Rede geht, wohnte in Moskau eine gewisse Witwe, eine Fürstin aus Grusien — eine unbestimmte, beinahe verdächtige Persönlichkeit. Sie war schon bald vierzig Jahre alt; in ihrer Jugend hatte sie wahrscheinlich in jener besonderen östlichen Schönheit geblüht, die so rasch verwelkt; jetzt schminkte sie sich weiß und rot und färbte das Haar gelb. Es waren von ihr verschiedene nicht ganz vorteilhafte und nicht ganz klare Gerüchte im Umschwang; ihren Mann hatte niemand gekannt — und sie lebte nie lange hintereinander in der gleichen Stadt. Sie besaß weder Kinder noch Vermögen, hielt aber offenes Haus — auf Borg oder anderswie; unterhielt, wie man zu sagen pflegt, einen Salon und empfing eine ziemlich gemischte Gesellschaft — größtenteils junge Leute. Alles in ihrem Hause, angefangen von ihrer eigenen Toilette, der Einrichtung und dem Tisch bis zu Wagen und Dienerschaft, trug den Stempel von etwas Gefälschtem, Undauerhaftem, von schlechter Qualität ... doch die Fürstin selbst wie auch ihre Gäste verlangten augenscheinlich nichts Besseres. Die Fürstin galt als Literatur- und Musikliebhaberin, als Gönnerin der Virtuosen und Künstler, und sie interessierte sich sogar wirklich für all diese „Fragen" — sogar mit Begeisterung — und mit einer nicht ganz unechten Begeisterung. Unzweifelhaft schlug in ihr eine ästhetische Ader. Außerdem war sie sehr zugänglich, liebenswürdig, ohne Hochmut und Ziererei und — was viele nicht vermuteten — sie war im Grunde sehr gut, weichherzig und duldsam. Seltene Eigenschaften — und um so wertvollere — grade bei Personen solcher Art — „Ein hohles Frauenzimmer!" sagte von ihr ein kluger Kopf — „gelangt aber bestimmt ins Paradies! denn warum: vergeben wird alles — und auch ihr wird alles vergeben werden!" Man sagte auch von ihr, daß sie, wenn sie aus irgend einer Stadt verschwand, dort immer ebensoviel Gläubiger zurück ließ, wie Leute, denen sie Wohltat erwiesen. Ein weiches Herz dreht sich nach welcher Seite man will.

Wie es zu erwarten stand, geriet auch Kupfer in ihr Haus und wurde intim mit ihr ... böse Zungen beteuerten: allzu intim. Selbst aber sprach er immer von ihr nicht nur freundschaftlich, sondern mit Hochachtung; er nannte sie eine goldene Frau — was immer man schwatzen möge! — und glaubte fest an ihre Liebe zur Kunst, wie auch an ihr Verständnis für Kunst! — Nun geschah es einst nach einem Mittagessen bei Arátows, wobei er in ein Gespräch über die Fürstin und ihre Abende hineingeraten war, daß er Jakob zu überreden begann, dieser möchte doch einmal wenigstens sein Anachoretenleben aufgeben und ihm, Kupfer, erlauben, ihn seiner Freundin vorzustellen. Jakob wollte anfangs überhaupt nichts davon wissen. — „Was denkst du dir denn?" rief Kupfer endlich, „von was für einer Vorstellung ist die Rede? ich nehme dich einfach mit, so wie du jetzt dasitzt, im Gehrock, und bringe dich zur Abendgesellschaft zu ihr. Keinerlei Etikette ist da üblich, Bruder! du bist ja ein Gelehrter und liebst Literatur und Musik (in Arátows Kabinett befand sich wirklich ein Pianino, auf dem er hier und da Akkorde nahm in der verminderten Septime), und in ihrem Haus gibt es all dergleichen Gut in Menge! ... und du triffst dort mit sympathischen Leuten zusammen, ohne alle Ansprüche! und schließlich geht es ja auch nicht an, daß du in deinem Alter, mit deinem Äußeren (Arátow blickte zu Boden und winkte mit der Hand ab) — ja, ja, mit deinem Äußeren dich so von der Gesellschaft, von der Welt zurückziehst! ich bringe dich ja doch nicht zu Generalen! übrigens kenne ich selbst keine Generale! ... wehr dich nicht, mein Lieber! die Sittlichkeit ist eine gute, eine ehrwürdige Sache ... aber warum denn der Askese anheimfallen? du bereitest dich doch nicht auf den Mönchsberuf vor!"

Arátow fuhr aber fort, sich zu sträuben; doch kam unerwarte-

ter Weise Platonída Iwánowna Kupfer zu Hilfe, obwohl sie
es nicht recht verstanden hatte, was das für ein Wort sei:
Askese? Sie fand aber, daß es ihrem Jáschenka gut tun würde,
sich zu zerstreuen, die Leute zu betrachten und sich ihnen selbst
zu zeigen. — „Um so mehr", fügte sie hinzu, „als ich zu Fiódor
Fiódorowitsch Vertrauen habe! an einen schlechten Ort wird
er dich nicht bringen!..." — „In seiner ganzen Keuschheit
werde ich ihn wieder vor Sie hinstellen!" rief Kupfer, auf
den Platonída Iwánowna, ihres Vertrauens ungeachtet, un-
ruhige Blicke warf. Arátow errötete bis über die Ohren, gab
aber den Widerspruch auf.

Es endete damit, daß Kupfer ihn am nächsten Tag zur Abendgesellschaft zur Fürstin brachte. Arátow blieb aber nicht lange
dort. Erstens fand er bei ihr etwa zwanzig Gäste vor, Männer
und Frauen, wenn auch — geben wir es zu — sympathische
Leute, doch immerhin Fremde; und dieses bedrückte ihn, obgleich er sich sehr wenig zu unterhalten hatte: vor diesem aber
fürchtete er sich am meisten. Zweitens mißfiel ihm die Hausfrau selbst, obgleich sie ihn sehr gastfreundlich und natürlich
empfangen hatte. Alles an ihr gefiel ihm nicht: sowohl das ge-
schminkte Gesicht, wie die aufgedrehten Locken und die hei-
ser-süßliche Stimme, das kreischende Lachen, die Art, die
Augen nach oben zu verdrehen, der übermäßige Ausschnitt
und diese rundlichen, glänzenden Finger mit den vielen Rin-
gen!... in einen Winkel gedrückt, ließ er bald seine Blicke
rasch über die Gesichter der Gäste hingleiten, ohne sie dabei
sogar zu unterscheiden, bald blickte er beharrlich vor sich
nieder. Als aber schließlich ein zugereister Künstler mit einem
Trinkergesicht, äußerst langem Haar und einem Gläschen unter der zusammengezogenen Braue sich an den Flügel setzte,
mit einem Schwung die Hände auf die Tasten und den Fuß auf
das Pedal warf und eine Phantasie von Liszt auf Wagnersche
Themen zu keilen anhub, hielt es Arátow nicht aus und ent-
wischte, indem er in der Seele einen undeutlichen und schweren Eindruck mit fort trug, durch den hindurch aber etwas ihm
selbst Unverständliches, doch Bedeutsames und sogar Erregen-
des durchzudringen begann.

III

Kupfer kam am nächsten Tag zum Essen, ließ sich aber weiter nicht näher auf den gestrigen Abend ein, machte Arátow nicht einmal einen Vorwurf wegen seiner eiligen Flucht und bedauerte nur, daß er nicht das Abendessen abgewartet hätte, bei dem Champagner gereicht worden wäre! (Marke Nishnij-Nówgorod, in Parenthese bemerkt). Kupfer hatte es wahrscheinlich begriffen, daß er umsonst seinen Freund aufzustören unternommen und daß Arátow in jene Gesellschaft und in jene Art der Lebensführung durchaus nicht hineinpaßt. Seinerseits sprach auch Arátow weder von der Fürstin noch vom gestrigen Abend. Platonída Iwánowna wußte nicht, ob sie sich über den Mißerfolg dieses ersten Versuchs freuen oder ihn bedauern sollte. Sie kam endlich zu dem Schluß, daß Jaschas Gesundheit unter solchen Ausfahrten leiden konnte, und beruhigte sich. Kupfer ging gleich nach dem Essen fort und zeigte sich eine ganze Woche lang nicht wieder. Und nicht etwa deshalb, weil er mit Arátow wegen des Mißlingens seiner Empfehlung schmollte – dazu war der gute Mensch nicht fähig – doch hatte er augenscheinlich irgend eine Beschäftigung gefunden, die seine ganze Zeit in Anspruch nahm, wie auch alle seine Gedanken, denn auch späterhin erschien er selten bei Arátows, hatte ein zerstreutes Aussehen, sprach wenig und verschwand bald ... Arátow setzte seine frühere Lebensweise fort, aber in seiner Seele hatte sich, wenn man sich so ausdrücken darf, irgendein Häkchen festgesetzt. Er erinnerte sich immer an irgend etwas, ohne selbst genau zu wissen, woran eigentlich, und dieses „etwas" bezog sich auf den bei der Fürstin verbrachten Abend. Bei alledem wünschte er doch durchaus nicht, zu ihr zurückzukehren und die Welt, deren er einen Teil in ihrem Hause zu Gesichte bekommen, stieß ihn mehr denn je ab. So vergingen etwas sechs Wochen.

Und nun erschien eines Morgens wiederum Kupfer vor ihm, dieses Mal mit einem etwas verlegenen Gesicht. – „Ich weiß", begann er mit einem erzwungenen Lachen, „daß unser da-

maliger Besuch nicht nach deinem Geschmack gewesen ist;
aber ich hoffe, du wirst dennoch auf meinen Vorschlag eingehen ... mir meine Bitte nicht versagen!"
„Um was handelt es sich?" fragte Arátow.
„Ja, sieh einmal", fuhr Kupfer fort, immer lebhafter und
lebhafter werdend, „hier gibt es eine Gesellschaft von Lieb-
habern, von Künstlern, die von Zeit zu Zeit Vorlesungen arran-
giert, Konzerte, sogar Theatervorstellungen zu wohltätigem
Zweck..."
„Nimmt auch die Fürstin teil?" unterbrach ihn Arátow.
„Die Fürstin nimmt immer an guten Werken teil, doch das
macht nichts. Wir planen eine literarisch-musikalische Matinée... und bei dieser Gelegenheit kannst du ein Mädchen zu
hören bekommen... ein ungewöhnliches Mädchen! — Wir
wissen noch nicht genau: ist sie eine Rachel oder eine Viardot?
... denn sie singt vortrefflich und deklamiert und spielt... ein
erstklassiges Talent, mein Lieber! ohne Übertreibung gesagt. —
Nun also ... willst du nicht eine Karte nehmen? — Fünf Rubel, wenn in der ersten Reihe."
„Woher ist denn dieses erstaunliche Mädchen?" fragte Arátow.
Kupfer schmunzelte. — „Das weiß ich dir nicht zu sagen ... in
der letzten Zeit hat sie bei der Fürstin ein Asyl gefunden. Die
Fürstin, wie du weißt, begönnert alle solche ... du hast sie ja
wahrscheinlich in jener Gesellschaft gesehen."
Arátow zuckte zusammen — innerlich, schwach ... sagte aber
nichts.
„Sie ist sogar irgendwo in der Provinz aufgetreten", fuhr
Kupfer fort, „und überhaupt, sie ist für das Theater geschaf-
fen. Du wirst ja selbst sehen!"
„Wie ist ihr Name?" fragte Arátow.
„Klara ..."
„Klara?" unterbrach ihn Arátow zum zweiten Mal. „Nicht
möglich?"
„Warum denn nicht möglich? — Klara ... Klara Militsch;
das ist nicht ihr wirklicher Name ... aber man nennt sie so.
Sie wird eine Romanze von Glinka singen ... und Tschai-

kòwski, und liest nachher den Brief aus ‚Eugen Onégin'. —
Nun wie? nimmst du eine Karte?"
„Wann findet das statt?"
„Morgen... morgen, um halb zwei, in einem Privatsaal auf
der Ostóshenka... ich hole dich ab. Eine Karte zu fünf Rubel!... hier ist sie... nein — das ist eine zu drei. — Hier. Hier
ist auch das Programm. — Ich bin einer der Anordner."
Arátow sann nach. Platonída Iwánowna trat in diesem Augenblick ein und geriet plötzlich in Unruhe bei seinem Anblick.
„Jascha", rief sie, „was ist mit dir? warum bist du so verlegen? Fiódor Fiódorowitsch, was haben Sie ihm da gesagt?"
Arátow aber ließ dem Freunde keine Zeit, die Frage der Tante
zu beantworten, er griff eilig nach der hingereichten Karte
und gebot Platonída Iwánowna dem Kupfer sogleich fünf
Rubel auszuzahlen.
Jene zwinkerte verblüfft mit den Augen... händigte aber
schweigend Kupfer das Geld ein. Jáschenka hatte sie schon
sehr streng angeschrien.
„Ich sage dir, ein Wunder aller Wunder!" rief Kupfer und
eilte zur Tür. „Erwarte mich morgen!"
„Sie hat schwarze Augen?" sprach Arátow hinter ihm drein.
„Wie Kohle!" schrie Kupfer lustig und verschwand.
Arátow ging in sein Zimmer, Platonída Iwánowna aber blieb
auf dem Fleck stehen und wiederholte flüsternd: „Behüte,
Herrgott! Herrgott, behüte!"

IV

Der große Saal im Privathaus auf der Ostóshenka war schon
halb voll von Gästen, als Arátow und Kupfer dort eintrafen.
In diesem Saal wurden zuweilen Theateraufführungen veran-
staltet, dieses Mal aber waren weder Dekorationen noch ein
Vorhang zu sehen. Die Unternehmer der Matinée hatten sich
damit begnügt, an dem einen Ende eine Estrade aufzurichten,
ein Pianino, ein Paar Notenständer, einige Stühle und einen

Tisch mit Wasserkaraffe und Glas hinzustellen und mit rotem Tuch die Tür zu verhängen, die in das Künstlerzimmer führte. In der ersten Reihe saß bereits die Fürstin in einem grellgrünen Kleide; Arátow nahm in einiger Entfernung von ihr Platz, nachdem er kaum einen Gruß mit ihr gewechselt hatte. Das Publikum war buntscheckig, wie man zu sagen pflegt — hauptsächlich junge Leute aus den Lehranstalten. Kupfer, als einer der Anordner, mit einem weißen Band in der Klappe des Fracks, lief hin und her und mühte sich aus allen Kräften; die Fürstin war sichtlich erregt, schaute sich um, lächelte nach allen Seiten, begann Gespräche mit den Nachbarn ... in ihrer Nähe waren nur Männer. Als erster erschien auf der Estrade ein Flötenspieler von schwindsüchtigem Aussehen und speichelte ... wollte sagen! flötete äußerst emsig ein Stückchen gleichfalls von schwindsüchtiger Art; zwei Menschen schrien: bravo! Dann las ein dicker bebrillter Herr, der sehr solide und sogar mürrisch aussah, im Baß eine Skizze von Stschedrín vor; man beklatschte die Skizze, nicht ihn; dann erschien der Arátow schon bekannte Klavierspieler und trommelte jene gleiche Lisztsche Phantasie durch; der Klavierspieler wurde eines Hervorrufs gewürdigt. Er verbeugte sich, die Hand auf die Stuhllehne gestützt, und schüttelte bei jeder Verbeugung das Haar, genau wie Liszt! Endlich, nach einer ziemlich langen Zwischenpause, bewegte sich das rote Tuch vor der Tür auf der Estrade, wurde weit zurückgeschlagen — und es erschien Klara Militsch. Händeklatschen erscholl im Saal. Mit unentschlossenen Schritten trat sie bis zum vorderen Rand der Estrade vor und blieb unbeweglich stehen, die unbehandschuhten großen und schönen Hände vor sich zusammengelegt, ohne zu knixen, ohne den Kopf zu neigen und zu lächeln.
Das war ein Mädchen von etwa neunzehn Jahren, groß, ein wenig breitschultrig, doch gut gewachsen. Ein bräunliches Gesicht, etwa von jüdischem oder zigeunerischem Typus, nicht große schwarze Augen unter dichten, fast zusammengewachsenen Brauen, eine grade, leicht gerümpfte Nase, feine Lippen von schönem, aber scharfem Schnitt, ein mächtiger schwarzer Zopf, sogar sichtlich schwer, eine niedrige, unbewegliche,

gleichsam steinerne Stirn, winzige Ohren ... das ganze Gesicht nachdenklich, beinahe streng. Eine leidenschaftliche eigenwillige Natur — und wohl kaum gütig, wohl kaum sehr klug — doch begabt — sprach sich in allem aus.
Sie blickte eine Weile nicht auf, richtete sich dann plötzlich empor und überblickte die Reihen der Zuschauer mit ihrem scharfen, doch unaufmerksamen und gleichsam in sich gekehrten Blick ... „Was für tragische Augen!" bemerkte hinter Arátows Rücken ein gewisser grauhaariger Geck mit dem Gesicht einer Kokotte aus Reval, ein in ganz Moskau bekannter Mitarbeiter und Auskundschafter. Der Geck war dumm und wollte eine Dummheit sagen ... hatte aber die Wahrheit gesagt! Arátow, der vom Augenblick ihres Auftretens an seinen Blick nicht von Klara gewandt hatte, entsann sich erst jetzt, daß er sie wirklich bei der Fürstin gesehen; und nicht nur gesehen, sondern sogar bemerkt, daß sie ihn mehrmals besonders beharrlich mit ihren dunklen scharfen Augen angeblickt hatte. Und auch jetzt ... oder täuschte er sich? — da sie ihn in der ersten Reihe bemerkte, schien sie sich zu freuen, schien zu erröten — und sah ihn wieder beharrlich an. Darauf trat sie ohne sich umzuwenden zwei Schritte zurück in der Richtung zum Pianino hin, an dem schon ihr Begleiter saß, der langhaarige Ausländer. Sie sollte die Romanze von Glinka singen: „Da ich dein Antlitz erkannt" ... Sie begann sofort zu singen, ohne die Lage der Hände zu verändern und ohne die Noten anzusehen. Ihre Stimme war ein klangvoller und weicher Alt, die Worte sprach sie deutlich und gewichtig aus, sang einförmig, ohne Nunancen, aber mit starkem Ausdruck. — „Mit Überzeugung singt das Mädel!" sprach jener selbe Geck hinter Arátow — und hatte wieder die Wahrheit gesagt. — Rings erschollen Rufe: bis! bravo! — sie aber warf einen raschen Blick auf Arátow, der weder rief, noch applaudierte — ihm gefiel ihr Singen nicht sonderlich — verneigte sich leicht und ging weg, ohne den zu einer Brezel gekrümmten Arm des behaarten Klavierspielers anzunehmen. Man rief nach ihr ... sie erschien nicht bald, ging mit den gleichen unentschlossenen Schritten zum Pianino hin, flüsterte dem Begleiter zwei Worte

zu, der das vorbereitete Notenblatt mit einem anderen vertauschen mußte – und begann Tschaikowskis Romanze: „Nur wer die Sehnsucht kennt"... Dieses Lied sang sie anders als das erste – mit halber Stimme, gleichsam ermattet – und nur beim vorletzten Vers: „weiß, was ich leiden mußt'" – entfuhr ihr ein tönender heißer Schrei. Den letzten Vers: „und wie ich leide"... sang sie beinahe flüsternd, mit kummervollem Dehnen des letzten Wortes. Dieses Lied machte auf das Publikum weniger Eindruck, als das von Glinka, doch wurde viel applaudiert... besonders zeichnete sich Kupfer aus: indem er die Handfläche beim Schlag in einer besonderen Weise zusammenlegte, gleich einem Tönnchen, brachte er einen ungewöhnlich schallenden Laut hervor. Die Fürstin gab ihm einen großen, zerzausten Blumenstrauß, den er der Sängerin überreichen sollte; sie aber schien die sich verneigende Figur Kupfers und die den Strauß darbietenden Hände nicht zu bemerken, wandte sich um und ging fort, wieder ohne den Klavierspieler abzuwarten, der eiliger als vorher aufgesprungen war, um sie hinauszugeleiten, und, da ihm wieder nichts zu tun blieb, so sein Haar schüttelte, wie es wahrscheinlich Liszt selbst niemals geschüttelt hatte!

Während der ganzen Zeit ihres Singens beobachtete Arátow das Gesicht Klaras. Ihm schien es, als seien ihre Augen durch die gesenkten Wimpern hindurch wieder ihm zugewandt, besonders aber fiel ihm die Unbeweglichkeit dieses Gesichtes auf, der Stirn, der Brauen – und nur bei ihrem leidenschaftlichen Aufschrei bemerkte er, wie zwischen den kaum geöffneten Lippen die Reihe weißer, dicht zusammenstehender Zähne warm hervor blitzte. Kupfer trat zu ihm heran.

„Nun was, Bruder, wie findest du das?" fragte er, ganz strahlend vor Vergnügen.

„Die Stimme ist gut", erwiderte Arátow, „doch sie versteht noch nicht zu singen, hat keine richtige Schule." (Warum er das gesagt und was für einen Begriff er selbst von „Schule" hatte – der Herrgott weiß es!)

Kupfer verwunderte sich. „Keine Schule", wiederholte er gedehnt... „Nun, das... Sie kann noch was hinzulernen. Da-

für aber was für eine Seele! ja warte nur: du wirst ihren Brief Tatjanas hören."
Er lief von Arátow fort — der aber dachte: „Seele! mit diesem unbeweglichen Gesicht!" — Er fand, daß sowohl ihre Haltung wie ihre Bewegungen die einer Magnetisierten, einer Somnambule waren. — Und zu gleicher Zeit unzweifelhaft ... ja! unzweifelhaft blickt sie ihn an.
Unterdessen nahm die Matinée ihren Fortgang. Der bebrillte Dicke erschien von neuem; trotz seinem ernsten Äußeren hielt er sich für einen Komiker und las eine Szene aus Gógol, ohne diesmal ein einziges Zeichen der Anerkennung hervorzurufen. Der Flötenspieler glitt, der Pianist donnerte wieder vorüber; ein zwölfjähriger Knabe, pomadisiert und mit gekräuseltem Haar, doch mit Spuren von Tränen auf den Wangen, kratzte auf der Geige einige Variationen. Es mochte sonderbar erscheinen, daß in den Pausen zwischen Vorlesung und Musik aus dem Künstlerzimmer zuweilen abgerissene Waldhornklänge hervordrangen; dabei blieb aber das Instrument ohne weitere Verwendung. In der Folge erwies es sich, daß der Amateur, der darauf zu spielen eingewilligt, Angst bekommen hatte im Augenblick des Erscheinens vor dem Publikum. Nun endlich erschien Klara Militsch von neuem.
Sie hielt in der Hand ein Bändchen Púschkin, blickte aber während des Vortrags kein einziges Mal hinein ... sie war sichtlich schüchtern; das kleine Büchlein zitterte leicht zwischen ihren Fingern. Arátow bemerkte auch den Ausdruck von Wehmut, der sich jetzt in allen ihren strengen Zügen aussprach. Den ersten Vers: „Ich schrieb an Sie ... sagt dies nicht alles?" sagte sie außerordentlich einfach her, beinahe naiv — und streckte mit einer naiven aufrichtigen hilflosen Bewegung beide Hände vor. Dann begann sie ein wenig zu eilen; doch schon angefangen von den Versen: „Ein Andrer! nein! ich möchte keinem mein Herz hingeben in der Welt!" — bekam sie Gewalt über sich, belebte sich — und als sie bis zu den Worten: „Gewißheit gab mir all mein Leben von der Zusammenkunft mit dir", — gekommen war, erklang ihre bis jetzt ziemlich dumpfe Stimme begeistert und kühn — und ihre

Blicke hefteten sich ebenso gerade und kühn auf Arátow. Ebenso hingerissen fuhr sie fort und nur zum Schluß senkte sich wieder ihre Stimme — und in dieser und im Gesicht trat die frühere Wehmut hervor. Den letzten Vierzeiler, wenn man sich so ausdrücken darf, zerknitterte sie ganz — das Púschin-Büchlein entglitt plötzlich ihren Händen — und sie entfernte sich eilig.
Das Publikum hub desperat zu applaudieren an, hervorzurufen . . . unter anderem brüllte ein kleinrussischer Seminarist so stimmkräftig: „Miiliitsch! Miiliitsch!" — daß sein Nachbar ihn höflich und teilnahmsvoll bat „in sich den künftigen Kirchensänger zu schonen!" — Arátow aber stand sofort auf und wandte sich zum Ausgang. Kupfer holte ihn ein . . . „Ich bitte dich, wohin denn?" schrie er, „willst du, ich stelle dich Klara vor?" „Nein, ich danke", entgegnete Arátow und begab sich beinahe laufend nach Hause.

V

Seltsame, ihm selbst unklare Empfindungen beunruhigten ihn. Eigentlich hatte ihm auch Klaras Deklamation nicht völlig gefallen . . . wenn er sich auch nicht Rechenschaft geben konnte, warum eigentlich nicht? sie machte ihm Unruhe, diese Deklamation; sie erschien ihm grell, unharmonisch . . . sie erschütterte irgend etwas in ihm, erwies sich irgendwie als gewaltsam. Und diese scharfen beharrlichen, beinahe aufdringlichen Blicke — was sollen sie? was bedeuten sie?
Die Bescheidenheit Arátows ließ es in ihm nicht einmal auf Augenblicke zu dem Gedanken kommen, daß er diesem seltsamen Mädchen gefallen, ihr ein der Liebe oder Leidenschaft ähnliches Gefühl einflößen könne! . . . und auch er selbst hatte eine ganze andere Vorstellung von der ihm noch unbekannten Frau, von dem Mädchen, dem er sich ganz hingeben, das auch ihn lieb gewinnen, seine Braut, seine Frau werden würde . . . er träumte selten davon: er war keusch mit Leib und Seele; — aber das reine Bild, das dann in seiner Vorstellung auftauchte,

war ihm zugeweht worden von einem anderen Bild — dem Bild seiner verstorbenen Mutter, deren er sich kaum erinnerte, deren Bildnis er aber aufbewahrte wie ein Heiligtum. Dieses Bildnis war mit Wasserfarben von einer Freundin und Nachbarin gemalt, ziemlich ungeschickt, doch die Ähnlichkeit, wie alle beteuerten, war eine erstaunliche. Dasselbe zarte Profil, dieselben guten hellen Augen, dasselbe seidige Haar, dasselbe Lächeln, denselben klaren Ausdruck sollte jene Frau, jenes Mädchen besitzen, auf das er noch nicht einmal zu warten wagte ...

Und diese Dunkelhäutige, Braungebrannte, Grobhaarige, mit einem Schnurrbärtchen über den Lippen, sie ist gewiß unfreundlich, unvernünftig ... — eine „Zigeunerin" (Arátow konnte sich keine schlimmere Bezeichnung ausdenken) — was gilt sie ihm?

Dabei war jedoch Arátow nicht imstande, sich diese dunkelhäutige Zigeunerin aus dem Sinn zu schlagen — deren Gesang ihm mißfiel wie ihre Deklamation und ihr Aussehen selbst. Er konnte es nicht begreifen, er ärgerte sich über sich selbst. Vor kurzem hatte er einen Roman von Walter Scott gelesen: „Clara Mowbray" (Walter Scotts gesammelte Schriften befanden sich in der Bibliothek seines Vaters, der in dem englischen Romandichter einen ernsten, beinahe wissenschaftlichen Schriftsteller verehrt hatte). Die Heldin dieses Romans heißt Clara. Ein Dichter der vierziger Jahre, Krássow, hatte auf sie ein Gedicht verfaßt, das mit den Worten schloß:

> Unselige Clara! unsinnige Clara!
> Unselige Clara Mowbray!

Arátow kannte dieses Gedicht auch ... und jetzt kamen ihm unaufhörlich diese Worte in den Sinn ... „Unselige Klara! unsinnige Klara!" ... (Darum war er auch so in Erstaunen geraten, als Kupfer ihm Klara Militsch nannte). Platóscha selbst bemerkte nicht gerade eine Veränderung in Jakobs Stimmung — es war eigentlich durchaus keine Veränderung in ihm vorgegangen — sondern irgend etwas Verdächtiges in seinen Blicken, in seinen Reden. Sie fragte ihn vorsichtig aus nach

der literarischen Matinée, daran er teilgenommen hatte; — sie flüsterte, sie seufzte, betrachtete ihn von vorne, betrachtete ihn von seitwärts, von hinten — und plötzlich schlug sie sich mit den Händen auf die Schenkel und rief aus: „Nun, Jáscha! — Ich sehe was los ist!"
„Was denn?" fragte Arátow.
„Du bist gewiß auf dieser Matinée mit irgendeiner von diesen Geschwänzten zusammengetroffen" (so nannte Platonída Iwánowna alle Damen, die moderne Kleider trugen) ... „Ein glattes Frätzchen hat sie — und so ziert sie sich — und so schneidet sie Grimassen" (Platóscha stellte dies alles in Person dar), „und macht mit den Augen solche Kreise ..." (auch dieses stellte sie dar, indem sie mit dem Zingefinger große Kreise in die Luft zeichnete) ... „du bist's nicht gewöhnt und es war dir, als ob ... doch das ist ja nichts, Jáscha ... rein ga — a — arnichts! trinke einen Tee zur Nacht .. und Schluß! ... Herrgott, behüte!"
Platóscha verstummte und entfernte sich ... sie hatte von Geburt an kaum je eine so lange und so lebhafte Rede gehalten ... Arátow aber dachte: „Die Tante hat wohl recht ... die Ungewohnheit hat an allem schuld ... (es war ihm wirklich zum ersten Mal geschehen, daß er die Aufmerksamkeit einer Person weiblichen Geschlechtes erregt hatte ... jedenfalls hatte er solches früher nicht bemerkt.) Man soll sich nicht verwöhnen."
Und er begab sich an seine Bücher — und trank zur Nacht Lindenblütentee — und schlief sogar gut diese ganze Nacht und hatte keine Träume. Am nächsten Morgen machte er sich wieder, als wäre nichts geschehen, an das Photographieren ...
Gegen Abend aber war seine Seelenruhe von neuem in Verwirrung geraten.

VI

Nämlich: ein Dienstmann hatte ihm einen Zettel folgenden Inhalts gebracht, geschrieben mit einer unregelmäßigen und großzügigen weiblichen Handschrift:

„Wenn Sie erraten, wer Ihnen schreibt, und wenn Sie dies nicht langweilt, kommen Sie morgen, nach dem Mittagessen, auf den Twer'schen Boulevard — gegen fünf Uhr — und warten Sie. Man wird Sie nicht lange aufhalten. Aber es ist sehr wichtig. Kommen Sie."

Es gab keine Unterschrift. Arátow erriet sofort, wer die Briefschreiberin war — und gerade dieses empörte ihn. — „Welch ein Unsinn!" sagte er beinahe laut: „das hat noch gefehlt. Natürlich gehe ich nicht hin." — Er ließ jedoch den Dienstmann rufen, von dem er nur erfuhr, daß ein Stubenmädchen ihm den Brief auf der Straße eingehändigt hatte. Nachdem er den Mann entlassen, durchlas Arátow den Brief und warf ihn auf den Fußboden ... nach einer kurzen Weile aber hob er ihn auf, las ihn aufs neue durch und rief wiederum aus: „Unsinn!" — warf den Brief aber nicht mehr auf den Boden, sondern legte ihn in eine Schublade. Arátow wandte sich seinen gewohnten Beschäftigungen zu, bald der einen, bald der anderen; doch die Arbeit wollte nicht fortschreiten und nicht gelingen. Er bemerkte auf einmal in sich selbst, daß er auf Kupfer warte! ob er ihn ausfragen, oder es ihm vielleicht sogar mitteilen wollte ... Kupfer aber erschien nicht. Dann holte Arátow den Púschkin hervor, durchlas den Brief Tatjanas und überzeugte sich auf's neue, daß jene „Zigeunerin" den wirklichen Sinn dieses Briefes durchaus nicht begriffen habe. Und dieser Narr Kupfer schreit: Rachel! Viardot! Darauf näherte er sich seinem Pianino, hob unbewußt den Deckel auf, versuchte sich der Melodie des Tschaikowskischen Liedes zu erinnern, schlug aber sogleich ärgerlich das Pianino zu und ging zur Tante in ihr eigenes, immer warm geheiztes Zimmer, das ewig nach Pfeffermünz, Salbei und anderen Heilkräutern roch und eine solche Menge kleiner Teppiche, Gestelle, Bänkchen, Kissen und verschiedener Polstermöbel in sich beherbergte, daß es einem ungewohnten Menschen schwer war, sich in diesem Zimmer umzudrehen und zu atmen. Platonída Iwánowna saß am Fenster mit Häkelnadeln in den Händen (sie häkelte für Jáschenka eine Schärpe, im Lauf ihres Lebens die achtunddreißigste) und verwunderte sich außermaßen. Arátow besuchte sie selten und rief, wenn er etwas brauchte, jedesmal mit dünner Stimme aus seinem Kabinett herüber: — Tante Platóscha! — Sie bot ihm aber einen Stuhl an und wurde aufmerksam in Erwartung seiner ersten Worte, indem sie mit dem einen Auge durch die runde Brille durch, mit dem anderen darüber wegsah. Sie erkundigte sich nicht nach seiner Gesundheit und bot ihm keinen Tee an, weil sie sah, daß er nicht deshalb gekommen war. Arátow drückte ein wenig herum... dann begann er zu sprechen... von seiner Mutter zu sprechen, wie sie mit dem Vater gelebt hatte und wie der Vater mit ihr bekannt geworden war. Dies alles war ihm sehr gut bekannt... doch wünschte er gerade davon zu sprechen. Zu seinem Unglück verstand sich Platóscha durchaus nicht zu unterhalten, sie gab sehr kurze Antworten, als argwöhne sie, daß Jáscha auch nicht aus diesem Grunde gekommen sei.

„Was denn!" wiederholte sie eilig, beinahe ärgerlich die Nadeln bewegend: „Das wissen wir: deine Mutter war ein Herzchen... ein Herzchen ganz und gar... und dein Vater liebte sie, wie es dem Gatten geziemt, treu und redlich bis zum Grabe und hat nie eine andere Frau geliebt", fügte sie hinzu, indem sie die Stimme erhob und die Brille abnahm.

„Und war sie von schüchterner Art?" fragte Arátow nach einem Schweigen.

„Gewiß, von schüchterner. Wie es dem weiblichen Geschlecht geziemt. Die Kecken sind in neuester Zeit aufgetaucht."

„Gab es denn zu eurer Zeit keine Kecken?"

„Es gab sie auch damals... wie sollte es nicht! wer aber war es? irgend solch eine Herumtreiberin, eine schamlose. Hebt die Röcke hoch und läuft umher ohne Sinn... was kümmert sie? was hat sie für Sorgen? gerät ihr ein Dummkopf unter die Finger — das ist ihr grade recht. Die würdigen Leute aber mißachteten sie. Erinnere dich, hast du solche je bei uns zu Hause gesehen?"

Arátow gab keine Antwort und kehrte in sein Kabinett zurück. Platonída Iwánowna schaute hinter ihm drein, schüttelte den Kopf, setzte von neuem die Brille auf und nahm wieder die

Schärpe vor ... mehr als einmal aber verfiel sie in Nachsinnen und ließ die Nadeln auf den Schoß fallen.

Arátow aber konnte sich bis in die Nacht nicht davon losmachen, immer wieder und wieder mit demselben Ärger, mit der gleichen Erbitterung über diesen Zettel nachzudenken, über die „Zigeunerin", über die festgesetzte Zusammenkunft, zu der er ganz gewiß nicht gehen würde! auch in der Nacht beunruhigte sie ihn. Immer erschienen ihm ihre Augen, bald halb geschlossen, bald weit geöffnet, mit ihrem beharrlichen, grade auf ihn gerichteten Blick – und diese unbeweglichen Züge mit ihrem gebietenden Ausdruck...

Am nächsten Morgen erwartete er wieder Kupfer aus irgend einem Grunde; beinahe hätte er ihm einen Brief geschrieben, tat aber sonst nichts, ging nur meistens hin und her in seinem Kabinett. In keinem Augenblick ließ er auch nur den Gedanken zu, daß er diesem dummen „Rendez-vous" Folge leisten werde ... und um halb vier Uhr nach einem eilig verschlungenen Mittagsmahl zog er plötzlich den Mantel an, stülpte sich die Mütze auf, lief heimlich hinter dem Rücken der Tante auf die Straße hinaus und begab sich auf den Twer'schen Boulevard.

VII

Arátow traf dort wenig Publikum. Das Wetter war feucht und recht kalt. Er bemühte sich, über sein Tun nicht nachzudenken, zwang sich Aufmerksamkeit ab für alle Gegenstände auf seinem Wege und redete sich gewissermaßen ein, daß er sich nur so wie die anderen Spaziergänger auf einem Spaziergang befände ... der gestrige Brief lag in seiner Seitentasche und er empfand beständig seine Anwesenheit. Er ging etwa zweimal den Boulevard entlang, betrachtete scharf jede herankommende weibliche Gestalt – und sein Herz klopfte, klopfte ... er wurde müde und setzte sich auf eine Bank. Und auf einmal fiel ihm ein: „Nun, und wenn nicht sie diesen Brief geschrieben hat, sondern jemand anderer, eine andere Frau?" Eigentlich hätte ihm das alles gleichviel gelten müssen ... dennoch

aber mußte er es sich selbst zugeben, daß er dieses nicht
wünsche. „Es wäre schon sehr dumm", dachte er, „noch düm-
mer als jenes!" eine nervöse Unruhe überkam ihn; er begann zu frieren — nicht äußerlich, sondern von innen. Er nahm
wiederholt die Uhr aus der Westentasche, betrachtete das Zif-
ferblatt, legte sie zurück und vergaß jedesmal, wieviel Minuten noch an fünf Uhr fehlten. Er meinte, daß ihn alle Vorübergehenden mit einem besonderen Ausdruck, mit spöttischer
Verwunderung und Neugier betrachteten. Ein lumpiges Hünd-
chen kam gelaufen, beschnüffelte seine Füße und fing an mit
dem Schwanz zu wedeln. Er scheuchte es zornig weg. Vor allem
belästigte ihn ein Fabriksjunge im Zwillichanzug, der sich an
der gegenüberliegenden Seite des Boulevards auf eine Bank
gesetzt hatte und bald vor sich hin pfeifend, bald kopfkratzend
und mit den in mächtigen zerrissenen Stiefeln steckenden Füßen
baumelnd immer wieder die Blicke auf ihn richtete. „Seht mir
doch", dachte Arátow, „gewiß erwartet ihn ein Herr und er,
der Faulpelz, hält hier Maulaffen feil..."
Doch im gleichen Augenblick glaubte er zu fühlen, daß jemand herangekommen sei und nahe hinter ihm stehe... es
kam wie ein warmes Wehen von dort her...
Er sah sich um... Sie!
Er erkannte sie sofort, obgleich ein dichter dunkelblauer
Schleier ihr Gesicht verhüllte. Er sprang augenblicklich von
der Bank auf — und blieb so stehen und vermochte kein Wort
hervorzubringen. Auch sie schwieg. Er empfand eine große
Verlegenheit... aber auch ihre Verlegenheit war nicht geringer: Arátow mußte es sogar durch den Schleier hindurch
bemerken, wie tödlich blaß sie geworden war. Dennoch sprach
sie zuerst.
„Ich danke", begann sie mit stockender Stimme, „ich danke,
daß Sie gekommen sind. Ich rechnete nicht..." Sie wandte
sich leicht ab und schritt den Boulevard entlang. Arátow bewegte sich hinter ihr drein.
„Sie haben mich vielleicht schlecht beurteilt", fuhr sie fort,
ohne den Kopf zu wenden. „Es ist wahr, ich habe sehr seltsam
gehandelt... aber ich habe viel von Ihnen gehört... doch

nein! ich ... nicht aus diesem Grunde ... wenn Sie wüßten ... ich wollte Ihnen so vieles sagen, mein Gott! ... aber wie ist das zu machen ... wie ist das zu machen!"
Arátow ging neben ihr, ein wenig hinter ihr. Er sah nicht ihr Gesicht, er sah nur ihren Hut und einen Teil des Schleiers ... und den langen schwarzen, schon abgenutzten Umhang. Sein ganzer Ärger über sie und über sich selbst kehrte ihm mit einem Mal zurück; die ganze Lächerlichkeit, die ganze Albernheit dieser Zusammenkunft, dieser Auseinandersetzungen zwischen zwei einander völlig fremden Leuten, auf einem öffentlichen Boulevard, trat ihm plötzlich vor Augen.
„Ich leistete Ihrer Aufforderung Folge", begann er seinerseits, „nur darum Folge, gnädiges Fräulein (ihre Schultern zuckten leise – sie bog in einen Seitenweg ein – er folgte ihr), um klarzustellen, um zu erfahren, auf welch ein sonderbares Mißverständnis hin es Ihnen gefällig war, sich an mich zu wenden, einen Ihnen fremden Menschen, der ... der es nur deshalb e r r a t e n hat – wie Sie sich in Ihrem Brief ausdrückten – deshalb erraten hat, weil es Ihnen im Lauf jener literarischen Matinée beliebte, ihm eine allzu ... allzu offenkundige Aufmerksamkeit zuzuwenden!"
Diese ganze kurze Rede wurde von Arátow mit jener klingenden, doch festen Stimme gesprochen, mit der noch sehr junge Leute zu antworten pflegen beim Examen über einen Gegenstand, zu dem sie sich gut vorbereitet haben ... er ärgerte sich, er war zornig ... eben dieser selbe Zorn hatte ihm die zu gewöhnlichen Zeiten nicht sehr freie Zunge gelöst.
Sie schritt auf dem Pfad mit ein wenig verlangsamten Schritten dahin ... Arátow ging wie vorher hinter ihr drein und sah wie vorher nur diesen alten Umhang und das ebenfalls nicht ganz neue Hütchen. Seine Eigenliebe litt bei dem Gedanken, daß sie jetzt gleich denken müßte: „ich brauchte ihm nur zu winken – und er kommt sofort gelaufen!"
Arátow schwieg ... er erwartete ihre Antwort, sie aber brachte kein Wort hervor.
„Ich bin bereit, Sie anzuhören", begann er von neuem, „ich wäre sogar sehr froh, wenn ich Ihnen irgendwie nützlich sein

könnte ... obgleich es mir doch, ich muß bekennen, erstaunlich erscheint ... bei meinem zurückgezogenen Leben ..."
Doch bei seinen letzten Worten wandte sich Klara plötzlich zu ihm um — und er erblickte ein so erschrockenes, so tief bekümmertes Gesicht, mit so hellen großen Tränen in den Augen, mit einem so schmerzlichen Ausdruck rings um die geöffneten Lippen — und so schön war dieses Gesicht — daß er wider Willen stockte und selbst so etwas wie Schreck empfand — und Bedauern und Rührung.
„Ach warum ... warum denn so ..." sprach sie mit einer unwiderstehlich aufrichtigen und wahrhaften Kraft, und wie rührend erklang ihre Stimme! „Hat meine Aufforderung Sie denn wirklich kränken können? ... haben Sie denn wirklich nichts verstanden? ... ach ja! Sie haben nichts verstanden, Sie haben nicht verstanden, was ich Ihnen sagte, Sie haben sich weiß Gott was von mir eingebildet, Sie haben es sich nicht einmal überlegt, was es mich gekostet hat — Ihnen zu schreiben! ... Sie sorgten sich nur um sich selbst, um Ihre Würde, um Ihre Ruhe! ... habe ich denn etwa ... (sie stieß so heftig die zu den Lippen emporgehobenen Hände zusammen, daß die Finger hörbar knackten) ... als hätte ich Ihnen irgend welche Forderungen gestellt, als brauchte es zuerst der Erklärungen ... ‚gnädiges Fräulein‘ ... ‚scheint mir erstaunlich‘ ... ‚nützlich sein können‘ ... ach, ich Unsinnige! — ich habe mich in Ihnen getäuscht, in Ihrem Gesicht! ... als ich Sie zum ersten Male sah ... da ... Sie stehen da ... und nicht ein Wort! wirklich also nicht ein Wort?"
Sie flehte ... ihr Gesicht erglühte plötzlich — und nahm ebenso plötzlich einen bösen und frechen Ausdruck an. „Herrgott! wie ist das dumm!" rief sie auf einmal mit grellem Lachen. „Wie ist unsere Zusammenkunft dumm! wie dumm bin ich! ... und auch Sie ... pfui!"
Sie bewegte verächtlich die Hand, als schöbe sie ihn aus dem Weg, und lief rasch an ihm vorüber fort vom Boulevard und verschwand.
Diese Handbewegung, dieses verletzendes Lachen, dieser letzte Ausruf brachten Arátow mit einem Schlag die frühere Stim-

mung zurück und erstickten in ihm das Gefühl, das in seiner Seele entstanden war, als sie sich mit Tränen in den Augen zu ihm gewandt hatte. Er ärgerte sich wieder und hätte fast dem sich entfernenden Mädchen nachgerufen: „Aus Ihnen könnte eine gute Schauspielerin werden — warum aber dachten Sie gerade mit mir Komödie zu spielen?"
Mit großen Schritten kehrte er nach Hause zurück — und obgleich er während des ganzen Weges sich zu ärgern und zu zürnen fortfuhr — drang dennoch wider Willen zu gleicher Zeit durch alle diese unfreundlichen feindlichen Empfindungen die Erinnerung hindurch an jenes wundervolle Gesicht, das er nur einen Augenblick lang gesehen hatte ... er stellte sich sogar die Frage: warum habe ich ihr nicht geantwortet, als sie von mir nur ein Wort verlangte? — Ich hatte keine Zeit ... dachte er ... sie ließ mich dieses Wort nicht sprechen ... und was für ein Wort hätte ich gesprochen?
Sogleich aber schüttelte er den Kopf und sagte vorwurfsvoll: „Schauspielerin!"
Wiederum aber, zu gleicher Zeit, war die anfangs verletzte Eigenliebe des unerfahrenen nervösen Jünglings jetzt gleichsam geschmeichelt dadurch, daß er trotzdem solch eine Leidenschaft hatte einflößen können ...
„Dafür ist aber in diesem Augenblick", setzte er sein Nachsinnen fort, „dies alles natürlich zu Ende ... ich habe ihr lächerlich erscheinen müssen" ...
Dieser Gedanke war ihm unangenehm — und er ärgerte sich wieder ... sowohl über sie ... wie über sich. Nach Hause zurückgekehrt, schloß er sich in seinem Kabinett ein. Er wünschte mit Platóscha nicht zusammenzutreffen. Die gute Alte ging ein-, zweimal zu seiner Tür, legte das Ohr an das Schlüsselloch — und seufzte nur und flüsterte ihr Gebet ...
„Es hat begonnen" dachte sie ... „und er hat noch nicht fünfundzwanzig Jahre ... ach, früh, zu früh!"

VIII

Den ganzen folgenden Tag war Arátow sehr verstimmt. — „Was ist das, Jáscha?" sagte Platonída Iwánowna „du bist heute ganz wie zerstrobelt?!..." In der eigenartigen Redeweise der alten Frau bezeichnete dieser Ausdruck ziemlich genau den Seelenzustand Arátows. Arbeiten konnte er nicht und er wußte auch selbst nicht, wonach er verlangte. Bald wartete er wieder auf Kupfer (er vermutete, daß Klara grade von Kupfer seine Adresse bekommen hatte... ja, und von wem sonst hätte sie von ihm „viel hören" können?); bald zweifelte er: ob denn wirklich seine Bekanntschaft mit ihr auf solche Weise enden sollte? — bald bildete er sich ein, sie werde ihm wieder schreiben; bald fragte er sich, ob er ihr nicht in einem Brief alles erklären sollte — da er dennoch nicht eine unvorteilhafte Meinung von sich zu hinterlassen wünschte... was aber war da eigentlich zu erklären? — bald stachelte er in sich fast einen Widerwillen gegen sie auf, gegen ihre Zudringlichkeit und Frechheit; bald erschien ihm von neuem dieses unsagbar rührende Gesicht und er vernahm die unwiderstehliche Stimme; bald entsann er sich ihres Singens, ihres Vortrags - und wußte nicht, ob er recht gehabt mit seiner summarischen Verurteilung? — mit einem Wort: ein zerstrobelter Mensch! schließlich bekam er dies alles satt — und er entschloß sich, wie man sich ausdrückt, es „auf sich zu nehmen" und diese ganze Geschichte auszustreichen, da sie ihn zweifellos an seinen Beschäftigungen hinderte und seine Ruhe störte. — Es wurde ihm nicht so leicht, diesen Entschluß auszuführen... es verging mehr als eine Woche, bevor er wieder in sein gewohntes Geleise hineingeriet. Glücklicherweise zeigte sich Kupfer überhaupt nicht, als wäre er gar nicht in Moskau. Kurz vor der „Geschichte" hatte Arátow angefangen, sich mit Malerei zu beschäftigen um photographischer Zwecke willen; er machte sich mit verdoppeltem Eifer daran.
So vergingen unbemerkt, mit, wie die Doktoren sagen, einigen „Rückfällen", die zum Beispiel darin bestanden, daß er einmal beinahe der Fürstin einen Besuch gemacht hätte, — ver-

gingen zwei... vergingen drei Monate... und aus Arátow ward der frühere Arátow. Nur dort, unten, unter der Oberfläche seines Lebens, begleitete ihn heimlich etwas Schweres und Dunkles auf allen seinen Wegen. So schwimmt ein großer Fisch, der den Haken verschluckt hat, aber noch nicht heraufgeholt worden ist, über den Grund des tiefen Flusses unter jenem selben Boot dahin, in dem der Fischer sitzt mit der kräftigen Angelschnur in der Hand.
Und nun geschah es einst, daß Arátow, beim Durchlesen der schon nicht mehr ganz frischen „Moskauer Nachrichten", auf folgende Korrespondenz stieß:
„Mit großer Betrübnis", schrieb ein gewisser örtlicher Literat aus Kasan, „verzeichnen wir in unserer theatralischen Chronik die Nachricht vom jähen Ende unserer talentvollen Darstellerin Klara Militsch, der es in der kurzen Zeit ihres Engagements gelungen war, sich zum Liebling unseres wählerischen Publikums zu machen. Unsere Betrübnis ist um so größer, als Fräulein Militsch freiwillig ihrem jungen, so vielversprechenden Leben durch Vergiftung ein Ende gemacht hat. Und diese Vergiftung ist um so entsetzlicher, als die Künstlerin im Theater selbst das Gift genommen hat! Man brachte sie kaum lebend nach Hause, wo sie zu allgemeinem Bedauern verschied. In der Stadt gehen Gerüchte, daß unbefriedigte Liebe sie zu dieser schrecklichen Tat gebracht habe."
Arátow legte leise die Zeitungsnummer auf den Tisch. Äußerlich blieb er vollkommen ruhig... etwas aber hatte ihm zugleich einen Stoß in Brust und Kopf gegeben und war darauf langsam durch alle seine Glieder geflossen. Er erhob sich, stand ein wenig auf demselben Fleck und setzte sich wieder und durchlas die Korrespondenz von neuem. Dann erhob er sich wieder, legte sich auf das Bett, schob die Hände unter den Kopf und blickte lange wie benebelt auf die Wand. Allmählich verwischte sich gleichsam diese Wand... sie verschwand ... und er erblickte vor sich den Boulevard unter dem grauen Himmel und sie im schwarzen Umhang... dann wiederum sie auf der Estrade... sogar sich selbst sah er neben ihr. — Das, was ihn im ersten Augenblick so stark in die Brust ge-

stoßen hatte, begann jetzt aufzusteigen ... aufzusteigen zum Halse ... er wollte es forträuspern, wollte nach jemandem rufen — doch seine Stimme versagte — und zu seiner eigenen Verwunderung flossen Tränen unaufhaltsam ihm aus den Augen ... was hatte diese Tränen hervorgerufen? Mitleid? Reue? oder hatten einfach die Nerven die jähe Erschütterung nicht ertragen? — sie war ihm ja doch nichts? war es nicht so?

„Es ist ja vielleicht noch garnicht wahr?" überkam ihn der Gedanke auf einmal. „Man muß es erfahren! doch von wem? von der Fürstin? — nein, von Kupfer ... von Kupfer? man sagt, er sei ja nicht in Moskau? — einerlei! zuerst muß ich zu ihm!"

Mit diesen Überlegungen im Kopfe zog sich Arátow rasch an und jagte zu Kupfer.

IX

Er rechnete nicht darauf ihn zu treffen ... und traf ihn. Kupfer hatte sich wirklich auf einige Zeit von Moskau entfernt, war aber schon seit einer Woche zurück und hatte sogar vor, Arátow zu besuchen. — Er begrüßte ihn mit der gewohnten Treuherzigkeit und begann ihm irgendetwas zu erklären ... Arátow aber unterbrach ihn sogleich mit der ungeduldigen Frage:

„Du hast es gelesen? ist das wahr?"

„Was ist — wahr?" erwiderte Kupfer befremdet.

„Das mit Klara Militsch?"

Kupfers Gesicht drückte Bedauern aus. „Ja, ja, Bruder, es ist wahr: sie hat sich vergiftet! ein solcher Kummer!"

Arátow schwieg ein wenig. „Hast du es denn auch in der Zeitung gelesen?" fragte er, „oder bist du vielleicht selbst nach Kasan gefahren?"

„Ich war in Kasan, richtig; die Fürstin und ich haben sie hingebracht. — Sie ist dort zur Bühne gegangen und hatte großen Erfolg. Nun war ich zur Zeit der Katastrophe nicht mehr dort ... ich war in Jarosslawl."

„In Jarossláwl?"

„Ja. – Ich habe die Fürstin hinbegleitet ... sie hat sich jetzt in Jarosslawl angesiedelt."

„Doch du hast sichere Nachrichten?"

„Die allersichersten ... aus erster Hand! – ich habe in Kasan mit ihrer Familie Bekanntschaft gemacht. – Wart einmal, Bruder ... diese Nachricht scheint dich sehr aufzuregen? – ich besinne mich aber, daß dir Klara damals nicht gefiel! das war unrecht! es war ein wundervolles Mädchen – aber ein Kopf! ein toller Kopf! ich habe sehr um sie getrauert!"

Arátow sagte kein Wort, ließ sich auf einen Stuhl nieder – und bat Kupfer nach einer kurzen Weile, ihm zu erzählen ... er stockte.

„Was?" fragte Kupfer.

„Nun ... alles", erwiderte Arátow langsam, „zum Beispiel da von ihrer Familie ... und so weiter. Alles was du weißt!"

„Und das interessiert dich? – wenn du willst!"

Und Kupfer, dessen Gesicht man es durchaus nicht anmerken konnte, daß er wirklich so sehr um Klara trauerte, begann zu erzählen.

Aus seinen Worten erfuhr Arátow, daß Klara Militsch in Wirklichkeit Katharina Milowídowa hieß; daß ihr jetzt verstorbener Vater etatmäßiger Zeichenlehrer in Kasan gewesen war, schlechte Portraits und amtliche Heiligenbilder gemalt hatte – außerdem für einen Trinker und einen Haustyrannen galt ... solche Bildung kommt von den Bildern! ... (hier lachte Kupfer selbstzufrieden über sein eigenes Wortspiel); – daß er, erstens, eine Witwe aus einer Kaufmannsfamilie hinterlassen hatte, ein ganz dummes Weib, direkt aus den Lustspielen von Ostrówski und zweitens: eine Tochter, viel älter als Klara und dieser nicht ähnlich – ein sehr kluges Mädchen, nur schwämerisch, krank, ein bemerkenswertes Mädchen – und geistig hochentwickelt, mein Lieber! daß sie beide, die Witwe und die Tochter, nicht ohne Mittel in einem anständigen Häuschen wohnen, das sie durch den Verkauf jener schlechten Portraits und Heiligenbilder erworben; daß Klara ... oder Katja, wie du willst, von Kindheit an mit ihrer Begabung alle staunen machte — doch von unfügsamem und launischem Wesen war und beständig mit dem Vater in Streit lag, daß sie eine angeborene Leidenschaft für das Theater hatte und im sechzehnten Lebensjahr aus dem Elternhaus mit einer Schauspielerin davonlief...

„Mit einem Schauspieler?" unterbrach ihn Arátow.

„Nein, nicht mit einem Schauspieler, sondern mit einer Schauspielerin, der sie zugetan war... es ist wahr, diese Schauspielerin hatte einen Gönner, einen reichen und schon alten Herrn, der sie nur deshalb nicht geheiratet hatte, weil er selbst verheiratet war — auch die Schauspielerin war, wie es scheint, eine verheiratete Frau. — Ferner teilte Kupfer Arátow mit, daß Klara schon vor ihrer Ankunft in Moskau auf Provinzbühnen gespielt und gesungen hatte; daß sie nach dem Verlust ihrer Freundin, der Schauspielerin (der Herr war auch, wie es scheint, gestorben! oder wieder zu seiner Frau zurückgekehrt — daran erinnerte sich Kupfer nicht genau...), die Bekanntschaft der Fürstin machte, dieser goldenen Frau, welche du, mein Freund Jakob Andréjewitsch", fügte der Erzähler gefühlvoll hinzu, „nicht nach Gebühr zu schätzen verstanden hast; daß man Klara schließlich ein Engagement in Kasan angeboten — und daß sie es angenommen, obgleich sie vorher beteuert hatte, sie würde Moskau niemals verlassen! — wie sie aber in Kasan beliebt geworden ist — sogar erstaunlich! nach jeder Vorstellung — Blumen und Geschenke! Blumen und Geschenke! — ein Kornhändler, der erste Geldmensch im Gouvernement, hat ihr sogar ein goldenes Tintenfaß zu Füßen gelegt!" Kupfer erzählte dies alles mit großer Lebhaftigkeit, ohne im übrigen besondere Sentimentalität zu verraten, und seine Rede mit Fragen unterbrechend: „Warum willst du das wissen?..." oder: „Was soll dir dies?" wenn Arátow, der ihm mit verzehrender Aufmerksamkeit zuhörte, immer nach mehr und mehr Einzelheiten verlangte. Alles war schließlich gesagt und Kupfer verstummte, indem er sich für seine Mühe mit einer Zigarre belohnte.

„Warum aber hat sie sich vergiftet?" fragte Arátow. „In der Zeitung stand..."

Kupfer fuchtelte mit den Händen. „Nun ... dieses kann ich nicht sagen ... ich weiß es nicht. Die Zeitung aber lügt. Klaras Benehmen war musterhaft ... nichts von Liebesgeschichten ... und wie sollte sie auch bei ihrem Stolz! stolz war sie wie der Satan selbst — und unnahbar! — ein toller Kopf! hart wie Stein! wirst du mir glauben — wie nah ich sie auch kannte — ich habe nie in ihren Augen Tränen gesehen!"

„Ich hab's gesehen", dachte Arátow für sich.

„Nur eins jedoch", fuhr Kupfer fort, „in der letzten Zeit bemerkte ich in ihr eine große Veränderung: so traurig wurde sie, schweigt, man kann ihr stundenlang kein Wort entlocken. Wie ich sie auch ausfragte: hat Sie nicht jemand gekränkt, Katharina Ssemjónowna? Denn ich kannte ihren Charakter: eine Kränkung konnte sie nicht überwinden! sie schweigt, und damit basta! sogar die Erfolge auf der Bühne machten sie nicht froh; es regnet Blumen ... sie aber lächelt nicht einmal! das goldene Tintenfaß hat sie einmal angesehen — und fort damit! — beklagte sich, daß ihr niemand eine richtige Rolle, was sie darunter verstehe, schreiben würde. Auch das Singen hat sie ganz aufgegeben. Ich, Bruder, bin daran schuld! ... habe ihr damals mitgeteilt, daß du in ihr die Schule vermißtest. Dennoch aber ... warum sie sich vergiftet hat — unfaßlich! Und auf welche Weise vergiftet! ..."

„In welcher Rolle hatte sie den größten Erfolg?" Arátow wünschte zu wissen, in welcher Rolle sie zum letzten Mal aufgetreten war, fragte aber aus irgend einem Grund nach etwas anderem.

„Mir scheint, in Ostrówskis ‚Grunja'. Aber, ich wiederhole: keinerlei Liebesgeschichten! Urteile selbst: sie wohnte im Hause der Mutter ... weißt du, es gibt solche Kaufmannshäuser: in jeder Ecke ein Heiligenschrein und ein Lämpchen vor dem Schrein, eine Luft zum Sterben, es riecht nach Säure, im Wohnzimmer an den Wänden nichts als Stühle, Geranien in den Fenstern — und wenn ein Gast kommt, fängt die Hausfrau zu jammern an — wie beim Nahen des Feindes. An Kurmacherei und Liebesgeschichten nicht zu denken. Zuweilen ließen sie mich sogar nicht herein. Ihr Dienstmädchen, ein

robustes Weib, im Ssarafán von Baumwolle, mit hängendem Busen, stellt sich quer im Vorzimmer hin und brüllt: wohin? — nein, ich verstehe entschieden nicht, warum sie sich vergiftet hat. Sie ist wohl des Lebens überdrüssig geworden", schloß Kupfer philosophisch seine Betrachtungen.
Arátow saß mit gesenktem Kopf. „Kannst du mir die Adresse dieses Hauses in Kasan geben?" sagte er endlich.
„Das kann ich; aber wozu? — oder willst du einen Brief hinschreiben?"
„Vielleicht."
„Nun, wie du willst. Die Alte aber wird dir nicht antworten, denn sie kann nicht schreiben. Die Schwester allenfalls ... o, die Schwester ist gescheit! — aber ich muß mich wieder über dich wundern, Bruder! welche Gleichgültigkeit früher ... und jetzt was für eine Aufmerksamkeit! dies alles, mein Lieber, kommt vom Alleinsein!"
Arátow entgegnete nichts auf diese Bemerkung und ging fort, nachdem er sich der Kasanschen Adresse versichert hatte.
Während seiner Fahrt zu Kupfer hatte sein Gesicht Erregung, Verwunderung, Erwartung ausgedrückt ... jetzt ging er gleichmäßigen Schrittes, mit gesenkten Augen, die Mütze auf die Stirn geschoben; fast alle Vorübergehenden verfolgten ihn mit forschenden Blicken ... er aber bemerkte sie nicht ... nicht so, wie damals auf dem Boulevard! ...
„Unselige Klara! unsinnige Klara!" klang es in seiner Seele.

X

Den nächsten Tag jedoch verbrachte Arátow ziemlich ruhig. Er konnte sogar seinen gewohnten Beschäftigungen nachgehen. Nur daß er sowohl bei der Arbeit wie in der Muße beständig an Klara dachte, an Kupfers Berichte von gestern. Es ist wahr, seine Gedanken waren auch von recht friedlicher Art. Er glaubte sich für dieses seltsame Mädchen von einem psychologischen Standpunkt aus zu interessieren, wie für eine Art Rätsel, dessen Auflösung schon einiges Kopfzerbrechen wert

war. — „Davongelaufen mit einer ausgehaltenen Schauspielerin", dachte er, „sich unter den Schutz dieser Fürstin gestellt, bei der sie, wie es scheint, gewohnt hat — und keinerlei Liebessachen? unwahrscheinlich!...Kupfer sagt: Stolz! nun, erstens wissen wir" (Arátow hätte sagen müssen: wir haben es aus Büchern herausgelesen) ... „wissen wir, daß Stolz sich mit Leichtfertigkeit verträgt; und zweitens, wie konnte sie bei ihrem Stolz die Zusammenkunft verabreden mit einem Menschen, der sie mißachten mochte — und der's getan hat ... noch dazu öffentlich ... auf dem Boulevard" — hierbei fiel Arátow der ganze Auftritt auf dem Boulevard ein, und er fragte sich: hatte er denn wirklich Klara Mißachtung erwiesen? — nein — entschied er ... das war ein anderes Gefühl ... ein Gefühl des Nichtverstehens ... des Mißtrauens, zuguterletzt! — „Unselige Klara!" klang es ihm aufs neue durch den Kopf. — Ja, Unselige, — entschied er wieder ... das ist das passendste Wort. — Und wenn das so ist — dann bin ich ungerecht gewesen. Sie hat recht gehabt, ich habe sie nicht verstanden. Schade! — ein vielleicht so bemerkenswertes Wesen ist so nahe an mir vorbeigegangen ... und ich habe das nicht benutzt, habe sie fortgestoßen ... nun, macht nichts! das ganze Leben steht noch vor mir. Es kommen vielleicht noch ganz andere Begegnungen vor!
„Warum aber hat sie gerade mich ausgesucht?" — Er blickte im Vorübergehen auf den Spiegel. — „Was ist an mir Besonderes? was bin ich denn für eine Schönheit? einfach ein Gesicht wie alle Gesichter ... übrigens ist auch sie keine Schönheit.
Keine Schönheit ... doch welch ein ausdrucksvolles Gesicht! unbeweglich ... aber ausdrucksvoll! ich sah noch nie ein solches Gesicht. — Und sie hat Talent ... das heißt, sie hatte, zweifellos. Ein wildes, unentwickeltes, sogar rohes ... aber ein zweifelloses ... und in diesem Fall war ich ihr gegenüber ungerecht." — Arátows Gedanken wandten sich der literarischmusikalischen Matinée zu ... und er machte an sich die Beobachtung, daß er sich ungewöhnlich deutlich eines jeden von ihr gesungenen oder gesprochenen Wortes entsann, eines jeden

Tonfalls ... dies hätte nicht geschehen können, wäre sie ohne Talent gewesen.

„Und jetzt liegt dies alles im Grab, wohinein sie sich selbst gestoßen ... ich aber kann hier nichts dafür ... ich bin nicht schuld! es wäre sogar lächerlich, zu denken, daß ich schuldig sei." – Es kam Arátow wieder in den Sinn, daß, wenn wirklich „irgend so etwas" in ihr gesteckt hätte, sein Benehmen während der Zusammenkunft sie unzweifelhaft enttäuscht haben müßte. Darum hatte sie auch beim Abschied so grausam gelacht. – Und wo war der Beweis dafür, daß sie sich aus unglücklicher Liebe vergiftet hatte? das sind nur allein die Zeitungsschreiber, die immer einen derartigen Tod mit unglücklicher Liebe erklären! Menschen mit solchem Charakter wie der Klaras werden das Leben leicht satt ... überdrüssig. Ja, überdrüssig. Kupfer hat recht: sie hat einfach das Leben satt bekommen.

Trotz aller Erfolge, aller Huldigungen? – Arátow überlegte. – Die psychologische Analyse, der er sich hingab, war ihm sogar angenehm. Da er bisher jeder Berührung mit Frauen fremd geblieben war, ahnte er nicht einmal, wie vielsagend dieses ganze angespannte Untersuchen der weiblichen Seele war.

„Also die Kunst", fuhr er in seinen Betrachtungen fort, „befriedigte sie nicht, füllte die Leere ihres Lebens nicht aus. Echte Künstler leben nur für die Kunst, für das Theater ... alles Übrige verblaßt vor dem, was sie für ihren Beruf halten ... sie war eine Dilettantin!"

Hier überlegte Arátow von neuem. – Nein, das Wort „Dilettantin" paßte nicht zu diesem Gesicht, zu dem Ausdruck dieses Gesichtes, dieser Augen ...

Und wieder tauchte vor ihm das Bild Klaras empor, mit dem auf ihn gerichteten tränenerfüllten Blick, mit den zu den Lippen emporgehobenen, zusammengepreßten Händen ...

„Ach, fort damit, fort ..." flüsterte er ... „wozu?"

So verging der ganze Tag. Bei Tisch unterhielt sich Arátow viel mit Platóscha, fragte sie aus nach den alten Zeiten, deren sie sich übrigens schlecht erinnerte und davon sie schlecht er-

zählte, da sie der Rede nicht besonders mächtig war und, von
ihrem Jáscha abgesehen, ihr ganzes Leben lang fast nie auf
irgend etwas Acht gegeben hatte. Sie freute sich nur darüber,
wie er da doch eben gut und freundlich war! — Gegen Abend
wurde Arátow so friedlich, daß er mit der Tante einige Gänge
im Kartenspiel machte.
So verging der Tag... — dafür aber die Nacht!!

XI

Sie fing gut an; — er schlief bald ein — und als die Tante auf
Zehenspitzen zu ihm kam, um ihn dreimal im Schlaf zu bekreuzen — sie tat dies jede Nacht — lag er und atmete ruhig wie
ein Kind. Vor Morgen aber erschien ihm ein Traum.
Er träumte: er ging über die kahle, mit Steinen besäte Steppe
unter einem niedrigen Himmel. Zwischen den Steinen schlän-
gelte sich ein Pfad dahin; er beschritt ihn.
Auf einmal erhob sich vor ihm so etwas wie ein feines Wölkchen. Er blickt näher hin; aus dem Wölkchen ward eine Frau,
im weißen Kleid, mit einem hellen Gürtel um die Taille. Sie
eilt von ihm fort. Er sah weder ihr Gesicht noch ihr Haar...
ein langes Gewebe verdeckte sie. Doch er wollte sie durchaus
einholen und ihr in die Augen sehen. Wie er sich aber auch
beeilte — sie ging rascher als er.
Auf dem Pfad lag ein breiter flacher Stein, einer Grabplatte
ähnlich. Er versperrte ihr den Weg. Die Frau blieb stehen.
Arátow lief zu ihr heran. Sie wandte sich ihm zu — dennoch
aber sah er ihre Augen nicht... sie waren geschlossen. Ihr
Gesicht war weiß, weiß wie Schnee, die Arme hingen ohne Regung. Sie glich einer Statue.
Langsam, ohne ein einziges Glied zu beugen, neigte sie sich
nach rückwärts und ließ sich auf jene Platte nieder... und
nun liegt Arátow schon neben ihr, ganz ausgestreckt wie eine
Grabskulptur — und die Hände zusammengelegt wie bei einem
Toten.
Jetzt aber erhob sich auf einmal die Frau — und ging fort.

Auch Arátow will sich erheben ... kann sich aber weder bewegen noch die Hände voneinander tun — und blickt nur in Verzweiflung hinter ihr drein.
Da wandte sich die Frau plötzlich um — und er erblickte die hellen lebendigen Augen in dem lebendigen, doch unbekannten Gesicht. Sie lacht, sie winkt ihm mit der Hand ... und er kann sich immer noch nicht regen.
Sie lachte noch ein Mal — und entfernte sich rasch, lustig den Kopf schüttelnd, auf dem hellrot ein Kranz von kleinen Rosen erglühte.
Arátow bemüht sich aufzuschreien, müht sich diesen schrecklichen Albdruck zu zerreißen ...
Auf einmal ward alles dunkel ringsum ... und die Frau kehrte zu ihm zurück. Doch war das schon nicht mehr jene unbekannte Statue ... es war Klara. Sie blieb vor ihm stehen, kreuzte die Arme — und sieht ihn streng und aufmerksam an. Ihre Lippen sind zusammengepreßt — Arátow meint aber die Worte zu hören:
„Willst du wissen, wer ich bin, fahre dorthin!"
„Wohin?" fragt er.
„Dorthin!" klingt wie ein Seufzer die Antwort. „Dorthin!"
Arátow erwachte.
Er richtete sich im Bett auf, zündete die Kerze auf dem Nachttischchen an — stand aber nicht auf — und saß lange, ganz durchkältet, langsam im Kreise um sich schauend. Es schien ihm, als wäre irgend etwas mit ihm vor sich gegangen, seit er sich niedergelegt hatte; daß etwas sich in ihn eingenistet ... Besitz von ihm ergriffen hatte. „Ist denn das möglich?" flüsterte er unbewußt. „Gibt es denn eine solche Macht?"
Er vermochte nicht im Bett zu bleiben. Er zog sich leise an — und durchwanderte sein Zimmer bis zum Morgen. Und sonderbar! an Klara dachte er keinen Augenblick — und dachte deshalb nicht an sie, weil er beschlossen hatte, am nächsten Tag nach Kasan zu fahren!
Er dachte nur an diese Fahrt — daran, wie das zu machen sei und was er mitnehmen würde — und wie er dort alles ausfindig machen und erfahren werde — und sich beruhigen. — „Du

fährst nicht", überlegte er bei sich selbst, „du wirst wohl noch verrückt!" er fürchtete sich davor, fürchtete seine Nerven. Er war überzeugt, daß, sobald er nur dort alles mit eigenen Augen gesehen haben würde, alle diese Anfechtungen zerfliegen müßten wie jener nächtliche Alb. — „Und für die ganze Fahrt braucht es nur eine Woche", dachte er ... „was ist eine Woche? anders komme ich davon nicht los."
Die aufgegangene Sonne erhellte sein Zimmer; aber das Tageslicht zerstreute die auf ihm liegenden nächtlichen Schatten nicht und änderte nicht seinen Entschluß.
Platóscha traf beinahe der Schlag, als er ihr diesen Entschluß mitteilte. Sie setzte sich sogar auf die Fersen nieder ... ihre Füße versagten. „Wie denn nach Kasan? warum nach Kasan?" flüsterte sie, ihre auch so schon blinden Augen aufreißend. Sie hätte sich nicht mehr gewundert über die Mitteilung, daß ihr Jáscha sich mit der benachbarten Bäckersfrau verheiratet habe oder nach Amerika verreise. — „Und gehst du auf lange nach Kasan?"
„Ich komme nach einer Woche zurück", erwiderte Arátow, halb abgewandt von der Tante dastehend, die immer noch auf dem Boden saß.
Platonída Iwánowna wollte noch widersprechen — Arátow aber schrie sie ganz unerwarteter und ungewohnter Weise an. „Ich bin kein Kind", schrie er und wurde ganz blaß, die Lippen erzitterten und die Augen funkelten grimmig. „Ich bin fünfundzwanzig Jahre alt, ich weiß was ich tue — ich bin frei zu tun was ich will! — ich werde keinem erlauben ... geben Sie mir Geld für die Reise, bereiten Sie den Koffer mit Kleidung und Wäsche ... und quälen Sie mich nicht! — ich komme nach einer Woche zurück, Platóscha", fügte er mit sanfterer Stimme hinzu.
Platóscha erhob sich ächzend und schleppte sich, ohne weiter zu widersprechen, in ihr Zimmer. Jáscha hatte sie erschreckt. „Ich habe keinen Kopf auf den Schultern", sagte sie zur Köchin, die ihr beim Einpacken von Jáschas Sachen half, „keinen Kopf, sondern einen Bienenkorb ... und was für Bienen da summen — ich weiß es nicht. Nach Kasan fährt er, meine

Gute, nach Ka — a — san!" Die Köchin, die am vorhergehenden Tag den Hausknecht bei einer ziemlich langen Unterhaltung mit dem Schutzmann beobachtet hatte, wollte schon ihrer Herrin von diesem Umstand Mitteilung machen, getraute es sich aber nicht und dachte nur: „nach Kasan? — wenn es nur nicht irgendwohin weiter geht!" — Platonída Iwánowna aber hatte so den Kopf verloren, daß sie sogar ihr gewohntes Gebet nicht hersagte. — In einer solchen Not konnte auch der Herrgott nicht helfen!
Am nämlichen Tage reiste Arátow nach Kasan.

XII

Kaum war er in dieser Stadt angekommen und hatte ein Zimmer im Gasthaus belegt, als er schon fortstürzte, um das Haus der Witwe Milowídowa zu suchen. Während der ganzen Reise hatte er sich in einer Art Erstarrung befunden, was ihn übrigens durchaus nicht daran hinderte, alle nötigen Maßregeln zu treffen, in Nishnij-Nówgorod vom Zug auf den Dampfer zu gehen, auf den Bahnhöfen zu speisen und so weiter. Er war wie vorher überzeugt, daß d o r t alles sich lösen werde — und darum scheuchte er alle Erinnerungen und Überlegungen von sich und begnügte sich allein mit der gedanklichen Vorbereitung jenes s p e e c h, durch den er der Familie Klaras die wirkliche Ursache seiner Reise auseinandersetzen würde. — So gelangte er endlich zum Ziel seines Strebens, befahl sich anzumelden. Er wurde angenommen — mit Verwunderung und Schreck — aber doch angenommen.
Das Haus der Witwe Milowídowa erwies sich in der Tat als ein solches, das der Beschreibung Kupfers entsprach, und die Witwe selbst glich wirklich einer der Kaufmannsfrauen Ostrówskis, obgleich sie die Witwe eines Beamten war: ihr Mann hatte den Rang eines Kollegienassessors. Nicht ohne einige Schwierigkeit hielt Arátow, nachdem er sich vorläufig wegen seiner Kühnheit, wegen der Seltsamkeit seines Besuches entschuldigt hatte, seinen vorbereiteten s p e e c h darüber, daß

er gern alle nötigen Nachrichten über die so früh untergegangene begabte Künstlerin sammeln würde; daß er sich in diesem Fall nicht von müßiger Neugier leiten lasse, sondern von tiefer Anteilnahme an ihrem Talent, dessen Verehrer er gewesen war (er sagte wirklich: Verehrer); endlich, daß es sündhaft wäre, das Publikum in Unkenntnis darüber zu lassen, was es verloren habe, und warum sich seine Hoffnungen nicht erfüllt hätten! — Frau Milowídowa unterbrach Arátow nicht; sie begriff kaum recht, was dieser unbekannte Gast sagte — und sie blähte sich nur ein wenig und riß die Augen auf, obgleich sie fand, daß er ein friedliches Aussehen habe, anständig angezogen und nicht irgend ein Spitzbube sei ... nicht um Geld bitten werde.

„Sie sprechen von Katja?" fragte sie, sobald Arátow verstummte.

„Ganz recht ... von Ihrer Tochter."

„Und Sie sind deshalb aus Moskau hierher gereist?"

„Aus Moskau."

„Nur deshalb?"

„Deshalb."

Frau Milowídowa wachte plötzlich auf. „So sind Sie — ein Schriftsteller? schreiben in Journalen?"

„Nein, ich bin kein Schriftsteller und habe bis jetzt in Journalen nicht geschrieben."

Die Witwe ließ den Kopf sinken. Sie begriff nicht.

„Also — zum eigenen Vergnügen?" fragte sie auf einmal. Arátow fand nicht gleich die rechte Antwort.

„Aus Anteilnahme, aus Hochachtung vor dem Talent", sagte er endlich.

Das Wort „Hochachtung" gefiel Frau Milowídowa. „Nun, was denn!" sprach sie mit einem Seufzer ... „Ob ich auch ihre Mutter bin — und sehr um sie getrauert habe ... denn ein solches Unglück auf einmal! ... aber ich muß sagen: verdreht war sie immer — und hat auch auf solche Manier geendet! eine solche Schande ... urteilen Sie selbst: welch ein Schlag für eine Mutter! zum Glück hat man sie wenigstens christlich beerdigt..." Frau Milowídowa bekreuzte sich. „Von Kindheit

an hat sie sich keinem gefügt — hat das Elternhaus verlassen
... und ist zuletzt — und das ist kein Spaß! — unter die Schauspielerinnen gegangen! natürlich hab ich sie aus dem Hause nicht verstoßen: ich liebte sie ja doch! ich bin doch immerhin Mutter! sie sollte doch nicht bei Fremden leben — auf Almosen! ..." Hier kamen der Witwe die Tränen. „Wenn Sie aber, mein Herr", begann sie aufs neue, indem sie sich die Augen mit den Zipfeln des Kopftuchs trocknete, „wirklich eine solche Absicht haben und nichts Unehrenhaftes gegen uns im Sinne tragen — sondern im Gegenteil uns die Ehre erweisen wollen — so sprechen Sie jetzt mit meiner anderen Tochter. Sie wird Ihnen alles besser als ich erzählen ... Annachen!" rief Frau Milowídowa, „Annachen, komm mal her! hier ist da irgend ein Herr aus Moskau, der sich über Katja unterhalten möchte!"
Irgend ein Geräusch erklang im Nebenzimmer, doch es erschien niemand. „Annachen!" rief die Witwe wieder, „Anna Ssemjónowna! komm, sag ich dir!"
Die Tür wurde leise geöffnet und auf der Schwelle erschien ein schon nicht mehr junges Mädchen von kränklichem und unschönem Aussehen — doch mit sehr sanften und traurigen Augen. Arátow erhob sich bei ihrem Kommen von seinem Sitz und stellte sich vor, wobei er seinen Freund Kupfer erwähnte. „Ah! Fiódor Fiódoritsch!" sprach leise das Mädchen und ließ sich leise auf einen Stuhl nieder.
„Nun, unterhalte dich also mit dem Herrn", sagte Frau Milowídowa, die sich wuchtig von ihrem Sitz erhob, „hat sich Mühe gemacht, ist extra aus Moskau hergereist — will über Katja Nachrichten sammeln. Mich aber, mein Herr", fügte sie, zu Arátow gewandt, hinzu, „entschuldigen Sie ... ich muß fort, habe in der Wirtschaft zu tun. Mit Annachen können Sie alles gut besprechen — sie wird Ihnen auch vom Theater erzählen ... und alles sonst. Sie ist meine Gescheite, meine Gebildete: spricht französisch und liest Bücher, nicht schlechter als ihre verstorbene Schwester. Sie hat sie doch, man darf sagen, aufgezogen ... sie war die Ältere — nun, und übernahm die Sache."

Frau Milowídowa entfernte sich. Allein geblieben mit Anna Ssemjónowna, wiederholte ihr Arátow seinen speech; doch da er es beim ersten Blick verstanden, daß er ein wirklich gebildetes Mädchen, kein Kaufmannstöchterchen vor sich hatte, schweifte er ein wenig aus, gebrauchte andere Wendungen — und wurde zuletzt selbst erregt, er errötete und fühlte sein Herz klopfen. Anna hörte ihm schweigend zu, die Hände über einander gelegt; das traurige Lächeln wich nicht aus ihrem Gesicht ... ein bitterer, nicht überwundener Kummer sprach sich in diesem Lächeln aus.

„Sie haben meine Schwester gekannt?" fragte sie Arátow.

„Nein, ich habe sie eigentlich nicht gekannt", erwiderte er. „Ich habe sie ein Mal gesehen und gehört ... doch Ihre Schwester brauchte man nur einmal zu sehen und zu hören ..."

„Sie wollen ihre Biographie schreiben?" fragte Anna wieder.

Arátow hatte dieses Wort nicht erwartet; doch er antwortete sogleich, ja — warum denn nicht? hauptsächlich aber wollte er das Publikum in Kenntnis setzen ...

Anna unterbrach ihn mit einer Handbewegung.

„Wozu denn das? das Publikum hat ihr auch so schon Leid genug zugefügt, und Katja begann jetzt eben zu leben. Wenn Sie selbst aber (Anna sah ihn an und lächelte wieder das selbe, doch schon freundlichere Lächeln ... sie schien zu denken: ja, du flößest mir Vertrauen ein) ... wenn Sie selbst so viel Teilnahme für sie empfinden, so möchte ich Sie bitten, heute abend zu uns zu kommen ... nach dem Mittagessen. Ich kann jetzt nicht ... so plötzlich ... ich werde Kraft sammeln ... ich will versuchen ... ach, ich habe sie zu sehr geliebt!"

Anna wandte sich ab; sie war nahe am Weinen.

Arátow erhob sich flink von seinem Stuhl, dankte für den Vorschlag, versprach bestimmt zu kommen ... bestimmt! — und ging fort, in seiner Seele den Eindruck der leisen Stimme, der sanften und traurigen Augen mit sich nehmend — und verbrennend von der Qual der Erwartung.

XIII

Arátow kehrte am selben Tag zu Milowídows zurück und verbrachte volle drei Stunden im Gespräch mit Anna Ssemjónowna. Frau Milowidowa ging sofort nach dem Essen zu Bett – um zwei Uhr – und ruhte aus bis zum Abendtee um sieben Uhr. Das Gespräch Arátows mit Klaras Schwester war nicht eigentlich eine Unterredung: sie sprach fast allein, anfangs stockend und mit Verwirrung, dann aber mit unaufhaltsamer Wärme. Sie vergötterte augenscheinlich ihre Schwester. Das Vertrauen, das Arátow ihr eingeflößt, wuchs und erstarkte; sie war schon nicht mehr scheu; ein- zweimal sogar weinte sie schweigend in seiner Gegenwart. Er schien ihrer offenherzigen Mitteilungen und Ergießungen würdig zu sein ... in ihrem eigenen abgeschlossenen Leben war ihr nie etwas derartiges begegnet! ... er aber ... er verschlang ein jedes ihrer Worte. Dies ist, was er erfuhr ... vieles natürlich erriet er aus Ungesprochenem ... vieles ergänzte er selbst.

In ihrer Kindheit war Klara ohne Zweifel ein unangenehmes Kind gewesen – und im Mädchenalter nicht um vieles sanfter: eigenwillig, jähzornig, ehrgeizig, vertrug sie sich namentlich mit dem Vater nicht, den sie um seiner Trunksucht und seiner Talentlosigkeit willen verachtete. Er fühlte das und verzieh es ihr nicht. Ihre musikalischen Fähigkeiten traten früh hervor; der Vater unterdrückte sie, weil er nur die Malerei als eine Kunst ansah, darin er selbst so wenig erreicht hatte, die aber ihn und seine Familie ernährte. Klara liebte ihre Mutter ... nachlässig, wie eine Wärterin; die Schwester vergötterte sie, obgleich sie mit ihr raufte und sie biß ... freilich kniete sie nachher vor ihr nieder und küßte die gebissenen Stellen. Sie war ganz Feuer, ganz Leidenschaft und ganz Widerspruch; rachsüchtig und gut, großmütig und nachtragend; glaubte an das Schicksal und glaubte nicht an Gott (diese Worte flüsterte Anna voller Entsetzen): liebte alles was schön war, kümmerte sich aber um die eigene Schönheit garnicht und kleidete sich, wie es eben kam, konnte nicht leiden, wenn ihr junge Leute den Hof machten, las aber in Büchern nur jene Seiten von neuem, wo von Liebe die Rede war; wollte nicht gefallen, liebte keine Liebkosung und vergaß nie eine solche, wie sie auch eine Kränkung nicht vergaß; fürchtete den Tod und tötete sich selbst! sie sagte zuweilen: „einen solchen, wie ich ihn mir wünsche, treffe ich nicht ... und andere brauche ich nicht!" — „Nun, wenn du ihn aber doch triffst?" fragte Anna. — „Treffe ich ihn .... so nehm ich ihn mir." — „Und wenn er nicht will?" — „Nun, dann mach ich ein Ende mit mir. Ich tauge also nicht." Klaras Vater (er sagte bisweilen im Rausch zu seiner Frau: „von wem hast du diesen schwarzen Kobold? — nicht von mir!") — Klaras Vater, bemüht, sie rasch loszuwerden, hatte sie fast schon an einen reichen jungen Kaufmann verkuppelt, einen sehr einfältigen, mit „Bildung". Zwei Wochen vor der Hochzeit (sie war nur sechzehn Jahre alt) ging sie auf ihren Bräutigam zu, die Arme gekreuzt und mit den Fingern auf den Ellbogen spielend (ihre Lieblingsstellung), und auf einmal, klatsch! schlägt sie ihn auf seine rote Backe mit ihrer großen kräftigen Hand! er sprang empor und sperrte nur den Mund auf — man muß zugeben, daß er sterblich in sie verliebt war... er fragt: „wofür das?" sie lachte und ging fort. — Ich befand mich im selben Zimmer — erzählte Anna — und war Zeugin. Ich lief ihr nach und sage ihr: „Katja, ich bitte dich, was tust du da?" und sie mir zur Antwort: „Wär er ein richtiger Mensch, hätte er mich verprügelt — so aber, ein nasses Huhn! und fragt noch: wofür? wenn du liebst und dich nicht rächst, so dulde und frage nicht: wofür? nichts soll er von mir haben — in aller Ewigkeit nicht!" So hat sie ihn denn auch nicht geheiratet. Bald darauf aber machte sie die Bekanntschaft jener Schauspielerin und verließ unser Haus. Die Mutter weinte wohl, doch der Vater sagte nur: „Die störrische Ziege — fort aus der Herde!" und kümmerte sich nicht, sie aufzusuchen. Der Vater verstand Klara nicht. Mich hat sie am Tag vor ihrer Flucht, fügte Anna hinzu, fast erstickt in ihren Umarmungen, und wiederholte immer: „ich kann nicht! ich kann nicht anders! ... das Herz geht entzwei, aber ich kann nicht! euer Käfig ist klein ... nicht nach Flügelmaß! und man entgeht seinem Schicksal nicht..."

„Später", bemerkte Anna, „haben wir einander selten gesehen
... nach dem Tod des Vaters kam sie auf zwei Tage her, nahm
nichts von der Erbschaft und verschwand wieder. Sie hatte es
schwer bei uns ... ich sah das. Darauf kam sie nach Kasan
schon als Schauspielerin.
Arátow fing an, Anna nach dem Theater auszufragen, nach
den Rollen, die Klara gespielt hatte, nach ihren Erfolgen ...
Anna gab ausführlich Antwort, immer jedoch mit der gleichen Trauer, wenn auch lebhaft hingerissen. Sie zeigte Arátow
sogar eine Photographie, auf der Klara im Kostüm einer ihrer
Rollen dargestellt war. Auf dem Bild blickte sie zur Seite, als
wende sie sich von den Zuschauern ab; der mit einem Band
durchflochtene dichte Zopf fiel ihr einer Schlange gleich auf
den entblößten Arm. Arátow betrachtete das Bild lange, fand
es ähnlich, fragte, ob Katja nicht an öffentlichen Vorlesungen
teilgenommen habe, und erfuhr, das sei nicht der Fall gewesen; daß sie die Erregung des Theaters, der Bühne nötig gehabt habe ... doch eine andere Frage brannte ihm auf den
Lippen.
„Anna Ssemjónowna!" rief er endlich, nicht laut, aber mit be-
sonderer Kraft, „sagen Sie, ich bitte Sie flehentlich, sagen Sie,
warum sie ... warum sie sich zu dieser entsetzlichen Tat ent-
schlossen hat? ..."
Anna senkte den Blick. „Ich weiß nicht!" sprach sie nach
einigen Augenblicken. „Bei Gott, ich weiß nicht!" fuhr sie
ungestüm fort, da sie bemerkte, daß Arátow eine Bewegung
mit den Händen machte, als glaube er ihr nicht. „Es ist richtig, daß sie seit ihrer Ankunft nachdenklich, finster gewesen
ist. Ihr ist unbedingt in Moskau irgend etwas geschehen, was
ich nicht erraten konnte! dagegen war sie aber grade an jenem
Unheilstag scheinbar ... wenn nicht fröhlicher, so doch ruhiger als gewöhnlich. Sogar ich hatte durchaus keine Vorahnungen", fügte Anna mit bitterem Spott hinzu, als mache sie sich
einen Vorwurf daraus.
„Sehen Sie wohl", begann sie von neuem, „es war Katja gleichwie vorbestimmt, daß sie unglücklich sein würde. Von frühauf
war sie davon überzeugt. Stützt sich so auf den Arm, sinnt

nach und sagt: ‚Ich werde nicht lange leben!' Sie hatte Vorahnungen. Stellen Sie sich vor, sie konnte sogar im voraus, zuweilen im Traum, zuweilen aber auch so, erblicken was ihr bevorstand! ‚Ich kann nicht leben wie ich möchte, so ist es auch nicht nötig'... das war auch ihre Redensart. ‚Unser Leben ist doch in unsrer Hand!' und das hat sie bewiesen."
Anna bedeckte das Gesicht mit den Händen und verstummte.
„Anna Ssemjónowna", begann Arátow nach einer kurzen Weile, „Sie haben vielleicht gehört, welcher Ursache die Zeitungen..."
„Unglücklicher Liebe?" unterbrach ihn Anna, mit einem Mal die Hände vom Gesicht reißend. „Das ist Verleumdung, Verleumdung, Erfindung!... meine unberührte unnahbare Katja ... Katja!... und eine unglückliche zurückgewiesene Liebe?!! und ich sollte davon nicht wissen?... in sie, in sie verliebten sich alle... sie aber... und in wen hätte sie sich hier verlieben können? wer unter all diesen Leuten — wer war ihrer würdig? wer hat die Höhe jenes Ideals von Ehrlichkeit, Wahrhaftigkeit, Reinheit erreicht — Reinheit vor allem — das ihr bei allen ihren Mängeln beständig vorschwebte?... sie zurückweisen ... sie..."
Annas Stimme versagte... ihre Finger erzitterten leicht. Sie errötete auf einmal... errötete vor Unwillen und sah in diesem Augenblick — nur für die Dauer eines Augenblicks — der Schwester ähnlich.
Arátow wollte sich entschuldigen.
„Hören Sie", unterbrach ihn Anna wieder, „ich will unbedingt, daß auch Sie nicht an diese Verleumdung glauben, und sie widerlegen, wenn das möglich ist! nun, Sie wollten einen Aufsatz über sie schreiben, nicht wahr: hier haben Sie eine Gelegenheit, ihr Gedächtnis zu verteidigen! darum rede ich auch so offenherzig mit Ihnen. Hören Sie: Katja hat ein Tagebuch hinterlassen..."
Arátow zuckte zusammen. „Ein Tagebuch", flüsterte er.
„Ja, ein Tagebuch... das heißt, nur einige kleine Seiten. Katja schrieb ungern... ganze Monate lang trug sie nichts ein... und ihre Briefe waren immer so kurz. Aber sie war

immer, immer wahrhaft, sie hat niemals gelogen... bei ihrer Eigenliebe, und lügen! ich... ich zeige Ihnen dieses Tagebuch! Sie werden selbst sehen, ob es auch nur einen Hinweis auf eine unglückliche Liebe enthält!"
Anna holte hastig aus der Schublade des Tisches ein dünnes Heftchen von nicht mehr als zehn Seiten hervor und streckte es Arátow hin. Dieser griff gierig danach, erkannte die unregelmäßige weitläufige Handschrift, die Handschrift jenes namenlosen Briefes, schlug es aufs Geratewohl auf und stieß sogleich auf die folgenden Zeilen:
„Moskau. — Dienstag... ten Juni. Sang und deklamierte auf einer literarischen Matinée. Heute ist für mich ein bedeutsamer Tag. **Er soll mein Los entscheiden.** (Diese Worte waren doppelt unterstrichen.) Ich habe wiedergesehen..." Hier folgten einige sorgfältig ausgestrichene Zeilen. Und darauf: „Nein, nein, nein!... ich muß zum früheren zurück, wenn nur..."
Arátow ließ die Hand sinken, die das Heftchen hielt, und sein Kopf senkte sich leise auf die Brust nieder.
„Lesen Sie!" rief Anna. „was lesen Sie denn nicht? lesen Sie von Anfang... das ist in nur fünf Minuten durchgelesen, obgleich dieses Tagebuch auch zwei volle Jahre umfaßt. In Kasan hat sie schon nichts mehr eingetragen..."
Arátow erhob sich langsam von seinem Stuhl und stürzte Anna nur so zu Füßen.
Diese war einfach wie versteinert vor Staunen und Schreck.
„Geben... geben Sie mir dieses Tagebuch", sprach Arátow mit ersterbender Stimme und hob beide Hände zu Anna empor. „Geben Sie es mir... auch das Bild... Sie haben gewiß noch ein anderes — das Tagebuch aber sende ich Ihnen zurück... doch ich muß, ich muß..."
In seinem Flehen, in seinen verzerrten Zügen war etwas so Verzweifeltes, daß es sogar wie Zorn, wie Leiden erschien... und er litt ja auch wirklich. Es war, als hätte er selbst nicht voraussehen können, daß ein solches Unglück über ihn hereinbrechen werde, und er flehte gereizt um Schonung, um Rettung.
„Geben Sie", wiederholte er.

„Ja... Sie... Sie waren verliebt in meine Schwester?" brachte Anna endlich hervor.
Arátow blieb auf den Knien liegen.
„Ich habe sie im ganzen zweimal gesehen... glauben Sie mir! ... und wenn ich nicht Beweggründe hätte, die ich selbst weder begreifen noch richtig erklären kann... wenn nicht irgend eine Macht über mir wäre, stärker als ich... würde ich Sie nicht bitten... wäre ich nicht hierher gereist. Ich brauche ... ich muß... Sie haben doch selbst gesagt, ich sei verpflichtet, ihr Bild wiederherzustellen!"
„Und Sie waren nicht verliebt in die Schwester?" fragte Anna zum zweiten Mal.
Arátow antwortete nicht sofort und wandte sich leicht ab, wie vor Schmerz.
„Nun ja! ich war's! war's! — ich bin auch jetzt verliebt..." rief er mit der selben Verzweiflung.
Im Nebenzimmer wurden Schritte hörbar.
„Stehen Sie auf... stehen Sie auf..." sprach Anna eilig. „Die Mutter kommt hierher."
Arátow stand auf.
„Und nehmen Sie das Tagebuch und das Bild, Gott mit Ihnen! arme, arme Katja!... aber das Tagebuch schicken Sie mir zurück", fügte sie lebhaft hinzu. „Und wenn Sie etwas schreiben, schicken Sie es mir, unbedingt... hören Sie?"
Das Erscheinen der Frau Milowídowa ersparte Arátow die Notwendigkeit, zu antworten. Er fand aber Zeit, ihr zuzuflüstern: „Sie sind ein Engel! ich danke! ich schicke alles was ich schreiben werde..."
Frau Milowídowa erriet nichts in ihrer Verschlafenheit. So verließ denn Arátow Kasan mit der Photographie in der Seitentasche des Rockes. Das Heftchen gab er Anna zurück, doch hatte er, für sie unmerklich, das Blättchen ausgeschnitten, auf dem sich die unterstrichenen Worte befanden.
Während der Rückreise nach Moskau verfiel er wieder der Erstarrung. Obwohl er sich auch im geheimen freute, daß er den Zweck seiner Fahrt erreicht hatte, verschob er dennoch alles Nachsinnen über Klara bis zur Rückkehr nach Hause. Er

dachte viel mehr an ihre Schwester Anna. — Das ist einmal, dachte er, ein wundervolles sympathisches Wesen! welch ein feines Verständnis für alles, welch ein liebevolles Herz, welch ein Mangel an Egoismus! und wie ist das möglich, daß bei uns in der Provinz — noch dazu in solcher Umgebung — dergleichen Mädchen aufblühen! — sie ist kränklich und unschön und nicht jung — aber was wäre sie für eine treffliche Gefährtin für einen anständigen gebildeten Menschen! in eine solche müßte man sich verlieben! ... Arátow dachte so ... aber nach seiner Ankunft in Moskau nahm die Sache eine völlig andere Wendung.

XIV

Platonída Iwánowna freute sich unaussprechlich über die Rückkehr ihres Neffen. Was hatte sie nicht alles überdacht während seiner Abwesenheit! „Allermindestens, nach Sibirien!" flüsterte sie, indem sie regungslos in ihrem Zimmerchen saß, „allermindestens, auf ein Jahr!" Außerdem machte ihr auch die Köchin Angst — durch Mitteilung der allersichersten Nachrichten über das Verschwinden bald des einen, bald des anderen jungen Mannes aus der Nachbarschaft. Die gänzliche Schuldlosigkeit und Zuverlässigkeit Jáschas beruhigte die Alte durchaus nicht. „Denn ... was ist nicht alles möglich! — befaßt sich mit dem Photographieren ... nun, schon genug! faßt ihn!" Und nun war ihr Jáschenka heil und gesund heimgekommen! freilich bemerkte sie, daß er ihr ein wenig magerer vorkam und im Gesichtchen ein bißchen verfallen — ganz verständlich ... ohne Pflege! — getraute sich aber nicht, ihn nach seiner Reise auszufragen. Sie fragte bei Tische: „Kasan ist wohl eine hübsche Stadt?" „Hübsch!" erwiderte Arátow. „Ich denke, da wohnen lauter Tataren?" „Nicht bloß Tataren." „Und du hast keinen orientalischen Schlafrock von dort mitgebracht?" „Nein, den habe ich nicht mitgebracht." So endete das Gespräch.

So bald aber Arátow sich allein in seinem Kabinett befand, fühlte er sogleich, daß ihn gleichsam irgend etwas ringsum umfaßt hatte, daß er sich wieder in der Gewalt befand, ausdrücklich in der Gewalt eines anderen Lebens, eines anderen Wesens. Obgleich er Anna auch gesagt hatte — in jenem Ausbruch jäher Verzückung — daß er in Klara verliebt sei — erschien ihm doch dieses Wort jetzt sinnlos und wüst. — Nein, er ist nicht verliebt; und wie kann man sich in eine Tote verlieben, die einem sogar bei Lebzeiten nicht gefallen hat, die er beinahe vergessen? — nein! doch er ist in der Gewalt... in ihrer Gewalt... er gehört sich selbst nicht länger. Er ist — genommen. Genommen in einem Grade, daß er nicht einmal den Versuch der Befreiung macht, weder durch Verspottung der eigenen Albernheit — noch durch Wachrufung, wenn nicht der Gewißheit, so doch der Hoffnung in sich, daß dies alles vorüber gehen werde, daß es nur Nerven sind — noch durch Herbeischaffung der Beweise dafür — noch sonst irgendwie! „Treffe ich ihn — nehm ich ihn mir", fielen ihm Klaras Worte ein in Annas Wiedergabe... nun ward er denn genommen. — Aber sie ist doch — tot? ja, ihr Leib ist tot... aber die Seele? — ist sie nicht unsterblich... braucht sie denn irdische Organe, um ihre Macht zu zeigen? — Da hat uns doch der Magnetismus den Einfluß einer lebendigen menschlichen Seele auf eine andere lebende menschliche Seele erwiesen... warum sollte sich denn dieser Einfluß nicht über den Tod hinaus fortsetzen — wenn die Seele am Leben bleibt? — Doch mit welchem Zweck? was kann dabei herauskommen? — Aber erkennen wir denn überhaupt den Zweck von allem, was sich rings um uns her begibt? — Diese Gedanken beschäftigten Arátow so, daß er plötzlich beim Tee Platóscha fragte: ob sie an die Unsterblichkeit der Seele glaube? — Diese verstand die Frage nicht gleich, bekreuzte sich aber dann und antwortete, wie denn die Seele etwa nicht unsterblich sein sollte! — Und wenn das so ist, kann sie auch nach dem Tod noch handeln? fragte Arátow wieder. Die Alte erwiderte, daß sie für uns beten könne — das heißt, auch das nur, nachdem sie alle Wandlungen durchgemacht habe — in Erwartung des schrecklichen Gerichtes. Die ersten vierzig Tage aber schwebt sie nur um den Ort herum, wo ihr Tod sich zugetragen hat.

„Die ersten vierzig Tage?"

„Ja; und dann beginnen die Wandlungen."

Arátow staunte über die Kenntnisse der Tante und ging in sein Zimmer. Und wieder fühlte er das gleiche, die selbe Gewalt über sich. — Diese Gewalt zeigte sich auch darin, daß ihm unaufhörlich das Bild Klaras erschien, mit den kleinsten Einzelheiten, mit solchen Einzelheiten, die er bei ihren Lebzeiten nicht einmal bemerkt zu haben glaubte: er sah ... sah ihre Finger, die Nägel, die kleinen Haarsträhnen auf den Wangen unter den Schläfen, das kleine Muttermal unter dem linken Auge; sah die Bewegungen ihrer Lippen, der Nasenflügel, der Brauen ... und was für einen Gang sie hatte ... und wie sie den Kopf ein wenig nach rechts neigt ... alles sah er! — Er sah dies alles durchaus nicht um des Wohlgefallens willen; er konnte nur nicht anders, als daran zu denken und das zu sehen. — In der ersten Nacht nach seiner Rückkehr erschien sie ihm aber nicht im Traum ... er war sehr müde und schlief wie ein Toter. Dafür trat sie aber gleich nach dem Erwachen wieder in sein Zimmer hinein — und blieb einfach da — wie eine Hausfrau; als hätte sie sich mit ihrem freiwilligen Tod dieses Recht erkauft, ohne ihn zu fragen und ohne seiner Erlaubnis zu bedürfen. — Er nahm ihre Photographie, begann sie zu reproduzieren, zu vergrößern. Dann kam er auf den Gedanken, sie dem Stereoskop anzupassen. Es machte ihm viele Mühe ... schließlich gelang es ihm. Er zuckte nur so zusammen, als er durch das Glas ihre Gestalt erblickte, die den Anschein der Körperhaftigkeit bekommen hatte. Doch es war eine graue, gleichsam verstaubte Gestalt ... und dazu die Augen ... die Augen blickten immer zur Seite, schienen sich immer abzuwenden. Er begann sie lange, lange anzublicken, als erwarte er, daß sie sich ihm jetzt gleich zuwenden würden ... er zwinkerte sogar absichtlich mit den Augen ... aber die Augen blieben unbeweglich, und die ganze Gestalt nahm das Aussehen irgend einer Puppe an. Er ließ ab, warf sich in einen Sessel, holte das ausgerissene Tagebuchblatt mit den unterstrichenen Worten hervor — und dachte: „Man sagt ja doch, daß Verliebte die von geliebter Hand geschriebenen Zeilen zu

küssen pflegen — ich aber möchte das nicht tun — und auch die Handschrift erscheint mir nicht schön. Diese Zeile aber enthält — meine Verurteilung." — Jetzt kam ihm das Versprechen in den Sinn, das er Anna inbetreff des Aufsatzes gegeben hatte. Er setzte sich an den Tisch und begann zu schreiben; alles aber geriet ihm so verlogen, so rhetorisch ... vor allem so verlogen ... als glaubte er weder an das was er schrieb, noch an die eigenen Empfindungen ... und auch Klara selbst erschien ihm unbekannt, unverständlich! es gelang ihm nicht. „Nein", dachte er, die Feder hinwerfend, „entweder ist die Schriftstellerei überhaupt nicht meine Sache, oder ich muß es noch abwarten!" — Er fing an, sich seines letzten Besuches bei Milowídows zu erinnern — und der ganzen Erzählung Annas, dieser guten wundervollen Anna ... das von ihr gesprochene Wort: „Unberührte!" erschütterte ihn jählings. Als hätte ihn etwas zugleich gebrannt und erleuchtet. „Ja", sagte er laut, „sie ist eine Unberührte — und ich bin ein Unberührter ... das ist es, was ihr diese Macht gegeben hat!"
Gedanken über die Unsterblichkeit der Seele, über das Leben jenseits des Grabes suchten ihn wieder heim. — Steht denn nicht in der Bibel geschrieben: „Tod, wo ist dein Stachel?" Und bei Schiller: „Auch die Toten sollen leben!" — Oder noch dieses da, wie es scheint, bei Mickiewicz: „Ich werde lieben bis zum Ende der Zeit ... und nach dem Ende der Zeit!" — Und ein englischer Schriftsteller hat gesagt: „Liebe ist stärker als der Tod!" — Der biblische Ausspruch machte besonderen Eindruck auf Arátow. — Er wollte die Stelle aufsuchen, wo diese Worte standen ... eine Bibel hatte er nicht; er ging fort, um Platóscha darum zu bitten. — Diese wunderte sich; holte aber ein altes, altes Buch in einem krummgezogenen Ledereinband hervor, mit Messingklammern und ganz mit Wachs betropft — und händigte es Arátow ein. Dieser trug es in sein Zimmer — konnte aber lange jenen Spruch nicht finden ... dafür stieß er aber auf einen anderen:
„Niemand hat größere Liebe, denn die, daß er sein Leben lässet für seine Freunde ..." (Ev. Johannis XV, 13).

Er dachte: Nicht richtig gesagt. — Es müßte heißen: „Niemand hat größere Macht..."
„Und wenn sie gar nicht für mich ihr Leben gelassen? — wenn sie nur darum ihrem Leben ein Ende gemacht, weil es ihr zur Last geworden war? — wenn sie schließlich durchaus nicht um einer Liebeserklärung willen zu jener Zusammenkunft gekommen war?"
In diesem Augenblick aber stellte er sich Klara vor auf dem Boulevard vor ihrer Trennung... er erinnerte sich an den schmerzlichen Ausdruck ihres Gesichts — und an jene Tränen, an jene Worte: „ach, Sie haben nichts verstanden!..."
Nein! er konnte nicht daran zweifeln, um was und für wen sie ihr Leben gelassen hatte...
So verging dieser ganze Tag, bis zum Anbruch der Nacht.

XV

Arátow legte sich früh, ohne besonderes Verlangen, zum Schlafen nieder; doch hoffte er im Bett Ruhe zu finden. Der gespannte Zustand seiner Nerven rief eine viel unerträglichere Ermattung hervor, als die körperliche Müdigkeit nach der Fahrt und der Reise. Wie groß aber auch seine Erschöpfung war, vermochte er dennoch nicht einzuschlafen. Er versuchte zu lesen... doch die Zeilen wirrten sich ihm vor den Augen in einander. Er löschte das Licht — und Dunkelheit breitete sich im Zimmer aus. — Er aber fuhr fort, ohne Schlaf dazuliegen, mit offenen Augen... und jetzt meinte er: jemand flüstert ihm in sein Ohr... „das Herz klopft, das Blut rauscht", dachte er... doch aus dem Geflüster wurde zusammenhängende Rede. Jemand sprach Russisch, hastig, klagend und undeutlich. Nicht ein einziges Wort ließ sich unterscheiden... doch es war Klaras Stimme!
Arátow öffnete die Augen, richtete sich auf, stützte sich auf den Ellbogen... die Stimme ward schwächer, setzte aber ihre klagende, eilige, wie vorher undeutliche Rede fort...
Das war zweifellos Klaras Stimme!

Irgend wessen Finger liefen in leichten Arpeggien über die
Tasten des Klaviers... dann begann die Stimme von neuem.
Man vernahm mehr gedehnte Klänge... wie ein Stöhnen...
immer die gleichen. Und dann sonderten sich einzelne Worte
ab...
„Rosen... Rosen... Rosen..."
„Rosen", wiederholte Arátow flüsternd. „Ach ja! das sind die
Rosen, die ich auf dem Kopf der Frau gesehen habe, im
Traum..."
„Rosen", vernahm er wieder.
„Bist du es denn?" fragte mit dem gleichen Flüstern Arátow.
Die Stimme verstummte jäh.
Arátow wartete... wartete — und ließ den Kopf auf das Kissen fallen. „Eine Halluzination des Gehörs", dachte er. „Nun, und wenn... wenn sie wirklich hier in der Nähe ist? ... wenn ich sie erblickte — würde ich wohl erschrecken? — oder mich freuen? wovor aber sollte ich erschrecken? worüber mich freuen? höchstens darüber: das wäre ein Beweis, daß es eine andre Welt gibt, daß die Seele unsterblich ist. — Übrigens, wenn ich aber auch irgend etwas erblickte — so könnte das doch auch eine Halluzination des Gesichtes sein..."
Dennoch zündete er die Kerze an — und überflog mit raschem Blick, nicht ohne einige Furcht, das ganze Zimmer... und erblickte darin nichts Außergewöhnliches. Er stand auf, trat vor das Stereoskop... wieder jene graue Puppe mit den zur Seite gewandten Augen. Das Gefühl der Furcht machte in Arátow einem Gefühl des Ärgers Platz. Er hatte sich gleichsam betrogen in seinen Erwartungen... und lächerlich überhaupt erschienen ihm diese Erwartungen selbst. „Das ist doch schließlich dumm!" murmelte er, indem er wieder ins Bett stieg und die Kerze ausblies. Wieder trat eine tiefe Finsternis ein.
Dieses Mal beschloß Arátow einzuschlafen... doch eine neue Empfindung erwachte in ihm. Irgend jemand, so schien es ihm, stand mitten im Zimmer, nicht weit von ihm entfernt, und atmete kaum merklich. Er wandte sich rasch um, öffnete die Augen... was konnte man denn aber sehen in dieser undurch-

dringlichen Finsternis? — er suchte nach dem Feuerzeug auf seinem Nachttischchen... und auf einmal meinte er einen weichen lautlosen Windstoß durch das ganze Zimmer sausen zu fühlen, über sich hinweg, durch sich hindurch — und das Wort: „Ich!" erklang vernehmlich in seinen Ohren...
„Ich!... Ich!..."
Einige Augenblicke vergingen, bevor er die Kerze anzünden konnte.
Wieder war niemand im Zimmer — und er hörte schon nichts mehr außer dem drängenden Pochen seines eigenen Herzens. Er leerte ein Glas Wasser — und verharrte unbeweglich, den Kopf auf die Hand gestützt. Er wartete.
Er dachte: „Ich werde warten. Entweder ist dies alles Unsinn — oder sie ist hier. Sie wird doch nicht mit mir spielen wie die Katze mit der Maus!" er wartete, wartete lange... so lange, bis ihm die Hand, auf die er den Kopf gestützt hatte, steif wurde... doch wiederholte sich keine seiner früheren Wahrnehmungen. Ein- zweimal fielen ihm die Augen zu... er öffnete sie sogleich wieder... wenigstens glaubte er sie zu öffnen. Allgemach richteten sie sich auf die Tür und blieben darauf haften. Die Kerze brannte trüb und es wurde im Zimmer wieder dunkel — nur die Tür blinkte als ein länglicher weißer Fleck im Halbdunkel. Und nun kam dieser Fleck in Bewegung, verkleinerte sich, verschwand... und an seiner Stelle erschien auf der Schwelle eine weibliche Gestalt. Arátow blickt näher hin... Klara! und diesmal sieht sie ihn direkt an, bewegt sich auf ihn zu... auf ihrem Kopf ist ein Kranz von roten Rosen... er fuhr in voller Wallung auf, erhob sich...
Vor ihm steht die Tante in der Nachthaube mit einem großem rotem Band und in der weißen Jacke.
„Platóscha!" brachte er mit Mühe hervor. „Sind Sie es?"
„Ich bin's", erwiderte Platonída Iwánowna. „Ich, Jáschenka-Kindchen, ich."
„Warum sind Sie gekommen?"
„Du hast mich ja geweckt. Zuerst schienst du immer zu stöhnen ... und dann plötzlich schreist du auf: rettet! helft!"

„Ich habe geschrien?"

„Ja, geschrien — und so heiser: — rettet! — ich dachte: Herrgott! er wird doch nicht krank sein? und kam herein. Bist du gesund?"

„Ganz gesund."

„Nun, so hast du einen bösen Traum gehabt. Soll ich ein Räucherkerzchen aufstellen?"

Arátow blickte noch einmal scharf nach der Tante hin — und lachte laut auf... die Figur der guten Alten in der Haube und Jacke, mit dem erschrockenen langen Gesicht, war tatsächlich sehr erheiternd. All das Geheimnisvolle, das ihn umringt, das ihn erdrückt hatte — all diese Zauber verflogen mit einem Mal.

„Nein, meine gute Platóscha, es ist nicht nötig", sagte er. „Verzeihen Sie bitte, daß ich Sie wider Willen gestört. Ruhen Sie in Frieden — auch ich will schlafen."

Platonída Iwánowna stand noch ein wenig auf derselben Stelle, zeigte auf die Kerze, brummte: „Warum löschst du die nicht aus... wie leicht gibt's ein Unglück!" — und konnte sich im Fortgehen nicht enthalten, ihn wenigstens aus der Ferne zu bekreuzen.

Arátow schlief sofort ein und schlief bis zum Morgen. Er stand auch in guter Stimmung auf... obgleich er irgend ein Bedauern empfand... er fühlte sich leicht und frei. „Was für romantische Einfälle, denk einmal", sprach er zu sich mit einem Lächeln. Er blickte kein einziges Mal auf das Stereoskop, noch auf das ausgerissene Blättchen. Gleich nach dem Frühstück, indessen, machte er sich auf den Weg zu Kupfer. Was ihn dorthin zog... machte er sich nicht klar.

XVI

Arátow traf seinen sanguinischen Freund zu Hause. Er schwatzte ein wenig mit ihm, warf ihm vor, daß er ihn und die Tante ganz vergesse — hörte neue Lobpreisungen der goldenen Frau, der Fürstin, an, von der Kupfer soeben aus Jarosslawl ein mit Fischschuppen besticktes Käppchen erhalten hatte ... und auf einmal, Kupfer gegenüber sitzend und ihm grade in die Augen sehend, erklärte er ihm, daß er in Kasan gewesen sei.

„Du warst in Kasan? warum das?"

„Nun, wollte Nachrichten sammeln über diese ... Klara Militsch."

„Die, welche sich vergiftet hat?"

„Ja."

Kupfer schüttelte den Kopf. „Sieh einmal an! und noch ein Duckmäuser! tausend Werst hin und her gesprengt... und warum? he? wäre hier noch irgend ein Weiberinteresse im Spiel! dann verstehe ich alles! alles! jegliche Tollheiten!" Kupfer fuhr sich durch das Haar. „Aber nur allein um Material zu sammeln — wie ihr das nennt — ihr gelehrten Leute ... ergebener Diener! dafür gibt es doch das statistische Comité! — nun, und was denn, hast du Bekanntschaft gemacht mit der Alten und mit der Schwester? nicht wahr, ein wundervolles Mädchen?

„Wundervoll", bestätigte Arátow. „Sie hat mir viel Interessantes mitgeteilt."

„Hat sie dir gesagt, auf welche Weise sich Klara vergiftet hat?"

„Das heißt ... wie denn?"

„Nun, auf welche Manier?"

„Nein... sie war noch so bekümmert ... ich getraute mir nicht, sie allzuviel auszufragen. War denn da etwas Besonderes dabei?"

„Natürlich war es das. Stelle dir vor: sie sollte am selben Tag spielen — und spielte auch. Sie nahm das Giftfläschchen mit sich ins Theater, trank es vor dem ersten Akt aus — und spielte so den ganzen Akt zu Ende. Mit dem Gift im Leibe! was für eine Willenskraft! was für ein Charakter! und man sagt, sie habe ihre Rolle noch nie mit solchem Gefühl, mit solcher Glut durchgeführt! das Publikum ahnt von nichts, applaudiert, ruft sie hervor ... und sobald nur der Vorhang herunter war — fiel auch sie hier auf der Bühne hin. Krämpfe ...

Krämpfe ... und nach einer Stunde gibt sie den Geist auf! habe ich dir denn das nicht erzählt? auch die Zeitungen sprachen davon."

Arátows Hände wurden plötzlich kalt, und ein Zittern ging ihm durch die Brust.

„Nein, das hast du mir nicht erzählt", sagte er endlich. „Und du weißt nicht, was für ein Stück das gewesen ist?"

Kupfer besann sich. „Man hat mir das Stück genannt ... ein verlassenes Mädchen kommt darin vor ... wahrscheinlich irgend ein Trauerspiel. Klara war für dramatische Rollen geboren ... ihr Äußeres selbst ... aber wohin denn?" unterbrach sich Kupfer, als er sah, daß Arátow nach der Mütze griff.

„Mir ist nicht recht wohl", erwiderte Arátow. „Lebwohl ... ich komme ein anderes Mal."

Kupfer hielt ihn zurück und sah ihm ins Gesicht. „Ei, Bruder, was für ein nervöser Mensch du bist! sieh dich selbst einmal an ... weiß geworden, wie Lehm."

„Mir ist nicht wohl", wiederholte Arátow, befreite sich von der Hand Kupfers und ging heim. Erst in diesem Augenblick wurde ihm klar, daß er auch zu Kupfer mit dem einzigen Ziel hingegangen war, um von Klara zu sprechen ...

„Von der unsinnigen, der unseligen Klara" ...

Zu Hause jedoch beruhigte er sich bald wieder — bis zu einem gewissen Grade.

Die Umstände, die Klaras Tod begleiteten, hatten anfangs auf ihn einen erschütternden Eindruck gemacht ... dann aber erschien ihm dieses Spiel „mit dem Gift im Leibe", wie Kupfer sich ausgedrückt hatte, als eine widerwärtige Phrase, eine Prahlerei — und er gab sich Mühe, schon nicht mehr daran zu denken, da er ein dem Widerwillen ähnliches Gefühl in sich zu erwecken fürchtete. Und bei Tische, Platóscha gegenüber, fiel ihm auf einmal deren mitternächtliches Erscheinen ein, diese kurze Jacke, diese Haube mit dem hohen Band (und wozu ein Band auf einer Nachthaube?!), diese ganze lächerliche Figur, vor welcher, wie bei dem Pfiff des Theatermeisters im phantastischen Ballett, alle seine Erscheinungen in Staub zerfielen!

Er ließ Platóscha sogar ihre Erzählung wiederholen, wie sie seinen Schrei gehört, sich erschreckt habe, aufgesprungen sei, wie sie auf einmal weder ihre noch seine Tür habe finden können und so weiter. Am Abend spielte er Karten mit ihr und ging in sein Zimmer, ein wenig traurig, wieder aber ziemlich ruhig.

Arátow dachte nicht an die bevorstehende Nacht und fürchtete sich nicht davor: er war überzeugt, daß er sie auf das beste verbringen werde. Der Gedanke an Klara wachte von Zeit zu Zeit in ihm auf; er aber entsann sich sogleich, wie „phrasenhaft" sie sich umgebracht hatte, und wandte sich ab. Diese „Garstigkeit" war seinen anderen Erinnerungen an sie hinderlich. Bei einem flüchtigen Blick auf das Stereoskop schien es ihm sogar, daß sie darum zur Seite blicke, weil sie sich schäme. Grade über dem Stereoskop an der Wand hing das Portrait seiner Mutter. Arátow hob es vom Nagel ab, betrachtete es lange, küßte es und legte es sorglich in die Schublade. Warum tat er das? darum, weil dieses Portrait sich nicht in der Nachbarschaft jener Frau befinden sollte... oder aus irgend einem anderen Grunde... Arátow legte sich nicht Rechenschaft ab. Doch das Portrait der Mutter erweckte in ihm die Erinnerung an den Vater... an den Vater, den er als Sterbenden in diesem selben Zimmer, auf diesem Bett gesehen. „Was denkst du von alledem, Vater?" wandte er sich in Gedanken zu ihm. „Du hast dies alles verstanden; du glaubtest auch an die Schillersche Welt der Geister. — Gib mir einen Rat!"

„Der Vater würde mir den Rat geben, all diese Dummheiten aufzugeben", sagte Arátow laut und nahm ein Buch vor. Lange aber konnte er nicht lesen und da er eine Art Schwerwerden des ganzen Körpers fühlte, legte er sich früher als gewöhnlich zu Bett, völlig überzeugt, daß er sofort einschlafen würde.

Dies war auch der Fall... doch seine Hoffnungen auf eine friedliche Nacht betrogen ihn.

XVII

Es hatte noch nicht Mitternacht geschlagen, als er schon einen ungewöhnlichen bedrohlichen Traum träumte.

Er glaubte sich in einem reichen Gutshause zu befinden, dessen Besitzer er war. Er hatte unlängst dieses Haus und das ganze dazugehörige Gut gekauft. Und immer denkt er: „Es ist gut, jetzt ist es gut, doch Böses kommt!" Neben ihm dreht sich ein kleines Menschlein, sein Verwalter; er lacht immer, verbeugt sich und möchte Arátow zeigen, wie vortrefflich alles bei ihm im Hause und im Gut eingerichtet sei. „Bitte kommen Sie, kommen Sie", wiederholt er, bei jedem Wort kichernd, „sehen Sie, wie alles bei Ihnen wohleingerichtet ist! da sind die Pferde ... was für wundervolle Pferde!" und Arátow sieht eine Reihe mächtiger Pferde. Sie stehen von ihm abgewandt in den Ställen; sie haben erstaunliche Mähnen und Schwänze ... doch sowie Arátow an ihnen vorüber geht, wenden die Köpfe der Pferde sich nach ihm um – und fletschen häßlich die Zähne. – Gut ... denkt Arátow ... doch Böses kommt! „Bitte kommen Sie, kommen Sie", wiederholt wieder der Verwalter, „kommen Sie in den Garten: sehen Sie, was für wunderbare Äpfel Sie haben!" – die Äpfel sind in der Tat wundervoll, rot, rund, aber sowie Arátow sie ansieht, werden sie runzlig und fallen ab ... „Böses kommt", denkt er. „Und da ist auch der See", schwatzt der Verwalter, „wie blau er ist, und wie glatt! da ist auch ein goldenes Boot ... ist's gefällig, darin spazierenzufahren? ... es fährt von selbst." „Ich steige nicht ein!" denkt Arátow, „Böses kommt!" und besteigt dennoch das kleine Boot. In seinem Kielraum liegt zusammengekrümmt irgend ein kleines affenartiges Wesen; es hält in den Pfoten ein Fläschchen mit einer dunklen Flüssigkeit. „Bitte beunruhigen Sie sich nicht", schreit vom Ufer her der Verwalter „... Das ist nichts! das ist der Tod! glückliche Reise!" das Boot saust schnell dahin ... auf einmal aber fliegt ein Windstoß heran, nicht wie der von gestern, der lautlose, weiche – nein: ein schwarzer schrecklicher heulender Windstoß! – Alles vermischt sich ringsum – und inmitten der wirbelnden Fin-

sternis sieht Arátow Klara im Theaterkostüm: sie hebt ein Fläschchen an die Lippen, man hört entfernte Rufe: bravo! bravo! und irgend eine grobe Stimme schreit Arátow ins Ohr: „Ah! du hast gedacht, dies würde wie eine Komödie enden? – nein, es ist eine Tragödie! eine Tragödie!"
Durch und durch zitternd erwachte Arátow. Im Zimmer war es nicht dunkel ... von irgendwo her fließt ein schwaches Licht und beleuchtet traurig und unbeweglich alle Gegenstände. Arátow gibt sich nicht Rechenschaft, von woher dieses Licht fließen mag ... er fühlt nur eins: Klara ist hier, in diesem Zimmer ... er fühlt ihre Gegenwart ... er ist wieder und auf immer in ihrer Gewalt!
Von seinen Lippen bricht der Schrei: „Klara, du bist hier?"
„Ja!" ertönt es deutlich inmitten des unbeweglich beleuchteten Zimmers.
Arátow wiederholt lautlos seine Frage.
„Ja!" hört er aufs neue.
„So will ich dich sehen!" schreit er auf und springt aus dem Bett.
Einige Augenblicke lang stand er auf einem Fleck, mit den bloßen Füßen auf dem kalten Boden. Seine Blicke irrten umher: „Wo denn? wo?" flüsterten seine Lippen ...
Nichts zu sehen, noch zu hören ...
Er sah sich um – und bemerkte, daß der schwache Schein, der das Zimmer erfüllte, von einem Nachtlicht ausging, mit einem Blatt Papier davor als Schirm, das wahrscheinlich Platóscha, während er schlief, in der Ecke aufgestellt hatte. Er spürte sogar Weihrauchduft ... gleichfalls, wahrscheinlich, ihrer Hände Werk.
Er zog sich eilig an. – Im Bett zu bleiben, zu schlafen, war undenkbar. Dann blieb er in der Mitte des Zimmers stehen und kreuzte die Arme. – Das Gefühl der Gegenwart Klaras war in ihm stärker als je.
Und nun begann er zu sprechen, nicht mit lauter Stimme, sondern feierlich langsam, wie Beschwörungen gesprochen werden:
„Klara", so hub er an, „wenn du wirklich hier bist, wenn du

mich siehst, wenn du mich hörst — erscheine! ... wenn diese Macht, die ich über mir fühle, wirklich d e i n e Macht ist — erscheine! wenn du verstehst, wie bitter ich es bereue, dich nicht verstanden, dich von mir gestoßen zu haben — erscheine! wenn das, was ich gehört, wirklich deine Stimme ist; wenn das Gefühl, das von mir Besitz nahm — Liebe ist; wenn du jetzt überzeugt bist, daß ich dich liebe, ich, der ich bis jetzt keine einzige Frau geliebt und gekannt; — wenn du weißt, daß mich nach deinem Tode leidenschaftlich, unabwendbar Liebe zu dir ergriff, wenn du nicht willst, daß ich wahnsinnig werde — erscheine, Klara!"
Arátow hatte dieses letzte Wort noch nicht ausgesprochen, als er auf einmal fühlte, daß jemand rasch von hinten an ihn heran kam — wie damals auf dem Boulevard — und ihm die Hand auf die Schulter legte. Er wandte sich um und erblickte niemanden. Aber jenes Gefühl i h r e r Gegenwart wurde so deutlich, so zweifellos, daß er sich hastig wieder umblickte ...
Was ist das?! auf seinem Lehnstuhl, zwei Schritte von ihm entfernt, sitzt eine Frau, ganz in Schwarz. Der Kopf wendet sich zur Seite, wie im Stereoskop ... das ist sie! es ist Klara! doch welch ein strenges, welch ein wehmutsvolles Gesicht!
Arátow ließ sich leise auf die Kniee nieder. — Ja, er hatte recht gehabt vorhin: weder Schreck noch Freude war in ihm — nicht einmal Verwunderung ... sogar sein Herzschlag wurde stiller. Nur e i n Bewußtsein war in ihm, nur e i n Gefühl: „Ah! endlich! endlich!"
„Klara", sagte er mit leiser, doch gleichmäßiger Stimme, „warum siehst du mich nicht an? ich weiß, daß du es bist ... aber ich kann ja doch denken, daß meine Einbildung das Bild erzeugt hat, j e n e m gleich ... (er deutete mit der Hand nach dem Stereoskop) ... beweise mir, daß du es bist ... wende dich um, sieh mich an, Klara!"
Die Hand Klaras hob sich langsam ... und fiel wieder herab.
„Klara, Klara wende dich zu mir!"

Und Klaras Haupt wandte sich leise, die gesenkten Lieder hoben sich, und die dunklen Pupillen ihrer Augen hefteten sich auf Arátow.
Er beugte sich ein wenig zurück – und brachte nur ein gedehntes: „Ah!" hervor.
Klara blickte ihn scharf an ... doch ihre Augen, ihre Züge bewahrten den früheren nachdenklich-strengen, fast unzufriedenen Ausdruck. Ganz mit dem selben Ausdruck im Gesicht war sie auf der Estrade erschienen am Tag der literarischen Matinée – bevor sie Arátow erblickte. Und eben so wie damals errötete sie auf einmal, das Gesicht belebte sich, der Blick flammte auf – und ein freudiges triumphierendes Lächeln öffnete ihr die Lippen ...
„Sie hat mir verziehen!" rief Arátow. „Du hast gesiegt ... so nimm mich denn! ich bin doch dein – und du bist mein!"
Er warf sich ihr entgegen, er wollte diese lächelnden, diese triumphierenden Lippen küssen – und er küßte sie, er empfand ihre heiße Berührung, er empfand sogar die kleine feuchte Kälte ihrer Zähne – und ein entzückter Schrei erfüllte das halbdunkle Zimmer.
Die herbeigelaufene Platonída Iwánowna fand ihn in einer Ohnmacht. Er lag auf den Knien; sein Kopf lehnte auf dem Sessel; die nach vorn gestreckten Hände hingen kraftlos nieder; das blaße Gesicht strahlte im Rausch eines maßlosen Glückes.
Platonída Iwánowna brach nur so neben ihm zusammen, umfaßte ihn und stammelte: „Jáscha! Jáschenka! Jáschenka-Kindchen!" versuchte ihn aufzurichten mit ihren knöchernen Händen ... er regte sich nicht. Dann fing Platonída Iwánowna mit unnatürlicher Stimme zu schreien an. Das Mädchen kam gelaufen. Zu zweit hoben sie ihn irgendwie auf, setzten ihn, bespritzten ihn mit Wasser – noch dazu aus der Weihwasserschale ...
Er kam zu sich. Doch zu den Fragen der Tante lächelte er nur – und mit einem so seligen Ausdruck, daß sie in noch ärgere Unruhe hineingeriet und bald ihn, bald sich bekreuzte ...
Arátow schob endlich ihre Hand von sich und sagte, immer

mit dem gleichen seligen Ausdruck in den Zügen: „Aber Platóscha, was haben Sie?"
„Was ist denn mit dir, Jáschenka?"
„Mit mir? ich bin glücklich ... glücklich, Platóscha ... das
ist mir mir. Und jetzt möchte ich liegen und schlafen." Er
wollte sich erheben — fühlte aber eine solche Schwäche in den
Füßen, wie auch im ganzen Körper, daß er ohne die Hilfe der
Tante und des Dienstmädchens nicht imstande gewesen wäre,
sich auszuziehen und ins Bett zu legen. Dafür schlief er aber
sehr bald ein, auf dem Gesicht immer den gleichen selig-entzückten Ausdruck bewahrend. Nur war sein Gesicht sehr blaß.

XVIII

Als am nächsten Morgen Platonída Iwánowna zu ihm kam,
befand er sich immer noch in demselben Zustand ... doch die
Schwäche war nicht vergangen — und er zog es sogar vor, im
Bett zu bleiben. Die Blässe seines Gesichts mißfiel Platonída
Iwánowna besonders. „Herrgott, was ist das!" dachte sie,
„kein Blutstropfen im Gesicht, weist die Bouillon zurück, liegt
und lacht vor sich hin — und beteuert immer, er sei kerngesund! — er hat auch das Frühstück nicht genommen." „Was ist
denn das mit dir, Jáscha?" fragte sie ihn, „willst du so den
ganzen Tag weiterliegen?" „Und warum denn nicht?" entgegnete Arátow sanft. — Diese Sanftmut selbst mißfiel Platonída Iwánowna wiederum. Arátow hatte das Aussehen eines
Menschen, der ein großes und für ihn sehr angenehmes Geheimnis erfahren hatte — und es eifersüchtig hütet und für sich
bewahrt. Er erwartete die Nacht — nicht gerade mit Ungeduld,
wohl aber mit Neugier. „Was denn weiter?" fragte er sich,
„was wird geschehen?" Sich zu verwundern, nicht zu begreifen
hatte er aufgehört: er zweifelte nicht daran, daß er in Beziehung zu Klara getreten war; daß sie einander liebten ...
auch daran zweifelte er nicht. Nur ... wohin kann denn eine
solche Liebe führen? Er erinnerte sich auch an jenen Kuß
... und eine wunderbare Kälte lief ihm rasch und süß durch

alle Glieder. „Einen solchen Kuß", dachte er, „haben auch Romeo und Julia einander nicht gegeben! doch ein anderes Mal werde ich es besser ertragen ... ich werde sie besitzen ... sie wird kommen mit dem Kranz von kleinen Rosen auf den schwarzen Locken ..."

„Wie aber weiter? zusammen leben dürfen wir ja doch nicht? also werde ich sterben müssen, um mit ihr zusammen zu sein? ist sie nicht darum zu mir gekommen — und will sie mich nicht auf solche Weise nehmen?"

„Nun, was tut es? muß ich sterben — meinetwegen! der Tod erschreckt mich jetzt nicht im geringsten. Vernichten kann er mich ja doch nicht? im Gegenteil, nur so und nur dort werde ich glücklich sein ... wie ich es im Leben nicht gewesen bin, wie auch sie es nicht war ... wir sind doch alle beide — Unberührte! — o, dieser Kuß!"

Platonída Iwánowna kam alle Augenblicke in Arátows Zimmer, belästigte ihn nicht mit Fragen — sah ihn nur an, flüsterte, seufzte und ging wieder fort. — Nun aber wies er auch das Mittagessen zurück ... das war schon ganz und gar schlecht. Die Alte ging zu einem ihr bekannten Revierarzt, an den sie nur deshalb glaubte, weil er nicht trank und weil er eine Deutsche geheiratet hatte. Arátow verwunderte sich, als sie ihn zu ihm brachte; aber Platonída Iwánowna bat ihren Jáschenka so nachdrücklich darum, er möchte Paramón Paramónitsch (so hieß der Arzt) erlauben, ihn zu untersuchen — ihr zur Beruhigung! — daß Arátow einwilligte. Paramón Paramónitsch prüfte den Puls, besah sich die Zunge, stellte einige Fragen und erklärte schließlich, er müsse ihn notwendig „auscultieren". Arátow war in einer so nachgiebigen Stimmung, daß er auch damit einverstanden war. Der Arzt entblößte ihm zartfühlend die Brust, beklopfte ihn zartfühlend, behorchte ihn, ächzte, verschrieb Tropfen und eine Mixtur — und riet ihm vor allem, ruhig zu sein und sich starker Eindrücke zu enthalten. „Oho!" dachte Arátow..., „nun, Bruder, das kommt zu spät!" „Was fehlt Jáscha?" fragte Platonída Iwánowna, indem sie Paramón Paramónitsch auf der Schwelle eine Dreirubelnote einhändigte. Der Revierarzt, der wie alle modernen Mediziner — besonders wie die, welche Uniform tragen — mit gelehrten Ausdrücken zu kokettieren liebte, erklärte ihr, daß bei ihrem Neffen alle dioptrischen Symptome nervöser Cordialgie bemerkbar wären — auch sei Febris vorhanden. „Du solltest aber einfacher sprechen, Väterchen", bemerkte Platonída Iwánowna scharf, „erschreck mich nicht mit deinem Latein; du bist nicht in der Apotheke!" „Das Herz ist nicht in Ordnung", erklärte der Arzt, „nun, und das Fieberchen..." und wiederholte seinen Rat, die Ruhe und die Enthaltung betreffend. „Es ist doch keine Gefahr?" fragte Platonída Iwánowna mit Strenge (als wollte sie sagen: gib nur acht, daß du nicht wieder in dein Latein hineingerätst!). „Einstweilen ist keine vorauszusehen!"

Der Arzt ging fort und Platonída Iwánowna blieb betrübt zurück ... sie schickte aber in die Apotheke nach der Medizin, welche Arátow ihrer Bitten ungeachtet nicht nehmen wollte. Er wies auch den Brusttee zurück. „Und weshalb beunruhigen Sie sich so, Liebe?" sagte er ihr, „ich versichere Sie, ich bin jetzt der allergesündeste und glücklichste Mensch in der ganzen Welt!" Platonída Iwánowna schüttelte nur den Kopf. Gegen Abend bekam er ein wenig Fieber; doch bestand er darauf, daß sie nicht bei ihm im Zimmer bleiben, sondern bei sich schlafen solle. Platonída Iwánowna gehorchte, zog sich aber nicht aus und ging nicht zu Bett; sie setzte sich in den Sessel — und lauschte immerzu und murmelte ihr Gebet.

Sie war nahe am Einschlummern, als auf einmal ein schrecklicher durchdringender Schrei sie erweckte. Sie sprang auf, stürzte in Arátows Kabinett — und fand ihn wie gestern auf den Boden hingestreckt.

Doch kam er nicht wie gestern wieder zu sich, wie sehr man sich auch um ihn bemühte. In derselben Nacht befiel ihn ein hitziges Fieber, mit der Komplikation einer Herzentzündung.

Nach einigen Tagen verschied er.

Seine zweite Ohnmacht wurde von einem seltsamen Umstand begleitet. Als man ihn aufhob und zu Bette legte, erwies es sich, daß seine rechte Hand eine kleine Strähne schwarzen Frauenhaars umklammert hielt. Woher stammte dieses Haar? Anna Ssemjónowna besaß eine solche Strähne, die ihr von Klara geblieben war; aber warum hätte sie an Arátow einen ihr so teuren Gegenstand weggeben sollen? vielleicht mochte sie sie in das Tagebuch hineingelegt und so fortgegeben haben, ohne es zu merken?

Im Delirium der Agonie nannte Arátow sich selbst einen Romeo ... nach der Vergiftung; sprach von der geschlossenen, von der vollzogenen Ehe; — davon, daß er jetzt wisse, was Wonne sei. Besonders entsetzlich war für Platóscha die Minute, als Arátow, der ein wenig zu sich gekommen war und sie neben seinem Bett erblickte, zu ihr sagte: „Tante, warum weinst du? — darüber, daß ich sterben soll? ja weißt du denn nicht, daß die Liebe stärker ist als der Tod? ... Tod! Tod, wo ist dein Stachel? nicht weinen — freuen soll man sich — ebenso wie ich mich freue..."

Und wieder erstrahlte auf dem Gesicht des Sterbenden jenes selige Lächeln, das der armen Alten eine solche Angst machte.

F. N. DOSTOJEWSKI

Die Hausfrau

Erzählung

Erster Teil

I

Ordýnow entschloß sich endlich umzuziehen. Seine Hauswirtin, eine sehr arme ältere Beamtenwitwe, bei der er in Miete wohnte, war unvorhergesehener Umstände halber aus Petersburg irgendwohin in die Provinz gefahren, zu Verwandten, ohne den Ersten abzuwarten – den Termin der Miete. Der junge Mensch, der die Wohnung bis Terminschluß weiter bewohnte, dachte mit Bedauern an den alten Winkel und es verdroß ihn, diesen verlassen zu müssen; er war arm und die Wohnung teuer. Am nächsten Tag nach der Abreise der Wirtin nahm er seine Mütze und begab sich auf die Wanderung durch die Petersburger Gassen, wobei er nach allen Mietszetteln, die an die Haustore genagelt waren, und nach einem möglichst unscheinbaren, bewohnten und vermöglichen Hause ausschaute, darin er am ehesten den gewünschten Winkel bei irgendwelchen armen Mietern finden könnte.

Er hatte schon lange und sehr fleißig gesucht, bald aber suchten ihn neue, fast unbekannte Empfindungen heim. Anfangs zerstreut und nachlässig, dann mit Aufmerksamkeit, endlich mit starker Neubegierde begann er rings um sich zu schauen. Die Menge und das Straßenleben, der Lärm, die Bewegung, die Neuheit der Gegenstände, die Neuheit der Lage – all dieses kleinliche Leben und der Alltagskram, die dem sachlichen und beschäftigten Petersburger, der fruchtlos aber eifrig sein ganzes Leben hindurch nach den Mitteln sucht, irgendwo in einem warmen und mit Mühe, Schweiß und auf verschiedene andere Weise erworbenen Nest zum Frieden, zur Stille und Ruhe zu kommen, schon längst zum Überdruß geworden sind – all

diese schale Prosa und Langeweile erweckte in ihm im Gegenteil so etwas wie ein still-freudiges helles Empfinden. Seine blassen Wangen bedeckten sich mit leichter Röte, die Augen blitzten auf gleichwie in neuer Hoffnung und er begann tief und mit Begier die kalte frische Luft in sich hineinzuziehen. Ihm ward ungewöhnlich leicht zu Mute.
Er hatte immer ein stilles, völlig einsames Leben geführt. Vor etwa drei Jahren, nachdem er sich seinen gelehrten Grad erworben und nach Möglichkeit freigeworden war, ging er zu einem alten Männchen, von dem er bisher von Hörensagen wußte, und wartete lange, bis der galonnierte Kammerdiener sich entschloß, ihn zum zweiten Mal anzumelden. Darauf trat er in einen hohen, dunklen, öden und äußerst langweiligen Saal, wie es solche noch in altertümlichen, von der Zeit verschonten herrschaftlichen Familienhäusern gibt, und erblickte darin das mit Orden behängte und mit grauem Haar gezierte alte Männchen, den Freund und Amtsgenossen seines Vaters, und seinen Vormund. Das alte Männchen händigte ihm eine Prise Geld ein. Die Summe erwies sich als sehr gering; es war der Rest des schuldenhalber unter dem Hammer verkauften urgroßväterlichen Erbes. Ordýnow nahm es gleichmütig in Besitz, verabschiedete sich auf immer von seinem Vormund und ging auf die Straße hinaus. Der Abend war herbstlich, kalt und düster; der junge Mensch war nachdenklich und eine Art von unbewußter Trauer bedrängte sein Herz. Vor den Augen sah er Feuer; er fühlte Fieber, Kälte und Hitze abwechselnd. Er berechnete unterwegs, daß er von seinen Mitteln zwei bis drei Jahre leben könne, halb und halb im Hunger sogar vier. Es dämmerte, ein Sprühregen tropfte. Er mietete den ersten besten Winkel und war nach einer Stunde eingezogen. Dort schloß er sich ein gleichwie in ein Kloster, gleichwie der Welt entsagend. Nach zwei Jahren war er völlig menschenscheu geworden.
Er ward menschenscheu, ohne es selbst zu merken; es kam ihm einstweilen überhaupt nicht in den Sinn, daß es ein anderes Leben gebe, ein lärmendes, dröhnendes, ewig wogendes, ewig sich änderndes, ewig lockendes und — sei es früh, sei es spät —

ein stets unvermeidliches. Er konnte freilich nicht umhin, davon zu hören, doch er kannte und suchte es nie. Von Kindheit an lebte er, indem er sich ausschloß; jetzt nahm diese Ausschließlichkeit bestimmte Form an. Ihn verzehrte eine Leidenschaft, die allertiefste, die allerunersättlichste, die das ganze Leben eines Menschen verkümmert und die solchen Wesen wie Ordýnow nicht einen einzigen Winkel zuteilt in der Sphäre einer anderen praktischen lebendigen Tätigkeit. Diese Leidenschaft war – die Wissenschaft. Einstweilen verzehrte sie seine Jugend, vergiftete ihm die Nachtruhe mit langsam wirkendem, berauschendem Gift, beraubte ihn gesunder Nahrung und frischer Luft, welche es niemals gab in seinem dumpfen Winkel, und Ordýnow wollte dies im Rausch seiner Leidenschaft nicht bemerken. Er war jung und verlangte vorderhand nicht nach weiterem. Die Leidenschaft machte ihn zum Kind dem äußeren Leben gegenüber und nahm ihm schon auf immer die Fähigkeit, gewisse gute Leute zum Beiseitetreten zu veranlassen, wenn dies nötig werden mochte, um sich unter ihnen irgend einen Winkel abzugrenzen. Die Wissenschaft kann in den Händen gewisser gewandter Leute ein Kapital bedeuten; Ordýnows Leidenschaft war eine gegen ihn selbst gerichtete Waffe.

Es war in ihm eher eine unbewußte Neigung, als eine logisch deutliche Veranlassung, zu lernen und zu wissen, wie auch in jeder anderen, auch der wichtigsten Tätigkeit, die ihn bisher beschäftigt hatte. Schon in den Kinderjahren galt er als Sonderling und glich seinen Gefährten nicht. Die Eltern kannte er nicht; von den Gefährten erfuhr er seines seltsamen, menschenscheuen Charakters wegen Unmenschlichkeit und Grobheit, wonach er in der Tat menschenscheu und mürrisch ward und allmählich in das Abgeschlossensein hineingeriet. Doch gab es in seiner einsamen Beschäftigung sogar auch jetzt niemals Ordnung und ein bestimmtes System; das war jetzt nur das erste Entzücken, die erste Glut, das erste Fieber des Künstlers. Er selbst schuf sich sein System; es hatte sich in ihm in Jahren ausgebildet, und schon erstand allmählich in seiner Seele das noch dunkle, unklare, doch irgendwie wunderbar-

freudige Bild der in neuer, geläuterter Form verkörperten Idee, und diese Form wollte sich lösen aus seiner Seele, indem sie diese Seele quälte; noch zaghaft empfand er ihre Originalität, Wahrheit und Ursprünglichkeit: das Schöpfertum zeigte sich schon in seinen Kräften; es gewann Form und Stärke. Doch die Frist der Verkörperung und Erschaffung lag noch fern, vielleicht sehr fern, vielleicht war sie ganz unmöglich!
Jetzt ging er durch die Straßen wie ein Entfremdeter, wie ein Einsiedler, der jählings aus seiner stummen Wüste in die lärmende und dröhnende Stadt gekommen war. Alles erschien ihm neu und seltsam. Doch war er so fremd dieser Welt, die rings um ihn her siedete und polterte, daß er sogar nicht daran dachte, sich über sein seltsames Empfinden zu wundern. Es war, als merke er nicht die eigene Scheuheit; im Gegenteil, es entstand in ihm eine Art Freudigkeit, eine Art Trunkenheit, wie bei einem Hungernden, der nach langem Fasten Trank und Speise empfängt; obwohl es natürlich seltsam war, daß eine so nichtige Neuheit der Lage, wie ein Wohnungswechsel, einen Petersburger Einwohner zu benebeln und zu erregen vermochte, und wäre es auch Ordýnow; andererseits aber stimmte es, daß es ihm bisher fast kein einziges Mal geschehen war, in Geschäften auszugehen.
Immer mehr und mehr fand er Wohlgefallen am Durchwandern der Straßen. Er blickte auf alles wie ein Flaneur.
Aber auch jetzt, seiner beständigen Stimmung getreu, las er in dem hell vor ihm erschlossenen Bilde wie in einem Buch zwischen den Zeilen. Alles bemerkte er; er versäumte keinen einzigen Eindruck und betrachtete mit denkendem Blick die Gesichter der einhergehenden Leute, vertiefte sich in die Physiognomie von Allem ringsum, horchte liebevoll nach der Volksrede hin, als prüfe er an allem seine Denkresultate, die in der Stille einsamer Nächte entstanden waren. Öfter erregte ihn irgend eine Kleinigkeit, erzeugte eine Idee, und zum ersten Male verdroß es ihn, daß er sich so lebendig in seiner Zelle begraben hatte. Hier ging alles rascher; sein Puls ging voll und schnell, der von der Einsamkeit erdrückte Verstand, den nur

angespannte exaltierte Tätigkeit zu verfeinern und zu erheben vermochte, arbeitete jetzt rasch, ruhig und kühn. Außerdem wollte er gleichsam unbewußt auch sich selbst irgendwie in dieses für ihn fremde Leben hineindrängen, welches er bisher nur mit dem Instinkt des Künstlers gekannt oder, besser gesagt, richtig vorgefühlt hatte. Wider Willen begann sein Herz zu klopfen in der Sehnsucht nach Liebe und Mitgefühl. Er betrachtete aufmerksamer die an ihm vorübergehenden Leute; doch die Leute waren fremd, sorgenvoll und nachdenklich ... Und allmählich begann Ordýnows Sorglosigkeit wider Willen nachzulassen; die Wirklichkeit bedrängte ihn schon, erfüllte ihn mit einer Art unfreiwilliger Furcht der Hochachtung. Er ward müde vom Andringen der neuen und ihm bisher unbekannten Eindrücke, wie ein Kranker, der freudig zum ersten Mal von seinem Krankenlager aufgestanden und niedergefallen war, erschöpft vom Licht, vom Glanz, vom Wirbel des Lebens, vom Lärm und der Buntheit der an ihm vorüberfliegenden Menge, benebelt, schwindelnd von der Bewegung. Ihm ward wehmütig und betrübt zu Mute. Er begann sich um sein ganzes Leben zu ängstigen, um seine ganze Tätigkeit und sogar um die Zukunft. Ein neuer Gedanke tötete seine Ruhe. Plötzlich kam ihm in den Sinn, daß er sein ganzes Leben lang einsam gewesen war, daß ihn niemand geliebt hatte, ja, und daß es auch ihm nie gelungen war, jemand zu lieben. Einzelne aus dem Publikum, mit denen er im Anfang der Wanderung zufällige Gespräche begonnen hatte, blickten ihn grob und seltsam an. Er sah, daß man ihn für einen Verrückten hielt oder für einen ganz und gar originellen Sonderling, was übrigens ganz gerechtfertigt war. Er entsann sich, daß es allen immer schon irgendwie schwer gewesen war in seiner Gegenwart, daß ihm noch in seiner Kindheit alle ausgewichen waren seines nachdenklichen, hartnäckigen Charakters wegen, daß nur schwer, unterdrückt und für andere unmerklich das Mitgefühl, das in ihm war, in Erscheinung treten konnte, in dem aber irgendwie niemals ein sittliches Gleichstehen sich bemerkbar machte, was ihn schon als Kind quälte, da er niemals den anderen Kindern glich, die mit ihm gleichen Alters waren.

Jetzt erinnerte er und überlegte sich, daß auch immer, zu jeglicher Zeit, alle ihn mieden und ihm auswichen.
Ohne es zu bemerken, hatte er einen vom Zentrum entfernten Stadtteil Petersburgs betreten. Nach einem flüchtigen Mahl in einer einsamen Gaststube begann er wieder zu wandern. Er beschritt viele Straßen und Plätze. Darauf zogen sich lange, gelbe und graue Zäune hin, ganz alte Hüttchen traten auf an Stelle der reichen Häuser und zugleich kolossale Fabrikgebäude, häßlich, geschwärzt, rot, mit hohen Schornsteinen. Überall war es menschenleer und öde; alles schaute sozusagen mürrisch und feindselig drein; wenigstens Ordýnow erschien es so. Es war schon Abend. Eine lange Gasse durchschreitend, kam er auf einen kleinen Platz, wo die Gemeindekirche stand.
Zerstreut trat er ein. Der Gottesdienst war eben zu Ende, die Kirche war fast ganz leer, und nur zwei alte Frauen knieten noch neben dem Eingang. Der Kirchendiener, ein graues altes Männchen, löschte die Lichter. Die Strahlen der untergehenden Sonne ergossen sich in breitem Strome von oben durch das schmale Fenster der Kuppel und erleuchteten mit einem Meer von Glanz eines der Nebenschiffe; doch sie verblaßten immer mehr und mehr, und je schwärzer die Finsternis wurde, die sich unter den Gewölben des Tempels anhäufte, um so heller blitzten hier und da die vergoldeten und vom zitternden Schein der Lämpchen und Kerzen beschienenen Heiligenbilder. Im Anfall einer tief-erregenden Sehnsucht und eines gleichsam gedrückten Empfindens lehnte sich Ordýnow an die Wand, in dem dunkelsten Winkel der Kirche, und vergaß sich auf einen Augenblick. Er kam zu sich, da der gleichmäßige dumpfe Ton der Schritte zweier Gemeindeglieder unter den Gewölben des Tempels erklang. Er blickte auf, und eine Art unaussprechlicher Neugier ergriff ihn beim Anblick der beiden Kömmlinge. Das waren ein Alter und eine junge Frau. Der Alte war von hohem Wuchs, noch aufrecht und rüstig, doch mager und krankhaft bleich. Seinem Aussehen nach konnte man ihn für einen von irgendwoher weit zugereisten Kaufmann halten. Er trug einen langen schwarzen, augenscheinlich festtäglichen Kaftan auf Pelz, der offen stand. Unter dem Kaftan war irgend

ein anderes langschößiges russisches Gewand zu sehen, das
durchweg von unten bis oben zugeknöpft war. Um den Hals
war nachlässig ein grellrotes Tuch geschlungen; in der Hand
eine Pelzmütze. Ein langer dünner halbgrauer Bart fiel ihm
auf die Brust herab und unter den überhängenden gerunzelten
Brauen hervor funkelte ein feuriger, fieberhaft entzündeter,
hochmütiger und lang haftender Blick. Die Frau war etwa
zwanzigjährig und wunderbar schön. Sie trug einen reichen,
hellblauen, pelzgefütterten Halbpelz, und der Kopf war mit
einem weißen, unter dem Kinn zusammengebundenen Atlastuch bedeckt. Sie schritt mit gesenkten Augen, und eine nachdenkliche, ihre ganze Gestalt erfüllende Würde spiegelte sich
scharf und traurig wider in dem süßen Umriß der kindlichzarten und sanften Züge ihres Gesichtes. Etwas Seltsames war
um dieses unerwartete Paar.
Der Alte blieb in der Mitte der Kirche stehen und verneigte
sich nach allen vier Seiten hin, obwohl die Kirche völlig leer
war; dasselbe tat auch seine Gefährtin. Dann griff er nach
ihrer Hand und führte sie zu dem großen örtlichen Muttergottesbild, in deren Namen die Kirche erbaut worden war, das
am Altar im blendenden Glanz der sich in der von Gold und
Edelsteinen brennenden Gewandung widerspiegelnden Lichter
strahlte. Der Kirchendiener, der als letzter in der Kirche zurückgeblieben war, verneigte sich mit Ehrerbietung vor dem
Alten; dieser nickte ihm mit dem Kopf zu. Die Frau warf sich
vor dem Bildnis auf den Boden nieder. Der Alte nahm den
Zipfel des zu Füßen des Bildnisses hängenden Schleiertuches
und legte ihn ihr auf das Haupt. Ein dumpfes Schluchzen erscholl in der Kirche.
Ordýnow war betroffen von der Feierlichkeit dieser ganzen
Szene und erwartete mit Ungeduld ihren Abschluß. Nach etwa
zwei Minuten erhob die Frau den Kopf, und von neuem fiel
der grelle Schein des Lämpchens auf ihr bezauberndes Gesicht. Ordýnow zuckte zusammen und trat einen Schritt vor.
Sie hatte schon dem Alten den Arm gereicht, und beide verließen still die Kirche. Tränen brannten in ihren dunkelblauen
Augen, die von langen und auf der Milchweiße des Gesichts

funkelnden Wimpern umsäumt waren, und rollten über die
blaßgewordnen Wangen. Um ihre Lippen irrte ein Lächeln;
doch im Gesicht bemerkte man die Spuren eines kindlichen
Schreckens und geheimnisvollen Entsetzens. Sie schmiegte sich
zaghaft an den Alten, und man sah, daß sie ganz bebte vor Erregung.
Betroffen, gepeitscht von einer fremden, süßen und hartnäckigen Empfindung, ging Ordýnow rasch hinter ihnen her und
kreuzte auf dem Kirchenvorplatz ihren Weg. Der Alte blickte
ihn rauh und feindselig an; auch sie sah nach ihm hin, doch
zerstreut und ohne Neugier, als beschäftige sie ein anderer und
entfernter Gedanke. Ordýnow ging hinter ihnen drein, ohne
selbst seine Bewegung zu verstehen. Es war schon völlig dunkel geworden; er schritt in der Entfernung. Der Alte und die
junge Frau betraten eine große, breite, schmutzige, von allerlei Handelsvolk, Mehlhandlungen und Einkehrhäusern volle
Straße, welche grade zum Schlagbaum führte, und bogen von
ihr aus in eine enge, lange Gasse ein mit langen Zäunen an
beiden Seiten, die auf die mächtige, geschwärzte Wand eines
vierstöckigen Haupthauses hinzuführte, durch dessen Durch-
gangstore man in eine andere, ebenfalls große und belebte
Straße gelangen konnte. Sie näherten sich schon dem Hause;
plötzlich wandte sich der Alte um und blickte ungeduldig auf
Ordýnow. Der junge Mensch blieb wie eingewurzelt stehen;
ihn selbst dünkte sein Hingerissensein seltsam. Der Alte wandte
sich noch einmal um, wie um sich zu vergewissern, ob seine
Drohung Erfolg gehabt habe, und dann gingen beide, er und
die junge Frau, durch das enge Tor in den Hof des Hauses.
Ordýnow kehrte zurück.
Er war in der allerunangenehmsten Geistesstimmung und ärgerte sich über sich selbst bei der Vorstellung, daß er den Tag
umsonst verloren, umsonst müde geworden war und zuguterletzt noch mit einer Dummheit geendet hatte, indem er einem
mehr denn gewöhnlichen Ereignis den Sinn eines ganzen Aben-
teuers verliehen.
Wie sehr er sich auch in der Frühe über seine Weltflucht ärgerte, so war es doch sein Instinkt, fortzulaufen von allem, was

ihn in seiner äußeren, nicht inneren, künstlerischen Welt zerstreuen, erstaunen und erschüttern konnte. Jetzt dachte er mit Kummer und mit einer Art Reue an seinen sorglosen Winkel; dann überfiel ihn Sehnsucht und die Sorge um seine unentschiedene Lage, um die bevorstehenden Mühen, und zugleich verdroß es ihn, daß eine solche Kleinigkeit ihn zu beschäftigen vermochte. Endlich, ermüdet und außerstande, zwei Gedanken zu verbinden, gelangte er schon spät zu seiner Wohnung und bemerkte mit Verwunderung, daß er, ohne es zu merken, an dem Hause, in dem er wohnte, vorübergegangen war. Betäubt und kopfschüttelnd ob seiner Zerstreutheit, schrieb er diese seiner Ermüdung zu, er ging die Treppe empor und betrat endlich seine Dachkammer. Dort zündete er eine Kerze an — und gleich darauf traf das Bild der weinenden Frau deutlich seine Vorstellung. So feurig, so stark war der Eindruck, so liebevoll reproduzierte sein Herz diese sanften, stillen Züge des Gesichts, das von geheimnisvoller Rührung und Entsetzen erschüttert und von Tränen des Entzückens oder kinderhafter Reue befeuchtet war, daß seine Augen sich trübten und es wie Feuer durch alle seine Glieder lief. Doch die Erscheinung dauerte nicht lange. Nach dem Entzücken trat Überlegung ein, dann Verdruß, dann ein kraftloser Ärger; ohne sich auszuziehen, wickelte er sich in eine Decke und warf sich auf sein hartes Bett...
Ordýnow erwachte am Morgen schon ziemlich spät in gereizter, zaghafter und gedrückter Stimmung, er machte sich eilig zurecht, indem er sich fast gewaltsam bemühte, an seine gegenwärtigen Sorgen zu denken, und brach auf in einer Richtung, die seiner gestrigen Reise entgegengesetzt lag; schließlich fand er irgendwo ein Quartier in der Wohnung eines armen Deutschen, Spieß genannt, der mit seiner Tochter Tinchen lebte. Nachdem Spieß die Anzahlung empfangen hatte, nahm er sofort den an das Tor genagelten und die Mieter einladenden Mietzettel ab, lobte Ordýnow wegen seiner Liebe zu den Wissenschaften und versprach, sich selbst eifrig mit ihm zu beschäftigen. Ordýnow sagte, daß er gegen Abend einziehen werde. Von dort wollte er heimgehen, doch überlegte er es sich

anders und wandte sich nach der anderen Richtung hin; die
Rüstigkeit war ihm zurückgekehrt, und er belächelte in Gedanken die eigene Neugier. In seiner Ungeduld erschien ihm
der Weg außerordentlich lang; schließlich gelangte er bis zur
Kirche, darin er gestern Abend gewesen war. Es war Mittags-
messe. Er wählte sich einen Platz, von dem aus er fast alle
Beter übersehen konnte; doch diejenigen, die er suchte, fand er
nicht. Nach langem Warten ging er errötend hinaus. Indem er
hartnäckig in sich ein unfreiwilliges Empfinden zu unterdrük-
ken strebte, mühte er sich eigensinnig und gewaltsam, den
Gang seiner Gedanken zu ändern. Im Denken an die Alltags-
dinge des Lebens fiel ihm ein, daß es Zeit sei, zu Mittag zu
speisen, und da er wirklich Hunger fühlte, ging er in jene selbe
Schenkstube, wo er gestern gespeist hatte. Lange und unbewußt
durchirrte er die Straßen, die belebten und die menschenleeren
Gassen und kam schließlich in eine wüste Gegend, wo schon
nicht mehr Stadt war und das gelbgewordene Feld sich hin-
streckte; er kam zu sich, als die tote Stille ihn mit einem neuen,
längst nicht mehr gekannten Eindruck traf. Der Tag war trok-
ken und frostig, wie es oft welche gibt im Petersburger Oktober. Nicht weit entfernt stand eine Hütte; daneben waren zwei
Stöße Heu; ein kleines, hochrippiges Pferdchen mit gesenktem
Kopf und hängender Lippe stand ungeschirrt neben einem
zweirädrigen Karren und schien über irgend etwas nachzudenken. Ein Hofhund nagte knurrend an einem Knochen neben
einem zerbrochenen Rad, und ein dreijähriges Kind im bloßen
Hemdchen kratzte sich am weißen zottigen Kopf und blickte
erstaunt auf den hierhergekommenen einzelnen Städter. Hinter
der Hütte zogen sich Felder und Gemüsegärten hin. Am blauen
Himmelsrande dunkelten Wälder, und von gegenüber kamen
trübe Schneewolken heran und schienen einen Schwarm Wan-
dervögel vor sich her zu treiben, die ohne zu schreien, einer
hinter dem anderen, am Himmel entlang strebten. Alles war
still und irgendwie feierlich-traurig, voll von einer hinsterbenden versteckten Erwartung ... Ordýnow wollte schon weiter
und weiter gehen; doch die Öde bedrückte ihn nur. Er wandte
sich zurück zur Stadt, von wo auf einmal das volle Gedröhn

der Glocken einher hallte, die zum abendlichen Gottesdienst riefen, er verdoppelte seine Schritte und trat nach einiger Zeit wieder in die ihm von gestern her so vertraute Kirche.
Seine Unbekannte war schon dort.
Sie lag auf den Knieen dicht neben dem Eingang unter der Schar der Betenden. Ordýnow drängte sich durch die dichte Menge der Bettler, der alten Weiber in Lumpen, der Kranken und Krüppel, die auf das Almosen an der Kirchentür warteten und kniete neben der Unbekannten nieder. Seine Kleidung berührte die ihre, und er vernahm das stoßweise ihren Lippen entfliegende Atmen, die ein heißes Gebet flüsterten. Die Züge ihres Gesichts waren wie früher erschüttert vom Gefühl grenzenloser Frömmigkeit, und wieder rollten Tränen und trockneten auf ihren heißen Wangen, als sollten sie irgend ein schreckliches Verbrechen fortwaschen. An dem Fleck, wo sie beide knieten, war es völlig dunkel und nur hier und da beleuchtete die matte Flamme des Lämpchens, bewegt vom Wind, der durch das geöffnete schmale Glasfenster hereinbrach, mit zittrigem Glanz ihr Gesicht, das mit jedem seiner Züge sich in das Gedächtnis des Jünglings eingegraben hatte, seinen Blick trübte und mit dumpfem, unerträglichem Schmerz sein Herz marterte. Doch in dieser Qual war eine zu ihr gehörige rasende Berauschung. Zuletzt konnte er es nicht ertragen, seine ganze Brust erzitterte und verging in einem Augenblick in einem fremdartig süßen Hinströmen, und aufschluchzend neigte er seinen erhitzten Kopf auf den kalten Boden der Kirche. Er hörte und empfand nichts außer dem Schmerz in seinem Herzen, das in süßen Qualen erstarb.
Ob sich in der Einsamkeit diese äußerste Eindrucksfähigkeit, Entblößtheit und Unbeschütztheit des Gefühls entwickelt hatte; mochte sich im quälenden, luft- und ausweglosen Schweigen der langen, schlaflosen Nächte, inmitten unbewußter Bestrebungen und ungeduldiger Erschütterungen des Geistes, diese Aufwallungsfähigkeit des Herzens vorbereitet haben, die schließlich bereit war, zu zerreißen oder einen Ausfluß zu finden; oder war es einfach plötzlich Zeit geworden für diese festliche Minute, und dies müßte so geschehen, wie auf einmal

an einem schwülen, heißen Tag der ganze Himmel schwarz wird und ein Gewitter sich mit Regen und Feuer auf die verdurstete Erde ergießt, die Perlen seines Regens an die smaragdenen Blätter hängt, das Gras, die Felder niederdrückt, die zarten Schälchen der Blumen zur Erde schlägt, damit alles darauf, bei den ersten Strahlen der Sonne, wieder belebt, ihr entgegen strebe und steige und festlich zum Himmel seinen prunkvollen süßen Weihrauch sende, in Lust und Freude an seinem erneuten Leben ... Doch Ordýnow hätte es jetzt überhaupt nicht bedenken können, was in ihm vor sich ging; er war kaum seiner selbst bewußt ...
Er hatte es fast nicht bemerkt, wie der Gottesdienst zu Ende ging, und kam zu sich, als er sich hinter seiner Unbekannten durch die am Eingang gestaute Menge hindurchdrängte. Zuweilen traf ihn ihr verwunderter und heller Blick. Jeden Augenblick wieder von der hinausgehenden Menge zum Stillstehen gezwungen, wandte sie sich mehr als einmal nach ihm um; man sah, daß ihr Erstaunen immer stärker und stärker ward, und auf einmal erglühte sie ganz, wie in einem Feuerschein. In diesem Augenblick erschien plötzlich wieder in der Menge der Alte von gestern und faßte sie an der Hand. Wieder traf Ordýnow sein galliger und spöttischer Blick, und ein seltsamer Zorn preßte ihm auf einmal das Herz zusammen. Schließlich verlor er sie in der Dunkelheit aus den Augen; dann, mit unnatürlicher Anstrengung, tat er einen Ruck nach vorwärts und ging aus der Kirche. Doch die kühle Abendluft vermochte ihn nicht zu erfrischen: der Atem wurde bedrängt und gepreßt in seiner Brust, und das Herz begann langsam und stark zu klopfen, als wolle es ihm die Brust durchschlagen. Schließlich sah er, daß er in der Tat seine Unbekannte verloren hatte; sie waren schon nicht mehr auf der Straße, noch in der Gasse. Aber in Ordýnows Kopf war schon ein Gedanke aufgetaucht, hatte sich einer jener entschlossenen, seltsamen Pläne entwickelt, die, wenn sie auch immer irrsinnig sind, dafür aber fast immer gelingen und ausgeführt werden in ähnlichen Fällen; am nächsten Tag um acht Uhr morgens kam er an das Haus von der Seite der Gasse heran und betrat einen

engen, schmutzigen, unsauberen kleinen Hinterhof, so etwas in der Art wie eine Abfallgrube des Hauses. Der irgendwie im Hof beschäftigte Hausknecht blieb stehen, stützte das Kinn auf den Griff seiner Schaufel, überblickte Ordýnow vom Kopf bis zu den Füßen und fragte ihn, was er wolle.

Der Hausknecht war ein junger Bursche von etwa fünfundzwanzig Jahren, mit einem außerordentlich alten Gesicht, runzlig, klein, von tatarischer Herkunft.

„Ich suche eine Wohnung", entgegnete Ordýnow mit Ungeduld.

„Welche?" fragte der Hausknecht mit einem kurzen Lachen. Er blickte auf Ordýnow so, als wisse er um seine ganze Angelegenheit.

„Zur Aftermiete", antwortete Ordýnow.

„In jenem Hof gibt es keine", antwortete rätselhaft der Hausknecht.

„Und hier?"

„Auch hier nicht." Jetzt griff der Hausknecht nach dem Spaten.

„Vielleicht treten sie sie doch ab", sagte Ordýnow, indem er dem Hausknecht einen Zehner gab.

Der Tatar sah Ordýnow an, nahm den Zehner, griff dann wieder nach dem Spaten und erklärte nach etlichem Schweigen: „es gibt, gibt keine Wohnung." Doch der junge Mensch hörte schon nicht mehr auf ihn; er schritt über die verfaulten, wackligen, in einer Pfütze liegenden Bretter zum einzigen aus diesem Hof in den Hausflügel führenden Eingang hin; der schwarz, unsauber, schmutzig, in der Pfütze zu ersticken schien. In dem unteren Stock wohnte ein armer Sargmacher. An seiner scharfsinnig eingerichteten Werkstatt vorüber ging Ordýnow auf einer halbzerbrochnen schlüpfrigen Wendeltreppe in den obersten Stock, betastete in der Dunkelheit die dicke, plumpe, mit einer zerfetzten Bastmatte benagelte Tür, fand das Schloß und öffnete. Er hatte sich nicht geirrt. Vor ihm stand der ihm bekannte Alte und heftete scharf und äußerst verwundert den Blick auf ihn.

„Was willst du?" fragte er abgerissen und beinahe flüsternd.

„Ist eine Wohnung zu haben? ..." fragte Ordýnow, fast alles vergessend, was er hatte sagen wollen. Er erblickte hinter der Schulter des Alten seine Unbekannte.
Der Alte schob schweigend die Türe zu, dadurch Ordýnow hinausdrängend.
„Es gibt eine Wohnung", erklang plötzlich die freundliche Stimme der jungen Frau.
Der Alte gab die Tür frei.
„Ich brauch nur einen Winkel", sagte Ordýnow, eilig in das Zimmer tretend und sich an die Schöne wendend.
Doch er blieb vor Erstaunen wie eingewurzelt stehen beim Anblick seiner künftigen Wirtsleute; vor seinen Augen spielte sich ein stummer, erstaunlicher Auftritt ab. Der Alte war blaß wie der Tod, als wolle er die Besinnung verlieren. Er blickte mit bleiernem, unbeweglichem, durchdringendem Blick auf die Frau. Auch sie war zuerst blaß geworden; dann aber sprang ihr das ganze Blut ins Gesicht, und ihre Augen blitzten seltsam auf. Sie führte Ordýnow in ein anderes Kämmerchen.
Die ganze Wohnung bestand aus einem ziemlich geräumigen Zimmer, das durch zwei Zwischenwände in drei Teile geteilt war; vom Vorplatz aus gelangte man direkt in ein schmales dunkles Eingangszimmer, gradeaus war eine Tür in der Zwischenwand, augenscheinlich zum Schlafzimmer der Hausleute. Rechts vom Eingangszimmer kam man in die Kammer, die vermietet wurde. Sie war schmal und eng und wurde von der Zwischenwand an zwei niedrige Fenster angequetscht. Alles war vollgedrängt und verstellt mit den in einem Wohnraum nötigen Gegenständen; es war armselig, eng, aber nach Möglichkeit sauber. Die Einrichtung bestand aus einem einfachen weißen Tisch, zwei einfachen Stühlen und einer Bank an beiden Seiten der Wand. Ein großes altertümliches Heiligenbild mit einer vergoldeten Zierkrone stand über einem Wandbrett in der Ecke, und davor brannte ein Öllämpchen. In der zu vermietenden Kammer und zum Teil im Eingangszimmer befand sich ein mächtiger, plumper, russischer Ofen. Es war klar, daß man zu dritt in einer solchen Wohnung nicht leben konnte.
Sie begannen zu verhandeln, doch ohne Zusammenhang und

beinahe ohne einander zu verstehen. Ordýnow hörte zwei
Schritte weit von ihr, wie ihr Herz klopfte; er sah, daß sie vor
Erregung völlig bebte und wie etwa vor Schreck. Endlich kamen sie irgendwie überein. Der junge Mensch erklärte, daß
er sofort einziehen werde, und blickte den Hauswirt an. Immer
noch blaß stand der Alte in der Tür; doch ein stilles, sogar
nachdenkliches Lächeln stahl sich auf seine Lippen. Als er dem
Blick Ordýnows begegnete, runzelte er wieder die Brauen.
„Hast du einen Paß?" fragte er plötzlich lauten, abgerissenen
Tones, indem er die Tür zum Vorplatz öffnete.
„Ja", erwiderte Ordýnow, ein wenig verdutzt.
„Wer bist du eigentlich?"
„Wassíli Ordýnow, vom Adel, nicht im Amt, in eigenen Geschäften", entgegnete er, sich dem Ton des Alten anpassend.
„Und ich auch", erwiderte der Alte. „Ich bin Iljá Múrin,
Kleinbürger; genügt dir das? geh nur..."
Nach einer Stunde war Ordýnow schon in seiner neuen Wohnung, zu seiner und seines Deutschen Verwunderung, der zusammen mit dem ergebenen Tinchen schon zu argwöhnen begann, daß der neuaufgetauchte Mieter ihn betrogen habe. Ordýnow selbst aber begriff nicht, wie all dieses gekommen war,
und wollte es auch nicht begreifen ...

II

Sein Herz klopfte so, daß es ihm grün vor den Augen wurde
und sein Kopf im Kreise herumging. Mechanisch nahm er die
Verteilung seines dürftigen Besitzes in der neuen Wohnung
vor, schnürte das Bündel mit allerlei notwendigen Habseligkeiten auf, öffnete die Bücherkiste und begann die Bücher auf
den Tisch zu packen, bald aber fiel ihm diese ganze Arbeit
aus den Händen. Allaugenblicklich glänzte vor seinen Augen
das Bild der Frau auf, die durch ihr Erscheinen sein ganzes
Dasein aufgewühlt und erschüttert hatte und welches sein Herz
mit einem so unaufhaltsamen, krampfhaften Entzücken erfüllte – soviel Glück war auf einmal in sein dürftiges Leben

hineingeträumt, daß die Gedanken dunkel wurden und der Geist erstarb in Sehnsucht und Verwirrung. Er nahm seinen Paß und brachte ihn zum Hausherrn, in der Hoffnung sie zu erblicken. Doch Múrin öffnete kaum die Tür, nahm das Papier in Empfang, sagte „gut, lebe in Frieden" und schloß sich wieder in seinem Zimmer ein. Eine unangenehme Empfindung kam über Ordýnow. Aus einem unbekannten Grunde ward es ihm schwer, diesen Alten anzusehen. In seinem Blick war etwas Verächtliches und Böses. Doch der unangenehme Eindruck verschwand bald wieder. Schon den dritten Tag lebte Ordýnow in einer Art Wirbel gegen die frühere Windstille in seinem Leben; doch überlegen konnte er nicht und fürchtete sich sogar davor. Alles hatte sich vermengt und vermischt in seinem Dasein; er empfand dumpf, daß sein ganzes Leben gleichsam halb durchgebrochen war; ein Bestreben, ein Erwarten hatte Besitz von ihm ergriffen und kein anderer Gedanke verwirrte ihn.

Ohne recht zu begreifen, kehrte er in seine Kammer zurück. Dort am Ofen, in dem das Essen zubereitet wurde, wirtschaftete eine kleine bucklige Alte, so schmutzig und mit so widerwärtigen Lumpen bekleidet, daß es kläglich war sie anzusehen. Sie war, wie es schien, sehr böse und murmelte bisweilen mit schmatzenden Lippen sich etwas in den Bart. Sie war Arbeiterin bei den Wirtsleuten. Ordýnow machte den Versuch, mit ihr zu sprechen, sie aber schwieg, augenscheinlich aus Bosheit. Schließlich kam die Stunde der Mahlzeit heran; die Alte nahm die Kohlsuppe, die Fleischpasteten und das Fleisch aus dem Ofen und trug es zu den Hauswirten. Das gleiche servierte sie auch Ordýnow. Nach der Mahlzeit entstand in der Wohnung eine Totenstille.

Ordýnow nahm ein Buch in die Hand und wandte lange die Blätter um, indem er in den Sinn dessen einzudringen versuchte, was er schon mehrfach gelesen hatte. Ungeduldig warf er das Buch beiseite und machte sich wieder an das Aufräumen seiner Sachen; endlich nahm er die Mütze, legte sich den Mantel um und ging auf die Straße. Er ging absichtslos, ohne den Weg zu sehen, und mühte sich immer, sich nach Möglichkeit zu konzentrieren, seine zerbrochenen Gedanken zu ordnen und sich seine Lage wenigstens bis zu einem gewissen Grade klarzumachen. Doch die Anstrengung verursachte ihm nur Leiden, nur Folter. Kälte und Hitze beherrschten ihn abwechselnd und zuweilen begann sein Herz plötzlich so zu klopfen, daß er sich an die Wand lehnen mußte. „Nein, lieber sterben", dachte er, „lieber sterben", flüsterte er mit entzündeten zitternden Lippen, ohne viel zu bedenken was er sagte. Er ging sehr lange umher; endlich fühlte er, daß er bis auf die Haut durchnäßt war, und nun erst bemerkend, daß es in Strömen regnete, kehrte er nach Hause zurück. Nicht weit vom Hause erblickte er seinen Hausknecht. Es dünkte ihn, daß der Tatar ihn eine Weile anhaltend und mit Neugier angesehen habe und dann seines Weges weiter gegangen sei, sobald er bemerkte, daß er erblickt worden war.

„Guten Tag", sagte Ordýnow, als er ihn eingeholt hatte. „Wie heißt du?"

„Hausknecht heiß ich", antwortete jener grinsend.

„Bist du schon lange hier Hausknecht?"

„Lange."

„Ist mein Hauswirt Kleinbürger?"

„Kleinbürger, wenn er sagt."

„Was treibt er denn?"

„Krank; lebt, betet zu Gott — alles."

„Ist dies seine Frau?"

„Was für Frau?"

„Die mit ihm lebt?"

„Frau, wenn er sagt. Lebwohl, Herr."

Der Tatar berührte seine Mütze und trat in sein Kammerloch.

Ordýnow ging in seine Wohnung. Die Alte öffnete ihm schmatzend und vor sich hin murmelnd die Tür, verschloß sie wieder mit dem Riegel und kletterte auf den Ofen, wo sie ihr Leben zu Ende lebte. Es dämmerte schon. Ordýnow stand auf um Feuer zu holen und sah, daß die Tür zu seinen Hauswirten mit dem Schlüssel zugesperrt war. Er rief nach der Alten, die auf den Ellbogen gestützt vom Ofen herab scharf auf ihn niedersah, als dächte sie darüber nach, was er wohl am Türschloß der Hauswirte zu suchen hätte; sie warf ihm schweigend eine Schachtel Streichhölzer zu. Er kehrte in sein Zimmer zurück und befaßte sich zum hundertsten Mal mit seinen Büchern und Sachen. Allmählich aber, nicht begreifend, was in ihm vor sich ging, setzte er sich auf die Bank und es schien ihm, daß er eingeschlafen sei. Zuweilen kam er zu sich und erriet, daß sein Schlaf kein Schlaf gewesen, sondern ein quälendes krankhaftes Sichvergessen. Er hörte die Tür gehen, da sie geöffnet wurde, und erriet, daß da seine Hausleute von der Abendmesse zurückgekehrt waren. Hier kam es ihm in den Sinn, daß er zu ihnen gehen müsse, um sich irgend etwas zu holen. Er stand auf und glaubte schon zu ihnen hinzugehen, stolperte aber und fiel über einen Haufen Holz, den die Alte in die Mitte des Zimmers geworfen hatte. Nun vergaß er sich völlig, und als er nach langer, langer Zeit die Augen öffnete, bemerkte er mit Erstaunen, daß er auf derselben Bank lag, angezogen wie vorher, und daß sich über ihn mit zärtlicher Sorgfalt das Gesicht der Frau neigte, wunderbar schön und gleichsam ganz überflutet von stillen mütterlichen Tränen. Er fühlte, wie man ihm ein Kissen unter den Kopf legte und ihm etwas Warmes anzog und wie irgend eine zärtliche Hand sich auf seine heiße Stirn legte. Er wollte danken, wollte diese Hand fassen, sie an die trockengewordenen Lippen führen, sie mit Tränen benetzen und küssen, küssen eine ganze Ewigkeit lang. Er wollte viel über irgend etwas sprechen, aber was es war, wußte er selbst nicht; er wünschte zu sterben in diesem Augenblick. Doch seine Hände waren wie von Blei und bewegten sich nicht; er war wie erstarrt und fühlte nur, wie das Blut durch alle seine Adern flog, als wolle es ihn aufheben von seinem Bett. Irgend jemand gab ihm Wasser ... Endlich verlor er das Bewußtsein.

Er erwachte am Morgen gegen acht Uhr. Die Sonne schüttete ihre Strahlen in einer goldenen Garbe durch die grünen schimmligen Fenster seiner Kammer; eine freudige Empfindung umschmeichelte alle Glieder des Kranken. Er war ruhig und still, unendlich glücklich. Es schien ihm, daß irgend jemand jetzt grade neben seinem Kopfkissen war. Er erwachte und suchte sorgsam rings um sich her nach diesem unsichtbaren Wesen; er wollte so gern seinen Freund umfangen und ihm sagen zum ersten Mal im Leben „guten Tag und Gruß dir, mein Lieber".

„Wie schläfst du lange!" sagte eine zärtliche weibliche Stimme. Ordýnow sah sich um und zu ihm neigte sich mit freundlichem und sonnig-hellem Lächeln das Gesicht seiner schönen Hausfrau.

„Wie lange du krank warst", sprach sie, „genug, steh auf; was zwingst du dich? Freiheit ist süßer als Brot, schöner als Sonne. Steh auf, mein Täubchen, steh auf."

Ordýnow ergriff und drückte fest ihre Hand. Er glaubte noch immer einen Traum zu sehen.

„Wart, ich habe dir Tee gekocht; möchtest du Tee? Möchte nur; dir wird besser werden. Ich bin selbst krank gewesen und weiß."

„Ja, gib mir zu trinken", sagte Ordýnow mit schwacher Stimme und stellte sich auf seine Füße. Er war noch sehr schwach. Ein Schauder lief ihm über den Rücken, alle seine Glieder schmerzten und waren wie zerschlagen. In seinem Herzen aber war es hell und die Strahlen der Sonne schienen ihn mit einer festlichen hellen Freudigkeit zu durchwärmen. Er fühlte, daß ein neues starkes unsichtbares Leben für ihn begonnen hatte. Sein Kopf ging leicht im Kreise.

„Du heißt doch Wassíli?" fragte sie; „hab ich mich verhört, oder, mich dünkt, der Hausherr nannte dich gestern so."

„Ja, Wassíli. Und wie heißt du?" sprach Ordýnow, der sich ihr näherte und kaum auf den Füßen stand. Er schwankte. Sie ergriff seine Hände und lachte.

„Ich heiße Katharina", sagte sie, ihm mit ihren großen klaren hellblauen Augen in die Augen schauend. Sie hielten einander an den Händen.

„Du möchtest mir etwas sagen?" sagte sie endlich.

„Ich weiß nicht", erwiderte Ordýnow; sein Blick trübte sich.

„Sieh einmal, wie du bist. Genug, mein Täubchen, genug; klage nicht, traure nicht; setz dich hierher an den Tisch in die Sonne; sitze still und geh mir nicht nach", fügte sie hinzu, als sie sah, daß der junge Mensch eine Bewegung machte wie um sie zurückzuhalten: „ich bin gleich selbst wieder bei dir; wirst Zeit haben, dich an mir sattzusehen." Nach einer Minute brachte sie den Tee, stellte ihn auf den Tisch und setzte sich ihm gegenüber.

„Da, trink", sagte sie. „Wie, tut der Kopf weh?"

„Nein, jetzt tut er nicht weh", sprach er, „ich weiß nicht, vielleicht tut er auch weh ... ich will nicht ... genug, genug! ... Ich weiß nicht was mit mir ist", sagte er schwer atmend und fand schließlich ihre Hand, „sei du hier, geh nicht fort von mir; gib, gib mir wieder deine Hand... Es dunkelt mir vor den Augen; ich sehe auf dich wie auf die Sonne", sagte er, als risse er sich die Worte von seinem Herzen, ersterbend vor Entzücken, indem er sie sprach. Ein Schluchzen schnürte ihm die Kehle zusammen.

„Was für ein Armer! du hast gewiß nie mit einem guten Menschen gelebt. Du bist ganz einsam und allein; hast du keine Verwandten?"

„Niemand ist da; ich bin allein ... macht nichts, laß! jetzt ist mir besser ... gut ist mir jetzt!" sprach Ordýnow wie im Fieber. Die Kammer schien sich im Kreis um ihn her zu drehen.

„Ich selbst habe viele Jahre keine Menschen gesehen. Du siehst mich so an ..." sagte sie nach einem minutenlangen Schweigen.

„Nun ... was denn?"

„Es ist, als wärmten mich deine Augen! Weißt du, wenn du einen liebst ... Ich habe dich vom ersten Wort an in mein Herz genommen. Wenn du krank wirst, werde ich dich wieder pflegen. Aber sei nur nicht krank, nein. Stehst du auf, werden wir leben wie Bruder und Schwester. Willst du? Eine Schwester ist doch schwer zu erwerben, wem Gott sie durch Geburt nicht gab."

„Wer bist du? woher bist du?" sprach Ordýnow mit schwacher Stimme.

„Ich bin nicht von hier ... was kümmert's dich! Weißt du, die Leute sagen, es lebten zwölf Brüder in einem dunklen Wald und eine schöne Jungfrau verirrte sich in diesem Wald. Sie kam zu ihnen und räumte alles auf im Hause und legte auf alles die Spur ihrer Liebe. Die Brüder kamen und erfuhren, daß das Schwesterchen bei ihnen den Tag verbracht. Begannen nach ihr zu rufen, sie kam zu ihnen heraus. Sie alle nannten sie Schwester, ließen sie frei schalten und allen war sie ebenbürtig. Kennst du das Märchen?"

„Ich kenn's", flüsterte Ordýnow.

„Es ist gut zu leben; lebst du wohl gern in der Welt?"

„Ja, ja; ewig leben, lange leben", entgegnete Ordýnow.

„Ich weiß nicht", sprach Katharina nachdenklich, „ich möchte wohl auch den Tod. Es ist gut, das Leben zu lieben und gute Menschen zu lieben, ja ... Schau, du bist wieder so weiß wie Mehl!"

„Ja, der Kopf geht im Kreis ..."

„Wart, ich bringe dir mein Bett und ein anderes Kissen; hier mach ich's dir zurecht. Schläfst du ein, sollst du von mir träumen; die Schwäche vergeht dann. Unsere Alte ist auch krank..."

Noch im Sprechen hatte sie schon begonnen das Bett zu bereiten; hier und da sah sie sich lächelnd über die Schulter nach Ordýnow um.

„Wieviel Bücher du hast!" sagte sie, die Kiste verrückend.

Sie trat zu ihm heran, legte den rechten Arm um ihn, führte ihn zum Bett, legte ihn hin und bedeckte ihn mit der Decke.

„Man sagt, Bücher verderben den Menschen", sprach sie mit nachdenklichem Kopfschütteln. „Liesest du gern in Büchern?"

„Ja", erwiderte Ordýnow, der nicht wußte, ob er schlafe oder nicht, und fester die Hand Katharinas drückte, um sich zu überzeugen, daß er nicht schlafe.

„Mein Hausherr hat viele Bücher; schau, was für welche! Er sagt, es sind religiöse. Er liest mir immer daraus vor. Ich zeige sie dir später; du wirst mir nachher erzählen, was er mir daraus liest?"

„Erzähle", flüsterte Ordýnow, ohne den Blick von ihr zu wenden.
„Betest du gern?" fragte sie nach einem minutenlangen Schweigen. „Weißt du was? Ich habe immer Angst, immer Angst..."
Sie brach ab, augenscheinlich irgendetwas überdenkend. Ordýnow führte endlich ihre Hand an seine Lippen.
„Was küssest du mir die Hand?" (und ihre Wangen bedeckte eine leichte Röte.) „Da, küsse sie", fuhr sie fort, indem sie ihm lachend beide Hände bot; dann befreite sie die eine und legte sie ihm auf die heiße Stirn, dann begann sie ihm das Haar zu ordnen und zu richten. Sie errötete mehr und mehr; zuletzt ließ sie sich neben dem Bett auf den Boden nieder und legte ihre Wange an die seine; ihr warmer feuchter Atem überhauchte sein Gesicht... Plötzlich fühlte Ordýnow, daß heiße Tränen wie Hagel aus ihren Augen flossen und wie geschmolzenes Blei ihm auf die Wangen fielen. Er wurde immer schwächer und schwächer; er konnte schon nicht mehr die Hand bewegen. In diesem Augenblick ward an die Tür gepocht und der Riegel klirrte. Ordýnow konnte noch hören, daß der Alte, sein Hausherr, hinter die Zwischenwand getreten war. Er fühlte darauf, daß Katharina aufstand, ohne Eile und ohne Verlegenheit, wie sie ihre Bücher nahm, fühlte, wie sie im Fortgehen ein Kreuz über ihm schlug; er schloß die Augen. Plötzlich brannte ein heißer langer Kuß auf seinen entzündeten Lippen, es war wie ein Messer, das ihn ins Herz traf. Mit einem schwachen Aufschrei verlor er die Besinnung...
Darauf begann für ihn ein sonderbarliches Leben.
Bisweilen, in Augenblicken unklaren Bewußtseins, zuckte es ihm durch den Sinn, daß er verurteilt sei, gleichsam in einem langen endlosen Traum zu leben, der erfüllt war von seltsamen vergeblichen Beunruhigungen, von Kampf und Leiden. Voll Entsetzen suchte er sich aufzulehnen gegen den unheilvollen Fatalismus, der ihn bedrückte, und im Augenblick des angespannten verzweifeltsten Kampfes warf ihn irgend eine unbekannte Kraft von neuem nieder und er empfand, fühlte

deutlich, wie er von neuem die Besinnung verlor, wie auf's neue eine unzugängliche bodenlose Finsternis sich vor ihm auftat, und er stürzte sich in sie hinein mit den Gestöhn der Sehnsucht und Verzweiflung. Bisweilen zuckten Augenblicke eines unerträglichen vernichtenden Glückes auf, wenn die Lebendigkeit sich krampfhaft verstärkt im ganzen menschlichen Bestand, das Vergangene sich klärt, von Triumph und Lust der gegenwärtige helle Augenblick ertönt und im wachen Traum das unbekannte Künftige erscheint; wenn unaussprechliche Hoffnung als belebender Tau auf die Seele fällt; wenn man aufschreien möchte vor Entzücken; wenn man fühlt, daß der Leib machtlos wird unter solcher Last der Eindrücke, daß der ganze Faden des Seins zerreißt, und wenn man zugleich sein ganzes Leben zu seiner Erneuerung und Wiederauferstehung beglückwünscht. Bisweilen verfiel er wieder in Schlummer und dann wiederholte sich alles von neuem, was er in den letzten Tagen erlebt hatte, und ging ihm durch den Sinn als ein trüber unruhvoller Schwarm; doch die Erscheinung trat vor ihn hin in seltsamer rätselhafter Gestalt. Bisweilen vergaß der Kranke, was mit ihm geschah, und wunderte sich, daß er nicht in seiner alten Wohnung, nicht bei seiner alten Wirtin war. Er wunderte sich, warum das alte Weiblein nicht, wie es immer geschah zur späten Dämmerstunde, an den verlöschenden Ofen herantrat, der zuzeiten mit schwachem blinkendem Schein den ganzen dunklen Winkel des Zimmers übergoß, und warum sie, das Verlöschen des Feuers erwartend, nicht nach ihrer Gewohnheit die knöcherigen zitternden Hände an dem ersterbenden Feuer wärmte, immer schwatzend und vor sich hin flüsternd und auf ihn verwunderte Blicke werfend, ihren wunderlichen Mieter, den sie für verrücktgeworden hielt von seinem langen Sitzen über den Büchern. Ein anderes Mal entsann er sich, daß er in eine andere Wohnung übergesiedelt war; aber wie dies geschehen, was mit ihm geschehen und wie es zur Übersiedelung gekommen war, wußte er nicht, obgleich sein ganzer Geist hinstarb, in unaufhörlichem, unaufhaltsamem Drang ... doch wohin? was rief und quälte ihn? und wer hatte diese unerträgliche Flamme hergeschleudert, die ihn erstickte, die sein ganzes Blut verzehrte? — Wiederum wußte er es und erinnerte sich nicht. Oft haschte er gierig mit den Händen nach irgend einem Schatten, oft vernahm er das Rascheln naher leichter Schritte neben seinem Bett und irgend ein Geflüster, süß wie Musik, freundliche, zärtliche Rede; irgend wessen feuchter stoßweiser Atem glitt über sein Gesicht und erschütterte mit Liebe sein ganzes Wesen; irgend wessen heiße Tränen brannten auf seinen entzündeten Wangen, und plötzlich drängte sich irgend wessen Kuß lang und zärtlich in seine Lippen ein; dann verging sein Leben in unauslöschlicher Qual, das ganze Sein, die ganze Welt schien stillzustehen, starb auf ganze Jahrhunderte rings um ihn her und die lange tausendjährige Nacht legte sich über alles ...

Da schienen ihm wieder die zärtlichen sorglos-vergangenen Jahre der ersten Kindheit zu beginnen, mit ihrer hellen Freude, mit unverlöschlichem Glück, mit dem ersten süßen Erstaunen am Leben, mit Schwärmen heller Geister, hervorfliegend unter jeder Blume, die er pflückte, spielend mit ihm auf der fetten grünen Wiese vor dem kleinen, von Akazien umringten Häuschen, ihm zulächelnd aus dem kristallnen unübersehbaren See, an dessen Ufern er viele Stunden gesessen war und hingehorcht hatte, wie Welle an Welle schlägt, und rings um ihn mit den Flügeln raschelnd, liebevoll mit hellen buntfarbigen Traumbildern seine kleine Wiege in den Schlaf hinein tragend, wenn seine Mutter darübergeneigt das Kreuz über ihm schlug, ihn küßte und ihn mit einem stillen Wiegenliedchen in Schlaf sang in langen sorglosen Nächten. Hier aber begann plötzlich ein Wesen zu erscheinen, das ihn verwirrte mit einem nicht-kindlichen Entsetzen, das in sein Leben das erste langsame Gift des Wehs und der Tränen goß; unklar empfand er, daß ein unbekannter Alter in seiner Gewalt all seine kommenden Jahre halte, und bebend vermochte er nicht, seine Augen von ihm abzuwenden. Der böse Alte folgte ihm überall hin. Er nickte ihm trügerisch mit dem Kopf zu und blickte unter jedem Busch im Hain hervor, lachte und neckte ihn, verkörperte sich in jeder Puppe des Kindes, fratzenschneidend und lachend in seinen Händen wie ein böser schlechter Gnom; er hetzte gegen ihn jeden seiner unmenschlichen Schulkameraden auf, oder er setzte sich zu den kleinen Kindern auf die Schulbank und blickte fratzenschneidend unter jedem Buchstaben der Grammatik hervor. Später, zur Schlafenszeit, setzte sich der böse Alte neben sein Kopfkissen ... Er verjagte die Schwärme der hellen Geister, die mit ihren goldenen und saphirnen Flügeln rings seine Wiege umraschelten, führte auf immer seine arme Mutter von ihm fort und begann ihm nächtelang ein langes wunderbares Märchen einzuflüstern, unverständlich dem Herzen des Kindes, doch quälerisch und Entsetzen erregend und mit unkindlicher Leidenschaft. Der böse Alte aber achtete nicht seines Schluchzens, noch seiner Bitten und fuhr so lange fort, zu ihm zu sprechen, bis er in Erstarrung fiel, in Bewußtlosigkeit. Dann erwachte das Kindchen auf einmal als Mensch; unsichtbar und unhörbar waren über ihm ganze Jahre dahingeflohn. Auf einmal ward er seiner gegenwärtigen Lage bewußt, begann auf einmal zu begreifen, daß er einsam sei und fremd der ganzen Welt, allein im fremden Winkel, unter geheimnisvollen verdächtigen Leuten, unter Feinden, die sich immer versammeln und flüstern in den Winkeln seines dunklen Zimmers und der Alten zunicken, die am Feuer niedergekauert sitzt, ihre verwitterten alten Hände wärmend und ihn jenen zeigend. Er verfiel in Verwirrung, in Unruhe; er wollte immer erfahren, wer diese Leute seien, warum sie hier und warum er selbst in diesem Zimmer wäre, und erriet, daß er sich in irgend eine dunkle Herberge von Bösewichten verirrt habe, daß er von irgend einem Mächtigen, doch Unbekannten hierher verlockt worden sei, ohne vorher nachzusehen, wie und wer die Bewohner seien, und wer namentlich seine Wirte. Ein Verdacht begann ihn zu quälen — und auf einmal, inmitten der nächtlichen Finsternis, hub von neuem das geflüsterte lange Märchen an, und es zu erzählen begonnen, leise, kaum hörbar, vor sich hin, hatte irgend ein altes Weib, traurig vor dem verlöschenden Feuer mit dem weißen greisen Kopf nickend. Aber — und wieder überfiel ihn das Entsetzen: das Märchen verkörperte sich vor ihm in Gesichtern und Gestalten. Er sah, wie alles, angefangen von seinen kindlichen unklaren Träumen, alle seine Gedanken und Sehnsüchte, alles was er im Leben erlebt, alles was er sich aus Büchern erlesen, alles was er schon längst vergessen, sich beseelte, sich zusammenfügte, sich verkörperte, vor ihm aufstand in kolossalen Gestalten und Gebilden und ihn rings umschritt und umdrängte; er sah, wie sich vor ihm zauberhafte prunkende Gärten auftaten, wie vor seinen Augen ganze Städte entstanden und in Trümmer fielen, wie ganze Friedhöfe ihm ihre Toten aussandten, welche aufs neue zu leben begannen, wie ganze Stämme und Völker vor seinen Augen herankamen, geboren wurden und ablebten, wie sich zuletzt nun rings um sein Krankenlager herum ein jeder seiner Gedanken verkörperte, ein jeder körperlose Traum, sich verkörperte beinah im Augenblick seines Entstehens; wie er schließlich nicht in körperlosen Ideen dachte, sondern in ganzen Welten, in ganzen Schöpfungen; wie er einem Staubkorn gleich in dieser ganzen endlosen, seltsamen, unausweichlichen Welt dahingetragen wurde und wie dieses ganze Leben ihn mit seiner empörerischen Unabhängigkeit bedrängt und bedrückt und ihn verfolgt mit ewiger, nie endender Ironie; er fühlte, wie er stirbt, in Lehm und Staub zerfällt, ohne Auferstehung in allen Ewigkeiten; er wollte entlaufen, doch da war kein Winkel im ganzen All, der ihm Zuflucht geben könnte. In einem Anfall von Verzweiflung spannte er zuletzt seine Kräfte an, schrie auf und erwachte...

Er erwachte, ganz überströmt von kaltem eisigem Schweiß. Rings um ihn her war es totenstill; es war tiefe Nacht. Immer aber schien es ihm, daß irgendwo sein wunderbares Märchen fortgesetzt werde, als gebe irgendeine heisere Stimme wirklich einen langen Bericht von ihm schon irgendwie bekannten Dingen. Er hörte, daß von dunklen Wäldern gesprochen wurde, von kühnen Räubern, von irgend einem tapferen Gesellen, vielleicht gar von Sténjka Rásin selbst, von lustigen Trunkenbolden, von Schiffsziehern, von einer schönen Jungfrau und vom Mütterchen Wolga. War dies kein Märchen? Hört er das im Wachen? Eine ganze Stunde lag er mit geöffneten Augen,

Die Hausfrau

ohne ein Glied zu bewegen, in qualvoller Erstarrung. Schließlich stand er vorsichtig auf und empfand freudig die Kraft in sich, die sich in der wilden Krankheit nicht erschöpft hatte. Vorbei war der Fiebertraum, die Wirklichkeit hub an. Er bemerkte, daß er noch dieselbe Kleidung trug wie zur Zeit seines Gesprächs mit Katharina, und daß folglich nicht viel Zeit seit jenem Morgen vergangen sein konnte, da sie ihn verlassen hatte. Ein Feuer der Entschlossenheit lief durch seine Adern. Mechanisch suchte er mit den Händen nach einem großen Nagel, der zu irgendeinem Zweck oben in der Zwischenwand stak, an welcher sein Bett aufgestellt worden war, er faßte ihn und, mit ganzem Gewicht an ihm hängend, hob er sich irgendwie zu einer Spalte heran, durch welche ein kaum bemerklicher Schimmer in seine Kammer fiel. Er legte das Auge an die Öffnung und begann zu schauen, indem er vor Erregung kaum zu atmen vermochte.

In der Kammerecke der Hauswirte stand ein Bett, vor dem Bett ein Tisch, mit einem Teppich bedeckt und beladen mit Büchern von großem altertümlichem Format, in Einbänden, die an Kirchenbücher erinnerten. In der Ecke stand ein Heiligenbild, ein ebenso altertümliches wie das in seinem Zimmer; vor dem Bilde brannte ein Öllämpchen. Auf dem Bett lag der alte Múrin, krank, vom Leiden zerrüttet und blaß wie Leinwand, mit einer Pelzdecke bedeckt. Auf seinen Knieen lag ein geöffnetes Buch. Auf der Bank neben dem Bett lag Katharina, die mit dem Arm die Brust des Alten umfaßt und den Kopf an seine Schulter gelehnt hatte. Sie blickte ihn mit aufmerksamen, kindlich-erstaunten Augen an und schien mit unerschöpflicher Neugierde, sterbend vor Erwartung, der Erzählung Múrins zu lauschen. Zuweilen erhob sich die Stimme des Erzählers, Belebung spiegelte sich auf seinem blassen Gesicht; er runzelte die Brauen, seine Augen begannen zu funkeln, und Katharina erblaßte, wie es schien, vor Schreck und Erregung. Dann erschien so etwas wie ein Lächeln auf dem Gesicht des Alten, und Katharina fing leise zu lachen an. Zuweilen blitzten Tränen in ihren Augen auf; dann streichelte der Alte ihr zärtlich den Kopf wie einem Kinde und sie umfing ihn noch fester mit ihrem entblößten und wie Schnee leuchtenden Arm und drängte sich noch liebevoller ihm an die Brust.

Zuweilen dachte Ordýnow, dies alles sei noch Traum, er war sogar davon überzeugt; doch das Blut stieg ihm zu Kopfe, und die Adern klopften angespannt, schmerzhaft, an seinen Schläfen. Er ließ den Nagel los, stand vom Bett auf und ging schwankend, sich wie ein Mondsüchtiger hintastend, ohne selbst seinen Antrieb zu verstehen, der als ein wahrer Brand in seinem Blut aufgeflammt war, zur Zimmertür der Hauswirte und gab ihr einen kräftigen Stoß; der verrostete Riegel flog sogleich ab und unter Lärm und Krachen stand er auf einmal mitten im Schlafzimmer der Hauswirte. Er sah, wie Katharina auffuhr und zusammenzuckte, wie zornig die Augen des Alten unter seinen schwer zusammengedrängten Brauen hervorfunkelten und wie ein plötzlicher Jähzorn sein ganzes Gesicht verzerrte. Er sah, wie der Alte, ohne den Blick von ihm zu wenden, rasch und mit irrender Hand nach dem an der Wand hängenden Gewehr suchte; sah darauf, wie der Gewehrlauf aufblitzte, der mit unsicherer, vor Raserei zitternder Hand grade auf seine Brust gerichtet ward... Der Schuß erscholl, dann erscholl ein wilder, fast unmenschlicher Schrei, und als der Rauch verflogen war, gewahrte Ordýnow ein schreckliches Schauspiel. Am ganzen Leibe zitternd, beugte er sich über den Alten. Múrin lag auf dem Boden; er wand sich in Krämpfen, sein Gesicht war von Qualen verzerrt, und Schaum zeigte sich auf seinen gekrümmten Lippen. Ordýnow begriff, daß ein sehr heftiger Anfall der Fallsucht den Unglücklichen heimgesucht hatte. Mit Katharina zugleich sprang er ihm zur Hilfe bei...

III

Die ganze Nacht verging in Unruhe. Am nächsten Tag ging Ordýnow früh morgens aus, seiner Schwäche und des Fiebers ungeachtet, das ihn immer noch nicht verlassen hatte. Im Hof traf er wieder den Hausknecht. Diesmal lüftete der Tatar schon von weitem die Mütze und blickte ihm neugierig entgegen. Dann, als hätte er sich besonnen, griff er nach seinem Besen, indem er auf den langsam sich nähernden Ordýnow schräge Blicke warf.

„Was? hast du nichts in der Nacht gehört?" fragte Ordýnow.

„Ja, ich hörte."

„Was ist das für ein Mensch? wer ist das eigentlich?"

„Hast selbst gemietet, mußt selbst wissen, ich aber fremd."

„Ja wirst du denn einmal sprechen!" schrie Ordýnow außer sich im Anfall einer krankhaften Gereiztheit.

„Was hab denn ich getan? du bist schuld — du Einwohner erschreckt. Unten lebt Sargmacher: er ist taub, doch alles gehört, und sein Weib taub, auch die gehört. Und im nächsten Hof, wenn auch weit, und doch gehört — da. Ich gehe zum Revieraufseher."

„Ich gehe selbst dorthin", erwiderte Ordýnow und wandte sich zur Pforte.

„Wie du willst; selbst gemietet ... Herr, Herr, wart!" Ordýnow sah sich um; der Hausknecht berührte aus Höflichkeit seine Mütze.

„Nun!"

„Wenn du gehst, geh ich zum Hauswirt."

„Was weiter?"

„Zieh lieber aus."

„Du bist dumm", sprach Ordýnow und wandte sich wieder fort.

„Herr, Herr, wart."

Der Hausknecht berührte wieder die Mütze und grinste.

„Höre, Herr: du mußt Herz haben; warum einen Armen verfolgen? einen Armen verfolgen — ist Sünde. Gott will's nicht — hörst du?"

„Höre denn auch du: hier nimm das. Nun, wer ist er denn?"

„Wer er ist?"

„Ja."

„Ich sage auch ohne Geld."

Jetzt nahm der Hausknecht den Besen, fegte zwei-, dreimal,

hielt dann inne und blickte wichtig und aufmerksam auf Ordýnow.

„Du bist guter Herr. Willst du aber nicht leben mit gutem Menschen — wie du willst; ich sage dir das so."

Jetzt blickte der Tatar noch ausdrucksvoller drein und griff wie geärgert wieder nach dem Besen. Indem er sich schließlich anstellte, als habe er irgend eine Arbeit vollendet, trat er geheimnisvoll an Ordýnow heran, machte eine sehr ausdrucksvolle Bewegung und sprach:

„Das ist's was er ist!"

„Wie? was?"

„Kein Verstand."

„Was?"

„Fortgeflogen. Ja! fortgeflogen!" wiederholte er in noch geheimnisvollerem Ton. „Er krank. Er hatte Barke, war eine große, und hatte zweite, und hatte dritte, fuhr auf Wolga, und ich selbst bin von Wolga: noch hatte Fabrik, ist verbrannt, und er ohne Kopf."

„Er ist irrsinnig?"

„Ne! ... ne!" entgegnete langsam der Tatar. „Nicht sinnig. Er kluger Mensch. Er alles weiß, viel Bücher gelesen, gelesen, gelesen, alles gelesen und anderen Wahrheit gesagt. So, kommt jemand: zwei Rubel, drei Rubel, vierzig Rubel, und willst du nicht, so willst du nicht; anschaut Buch, sieht und sagt ganze Wahrheit. Und Geld auf den Tisch, sofort auf den Tisch — ohne Geld nichts!"

Nun brach der Tatar, der mit einem Übermaß von Eifer an den Interessen Múrins Anteil nahm, vor Freude sogar in Lachen aus.

„Was denn, hat er gezaubert, jemandem wahrgesagt?"

„Hm ..." brummte der Hausknecht und nickte rasch mit dem Kopf, „er Wahrheit gesagt. Er zu Gott betet, viel betet. Und sonst nur so, es kommt über ihn."

Nun wiederholte der Tatar von neuem seine ausdrucksvolle Bewegung.

In diesem Augenblick rief jemand aus dem Nebenhof nach dem Hausknecht und gleich darauf erschien ein kleiner, ge-

beugter, grauhaariger Mensch in einem Schafspelz. Er ging krächzend, stolpernd, blickte auf die Erde und flüsterte etwas vor sich hin. Man mochte denken, daß er vor Alter nicht mehr recht bei Sinnen war.
„Hauswirt, Hauswirt!" flüsterte atemlos der Hausknecht, nickte Ordýnow eilig zu und lief, die Mütze abreißend, auf das alte Männchen zu, dessen Gesicht Ordýnow irgendwie bekannt vorkam; jedenfalls war er ihm irgendwo vor sehr kurzer Zeit begegnet. Nachdem er sich übrigens überlegt hatte, daß hier nichts Erstaunliches vorliege, verließ er den Hof. Der Hausknecht erschien ihm als Gauner und Frechling ersten Grades. „Der Taugenichts hat mit mir gefeilscht gewissermaßen!" dachte er, „Gott weiß was hier vorliegt!"
Er sprach dies schon auf der Straße.
Allmählich begannen andere Gedanken ihn zu beherrschen. Der Eindruck war unangenehm: ein grauer und kalter Tag, es wirbelte Schnee. Der junge Mensch fühlte, daß der Frostschauer ihn wieder zu schütteln begann; auch fühlte er, daß die Erde unter ihm zu schwanken schien. Plötzlich wünschte ihm eine bekannte Stimme, ein unangenehm-süßlicher zittriger Tenor, guten Morgen.
„Jarossláv Iljítsch!" sagte Ordýnow.
Vor ihm stand ein rüstiger rotbackiger Mensch, dreißig Jahre von Ansehen, von niedrigem Wuchs, mit grauen schmalzigen Äugelchen und einem niedlichen Lächeln, angezogen ... wie eben ein Jarossláv Iljítsch immer angezogen zu sein pflegt, und streckte ihm auf die angenehmste Weise die Hand entgegen. Ordýnow hatte mit Jarossláv Iljítsch genau vor einem Jahr Bekanntschaft gemacht, ganz zufälliger Weise, beinah auf der Straße. Förderlich war der sehr leichten Bekanntschaft, vom Zufall abgesehen, die ungewöhnliche Neigung Jarossláv Iljítschs gewesen, sich überall gute und edle Leute auszusuchen, vor allem gebildete, oder mindestens solche, deren Talent oder schöne Umgangsformen sie würdig machen, der höchsten Gesellschaft anzugehören. Obwohl Jarossláv Iljítsch über einen außerordentlich süßlichen Tenor verfügte, trat doch sogar im Gespräch mit den aufrichtigsten Freunden

in der Tönung seiner Stimme etwas ungewöhnlich Helles, Machtvolles und Befehlendes, das keinerlei Verzögerungen duldete, zutage, was vielleicht eine Folge der Gewohnheit war.

„Auf welche Weise?" rief Jarossláv Iljítsch mit dem Ausdruck der aufrichtigsten begeisterten Freude.

„Ich wohne hier."

„Seit langem?" fuhr Jarossláv Iljítsch fort, die Note immer höher und höher hebend. „Und ich wußte es nicht! Aber ich bin Ihr Nachbar! Ich bin jetzt schon im hiesigen Polizeiamt. Ich bin schon vor einem Monat aus dem Rjasanschen Gouvernement zurückgekehrt. Da hab ich Sie also gefangen, alter und vieledler Freund!" Und Jarossláv Iljítsch brach auf die gutmütigste Weise in Lachen aus.

„Ssergéjew!" schrie er inspiriert, „erwarte mich bei Tarássow; und man soll ohne mich nicht an die Säcke rühren. Und kriege den Olssúfjewschen Hausknecht am Kragen; sag ihm, er soll sofort auf das Büro kommen. Ich komme nach einer Stunde..."

Nachdem er rasch irgendwem diesen Befehl erteilt hatte, faßte der zartfühlende Jarossláv Isjítsch Ordýnow unter den Arm und führte ihn in die nächste Schenkstube.

„Ich habe keine Ruhe, bevor wir nicht in der Einsamkeit zwei Worte mit einander gewechselt haben nach einer so langen Trennung. Wie steht es denn mit Ihrer Arbeit?" fügte er fast ehrfürchtig hinzu und geheimnisvoll die Stimme dämpfend, „Immer in den Wissenschaften?"

„Ja, wie bisher", erwiderte Ordýnow, in dem ein heller Gedanke aufblinkte.

„Hochanständig, Wassíli Michaílowitsch, hochanständig!" Jarossláv Iljítsch drückte kräftig Ordýnows Hand. „Sie werden eine Zierde unserer Gesellschaft sein. Gebe Ihnen der Herrgott Glück auf Ihrer Laufbahn... Gott! wie bin ich froh, Sie getroffen zu haben! wie oft habe ich an Sie gedacht, wie oft sagte ich: wo ist er nur, unser guter, großmütiger, scharfsinniger Wassíli Michaílowitsch?"

Sie besetzten ein Extrazimmer. Jarossláv Iljítsch bestellte

einen Imbiß, ließ Schnaps bringen und blickte gefühlvoll auf Ordýnow.

„Ich habe viel gelesen ohne Sie", begann er mit zaghafter, ein wenig schmeichlerischer Stimme. „Ich habe den ganzen Púschkin durchgelesen..."

Ordýnow sah ihn zerstreut an.

„Eine erstaunliche Darstellung der menschlichen Leidenschaft. Doch vor allem erlauben Sie mir Ihnen dankbar zu sein. Sie haben so viel für mich getan durch edlen Einfluß betreffs gerechter Denkweise..."

„Aber ich bitte!"

„Nein, erlauben Sie. Ich erweise immer jedem gern seine Gerechtigkeit und bin stolz darauf, daß wenigstens dieses Gefühl in mir nicht verstummt ist."

„Ich bitte Sie, Sie sind ungerecht sich selbst gegenüber und ich, wahrhaftig..."

„Nein, völlig gerecht", entgegnete Jarossláv Iljítsch mit ungewöhnlicher Hitze. „Was bin ich denn neben Ihnen? nicht wahr?"

„Ach mein Gott!"

„Jawohl..."

Hier folgte ein Schweigen.

„Auf Ihren Rat hin hab ich viele grobe Bekanntschaften abgebrochen und zum Teil die Grobheit der Angewohnheiten gemindert", hub Jarossláv Iljítsch von neuem an mit einigermaßen zaghafter und einschmeichelnder Stimme. „In meiner dienstfreien Zeit sitze ich größtenteils zu Hause; abends lese ich irgend ein nützliches Buch und... ich habe den einen Wunsch, Wassíli Michaílowitsch, dem Vaterland meinen Kräften gemäß nützlich zu sein..."

„Ich habe Sie immer für einen der edelsten Menschen gehalten, Jarossláv Iljítsch."

„Sie träufeln immer Balsam... edler junger Mensch..."

Jarossláv Iljítsch drückte heiß Ordýnows Hand.

„Sie trinken nicht?" bemerkte er, als seine Erregung sich ein wenig gelegt hatte.

„Ich kann nicht; ich bin krank."

„Krank? ja, in der Tat! seit langem? wie und auf welche Weise geruhten Sie zu erkranken? wenn Sie wünschen, sag ich ... welcher Arzt behandelt Sie? wenn Sie wünschen, sag ich es gleich unserem Polizeiarzt. Ich laufe selbst, persönlich, zu ihm hin. Ein äußerst geschickter Mensch!"
Jarossláv Iljítsch langte schon nach der Mütze.
„Danke ergebenst. Ich brauche keine Kur und liebe nicht die Ärzte."
„Was Sie sagen! das geht doch nicht! aber das ist ein äußerst geschickter Mensch", fuhr Jarossláv Iljítsch flehentlich fort, „gestern, aber gestatten Sie mir Ihnen das zu erzählen, teurer Wassíli Michaílowitsch, gestern kommt ein sehr armer Schlosser: ‚Ich, also‘, sagt er, ‚habe mir mit meinem Werkzeug in die Hand gestochen; heilen Sie mich‘ ... Ssemjón Pafnútjitsch, da er sah, daß dem Unglücklichen der Brand drohte, traf die Maßregeln, um das angesteckte Glied abzuschneiden. Er tat dies in meiner Gegenwart. Aber das wurde so gemacht, in einer so edl ... das heißt, so entzückenden Weise, daß, ich muß gestehen, wäre nicht das Mitleid mit der leidenden Menschheit, so wäre es angenehm gewesen, nur so einfach aus Neugier zuzuschauen. Wo aber und wie geruhten Sie zu erkranken?"
„Beim Wohnungsumzug ... Ich bin eben erst aufgestanden."
„Doch Sie sind noch sehr wenig wohl und sollten nicht ausgehen. So wohnen Sie also nicht mehr in Ihrer früheren Wohnung? was aber hat Sie veranlaßt?"
„Meine Hausfrau ist von Petersburg fort."
„Domna Ssáwischna? wirklich? ... Ein gutes, wahrhaft edles altes Frauchen! wissen Sie wohl? ich empfand zu ihr fast die Hochschätzung eines Sohnes. Etwas so Erhabenes aus urgroßväterlicher Zeit leuchtete in diesem beinahe schon abgelebten Leben; und bei ihrem Anblick sah man vor sich sozusagen die Verkörperung unserer greisen großartigen alten Zeit ... das heißt aus diesem ... hier ist, wissen Sie, so etwas Poetisches! ..." schloß Jarossláv Iljítsch, völlig verschüchtert und rot bis zu den Ohren.

Die Hausfrau

„Ja, sie war eine gute Frau."

„Aber gestatten Sie zu erfahren, wo geruhen Sie jetzt zu wohnen?"

„Hier in der Nähe, im Hause Koschmarows."

„Ich bin mit ihm bekannt. Ein erhabener Alter! wir sind mit einander, wage ich zu sagen, fast aufrichtig befreundet. Ein edler Alter!"

Jarossláv Iljítschs Lippen zitterten beinahe vor gerührter Freude. Er verlangte noch ein Gläschen Schnaps und die Pfeife.

„Mieten Sie von sich aus?"

„Nein, in Aftermiete."

„Bei wem denn? vielleicht bin ich auch bekannt."

„Múrin, ein Kleinbürger; ein alter Mann von hohem Wuchs..."

„Múrin, Múrin; ja erlauben Sie, das ist im Hinterhof, über dem Sargmacher?"

„Ja, ja, auf dem hintersten Hof."

„Hm... wohnen Sie dort ruhig?"

„Ich bin ja eben erst umgezogen."

„Hm... ich wollte nur sagen, hm... haben Sie übrigens nichts Besonderes bemerkt?"

„Wirklich?"

„Das heißt, ich bin überzeugt, daß Sie gut bei ihm wohnen werden, wenn Sie mit dem Raum zufrieden sind... ich sage das ja auch nicht um etwa zu warnen; doch da ich Ihren Charakter kenne... Wie erschien Ihnen dieser alte Kleinbürger?"

„Er ist, wie es scheint, ein völlig kranker Mensch."

„Ja, er ist sehr anfällig... Sie haben aber nichts dergleichen bemerkt? haben Sie mit ihm gesprochen?"

„Sehr wenig; er ist so gallig und menschenscheu..."

„Hm..." Jarossláv Iljítsch besann sich.

„Ein unglücklicher Mensch!" sagte er nach einem Schweigen.

„Er?"

„Ja, unglücklich und zugleich ein bis zur Unwahrscheinlichkeit seltsamer und unterhaltsamer Mensch. Übrigens, wenn er Sie nicht beunruhigt... Entschuldigen Sie, daß ich die Aufmerksamkeit auf diesen Gegenstand lenkte, ich war aber neugierig ..."

„Und haben wahrhaftig auch meine Neugier erweckt ... Ich wünschte sehr zu wissen, wer er eigentlich ist. Außerdem wohne ich bei ihm ..."

„Sehen Sie: man sagt, dieser Mensch war früher sehr reich. Er trieb Handel, wie es Ihnen wahrscheinlich zu Ohren gelangt sein wird. Infolge verschiedener unglücklicher Umstände ist er verarmt; mehrere seiner Barken mit Fracht sind im Sturm gescheitert. Eine Fabrik, die, wie es scheint, der Verwaltung eines nahen und geliebten Verwandten anvertraut ward, erlitt ebenfalls einen Unglücksfall und verbrannte, wobei in der Flamme des Brandes auch dieser sein Verwandter selbst umkam. Geben Sie zu, ein entsetzlicher Verlust! danach verfiel Murin, wie man erzählt, in eine beklagenswerte Schwermut; man fürchtete für seinen Verstand, und tatsächlich, im Streit mit einem anderen Kaufmann, auch einem Barkenbesitzer von der Wolga, produzierte er sich plötzlich von einem so seltsamen und unerwarteten Gesichtspunkt aus, daß man den ganzen Vorgang nichts anderem zuschreiben konnte, als einer starken Geistesstörung, wie auch ich zu glauben geneigt bin. Ich erfuhr ausführlich von einigen seiner Sonderbarkeiten; zuletzt geschah auf einmal etwas sehr Seltsames, sozusagen ein schicksalvoller Umstand, der sich schon garnicht anders erklären läßt, als durch feindlichen Einfluß des erzürnten Geschicks."

„Was war das?" fragte Ordýnow.

„Man sagt, daß er in einem krankhaften Wahnsinnsanfall einen Anschlag auf das Leben eines jungen Kaufmanns verübt, den er vorher außerordentlich geliebt hat. Er war so betroffen, als er nach dem Anfall zu sich kam, daß er bereit war, sich das Leben zu nehmen; so erzählt man wenigstens. Ich weiß nicht genau, was darauf geschah, bekannt aber ist, daß er mehrere Jahre lang unter Kirchenbuße stand... Doch was ist mit Ihnen, Wassíli Michaílowitsch, meine schlichte Erzählung ermüdet Sie vielleicht?"

„O nein, um Gottes willen ... Sie sagen, daß er unter Buße stand; doch nicht er allein."

„Ich weiß nicht. Man sagt, er war allein. Wenigstens ist niemand sonst in diese Sache verwickelt. Habe übrigens sonst nichts weiteres gehört; ich weiß nur..."
„Nun?"
„Ich weiß nur — das heißt, ich habe eigentlich nichts Besonderes hinzuzufügen im Sinn gehabt ... ich möchte nur sagen, wenn Sie in ihm irgend etwas Ungewöhnliches finden, das über die gewöhnlichen Grenzen der Dinge hinübergreift, so ist dies alles nicht anders vor sich gegangen, denn als Folge der Übel, die über ihn eines nach dem anderen hereinbrachen..."
„Ja, er ist so fromm, ein großer Kirchenbruder."
„Ich denke nicht, Wassíli Michaílowitsch; er hat so viel gelitten; mir scheint, er ist reinen Herzens."
„Jetzt aber ist er doch nicht verrückt; er ist gesund."
„O nein, nein; dafür kann ich Ihnen bürgen, könnte einen Eid darauf leisten; er ist im vollen Besitz aller seiner geistigen Fähigkeiten. Er ist nur, wie Sie selbst flüchtig gerecht bemerkten, außerordentlich wunderlich und fromm. Sogar ein sehr vernünftiger Mensch. Er redet rasch, kühn und sehr schlau. Man sieht noch die Spur des vergangenen stürmischen Lebens in seinem Gesicht. Ein interessanter Mensch und außergewöhnlich belesen."
„Er liest, wie es scheint, nur religiöse Bücher?"
„Ja, er ist ein Mystiker."
„Was?"
„Ein Mystiker. Aber das sage ich Ihnen nur im Vertrauen. Im Vertrauen sage ich Ihnen noch, daß er eine gewisse Zeit unter starker Aufsicht gestanden. Dieser Mensch hatte einen entsetzlichen Einfluß auf alle, die zu ihm kamen."
„Was denn für einen?"
„Sie werden es aber nicht glauben; sehen Sie: damals wohnte er noch nicht in dem hiesigen Viertel; Alexander Ignátjewitsch, Ehrenbürger, Mann von Stand, der sich allgemeiner Achtung erfreute, kam oft aus Interesse zu ihm gefahren, mit irgendeinem Leutnant. Sie kommen zu ihm; sie werden empfangen und der seltsame Mensch beginnt ihre Gesichter zu betrachten. Er betrachtete gewöhnlich die Gesichter, wenn er bereit war

nützlich zu sein; im entgegengesetzten Fall schickte er die Besucher fort, und sogar, wie man sagt, sehr unhöflich. Er fragt: ‚was ist gefällig, meine Herrschaften?' ‚So und so', erwidert Alexander Ignátjewitsch, ‚Ihre Gabe kann Ihnen dies auch ohne uns sagen.' — ‚Kommen Sie denn', sagt er, ‚mit mir in das andre Zimmer'; hierbei bezeichnete er grade denjenigen von den beiden, der ein Anliegen an ihn hatte. Alexander Ignátjewitsch erzählte nicht, was mit ihm dann geschehen war, aber er kam wieder heraus, blaß wie ein Tuch. Das gleiche widerfuhr auch einer vornehmen Dame der höchsten Gesellschaft, auch sie kam wieder heraus, blaß wie ein Tuch, ganz in Tränen und Bestürzung ob seiner Weissagung und Redekunst."

„Seltsam. Jetzt aber befaßt er sich nicht damit?"

„Strengstens verboten. Es geschahen wunderbare Beispiele. Ein junger Kornett, die Blüte und Hoffnung einer höchsten Familie, fing an zu lachen bei seinem Anblick. ‚Was lachst du?' sagte geärgert der Alte, ‚nach drei Tagen wirst du selbst dies da sein!' — und er legte die Arme kreuzweise zusammen, mit solchem Zeichen die Leiche eines Verstorbenen andeutend."

„Nun?"

„Ich wage nicht zu glauben, doch die Weissagung soll eingetroffen sein. Er besitzt die Gabe, Wassíli Micháilowitsch ... Sie geruhten zu lächeln über meine einfältige Erzählung. Ich weiß, daß Sie mir in der Aufklärung weit vorangeschritten sind; aber ich glaube ihm: er ist kein Charlatan. Púschkin selbst erwähnt irgend etwas Ähnliches in seinen Werken."

„Hm! ich möchte Ihnen nicht widersprechen. Sie sagten, wie mir scheint, er lebe nicht allein."

„Ich weiß nicht ... mir scheint, seine Tochter ist bei ihm."

„Tochter?"

„Jawohl, oder, scheint mir, seine Frau; ich weiß, daß irgendeine Frau mit ihm lebt. Ich sah sie flüchtig und schenkte ihr keine Beachtung."

„Hm! seltsam."

Der junge Mensch verfiel in Nachdenken. Jarossláv Iljítsch — in sanfte Betrachtung. Er war gerührt, sowohl über das Wiedersehen mit einem alten Freund, wie auch darüber, daß er

eine äußerst interessante Sache befriedigend erzählt hatte. Er saß da, die Pfeife schmauchend und ohne den Blick von Wassíli Michaílowitsch zu wenden; plötzlich aber sprang er auf, um eilig aufzubrechen.
„Eine ganze Stunde ist vergangen, und ich habe nichts bemerkt. Teurer Wassíli Michaílowitsch, noch einmal Dank dem Schicksal, das uns zusammengeführt hat, aber es ist Zeit. Werden Sie mir wohl erlauben, Sie in Ihrem gelehrten Heim aufzusuchen?"
„Seien Sie so gut, ich werde darüber sehr froh sein. Ich besuche Sie auch selbst, wenn ich Zeit habe."
„Darf man der angenehmen Botschaft glauben? Sie werden mich verpflichten, unsagbar verpflichten! — Sie werden nicht glauben, in was für ein Entzücken Sie mich versetzt haben."
Sie traten aus der Schenkstube. Ssergéjew flog ihnen schon entgegen und meldete Jarossláv Iljítsch im Schnelltempo, daß William Jemeljánowitsch vorüberzufahren geruhe. Wirklich zeigte sich in der Entfernung ein Paar schneidiger Pferdchen, das einer schneidigen Droschke vorgespannt war. Besonders bemerkenswert war das ungewöhnlich gute, das im Nebengespann lief. Jarossláv Iljítsch drückte gleichwie mit einer Kneifzange die Hand des besten seiner Freunde, salutierte und stürzte der heraneilenden Droschke entgegen. Unterwegs wandte er sich etwa zweimal um und nickte Ordýnow zum Abschied zu.
Ordýnow spürte eine solche Müdigkeit, eine solche Erschöpfung in allen Gliedern, daß er sich kaum vorwärts schleppte. Irgendwie gelangte er bis zum Hause. Im Torgang traf er wieder den Hausknecht, der eifrig seinen ganzen Abschied von Jarossláv Iljítsch beobachtet hatte und ihm noch von weitem eine einladende Bewegung machte. Doch der junge Mensch ging vorüber. In der Wohnungstür prallte er nah zusammen mit einem kleinen grauhaarigen Figürchen, das mit gesenkten Augen aus Múrins Zimmer kam.
„Herrgott, verzeihe mir meine Sünden!" flüsterte das Figürchen, das elastisch wie ein Kork zur Seite sprang.
„Hab ich Sie nicht verletzt?"

„Nein, danke ergebenst für die Aufmerksamkeit... O Herrgott, Herrgott!"
Das stille Männchen, krächzend, ächzend und etwas Erbauliches sich in den Bart murmelnd, stieg behutsam die Treppe hinab. Das war der Wirt des Hauses, der den Hausknecht so erschreckt hatte. Jetzt erst erinnerte sich Ordýnow, daß er ihn zum ersten Mal auch schon hier bei Múrin gesehen hatte, während seines Umzugs in die Wohnung.
Er fühlte, daß er gereizt und erschüttert war; er wußte, daß seine Phantasie und seine Empfänglichkeit für Eindrücke bis zum äußersten angespannt waren, und er beschloß, sich selbst keinen Glauben zu schenken. Allmählich verfiel er in eine Art Erstarrung. In seine Brust hatte sich ein schweres, drückendes Gefühl eingenistet. In seinem Herzen bohrte ein Schmerz, als wäre es ganz voller Wunden, und seine ganze Seele erfüllten dumpfe unversiegliche Tränen.
Er fiel wieder auf das Bett, das sie für ihn bereitet hatte, und begann aufs neue zu horchen. Er hörte zweierlei Atem: einen schweren, krankhaften, stoßweisen, der andere war leise, aber ungleichmäßig und scheinbar auch erregt, als klopfte dort ein Herz in einem und demselben Streben, in einer und derselben Leidenschaft. Er vernahm zuweilen das Rascheln ihres Kleides, das leichte Geräusch ihrer leisen weichen Schritte, und sogar dieses Geräusch ihres Trittes hallte als ein dumpfer, doch qualvoll-süßer Schmerz in seinem Herzen wieder. Zuletzt glaubte er ein Schluchzen zu hören, einen unruhigen Seufzer und zuletzt wieder ihr Gebet. Er wußte, daß sie vor dem Heiligenbild kniee, die Hände ringend in einer übermäßigen Verzweiflung!... Wer ist sie denn? für wen bittet sie? welch eine ausweglose Leidenschaft verwirrt ihr das Herz? warum ist es denn so voller Schmerz und Sehnsucht und ergießt sich in so heißen und hoffnungslosen Tränen?
Er begann sich ihrer Worte zu erinnern. Alles was sie ihm gesagt hatte, tönte noch in seinen Ohren wie Musik, und das Herz antwortet liebevoll mit einem dumpfen schweren Klopfen auf jede Erinnerung, auf jedes andächtig wiederholte Wort...
Einen Augenblick lang fuhr es ihm durch den Sinn, daß er

dies alles im Traum gesehen habe. Doch im selben Augenblick durchwühlte hinsterbende Sehnsucht seinen ganzen Leib, als der Eindruck ihres heißen Atems, ihrer Worte, ihres Kusses sich aufs neue in seine Vorstellung prägte. Er schloß die Augen und vergaß sich. Irgendwo schlug eine Uhr; es wurde spät; die Dämmerung trat ein.

Auf einmal dünkte es ihm, daß sie sich wieder über ihn gebeugt habe, daß sie ihm in die Augen sehe mit ihren wundervoll-klaren Augen, feucht von den funkelnden Tränen einer unruhvollen hellen Freude, still und klar wie die lasurne endlose Kuppel des Himmels im heißen Mittag. Eine so feierliche Ruhe glänzte auf ihrem Gesicht, eine solche Verheißung nieendender Seligkeit spielte warm um ihre Lippen, so mitfühlend, so kindlich-hingerissen lehnte sie sich an seine Schulter, daß ein Stöhnen der Freude sich seiner entkräfteten Brust entriß. Sie wollte ihm irgend etwas sagen; sie vertraute ihm zärtlich irgend etwas an. Wieder schien eine herzdurchbohrende Musik sein Gehör zu treffen. Er zog gierig die Luft in sich hinein, die von ihrem nahen Atem erwärmt und elektrisiert war. In Sehnsucht streckte er die Hände aus, seufzte, öffnete die Augen ... Sie stand vor ihm, auf sein Gesicht niedergebeugt, ganz blaß wie vor Schreck, ganz in Tränen, ganz zitternd vor Erregung. Sie sagte ihm irgend etwas, flehte ihn an um irgendwas, indem sie ihre halbentblößten Hände faltete und rang. Er umfing sie mit seiner Umarmung, sie erzitterte ganz an seiner Brust ...

Zweiter Teil

I

„Was hast du? was ist mit dir?" fragte Ordýnow, der völlig zu sich gekommen war und sie immer noch an sich gedrückt hielt in seiner festen und heißen Umarmung: „Was ist mit dir, Katharina? was ist mit dir, meine Liebste?"

Sie schluchzte leise, indem sie die Augen gesenkt hielt und ihr erglühtes Gesicht an seiner Brust verbarg. Lange noch vermochte sie nicht zu sprechen und bebte über und über wie vor Schreck.

„Ich weiß nicht, ich weiß nicht", sprach sie endlich mit kaum hörbarer Stimme, nach Atem ringend und kaum die Worte hervorbringend. „Ich entsinne mich nicht, wie ich zu dir hierher gekommen bin ..."

Jetzt drängte sie sich noch fester und mit noch größerer Kraft an ihn heran und küßte ihm in unbändiger krampfhafter Empfindung Schulter, Hände und Brust; zuletzt bedeckte sie wie in Verzweiflung ihr Gesicht mit den Händen, fiel auf die Kniee nieder und barg ihr Haupt an seinen Knieen. Als aber Ordýnow sie in unaussprechlicher Sehnsucht ungeduldig emporhob und neben sich hinsetzte, brannte ihr Gesicht in einem wahren Feuerschein vor Scham, die Augen flehten weinend um Gnade und ein mit Gewalt auf den Lippen hervorbrechendes Lächeln mühte sich kaum, die unaufhaltsame Macht neuen Empfindens zu dämpfen. Jetzt war sie aufs neue wie von irgend etwas erschreckt, stieß ihn mißtrauisch mit der Hand von sich, blickte ihn kaum an und beantwortete seine beschleunigten Fragen furchtsam und flüsternd und mit gesenktem Kopf.

„Du hast vielleicht einen schrecklichen Traum gesehen", sprach Ordýnow, „vielleicht ist dir irgend etwas erschienen ... ja? vielleicht hat er dich erschreckt ... Er liegt im Fieber und ohne Besinnung ... Vielleicht hat er irgend etwas gesprochen, was du nicht hören solltest? ... Du hast etwas gehört? ja?"

„Nein, ich schlief nicht", erwiderte Katharina, indem sie mit Anstrengung ihre Erregung unterdrückte. „Ich konnte überhaupt nicht schlafen. Er schwieg immerzu und rief mich nur ein einziges Mal. Ich trat heran, rief ihn an, sprach zu ihm; ich empfand Furcht; er wachte nicht auf und hörte mich nicht. Er ist schwer krank, möge Gott ihm helfen! darauf begann mir das Herz schwer zu werden, bitter schwer! ich betete, betete nur immer, und da ist dies über mich gekommen."

„Genug, Katharina, genug, mein Leben, genug! du hast dich gestern erschreckt..."

„Nein, ich erschrak gestern nicht! ..."

„Kommt dieses auch sonst bei dir vor?"
„Ja, das tut es." Und sie erbebte ganz und drängte sich wieder erschrocken an ihn heran wie ein Kind. „Siehst du", sagte sie, das Schluchzen unterbrechend: „ich bin nicht umsonst zu dir gekommen, nicht umsonst war's, daß mir das Alleinbleiben schwer wurde", wiederholte sie, indem sie ihm dankbar die Hände drückte. „Genug denn, genug, Tränen zu vergießen um fremdes Leid! bewahre sie dir für schwere Tage, wenn es dir selbst in der Einsamkeit schwer sein und niemand bei dir sein wird!... Hör, hast du schon eine Liebste gehabt?"
„Nein... vor dir hab ich keine gekannt..."
„Vor mir... du nennst mich deine Liebste?"
Sie blickte ihn plötzlich wie verwundert an, wollte etwas sagen, ward aber dann still und senkte den Kopf. Allmählich erglühte ihr ganzes Gesicht von neuem von einer jäh aufflammenden Röte; heller, durch die vergessenen und auf den Wimpern noch nicht erkalteten Tränen hindurch, blitzten die Augen, und man sah, daß irgendeine Frage sich auf ihren Lippen regte. Mit schamhafter Schelmerei blickte sie ein- zweimal zu ihm empor und senkte dann aufs neue die Augen.
„Nein, nicht ich werde deine erste Liebste sein", sagte sie, „nein, nein", wiederholte sie kopfschüttelnd und nachdenklich, während das Lächeln wieder leise in ihrem Gesicht zu spielen begann: „Nein", sagte sie schließlich auflachend, „nicht ich, mein Eigenster, kann dein Liebchen sein."
Dabei sah sie ihn an; doch so viel Kummer spiegelte sich auf einmal in ihrem Gesicht, eine so ausweglose Trauer legte sich auf einmal auf all ihre Züge, so unerwartet schäumte von innen Verzweiflung in ihrem Herzen empor, daß ein unverständliches, krankhaftes Gefühl der Mitempfindung für fremdes Leid Ordýnows Sinn erfaßte und er sie mit unaussprechlicher Qual anblickte.
„Hör, was ich dir sagen werde", sprach sie mit herzdurchbohrender Stimme, indem sie seine Hände in den ihren drückte und sich bemühte, ihr Schluchzen zu unterdrücken. „Hör mich gut an, hör, meine Freude! bezähme dein Herz und liebe mich nicht so, wie du mich jetzt liebgewonnen hast. Leichter wird

dir werden, leichter und freudiger wird dein Herz und du bewahrst dich vor dem bösen Feind und gewinnst dir eine Schwester-Liebste. Ich werde dich besuchen, wenn du willst, werde lieb zu dir sein und keine Schande auf mich zu nehmen brauchen deshalb, weil wir einander begegnet sind. Ich war doch zwei Tage schon bei dir, als die böse Sucht auf dir lag! lern die Schwester kennen! nicht umsonst geschwisterten wir uns einander, nicht umsonst habe ich unter Tränen für dich zur Gottesmutter gebetet! du findest keine solche mehr im Leben! umkreisest du die Welt, erkennst du das himmlische All — keine andre solche Liebste wirst du finden, wenn dein Herz nach einer Liebsten verlangt. Heiß liebhaben werde ich dich, immer so wie jetzt werde ich dich lieben, und ich werde dich darum liebhaben, weil deine Seele rein, hell, durch und durch sichtbar ist; darum, weil ich bei dem ersten Blick auf dich sogleich erkannte, daß du Gast meinem Hause bist, willkommener Gast, und nicht umsonst bei uns eingekehrt bist; darum liebhaben werde ich dich, weil, wenn du blickst, deine Augen lieben und von deinem Herzen erzählen, und wenn sie etwas sagen, ich sogleich von allem weiß, was nur in dir ist, und darum möchte man dir das Leben hingeben für deine Liebe, und die gute Freiheit selbst, dieweil es süß ist, dem Sklavin sogar zu sein, dessen Herz man gefunden ... doch gehört ja mein Leben nicht mir, sondern einem Fremden, und gebunden ist die Freiheit! nimm denn die Schwester und sei selbst mir Bruder und nimm mich auf in dein Herz, wenn wieder die Sehnsucht, die böse Ohnmacht mich befällt; nur mache es selbst so, daß ich mich nicht zu schämen brauche, zu dir zu kommen und wie jetzt die lange Nacht mit dir zu versitzen. Hörtest du mich? hast du mir wohl dein Herz aufgetan? hast du wohl verstanden, was ich dir sagte? ..." Sie wollte noch etwas sagen, blickte ihn an, legte ihm die Hand auf die Schulter und sank ihm endlich kraftlos an die Brust. Ihre Stimme erstarb in einem krampfhaften leidenschaftlichen Schluchzen, die Brust wogte tief und das Gesicht flammte auf wie die Abendröte.

„Mein Leben du!" flüsterte Ordýnow, dessen Bilck sich trübte und dem der Atem stockte. „Meine Freude du!" sprach er,

nicht wissend was er sagte, ohne sich dessen zu erinnern, ohne sich zu begreifen, in zitternder Furcht, daß nicht ein Hauch die Bezauberung zerstöre, nicht alles zerstöre, was mit ihm geschah und was er eher für eine Erscheinung als für Wirklichkeit hielt, so hatte sich alles vor ihm mit Nebel bedeckt!
„Ich kenne, ich verstehe dich nicht, ich weiß nicht mehr was du mir jetzt gesagt hast, mein Verstand wird trübe, mein Herz tut weh in der Brust, meine Gebieterin du! . . ."
Jetzt brach seine Stimme wieder ab vor Erregung. Sie drückte sich immer fester, immer wärmer, heißer an ihn. Er erhob sich von seinem Sitz, konnte sich schon nicht mehr beherrschen und fiel auf die Knie nieder, zerschlagen, entkräftet vor Entzücken. Das Schluchzen brach endlich krampfhaft, mit Schmerz aus seiner Brust hervor und die grade aus dem Herzen herausdringende Stimme erzitterte wie eine Saite von der ganzen Fülle des nie-gekannten Entzückens und der Seligkeit.
„Wer, wer bist du, meine Eigenste? woher bist du, meine Herzallerliebste?" sprach er, mit Mühe sein Schluchzen unterdrückend, „aus welchem Himmel bist du in meinen Himmel hinein geflogen? es ist wie Traum rings um mich her; ich kann nicht an dich glauben. Schilt mich nicht . . . laß mich sprechen, laß mich dir alles, alles sagen! . . . Ich wollte schon längst sprechen . . . Wer, wer bist du, meine Freude? . . . Auf welche Weise hast du mein Herz gefunden? erzähle mir, bist du schon seit langem meine Schwester? . . . erzähle mir alles von dir selbst, wo du bisher gewesen — erzähle, wie der Ort hieß, wo du gelebt hast, was du dort zuerst geliebt, worüber du dich gefreut und worüber getrauert? . . . war die Luft dort warm, rein der Himmel? . . . wer waren deine geliebten Menschen, wer vor mir hat dich geliebt, bei wem hat dort zum ersten Mal deine Seele angeklopft? . . . hast du eine eigene Mutter gehabt und hat sie dich als Kind gehütet oder hast du dich einsam wie ich in der Welt umgesehen? sag mir, warst du immer schon so wie jetzt? was träumte dir, was erhofftest du dir, was hat sich dir erfüllt und nicht erfüllt — alles sag mir . . . nach wem hat sich zum ersten Mal dein Mädchenherz gesehnt und um was gabst du es hin? sag, was soll ich dir

denn dafür geben, was soll ich dir geben als Preis für dich?
... sag mir, Herzliebste, mein Licht, meine Schwester, sag
mir, wie gewinne ich mir dein Herz?"...
‚etzt versiegte seine Stimme auf's neue und er senkte den
Kopf. Als er aber aufblickte, erstarrte er plötzlich ganz und
gar in stummem Entstezen und das Haar sträubte sich auf
seinem Scheitel.
Katharina saß da, blaß wie Linnen. Sie blickte unbeweglich
in die Luft, ihre Lippen waren blau wie die einer Toten und
die Augen verschleiert von einer stummen quälenden Pein.
Sie stand langsam auf, tat zwei Schritte und fiel mit durchdringendem Klageruf vor dem Heiligenbild nieder ... Abgebrochene unzusammenhängende Worte brachen aus ihrer
Brust hervor. Sie verlor die Besinnung. Ordýnow, ganz durch-
schüttert von Schrecken, hob sie auf und trug sie auf sein
Bett; er stand über sie gebeugt, seiner selbst nicht bewußt.
Nach einem Augenblick öffnete sie die Augen, richtete sich
im Bett empor, blickte sich um und ergriff seine Hand. Sie zog
ihn an sich, versuchte ihm etwas zuzuflüstern mit den immer
noch blassen Lippen, immer noch aber versagte ihr die
Stimme. Zuletzt brach sie in einen Strom von Tränen aus;
die heißen Tropfen brannten auf der kaltgewordenen Hand
Ordýnows.
„Schwer, schwer ist mir jetzt; meine letzte Stunde kommt",
sprach sie endlich, gepeinigt von ausweisloser Qual.
Sie bemühte sich noch etwas zu sagen, aber die erstarrte
Zunge vermochte kein einziges Wort hervorzubringen. Mit
Verzweiflung blickte sie Ordýnow an, der sie nicht verstand.
Er beugte sich näher zu ihr nieder und lauschte ... Zuletzt
hörte er sie deutlich flüstern:
„Ich bin verdorben, sie haben mich verdorben, vernichtet!"
Ordýnow hob den Kopf und blickte sie mit wildem Staunen
an. Irgend ein abscheulicher Gedanke zuckte ihm durch den
Sinn. Katharina sah die krampfig-krankhafte Verzerrung sei-
nes Gesichts.
„Ja! verdorben", fuhr sie fort, „ein böser Mensch verdarb
mich, er ist mein Verderber! ... Ich habe ihm die Seele ver-

kauft... Warum, warum hast du der Mutter gedacht? warum mußtest du mich quälen? Gott, Gott sei dein Richter!..."
Einen Augenblick später begann sie leise zu weinen; das Herz Ordýnows klopfte und quälte sich in tödlicher Pein.
„Er sagt", flüsterte sie mit gedämpfter und geheimnisvoller Stimme, „wenn er stirbt, werde er kommen und meine sündige Seele abholen... Ich bin sein, ich habe ihm meine Seele verkauft... Er quälte mich, er las mir aus Büchern vor... Da, sieh, sieh sein Buch! das ist sein Buch. Er sagt, daß ich eine Todsünde begangen habe... Sieh, sieh..."
Und sie zeigte ihm das Buch; Ordýnow hatte nicht bemerkt, woher sie es genommen. Er nahm es mechanisch, es war handgeschrieben, wie die alten Bücher der Altgläubigen, die er früher gelegentlich gesehen. Jetzt aber war er nicht imstande zu sehen und seine Aufmerksamkeit auf irgend etwas anderes zu konzentrieren. Das Buch fiel ihm aus den Händen. Er umarmte Katharina leise, bemüht, sie zur Vernunft zu bringen.
„Genug, genug!" sprach er, „man hat dich erschreckt; ich bin bei dir; ruhe dich aus bei mir, meine Eigenste, meine Liebe, mein Licht!"
„Du weißt nichts, nichts", sprach sie, indem sie fest seine Hände drückte, „so bin ich immer!... Ich habe immer Furcht ... Genug, genug, mich zu quälen!..."
„Ich gehe dann zu ihm", begann sie nach einem Augenblick, indem sie Atem schöpfte. „Zuweilen spricht er bloß mit seinen eigenen Worten auf mich ein, dann wieder nimmt er sein Buch, das allergrößte, und liest mir daraus vor. Er liest immer allerlei Drohendes, Strenges! ich weiß nicht was, und ich verstehe nicht jedes Wort; aber Furcht erfaßt mich, und wenn ich seine Stimme höre, so ist mir, als spräche nicht er, sondern irgend ein anderer, ein ungütiger, den nichts erweichen, nichts erbitten kann, und so schwer, so schwer wird das Herz, so brennend... Schwerer noch, als da das Weh begann!"
„Geh nicht zu ihm! warum gehst du denn zu ihm?" sprach Ordýnow, ohne sich seiner Worte bewußt zu werden.
„Warum kam ich zu dir? frag – ich weiß es auch nicht...

Und er sagt mir immer: bete, bete! zuweilen stehe ich auf in der dunklen Nacht und bete lange, stundenlang; oft will der Schlaf mich zwingen, aber die Angst weckt und weckt mich immer, und stets dämmert mir dann, daß ein Ungewitter sich rings um mich her sammelt, daß es mir schlimm ergehen wird, daß mich die Bösen zerreißen und zermartern werden, daß ich die Heiligen nicht werde erbitten können und daß sie mich nicht erretten vor dem grausamen Leid. Die Seele bricht ganz in Stücke, es ist, als wolle der Leib auseinanderschmelzen in Tränen... Dann bete ich von neuem, und bete und bete, bis die Gebieterin freundlicher aus dem Bilde auf mich niederblickt. Nun stehe ich auf und gehe wie erschlagen zu Bett; zuweilen schlafe ich auch auf dem Fußboden ein, auf Knieen vor dem Heiligenbild. Manchmal wacht er dann auf, ruft mich zu sich, fängt an zu liebkosen, zu streicheln, zu trösten und dann wird mir aber auch leichter zu Mute und was immer auch kommen möge, ich fürchte mit ihm kein Unglück. Er ist mächtig! groß ist seine Rede!"
„Aber was denn für ein Leid, was hast du denn für ein Leid?" und Ordýnow rang die Hände in Verzweiflung.
Katharina wurde erschreckend bleich. Sie blickte ihn an wie eine zum Tod Verurteilte, die keine Begnadigung erhofft.
„Ich?... Ich bin eine verfluchte Tochter, eine Seelenverderberin; mich hat die Mutter verflucht! ich habe die eigene Mutter zu Grunde gerichtet!..."
Ordýnow umarmte sie sprachlos. Sie drängte sich zitternd an ihn. Er spürte, wie ein krampfhaftes Beben durch ihren ganzen Körper lief, so daß es schien, als trenne sich die Seele von dem Körper.
„Ich habe sie in die feuchte Erde verscharrt", sprach sie, ganz hingegeben der Unruhe ihrer Erinnerungen, den Gesichten des unwiederbringlich Vergangenen, „Ich wollte längst sprechen; er hieß es mich immer, bald mit Flehen, bald mit Vorwurf und zornigem Wort, und zuweilen erhebt er selbst meine Trauer wider mich, gleichsam als mein Feind und Widersacher. Mir aber kommt — wie auch jetzt in der Nacht — kommt alles in den Sinn... Höre, höre! das ist schon lang

her, sehr lang, ich weiß nicht wann, und immer ist alles vor
mir, als wäre es gestern gewesen, wie ein Traum von gestern,
der mir am Herzen gesogen die ganze Nacht. Der Kummer
verdoppelt die Zeit. Setze, setze dich hier neben mich; ich
werde dir all meinen Schmerz erzählen; vernichte mich Verfluchte mit mütterlichem Fluch ... Ich lege mein Leben in
deine Hände ..."
Ordýnow wollte sie unterbrechen, sie aber faltete die Hände,
als bäte sie seine Liebe um Aufmerksamkeit, und begann dann
von neuem mit noch größerer Unruhe zu sprechen. Ihre Erzählung war ohne Zusammenhang, seelischer Sturm erklang
in den Worten, Ordýnow aber verstand alles, weil ihr Leben
das seine, ihr Leid — sein Leid geworden war, und weil sein
Feind nun schon leibhaftig vor ihm stand, Gestalt annahm
und bei jedem ihrer Worte höher vor ihm empor wuchs und
mit unzerstörbarer Kraft sein Herz zu bedrücken schien und
seinen Zorn verhöhnte. Sein Blut wogte, überströmte das Herz
und verwirrte die Gedanken. Der böse Alte seines Traums
(daran glaubte Ordýnow) stand leibhaftig vor ihm.
„Grad eine solche Nacht war's", begann Katharina zu sprechen, „nur drohender, und der Wind heulte in unserem Wald,
wie ich es noch nie vorher gehört hatte ... oder war es schon
in dieser Nacht, daß mein Verderben begann! vor unserem
Fenster brach eine Eiche nieder, und ein alter grauer Bettelgreis pflegt zu uns zu kommen und er sagte, daß er sich noch
aus seiner Kindheit dieser Eiche entsinnen könne, und sie sei
schon ganz ebenso gewesen wie damals, als der Wind ihrer
Herr ward ... In dieser selben Nacht — alles weiß ich, als
wär's heute — zerschlug der Sturm des Vaters Barken im
Fluß und er war, ob auch die Krankheit ihn plagte, zu der
Stelle hingefahren, sobald nur die Fischer zu uns in die
Fabrik herbeigelaufen waren. Die Mutter und ich saßen allein,
ich träumte vor mich hin, sie war um irgend etwas bekümmert
und weinte bitterlich ... ja, ich weiß warum! sie war eben
krank gewesen, war blaß und hieß mich immer ihr das Leichenhemd bereiten ... Um Mitternacht wurde auf einmal an
das Tor gepocht; ich sprang empor, das Blut schoß mir ins

Herz; die Mutter schrie auf ... ich sah sie nicht an, ich fürchtete mich, nahm die Laterne, ging selbst das Tor zu öffnen ... Das war er! mir ward Angst, deshalb weil mir immer Angst ward, wenn er kam, und von Kindheit war das so, seit ich nur denken kann! er hatte damals noch kein weißes Haar: sein Bart war schwarz wie Pech, die Augen brannten wie Kohlen und er hatte mich bis dahin noch kein einziges Mal freundlich angeblickt. Er fragte: ‚Ist die Mutter zu Hause?' Ich schließe das Pförtchen und sage: ‚Der Vater ist nicht zu Hause.' Er sagte: ‚Ich weiß', und auf einmal sah er mich an, sah mich so an ... zum ersten Mal hatte er mich angesehen. Ich ging, er aber steht noch. ‚Warum kommst du nicht?' — ‚Einen Gedanken denk ich.' Wir treten schon in das Kämmerchen ein. ‚Warum sagtest du denn, der Vater sei nicht zuhause, als ich fragte, ob die Mutter zuhause sei?' Ich schweige ... Die Mutter erstarb — stürzte auf ihn zu ... Er sah kaum hin — ich habe alles gesehen. Er war ganz naß, verfroren: der Sturm hatte ihn zwanzig Werst weit gejagt, von woher aber, und wo er gewesen, wußten ich und die Mutter nie; wir hatten ihn schon neun Wochen lang nicht gesehen ... Er warf die Mütze hin, streifte die Fausthandschuhe ab — vor den Heiligenbildern betet er nicht, die Hauswirte begrüßt er nicht — er setzte sich ans Feuer" ...

Katharina strich sich mit der Hand über das Gesicht, als drücke und beschwere sie etwas, nach einem Augenblick aber erhob sie wieder den Kopf und begann von neuem:

„Er fing an mit der Mutter tatarisch zu reden. Die Mutter versteht das, ich aber verstand kein Wort. Sonst zuweilen, wenn er kam, wurde ich fortgeschickt; jetzt aber wagte die Mutter ihrem eigengeborenen Kinde kein Wort zu sagen. Der Böse hatte meine Seele gekauft und ich blickte prahlerisch die Mutter an. Ich sehe, sie blicken mich an, sprechen von mir; sie begann zu weinen; sehe, er greift nach seinem Messer, und ich habe ihn seit kurzer Zeit schon nicht zum ersten Mal nach dem Messer greifen sehen, wenn er mit der Mutter sprach. Ich stand auf und hängte mich an seinen Gürtel, wollte ihm sein unreines Messer entreißen. Er knirschte mit den Zähnen,

schrie auf und wollte mich abwehren — schlug mir an die
Brust, stieß mich aber nicht fort. Ich meinte jetzt gleich zu
sterben, die Augen verschleierten sich, ich falle zu Boden —
schrie aber nicht auf. Ich sehe, sehe mit allen Kräften, er nimmt
seinen Gürtel ab, streift den Ärmel von der Hand, die nach
mir geschlagen, holt das Messer hervor, reicht es mir: ‚Da,
schneide sie ab, räche dich an ihr, so wie ich dich gekränkt
habe, ich aber, du Stolze, werde dafür den Boden vor dir mit
der Stirn berühren.' Ich legte das Messer fort; das Blut fing
an, mich zu ersticken, ich sah ihn nicht an, das weiß ich noch,
ich lachte, ohne die Lippen zu öffnen, und sehe der Mutter
grade in ihre traurigen Augen, blicke drohend, und das
schamlose Lachen geht nicht fort von meinen Lippen; die
Mutter aber sitzt blaß und wie tot" ...
Ordýnow lauschte der unzusammenhängenden Erzählung mit
gespannter Aufmerksamkeit; allmählich aber legte sich ihre
Unruhe im ersten Ansatz; die Rede ward ruhiger; die Erinnerungen rissen die arme Frau völlig mit sich fort und verstreuten ihren Gram über ihr ganzes uferloses Meer.
„Ohne zu grüßen, nahm er die Mütze. Ich nahm wieder die
Laterne, um ihn zu begleiten, anstelle der Mutter, die, obwohl sie krank dasaß, doch hinter ihm drein gehen wollte.
Wir gelangten bis zur Pforte; ich schweige, öffnete ihm das
Pförtchen, verscheuchte die Hunde. Ich sehe — er nimmt die
Mütze ab, und neigt sich vor mir. Sehe, er langt sich in die
Brusttasche, holt ein rotes Schächtelchen hervor, von Saffian,
schiebt das Häkchen zurück; sehe: echte Perlen — mir zum
Geschenk. ‚In der Vorstadt', sagt er, ‚hab ich eine Schöne
wohnen, ihr brachte ich's zum Geschenk und hab's nicht bis
zu ihr gebracht; nimm, schöne Jungfrau, pflege deine Schönheit, zertritt es unter deinen Füßen, nur nimm.' Ich nahm's,
mit Füßen treten aber wollte ich's nicht, wollte nicht zu viel
Ehre erweisen, sondern nahm's wie eine Natter, ohne ein Wort
darauf zu sagen. Kam zurück und stellte es vor die Mutter
auf den Tisch — darum hatte ich's überhaupt genommen. Die
Mutter schwieg einen Augenblick, ganz weiß wie ein Tuch,
fürchtet sich gleichsam ein Wort vor mir herauszubringen.

‚Was ist denn das, Katja?' Und ich antwortete: ‚Dir, Liebste, hat der Kaufmann das gebracht, ich aber weiß es nicht.' Ich sehe, Tränen sind ihr gekommen, der Atem stockt. ‚Nicht mir, Katja; nicht mir, du böse Tochter, nicht mir.' Noch weiß ich, so bitter, so bitter sagte sie das, als weinte sie die ganze Seele heraus. Ich blickte auf, wollte ihr zu Füßen fallen, auf einmal aber flüsterte mir der Verfluchte ein: ‚Nun, wenn nicht dir, dann gewiß dem Vater; ich gebe es ihm, wenn er zurückkehrt; ich sage: Kaufleute waren da, haben die Ware liegenlassen' ... Und wie sie jetzt aufschluchzt, meine Eigenste ... ‚Ich sag es ihm selbst, was für Kaufleute hiergewesen und um welcher Ware willen ... Ich sag es ihm schon, wessen Tochter du bist, du Gesetzverächterin! du bist mir jetzt keine Tochter mehr, du bist mir die Schlange unter dem Stein! mein verfluchtes Kind bist du!' Ich schweige, ich habe keine Tränen ... Ach! alles in mir war wie ausgestorben ... Ich ging in meine Kammer und horchte die ganze Nacht hindurch auf den Sturm und fügte im Sturm Gedanken an Gedanken.

Unterdessen vergingen aber fünf Tage. Da kommt eines Abends, fünf Tage danach, der Vater gefahren, düster und finster, und die Krankheit hat ihn gebrochen unterwegs. Ich sehe, sein Arm ist verbunden; ich begriff, daß ihm der Feind in den Weg getreten; und da hatte der Feind ihn erschöpft und die Krankheit auf ihn gesandt. Ich wußte auch, wer der Feind war, alles wußte ich. Mit der Mutter sprach er kein Wort, nach mir fragte er nicht, rief alle Leute zusammen, befahl die Fabrik stillstehen zu lassen und das Haus vor dem bösen Auge zu bewahren. Ich spürte im Herzen zur selben Stunde, daß es bei uns im Hause nicht geheuer war. Nun warten wir, die Nacht verging, auch eine stürmische, mit Schneewirbeln, und Unruhe fiel mir in die Seele. Ich öffnete das Fenster — das Gesicht brennt, die Augen weinen, unbezähmbar glüht das Herz, ich selbst ganz wie im Feuer: fort aus der Kammer trieb es mich, weiter, bis zum Rande der Welt, wo die Blitze und der Sturm entstehen. Meine Mädchenbrust wogt auf und nieder ... auf einmal, schon spät — ich war ein wenig eingenickt, oder ein Nebel war mir in die Seele gefallen,

hat den Sinn verwirrt — höre ich, man pocht ans Fenster: ‚Öffne!‘ Ich sehe, ein Mensch kommt am Strick zum Fenster herein geklettert. Ich erkannte sofort, wer mir da zu Besuch erschienen, öffnete das Fenster und ließ ihn ein in meine einsame Kammer. Und das war er! die Mütze nahm er nicht ab, setzte sich auf die Bank, schnaufend und fast atemlos, als wär er gehetzt worden. Ich stellte mich in den Winkel und weiß noch selbst, wie ganz blaß ich wurde. ‚Der Vater zuhause?‘ — ‚Zuhause.‘ ‚Und die Mutter?‘ — ‚Auch die Mutter zuhause.‘ — ‚So schweige jetzt; hörst du?‘ — ‚Ich höre.‘ — ‚Was?‘ ‚Einen Pfiff vor dem Fenster!‘ — ‚Nun, schöne Jungfrau, willst du jetzt deinem Feinde das Haupt abschlagen, nach deinem teuren Vater rufen, meine Seele verderben? nach deinem Mädchenwillen soll es geschehen; hier ist auch ein Strick, binde mich, wenn das Herz dir die Kränkung zu sühnen befiehlt.‘ — Ich schweige. — ‚Was denn? sprich, meine Freude?‘ — ‚Was verlangst du?‘ — ‚Ich begehre, den Feind zu vernichten, von der alten Liebsten schlecht und recht Abschied zu nehmen und eine neue, junge, wie du eine bist, schöne Jungfrau, in der Seele zu begrüßen...‘ Ich lachte; und weiß selbst nicht, wie seine unreine Rede mir in das Herz gelangte. — ‚So laß mich denn, schöne Jungfrau, unten mich ergehen, mein Herz erfreuen, die Hauswirte begrüßen.‘ — Ich zittere so, daß die Zähne an einander schlagen, und das Herz ist wie aus gegossenem Eisen. Ich ging, öffnete ihm die Tür, ließ ihn hinein ins Haus, nur auf der Schwelle sprach ich über meine Kraft: ‚Da, hier! nimm deine Körner und schenke mir nie wieder etwas‘, und warf das Schächtelchen hinter ihm drein.“
Hier hielt Katharina ein, um Atem zu schöpfen: bald zuckte sie auf und wurde weiß wie ein Blatt, bald stieg ihr das Blut zu Kopf, und jetzt, da sie innegehalten hatte, flammten ihre Wangen von Feuer, die Augen blitzten durch Tränen hindurch und der schwere, abgebrochene Atem bewegte ihre Brust. Auf einmal aber erblaßte sie wieder und ihre Stimme sank, erbebend in Unruhe und Trauer.
„Dann blieb ich allein und es war wie Sturm, was mich rings umfing. Auf einmal hör ich einen Schrei, höre, die Leute

laufen über den Hof zur Fabrik, höre sprechen: ‚Die Fabrik brennt.' Ich versteckte mich, alle liefen aus dem Hause; nur ich und die Mutter blieben zurück. Ich wußte, daß sie vom Leben Abschied nimmt, daß sie schon den dritten Tag auf dem Sterbelager liegt, ich wußte das, verfluchte Tochter! ... Da auf einmal ein Schrei unter meiner Kammer, schwach, wie ein Kind schreit, das im Schlaf erschrickt, und dann ward alles still. Ich blies die Kerze aus, wurde kalt wie Eis, bedeckte das Gesicht mit den Händen, habe Angst hinzusehen. Plötzlich höre ich ein Geschrei neben mir, höre — Leute kommen gelaufen aus der Fabrik. Ich beugte mich zum Fenster hinaus: ich sehe, sie tragen meinen toten Vater, ich höre, sie sprechen unter einander: ‚Gestolpert, von der Treppe in den glühenden Kessel gefallen; der Böse wohl hat ihn dort hinein gestoßen.' Ich warf mich auf das Bett; ich warte, bin ganz wie erstorben und weiß nicht, was oder wen ich erwarte; schwer nur war mir zu Mute in dieser Stunde. Ich erinnere mich nicht, wie lange ich gewartet habe, ich weiß noch, daß plötzlich alles um mich herum zu schwanken begann, der Kopf wurde schwer, der Rauch fraß die Augen; und ich war froh, daß mein Ende sich nahe! auf einmal spüre ich, wie jemand mich an den Schultern hebt. Ich sehe mit allen Kräften: er, ganz versengt, und sein Kaftan, beim Anfühlen heiß, dampft.

‚Ich kam, dich zu holen, schöne Jungfrau; führe mich fort vom Unheil, wie du mich früher zum Unheil hingeführt; ich habe meine Seele verdorben um deinetwillen. Nie werde ich mir diese verfluchte Nacht von der Seele beten! höchstens wenn wir zusammen beten!' Er lachte, der böse Mensch! — ‚Zeige mir', sagt er, ‚den Weg, nicht an den Leuten vorüber!' Ich nahm seine Hand und führte ihn. Wir durchschritten den Gang — ich hatte die Schlüssel bei mir — ich öffnete die Tür zur Vorratskammer und deutete auf das Fenster. Unser Fenster aber ging nach dem Garten. Er griff nach mir mit seinen mächtigen Armen, umfaßte mich und sprang mit mir aus dem Fenster. Wir liefen zusammen Hand in Hand, lange liefen wir. Wir sehen: ein dichter dunkler Wald. Er begann zu horchen: ‚Verfolgung, Katja, hinter uns drein, schöne Jungfrau, doch nicht in dieser Stunde werden wir unser Leben hingeben! küsse mich, schöne Jungfrau, auf Liebe und auf ewiges Glück!' — ‚Wovon sind denn deine Hände blutig?' — ‚Die Hände blutig, meine Eigenste? eure Hunde habe ich erstochen; sie bellten dem späten Gast allzu laut. Komm!' Wieder liefen wir; auf dem Pfad erblickten wir des Vaters Pferd, es hatte den Zügel zerrissen, war aus dem Stall gelaufen; weil es doch nicht verbrennen mochte! ‚Setze dich zu mir, Katja! unser Gott sendet uns Hilfe!' Ich schweige. ‚Oder willst du nicht? ich bin ja doch kein Heide etwa, kein Unreiner; ich schlage ein Kreuz, wenn du willst', und dann schlug er das Kreuz. Ich saß auf, drängte mich an ihn und vergaß mich ganz an seiner Brust, wie ein Traum war es über mich gekommen, und da ich zu mir kam, sehe ich, wir sind an einem breiten, breiten Fluß. Er stieg ab, hob mich vom Pferde und ging in das Röhricht hinein: dort hatte er sein Boot versteckt. Wir stiegen ein. ‚Nun lebwohl, gutes Pferd, such einen neuen Herrn, die alten verlassen dich alle!' Ich sprang hin zum Pferd des Vaters und umarmte es fest zum Abschied. Dann setzten wir uns, er nahm die Ruder und in einem Augenblick waren die Ufer nicht mehr sichtbar. Und als die Ufer nicht mehr sichtbar waren, sehe ich, legte er die Ruder hin und blickte rund über das ganze Wasser hin.

‚Gegrüßt', sprach er, ‚Mütterchen, stürmischer Fluß, der du Gottes Leute tränkst, mich aber nährst! sag einmal, hast du all mein Gut behütet, da ich fern war, sind meine Waren heil?' Ich schweige, die Augen auf die Brust gesenkt: die Scham brennt mir wie eine Flamme im Gesicht. Und er: ‚Und nähmst du mir auch alles, Stürmischer, Unersättlicher, und versprächst mir nur, meine kostbare Perle zu hüten und zu pflegen! laß doch nur ein Wörtchen fallen, schöne Jungfrau, leuchte als Sonne dem Sturm, vertreibe mit Licht die dunkle Nacht!' — Er spricht, und lacht dabei; sein Herz brannte nach mir, ich aber mochte aus Scham seinen Spott nicht dulden; ich wollte ein Wort sagen, zagte aber und schwieg. ‚Nun, sei es denn so!' beantwortet er meinen scheuen Gedanken, spricht wie im Kummer, ihn selbst scheint Kummer zu fassen. Mit Gewalt also läßt sich nichts nehmen. Gott mit dir, Hochmütige, meine Taube, schöne Jungfrau! stark ist wohl dein Haß wider mich, oder sehen mich gar so ungern deine hellen Augen.' Ich hörte zu und Zorn erfaßte mich, Zorn aus Liebe; ich bezwang mein Herz und sprach: ‚Ob du mir lieb oder unlieb bist, das kann wohl ich nicht wissen, wohl aber weiß es eine Andere, eine Unverständige, Schamlose, die ihrer Mädchenkammer in einer dunklen Nacht Schande brachte, die ihre Seele der Todsünde verkaufte und ihr wahnsinniges Herz nicht bezwang; und sicher wissen das meine brennenden Tränen, und auch er, der sich diebisch fremden Leides rühmt und mit einem Mädchenherz Spott treibt!' Ich sprach's und ertrug es nicht, begann zu weinen ... Er schwieg, blickte mich so an, daß ich wie ein Blatt erzitterte. ‚Höre denn', sagt er, ‚schöne Jungfrau', und seine Augen brennen wunderbar, ‚nicht müßige Rede will ich führen, ein großes Wort will ich dir geben: wieviel Glück du mir schenkst, soviel werde auch ich dir Herr sein, gewinnst du mich aber nicht lieb – so rede nur nicht, verlier keine Worte, bemühe dich nicht, sondern zucke nur mit deiner zobelfarbenen Wimper, rege das schwarze Auge, rühre nur den kleinen Finger und ich gebe dir deine Liebe zurück und die goldene Freiheit; nur wird das dann, du meine Schönheit, Stolze, Unerträgliche, auch meines Lebens Ende sein!' Und jetzt lachte mein ganzer Leib über seine Worte ..."

Nun schien eine tiefe Erregung Katharinas Erzählung unterbrechen zu wollen; sie schöpfte Atem, lächelte über einen neuen Einfall und bereitete sich fortzufahren, auf einmal aber begegnete ihr funkelnder Blick dem auf sie gehefteten entzündeten Blick Ordýnows. Sie zuckte zusammen, wollte etwas sagen, doch das Blut ergoß sich in ihr Gesicht ... Wie bewußtlos bedeckte sie mit den Händen das Gesicht und verbarg es in den Kissen. Ordýnow war durch und durch erschüttert! ein qualvolles Gefühl, eine unbewußte, unerträgliche Verwirrung floß wie ein Gift durch alle seine Adern und wuchs mit jedem Wort der Erzählung Katharinas: ein Sehnen ohne Aus-

weg, eine gierige und unerträgliche Leidenschaft ergriff sein Denken, verwirrte sein Empfinden. Doch eine schwere und endlose Trauer bedrückte zu gleicher Zeit immer stärker und stärker sein Herz. Bisweilen wollte er Katharina zuschreien, sie möge schweigen, wollte ihr zu Füßen fallen und sie unter Tränen anflehen, daß sie ihm seine früheren Qualen der Liebe wiedergeben möge, sein früheres, unbewußtes, reines Sehnen und es ward ihm leid um seine schon längst getrockneten Tränen. Das Herz tat ihm weh, das krankhaft vom Blut durchströmt war und das der verwundeten Seele keine Tränen schenkte. Er verstand nicht, was Katharina sprach und seine Liebe erschrak vor dem Empfinden, das die arme Frau bewegte. Er verfluchte seine Leidenschaft in diesem Augenblick: sie würgte, erschöpfte ihn und er fühlte, wie ihm statt des Blutes flüssiges Blei durch die Adern rann.
„Ach, nicht dies ist mein Schmerz", sagte Katharina und hob plötzlich das Haupt, „Wovon ich dir jetzt eben gesprochen; nicht dies ist mein Schmerz", fuhr sie mit einer Stimme fort, die von einem neuen unerwarteten Gefühl wie Kupfer erklang, während verborgene, gehemmte Tränen ihre ganze Seele aus einander rissen, „Nicht dies ist mein Schmerz, nicht dies meine Qual, meine Sorge! was, was kümmert mich die mich geboren hat, ob ich auch nirgends in der Welt eine solch eigenste Mutter mir gewinnen kann! was kümmert's mich, daß sie mich in ihrer letzten schweren Stunde verflucht hat! was kümmert mich mein früheres goldnes Leben, das warme Gezimmer, die Mädchenfreiheit! was kümmert's mich, daß ich mich dem Bösen verkauft und dem Verderber die Seele hingegeben, um des Glückes willen ewige Sünde auf mich nahm! ach, nicht dies ist mein Schmerz, ob auch schon in diesem groß meine Verderbnis ist! das aber ist mir bitter und zerreißt mir das Herz, daß ich seine geschändete Sklavin bin, daß meine Schande und Schmach mir selbst, der Schamlosen, teuer sind, daß mein gieriges Herz auch seines Kummers gern zu gedenken liebt, als wäre er Freude und Glück — **dies ist mein Schmerz, daß keine Kraft in ihm ist und kein Zorn wider die Kränkung!** . . ."

Der Atem stockte in der Brust der armen Frau und ein krampfhaftes hysterisches Schluchzen unterbrach ihre Worte. Heiß und stoßweise sengte der Atem ihr die Lippen, die Brust hob und senkte sich tief und eine unverständliche Entrüstung blitzte in ihren Augen auf. Doch so viel Bezauberung vergoldete ihr Gesicht in diesem Augenblick, in einem so leidenschaftlichen Strom des Empfindens, von so untragbarer unerhörter Schönheit erzitterte jeder seiner Züge, jede seiner Muskeln, daß die schwarzen Gedanken auf einmal erloschen und die reine Trauer in Ordýnows Brust verstummte. Hingerissen fühlte sich sein Herz, sich an das ihre zu drängen und sich leidenschaftlich in sinnloser Erregung mit ihm zusammen zu vergessen, zu klopfen im Gleichmaß eines und desselben Sturmes, des gleichen Antriebs nie-bekannter Leidenschaft und zum mindesten hinzusterben mit ihm zusammen. Katharina begegnete dem getrübten Blick Ordýnows und lächelte so, daß ein verzwiefachter Feuerstrom sein Herz umgab. Er war kaum seiner selbst bewußt.

„Hab Mitleid mit mir, verschone mich!" flüsterte er, seine bebende Stimme dämpfend und sich zu ihr neigend, die Hand auf ihre Schulter gestützt und nahe, so nahe, daß ihr Atem sich vereinigte, ihr in die Augen blickend, „Du hast mich vernichtet! ich kenne deinen Kummer nicht und meine Seele ist in Verwirrung ... Was geht mich das an, worüber dein Herz weint! sage, was du willst ... ich tu's. Geh denn mit mir, töte mich nicht, morde mich nicht! ..."

Katharina blickte ihn unbeweglich an; die Tränen waren auf den heißen Wangen getrocknet. Sie wollte ihn unterbrechen, erfaßte seine Hand, wollte selbst irgend etwas sagen und schien keine Worte zu finden. Ein seltsames Lächeln zeigte sich allmählich auf ihren Lippen, als wolle ein Lachen dieses Lächeln durchbrechen.

„Noch nicht alles, mußt du wissen, habe ich dir erzählt", sprach sie endlich mit versagender Stimme. „Ich erzähle noch mehr; wirst du aber, wirst du mich anhören, heißes Herz? höre auf deine Schwester! wenig hast du also verstanden von ihrem wilden Leid! ich wollte dir wohl erzählen, wie ich ein

Jahr mit ihm verlebt, doch tue ich's nicht ... Als ein Jahr vergangen war, ging er mit seinen Gefährten den Fluß hinunter und ich blieb bei seiner Pflegemutter zurück, um ihn am Halteplatz zu erwarten. Ich warte einen Monat, noch einen — und begegnete im Vorort einem jungen Kaufmann, ich erblickte ihn und entsann mich vergangener goldner Jahre. ‚Geliebtes Schwesterchen!‘ spricht er, da er kaum zwei Worte mit mir gewechselt, ‚ich bin Aljóscha, dein erklärter Bräutigam, die Eltern haben uns noch als Kinder mit einander versprochen; du hast mich vergessen, erinnere dich nur, ich bin aus eurem Orte ...‘ ‚Was spricht man denn von mir in eurem Ort?‘ ‚Es geht ein Gerücht unter den Leuten, daß du unehrlich von dannen gingst, die Mädchenscham vergaßest, dich mit einem Räuber und Seelenverkäufer zusammentatest‘, sagt Aljóscha lachend. ‚Was aber hast du von mir gesagt?‘ ‚Vieles wollte ich sagen, während ich hierher fuhr‘, und sein Herz verwirrte sich, ‚vieles wollte ich sprechen, jetzt aber ist meine Seele erstorben, da ich dich erblickt; verdorben hast du mich!‘ sagte er. ‚Kaufe denn auch meine Seele, nimm sie, verlache denn wenigstens mein Herz und meine Liebe, schöne Jungfrau. Ich bin jetzt ein Waisenkind und mein eigener Herr — und auch meine Seele ist mein, keine fremde, ich habe sie keinem verkauft, wie sonst jemand, der sein Andenken ausgelöscht hat, ein Herz aber kann man nicht kaufen, ich geb es umsonst, man sieht aber, das ist ein einträglicher Handel!‘ Ich lachte dazu; und er sprach nicht einmal, noch zweimal so, — einen ganzen Moment verbringt er auf dem Hofe, läßt seine Waren liegen, schickt die Seinen fort, ist mutterseelenallein. — Leid tat mir das Waisenkind mit seinen Tränen. Und da sprach ich zu ihm eines Morgens: ‚Erwarte mich, Aljóscha, wenn es dunkel wird, unten am Halteplatz; wir fahren zusammen in deine Heimat! verleidet ist mir mein gramvolles Leben!‘ Nun kam die Nacht heran, ich schnürte ein Bündel und die Seele in mir ward schmerzhaft und froh. Ich sehe, mein Hausherr tritt ein, unerwartet, unverhofft. — ‚Guten Abend; komm; es gibt Sturm auf dem Fluß und die Zeit duldet keinen Aufschub.‘ Ich ging hinter ihm drein; wir kamen an den Fluß, bis zu den Unsrigen aber war weite Fahrt; wir sehen: ein Boot und ein bekannter Ruderer drin, als erwarte er irgendwen. ‚Guten Abend, Aljóscha, Gottes Hilfe sei mit dir! was? hast dich wohl am Halteplatz verspätet, eilst zu deinen Schiffen? führe du uns hin, guter Mensch, mich und die Hausfrau, dahin wo die Unseren sind; mein Boot habe ich fortgeschickt und verstehe nicht zu schwimmen.' — ‚Setz dich‘, sagte Aljóscha, und meine ganze Seele tat mir weh, da ich seine Stimme vernahm. ‚Setz dich, auch mit der Hausfrau; der Wind ist für alle da und in meinem Wohnhaus wird sich auch für euch ein Platz finden.' Wir setzten uns; die Nacht war dunkel, die Sterne hatten sich versteckt, der Wind heulte auf, die Welle erhob sich, und wir waren eine Werst weit vom Ufer gefahren. Wir schweigen alle drei. ‚Sturm!' spricht mein Hausherr, ‚und nichts Gutes bringt dieser Sturm! einen solchen Sturm habe ich Zeit meines Lebens auf diesem Flusse nicht gesehen, wie der sich jetzt abspielen wird! unser Boot hat es schwer! es kann nicht Dreie tragen!' — ‚Ja, nicht tragen‘, antwortet Aljóscha, ‚und einer von uns ist folglich überflüssig‘, sagt er und seine Stimme erbebt wie eine Saite. ‚Was denn, Aljóscha? ich kannte dich als ein kleines Kind, war eng mit deinem Vater verbrüdert, haben Salz und Brot mit einander geteilt; sag mir, Aljóscha, kommst du wohl ohne Boot bis zum Ufer, oder gehst du um nichts zu Grunde, verlierst deine Seele?' — ‚Ich komme nicht hin!' — ‚Und wenn es sich begibt, guter Mensch, nicht geheuer ist die Stunde und du bekämst etliches Wasser zu trinken, kommst du hin, oder nicht?' — ‚Ich komme nicht hin, hier findet meine Seele ihr Ende, der Fluß im Sturme trägt mich nicht!' — ‚Höre denn du jetzt, Katharina, meine kostbare Perle! ich weiß eine solche Nacht, nur schaukelte damals die Welle nicht, die Sterne schienen und der Mond leuchtete ... Ich will dich nur so gradeaus fragen, vergaßest du nicht?' — ‚Ich erinnere mich‘, sage ich ... ‚Und vergaßest du sie nicht, so vergaßest du auch die Abrede nicht, wie ein Geselle eine schöne Jungfrau belehrte, ihre Freiheit vom Ungeliebten zurückzustehlen — he?' — ‚Nein, auch das vergaß ich nicht‘, sage ich und bin weder lebend, noch

tot. — ‚So vergaßest du es nicht! so ist es uns jetzt schwer im Boot. Ist nicht etwa für irgendwen die Stunde gekommen? sprich, meine Eigenste, sprich, meine Taube, girre du uns auf Taubenart dein zärtliches Wort zu . . .‘
Ich habe damals mein Wort nicht gesprochen!“ flüsterte Katharina erblassend . . . Sie sprach nicht zu Ende.
„Katharina!“ erklang hinter ihnen eine dumpfe heisere Stimme. Ordýnow zuckte zusammen. In der Tür stand Múrin. Er war kaum bedeckt von seiner Pelzdecke, blaß wie der Tod und blickte sie fast wie irrsinnig an. Katharina erblaßte immer mehr und mehr und blickte gleichfalls unbeweglich auf ihn hin, gleichwie verzaubert.
„Komm zu mir, Katharina!“ flüsterte der Kranke mit kaum hörbarer Stimme und ging aus dem Zimmer. Katharina schaute immer noch unbeweglich in die Luft, als stehe immer noch der Alte vor ihr. Plötzlich aber all in einem Augenblick entzündete das Blut ihre blassen Wangen und sie erhob sich langsam vom Bett. Ordýnow entsann sich ihrer ersten Begegnung.
„Also bis morgen, meine Tränen!“ sagte sie, in seltsamer Weise lachend, „bis morgen! merke dir denn, wo ich aufgehört: ‚Wähle einen von zweien: wer ist dir lieb und wer unlieb, schöne Jungfrau!‘ Du wirst dich erinnern, du wartest eine kurze Nacht?“ wiederholte sie, indem sie die Hände ihm auf die Schultern legte und ihn zärtlich ansah.
„Katharina, geh nicht, richte dich nicht zugrunde! er ist wahnsinnig!“ flüsterte Ordýnow, der um sie zitterte .
„Katharina!“ erklang die Stimme hinter der Zwischenwand.
„Was denn? meinst du·wohl, er ersticht mich?“ erwiderte Katharina lachend. „Gute Nacht, du mein allergeliebtestes Herz, mein hitziger Liebling, mein eigenster Bruder!“ sprach sie, zärtlich den Kopf an seine Brust schmiegend, indem die Tränen auf einmal ihr Gesicht benetzten. „Dies sind die letzten Tränen. Überschlafe denn deinen Kummer, mein Liebster, sollst morgen früh zur Freude erwachen.“ Und sie küßte ihn leidenschaftlich.
„Katharina! Katharina!“ flüsterte Ordýnow, der vor ihr auf

die Kniee gefallen war und sie zu halten versuchte. „Katharina!"
Sie wandte sich um, nickte ihm lächelnd zu und ging aus dem Zimmer. Ordýnow hörte, wie sie bei Múrin eintrat; er hielt horchend den Atem an, vernahm aber keinen Laut mehr. Der Alte schwieg oder war vielleicht wieder bewußtlos ... Er wäre ihr gern dorthin gefolgt, aber die Füße trugen ihn nicht ... Erschöpft setzte er sich auf das Bett ...

II

Lange wußte er die Tageszeit nicht, als er zu sich kam. Es war Morgen- oder Abenddämmerung: im Zimmer war es noch dunkel. Er konnte nicht genau bestimmen, wie lange er geschlafen, fühlte aber, daß sein Schlaf krankhaft gewesen war. Sich besinnend strich er mit der Hand über sein Gesicht, als streife er damit den Traum von sich ab und die nächtlichen Erscheinungen. Als er aber die Füße auf den Boden stellen wollte, spürte er, daß sein ganzer Leib wie zerschlagen war und die ermatteten Glieder sich zu gehorchen weigerten. Der Kopf schmerzte und ging rund im Kreise, und den ganzen Körper packte bald ein Schauer, bald eine Flamme. Mit dem Bewußtsein zugleich kehrte ihm auch die Erinnerung wieder, und sein Herz zuckte, als er in einem Augenblick die ganze vergangene Nacht im Erinnern durchlebte. Das Herz schlug so stark in Erwiderung seines Nachsinnens, so heiß und frisch waren seine Empfindungen, daß nicht die Nacht, nicht lange Stunden, sondern eine einzige Minute vergangen zu sein schien seit dem Fortgang Katharinas. Er spürte, daß die Tränen in seinen Augen noch nicht getrocknet waren, — oder waren neue frische Tränen wie ein Quell aus seiner heißen Seele hervorgespritzt? und wunderlich genug, seine Qualen erschienen ihm sogar süß, obgleich er es dumpf im ganzen Körper empfand, daß er eine solche Gewalt nicht länger ertragen könne. Da war ein Augenblick, da er beinah den Tod verspürte und bereit war, ihm wie einem hellen Gast zu begegnen: seine Eindrücke

hatten sich so überspannt, in einem so mächtigen Antrieb
schäumte nach seinem Erwachen von neuem die Leidenschaft
auf, eine solche Begeisterung umfing die Seele, daß das Leben
in seiner beschleunigten angespannten Tätigkeit bereit zu sein
schien, abzubrechen, sich zu zerstören, in einem Augenblick
zu verglimmen und für immer zu erlöschen. Fast im selben
Augenblick, gleichsam als Antwort auf seine Sehnsucht, auf
sein erbebendes Herz erklang die bekannte — wie jene innere
Musik, die der Menschenseele in der Stunde ihrer Lebens-
freude, in der Stunde ungetrübten Glückes bekannt ist —, die
volle silberne Stimme Katharinas. Dicht neben ihm, fast über
seinem Kopfkissen, hub ein Lied an, leise und schwermütig im
Anfang... Bald hob, bald senkte sich die Stimme, krampfhaft hinsterbend, gleichsam die eigene ruhelose Qual des unersättlichen, unterdrückten und ohne Ausweg im sehnenden
Herzen verborgenen Verlangens in sich herzend und zärtlich
hütend; bald strömte sie aufs neue hin im Nachtigallentriller
und ergoß sich ganz bebend, flammend von schon nicht mehr
gebändigter Leidenschaft, in ein wahres Meer der Entzückungen, ein Meer mächtiger und wie der erste Augenblick der
Liebesseligkeit grenzenloser Klänge. Ordýnow unterschied
auch die Worte: sie waren einfach, innig und schon längst
gebildet von einem geraden, ruhigen, reinen und sich selber
klaren Empfinden. Doch er vergaß sie wieder, er hörte nur
die Töne allein. Durch den einfachen naiven Gang des Liedes
hindurch funkelten andere Worte auf, von allem Drang er-
dröhnend, der seine Brust erfüllte, widertönend die verbor-
gensten, ihm selbst nicht bewußten Windungen seiner Leidenschaft, die ihm deutlich und mit vollem Bewußtsein zum
Klange ward. Und bald erklang ihm das letzte Stöhnen des
ausweglos in der Leidenschaft erstorbenen Herzens, bald die
Freude des Willens und des Geistes, der seine Ketten zer-
brochen und hell und frei auf das unüberschreitbare Meer
ungehemmter Liebe hinausgefahren war; bald erklang ihm
der erste Schwur der Geliebten mit duftiger Scham im ersten
Erröten des Antlitzes, mit Flehen, mit Tränen, mit geheimnis-
vollem zagem Flüstern; bald die Begierde der Bacchantin,

stolz und ihrer Kraft froh, ohne Hülle, ohne Geheimnis, unter funkelndem Lachen berauschten Auges um sich schauend...
Ordýnow ertrug nicht die Beendigung des Liedes und stand vom Bett auf. Das Lied verstummte sogleich.
„Guten Morgen und guten Tag sind vorüber, mein Ersehnter!" erklang Katharinas Stimme: „guten Abend jetzt! steh auf, komm zu uns, erwache zu heller Freude; wir erwarten dich, ich und der Hausherr, alles gute Leute und deinem Willen ergeben; verlösche den Haß mit Liebe, wenn immer noch die Kränkung deinem Herzen wehtut. Sprich ein zärtliches Wort!..."
Ordýnow ging schon beim ersten Anruf aus seinem Zimmer und begriff es kaum, daß er zu den Hauswirten hinein trat. Die Tür tat sich vor ihm auf, und hell wie die Sonne erglänzte ihm das Lächeln seiner wunderbaren Hausfrau. In diesem Augenblick sah und hörte er nichts außer ihr. Sein ganzes Leben, seine ganze Freude flossen augenblicklich in seinem Herzen in eins zusammen — in das helle Bild seiner Katharina.
„Zwei Morgenröten gingen vorüber", sagte sie, ihm die Hände reichend, „seit wir von einander Abschied nahmen; die zweite erlischt soeben, blicke nach dem Fenster. Wie zwei Morgenröten der Seele einer schönen Jungfrau", sprach Katharina lachend, „die eine, wenn in erster Scham das Gesicht sich rötet, wenn zum ersten Mal in der Brust das einsame Mädchenherz zu reden beginnt, und die andere, wenn die schöne Jungfrau die erste Scham vergißt, sie brennt wie eine Flamme, bedrückt die jungfräuliche Brust und jagt ins Gesicht das rote Blut... Komm nur, komm in unser Haus, guter Geselle! was stehst du auf der Schwelle? Ehre sei dir und Liebe und Gruß vom Hausherrn!"
Mit einem Lachen hell wie Musik nahm sie die Hand Ordýnows und führte ihn ins Zimmer. Eine Scheu betrat sein Herz. Das ganze Feuer, der ganze Brand, die in seiner Brust geflammt, waren wie verglimmt und verloschen in einem und auf einen Augenblick; er senkte verwirrt die Augen und fürchtete sich, sie anzusehen. Er fühlte, sie war so wunderbar

schön, daß sein Herz ihren glühenden Blick nicht zu ertragen vermochte. Niemals noch war ihm seine Katharina so erschienen. Zum ersten Mal blitzten Lachen und Lust in ihrem Gesicht und waren die traurigen Tränen auf ihren schwarzen Wimpern getrocknet. Seine Hände zitterten in ihrer Hand. Und wenn er die Augen erhoben hätte, so hätte er gesehen, daß Katharina mit triumphierendem Lächeln die hellen Blicke auf sein Gesicht geheftet hielt, das umnebelt war von Verwirrung und Leidenschaft.

„Steh auf, Alter!" sagte sie zuletzt, als habe sie sich jetzt erst besonnen, „sag dem Gast einen freundlichen Gruß. Ein Gast ist wie ein eigener Bruder! steh auf, du grußfeindliches, hochmütiges Alterchen, steh auf und grüß, nimm des Gastes weiße Hände, führe ihn zum Tisch!"

Ordýnow blickte empor und schien sich jetzt erst zu besinnen. Jetzt erst war ihm der Gedanke an Múrin gekommen. Die Augen des Alten, wie erloschen in Sterbenstrauer, blickten ihn unbeweglich an; und mit Schmerz in der Seele entsann er sich dieses Blickes, der ihm zum letzten Mal unter dem buschigen, schwarzen, wie auch jetzt in Trauer und Zorn gerunzelten Brauen hervor zugefunkelt hatten. Ein leichter Schwindel erfaßte ihn. Er sah sich um und faßte nun erst alles klar und deutlich auf. Múrin lag immer noch auf dem Bette, doch er war beinah ganz angezogen und schien an diesem Morgen schon aufgestanden und fortgewesen zu sein. Um seinen Hals war, wie auch früher, ein rotes Tuch geschlungen, die Füße staken in Hausschuhen. Die Krankheit war augenscheinlich vergangen, nur das Gesicht war immer noch schrecklich blaß und gelb. Katharina stand neben dem Bett, die Hand auf den Tisch gestützt, und betrachtete die beiden aufmerksam. Doch das freundliche Lächeln ging nicht fort von ihrem Gesicht. Alles schien nach ihrem Wink vor sich zu gehen.

„Ja! du bist es", sagte Múrin, sich im Bett emporrichtend und setzend. „Du bist mein Mieter. Ich bin schuldig vor dir, Herr, habe damals gespielt mit dem Gewehr. Wer mochte denn wissen, daß die schwarze Sucht auch dich befällt? mich trifft

es zuweilen", fügte er mit heiserer krankhafter Stimme hinzu, die Brauen runzelnd und unwillkürlich die Augen von Ordýnow abwendend. „Das Unheil kommt — klopft nicht ans Tor, schleicht wie ein Dieb heran! ich habe auch ihr einmal schon fast das Messer in die Brust gestoßen ..." sprach er und nickte zu Katharina hin. „Ich bin krank, es kommt ein Anfall, nun, das mag dir genügen! setze dich — du sollst Gast sein!"
Ordýnow heftete immer noch den Blick auf ihn.
„Setze dich, setze dich!" rief der Alte ungeduldig, „setze dich, wenn ihr das so beliebt! he, habt euch verbrüdert, ihr Zwillinge! habt euch liebgewonnen wie Liebhaber!"
Ordýnow setzte sich.
„Schau, was für eine Schwester", fuhr der Alte lachend fort und zeigte zwei Reihen seiner weißen und bis zum letzten gesunden Zähne. „Seid zärtlich zu einander, meine Teuren! gefällt dir die Schwester, Herr? sprich, antworte! da, sieh einmal, wie das Feuer auf ihren Wangen flammt. Schau sie doch an, ehre die Schöne vor der ganzen Welt! zeige doch, wie das Herz in Schmerzen nach ihr begehrt!"
Ordýnow runzelte die Stirn und blickte zornig auf den Alten. Dieser zuckte zusammen vor seinem Blick. Eine blinde Wut schäumte in Ordýnows Brust empor. Mit einer Art von tierischem Instinkt spürte er den Todfeind neben sich. Er konnte selbst nicht fassen wie ihm geschah, der Verstand weigerte sich ihm zu dienen.
„Schau nicht her!" erklang ihre Stimme hinter ihm. Ordýnow sah sich um.
„Schau nicht, schau nicht, wenn der Dämon dich belehrt, hab Mitleid mit deiner Liebsten", sprach Katharina lachend und legte ihm plötzlich von hinten her die Hände über die Augen; dann zog sie sogleich die Hände fort und bedeckte sich selbst. Doch es war als schiene die Röte des Gesichts durch ihre Finger hindurch. Sie ließ die Hände sinken und versuchte, ganz wie im Feuer brennend, hell und zaglos ihrem Lachen und ihren neugierigen Blicken zu begegnen. Beide aber sahen sie schweigend an — Ordýnow in liebender Bewunderung, als

würde sein Herz zum ersten Mal von einer so furchtbaren Schönheit durchbohrt; der Alte aufmerksam, kalt. Sein blasses Gesicht drückte nichts aus; nur die blaugewordenen Lippen zitterten leicht.

Katharina trat zum Tisch heran, schon nicht mehr lachend, und fing an, die Bücher, die Papiere, das Tintenfaß, alles was auf dem Tisch war, aufzuräumen, und legte es auf das Fenster. Sie atmete schnell und stoßweise und zog hier und da gierig die Luft in sich hinein, als wäre ein Druck auf dem Herzen. Schwer, gleich einer Uferwelle, senkte und hob sich wieder ihre volle Brust. Sie senkte die Augen, und die pechschwarzen Wimpern erblitzten wie scharfe Nadeln über ihren hellen Wangen.

„Königsjungfrau!" sagte der Alte.

„Meine Gebieterin!" flüsterte Ordýnow, mit ganzem Leibe zusammenzuckend. Er besann sich, da er auf sich den Blick des Alten fühlte: wie ein Blitz funkelte dieser Blick einen Augenblick lang — gierig, böse, kalt-verächtlich. Ordýnow versuchte aufzustehen, doch irgendeine unsichtbare Kraft fesselte ihm die Füße. Er setzte sich wieder. Hier und da drückte er seine Hand zusammen wie im Zweifel an der Wirklichkeit. Er glaubte, daß der Alb ihn würge und daß immer noch ein leidvoller krankhafter Schlaf über seinen Augen liege. Aber wunderlich genug! er wünschte nicht zu erwachen.

Katharina entfernte vom Tisch den alten Teppich, dann öffnete sie einen Koffer, entnahm ihm ein kostbares, ganz mit Gold und bunter Seide besticktes Tafeltuch und deckte es über den Tisch; darauf nahm sie aus dem Schrank ein altertümliches, urgroßväterliches Gestell, das ganz von Silber war, und hob davon drei silberne Trinkbecher ab — für den Hausherrn, für den Gast und einen Becher für sich; dann blickte sie ernsthaft, fast versonnen auf den Alten und auf den Gast.

„Wer denn unter uns ist wem lieb oder unlieb?" sagte sie, „wer wem unlieb ist, der ist mir lieb und wird mit mir seinen Becher leeren. Mir aber ist jeder von euch lieb, jeder mir eigen, so mögen denn alle trinken in Liebe und Eintracht!"

„Trinken und die schwarzen Gedanken im Wein ertränken!" sagte der Alte mit veränderter Stimme. „Schenke ein, Katharina!"

„Befiehlst auch du einzuschenken?" fragte Katharina, Ordýnow anblickend.

Ordýnow schob ihr schweigend seinen Becher hin.

„Halt! wer immer sein Rätsel und sein heimliches Denken hat, möge sich ihm das nach seinem Willen erfüllen!" – sagte der Alte, den Becher hebend.

Alle stießen an und leerten die Becher.

Katharina, zum Hausherrn gewendet: „Trinken wir, wenn dein Herz mir zärtlich ist! trinken wir auf das durchlebte Glück, bieten wir einen Gruß den durchlebten Jahren, einen Gruß zum Dank für das Glück mit Herz und Liebe! befiehl denn einzuschenken, wenn dein Herz mir glüht!"

„Stark ist dein Wein, meine Taube, du aber nässest nur ein wenig die Lippen!" sagte der Alte lachend und schob aufs neue den Becher hin.

„Nun, ich werde nippen, du aber trink bis zur Neige! ... Leben heißt, Alterchen, eine schwere Last der Gedanken heben; nur stöhnt das Herz unter der Last des Denkens! Nachdenken kommt vom Leid, Nachdenken ruft das Leid, im Glück aber lebt man und denkt nicht nach! trink, Alter! ertränke dein Nachdenken!"

„Viel Kummer ist also in dir heraufgeschäumt, wenn du so dagegen zu Felde ziehst! alles auf einmal willst du also zu Ende bringen, mein weißes Täubchen. Ich trinke mit dir, Katja! hast du wohl auch einen Kummer, Herr, wenn's zu fragen erlaubt ist?"

„Was ich hab, das hab ich für mich", flüsterte Ordýnow, der den Blick nicht von Katharina ließ.

„Hast du gehört, Alterchen? ich selbst auch habe lang nicht gewußt, mich lang nicht erinnert, doch es kam die Zeit, da wußte ich alles und erinnerte mich an alles; alles Vergangene durchlebte ich neu in der unersättlichen Seele."

„Ja, bitter ist's, wenn man allein vom Gewesenen zu zehren beginnt", sagte der Alte nachdenklich. „Was verging – ist wie getrunkener Wein! was ist ein vergangenes Glück? der Rock ward fadenscheinig, fort also mit ihm."

„Und einen neuen her!" griff Katharina auf, vor Anspannung lachend, indem zwei große Tränentropfen sich wie Edelsteine an die blitzenden Wimpern hängten. „Eine Ewigkeit läßt sich also nicht in einer Minute durchleben und auch ein Mädchenherz ist zählebig, du kommst ihm nicht nach! erfuhrst du das, Alter? sieh, ich habe in deinem Becher mein Tränchen bestattet!"

„Hast du aber mit viel Glück deinen Kummer bezahlt?" sagte Ordýnow, und seine Stimme bebte vor Erregung

„Du hast wohl vieles, Herr, was verkäuflich ist", erwiderte der Alte, „daß du dich herdrängst ungebeten." Und er lachte böse und unhörbar mit einem frechen Blick auf Ordýnow.

„Für so viel ich verkaufe, so viel ward mir auch", antwortete Katharina mit einer, wie es schien, unzufriedenen, gekränkten Stimme. „Dem einen erscheint es viel, dem anderen wenig. Der eine will alles fortgeben und kann nichts bekommen, der andere verspricht nichts, ihm aber folgt gehorsam das Herz! du aber schilt den Menschen nicht", sprach sie, indem sie Ordýnow traurig ansah, „der eine ist ein solcher Mensch, der andere ist anders, weißt du denn aber, warum eine Seele nach dem oder jenem verlangt! fülle nur deinen Becher, Alter! trinke auf das Wohl deines liebwerten Töchterchens, deiner stillen gehorsamen Sklavin, wie sie im Anfang war, da sie mit dir zusammentraf. Hebe den Becher!"

„Sei es so! schenke dir denn ein!" sagte der Alte, nach dem Becher greifend.

„Halt, Alter! wart mit dem Trinken, laß mich zuerst ein Wort sagen..."

Katharina stützte die Ellbogen auf den Tisch und sah scharf, mit erglühtem leidenschaftlichem Blick dem Alten in die Augen. Eine seltsame Entschlossenheit glänzte in ihren Augen. Alle ihre Bewegungen aber waren ruhig, die Gesten sprunghaft, unerwartet, rasch. Sie war gleichsam ganz im Feuer, und wunderbar nahm sich das aus. Ihre Schönheit aber schien zu wachsen mit ihrer Erregung, mit ihrer Lebhaftigkeit. Aus den im Lächeln halbgeöffneten Lippen, dazwischen zwei Reihen weißer und wie Perlen ebenmäßiger Zähne sich zeigten, flog heftig der Atem hervor, der die Nüstern leicht bewegte. Die Brust wogte; der im Nacken dreimal herumgelegte Zopf fiel nachlässig ein wenig über das linke Ohr und bedeckte einen Teil der heißen Wange. Ein leichter Schweiß trat auf ihren Schläfen hervor.

„Weissage mir, Alter! weissage mir, mein Väterlicher, weissage mir, bevor du deinen Verstand vertrinkst; hier hast du die Fläche meiner weißen Hand! nicht umsonst ja haben dich bei uns die Leute einen Zauberer genannt. Du hast aus Büchern gelernt und kennst jegliche schwarze Kunst! betrachte sie denn, Alterchen, erzähle mir mein ganzes trauriges Los, nur gib acht, lüge mir nicht! sprich nun, wie du selbst es weißt, wird dein Töchterchen ein Glück gewinnen, oder verzeihst du ihr nicht und beschwörst ihr zum Geleit nur das eine böse Trauergeschick? sprich, wird mein Winkel mir warm zum Wohnen sein, oder werde ich als Wandervogel und Waise mein Lebenlang mir die Stätte bei guten Leuten suchen? sprich, wer ist mir Feind, wer bereitet mir Liebe, wer ersinnt mir Böses? sprich, wird mein junges heißes Herz sein Leben im Alleinsein verbringen und verdämmern vor seiner Zeit, oder soll es seinen Gefährten finden und mit ihm zusammen der Freude entgegenpochen ... bis zu einem neuen Kummer? weissage mir noch dazu, Alterchen, in welchem blauen Himmel, hinter welchen Meeren und Wäldern wohnt mein heller Falke, wo, und schaut er wohl scharf nach dem Falkenweibchen aus, und wartet er in Liebe, wird er stark lieben, wird er bald zu lieben aufhören, wird er mich verraten, oder mich nicht verraten? ja, und um alles mit einem Mal zu sagen, sage mir noch zuletzt, Alterchen, werden wir beide noch lange dies Leben führen, im muffigen Winkel sitzen, schwarze Bücher lesen; und wann werde ich mich denn vor dir, Alter, tief verneigen, Abschied nehmen im Guten oder Bösen; dir danken für dein Salz und Brot, daß du mich genährt, getränkt und mir Märchen erzählt? ... Ja gib nur acht, sag die ganze Wahrheit, lüge mir nicht; die Zeit ist gekommen, nun steh für dich ein!'

Ihre Lebhaftigkeit wuchs immer mehr und mehr an bis zu ihrem letzten Wort, bei dem ihre Stimme plötzlich abbrach vor Erregung, als risse irgend ein Wirbel ihre Seele hin. Ihre Augen blitzten und die Oberlippe zitterte leicht. Man fühlte, wie ein böser Spott gleich einer Schlange sich in jedem ihrer Worte versteckte, doch es klang auch wie Weinen in ihrem Lachen. Sie beugte sich über den Tisch zum Alten hin und blickte ihm mit gieriger Aufmerksamkeit in die trübgewordenen Augen. Ordýnow hörte, wie auf einmal, da sie aufhörte, ihr Herz zu klopfen begann; er schrie auf vor Entzücken bei ihrem Anblick und wollte sich von der Bank erheben. Doch ein flüchtiger jäher Blick des Alten bannte ihn wieder an seinen Platz. Irgend eine seltsame Mischung von Verachtung, Spott, von ungeduldiger ärgerlicher Unruhe und zugleich böser listiger Neugier leuchtete in diesem flüchtigen jähen Blick, der Ordýnow jedesmal zusammenfahren ließ und jedesmal sein Herz mit Galle, Ärger und kraftlosem Zorn erfüllte.

Nachdenklich und mit einer kummervollen Neugier betrachtete der Alte seine Katharina. Sein Herz war verwundet, die Worte waren gesprochen. Doch nicht einmal eine Braue bewegte sich in seinem Gesicht! er lächelte nur, als sie geendet hatte.

„Viel auf einmal wünschest du zu erfahren, mein flüggegewordenes Junges, mein aufgeschrecktes Vögelchen! schenke mir denn rasch einen vollen Becher ein; trinken wir zuerst auf gute Fehde und guten Willen; sonst verderbe ich mit irgend einem schwarzen unreinen Auge mir meinen Wunsch. Der Teufel ist stark! es ist nicht weit bis zur Sünde!"

Er erhob den Becher und leerte ihn. Je mehr Wein er trank, um so blasser wurde er. Seine Augen wurden rot wie Kohlen. Man sah, daß ihr fieberhafter Glanz und die jähe totenhafte Blässe des Gesichts einen baldigen neuen Anfall der Krankheit verkündeten. Der Wein aber war stark, so daß nach dem einen geleerten Becher die Augen Ordýnows sich immer mehr und mehr trübten. Sein fieberhaft entzündetes Blut vermochte es nicht länger zu ertragen: es durchströmte sein Herz, trübte und verwirrte ihm den Verstand. Seine Unruhe wuchs immer mehr und mehr. Er schenkte sich ein und trank noch einen Schluck, ohne zu wissen was er tat, noch wie er sich in seiner wachsenden Erregung helfen könnte, und das Blut flog ihm noch rascher durch die Adern. Er war wie im Fieber und vermochte kaum, bei gespanntester Aufmerksamkeit, dem zu folgen, was zwischen seinen seltsamen Hauswirten vor sich ging.

Der Alte stieß klingend den Silberbecher auf den Tisch.

„Schenke ein, Katharina!" schrie er auf, „schenke noch ein, böses Töchterchen, schenke ein bis ich umfalle! lege den Alten zur Ruhe, und fertig mit ihm! so ist's recht, schenke, schenke mir ein, Schöne! trinken wir eins zusammen! was trinkst du so wenig? oder sah ich denn nicht ..."

Katharina antwortete ihm irgendwie, Ordýnow verstand aber nicht was: der Alte ließ sie nicht zu Ende sprechen; er ergriff ihre Hand, als wäre er nicht länger imstande alles zurückzuhalten, was sich in seiner Brust drängte. Sein Gesicht war blaß; die Augen trübten sich bald, bald blitzten sie in hellem Feuer auf; die weißgewordenen Lippen zitterten, und mit ungleichmäßiger zerrütteter Stimme, darin bisweilen eine seltsame Begeisterung auffunkelte, sprach er zu ihr:

„Gib das Händchen, Schöne! laß mich dir weissagen, die ganze Wahrheit sage ich dir. Ich bin auch wirklich ein Zauberer; du hast dich also nicht geirrt, Katharina! also hat dein goldenes Herzchen die Wahrheit gesprochen, daß nur ich ihm ein Zauberer bin, und ich werde ihm, dem schlichten, einfältigen, die Wahrheit nicht verheimlichen! eines aber hast du nicht erkannt: nicht an mir, dem Zauberer, ist es, dich Vernunft zu lehren! über die Vernunft hat ein Mädchenwille nicht Gewalt, es vernimmt wohl die volle Wahrheit, und doch ist es, als hätte es nichts gekannt, nichts gewußt! des Mädchens Kopf ist eine listige Schlange, ob auch das Herz von Tränen überfließt! es findet selbst den Weg, kriecht und schlüpft durch das Unheil hindurch, bewahrt sich seine schlaue Freiheit! hier hilft es sich mit Verstand, wo es sich aber mit Verstand nicht hilft, umnebelt es mit Schönheit, berauscht den Geist mit seinem schwarzen Auge — Schönheit zerbricht die Kraft; sogar ein eisernes Herz schmilzt in Stükken auseinander! ob dich Trauer erwartet und Kummer? schwer ist die menschliche Trauer! ein schwaches Herz aber trifft kein Unheil. Starke Herzen erfahren das Unheil, es fließt heimlich hinein als blutige Träne, zu süßer Schande erbittet es sich nicht Einlaß bei guten Leuten: deinen Kummer aber, Jungfrau, wie eine Spur im Sand, wird der Regen verwaschen, die Sonne trocknen, der wilde Wind forttragen, wegfegen! — Laß mich noch mehr sagen und weissagen: wer dich lieb gewinnt, zu ihm gehst du als Sklavin, bindest selbst deine Freiheit, gibst sie hin als Pfand und nimmst sie schon nicht wieder zurück; zur rechten Zeit wirst du deine Liebe nicht zu enden wissen; ein Korn legst du hinein, dein Verderber aber nimmt sich eine ganze Ähre! mein zartes Kind, goldenes Köpfchen, bestattet hast du in meinem Becher deine Träne, die Perle, und ertrugst das nicht, hast sogleich hundert vergossen, ein gutes Wörtlein verlorst du und rühmst dich deines gramvollen Hauptes! es geziemt dir ja nicht, um die Träne, den himmlischen Tautropfen zu klagen und zu jammern! mit Gewinn wird sie dir zurückfließen, deine Perlenträne, in langer Nacht, in kummervoller Nacht, wenn das böse Leiden, das unreine Denken an dir zu nagen beginnt — dann wird auf dein heißes Herz, immer um jener Träne willen, irgend eine andere Träne niedertropfen, doch eine blutige, doch keine warme, sondern gleichwie geschmolzenes Blei; die weiße Brust brennt sie dir blutig und bis zum Morgen, dem wehmütigen, düsteren, wie er zu sein pflegt in trüben Zeiten, wirfst du dich in deinem kleinen Bette umher, hellrotes Blut verströmend, und deine frische Wunde schließt sich nicht vor dem nächsten Morgen! schenke ein, Katharina, schenke ein, meine Taube, zum Dank für weisen Rat; und keine Worte mehr, das wisse, lohnt sich zu verlieren..."

Seine Stimme ward schwach und bebte: es war, als wolle ein Schluchzen aus seiner Brust hervorbrechen... Er schenkte Wein ein und trank gierig einen neuen Becher aus; dann

stieß er wieder den Becher auf den Tisch. Noch einmal flammte in seinem trüben Blick ein Feuer auf.
„Ah! lebe du nur wie es gehen will!" schrie er auf, „was vergangen ist, ist völlig hin! schenke ein, schenke mehr ein, immer reiche mir den schweren Becher, daß er mir das wilde Haupt von den Schultern schneide, daß er die ganze Seele ertöte! bette mich zur Ruhe für die lange Nacht, nur daß kein Morgen sei, und daß Erinnerung völlig schwinde. Was vertrunken ist, das ist durchlebt! muffig also ist beim Kaufmann die Ware geworden, hat sich verlegen, umsonst gibt er sie her! nie aber hätte sie jener Kaufmann freien Willens unter dem Preise verkauft; vergossen hätte er sie und dazu des Feindes Blut und schuldloses Blut, und als Zugabe hätte jener Verkäufer noch seine verlorene Seele gegeben! schenke ein, schenke mehr ein, Katharina!"
Doch seine Hand, die den Becher hielt, war wie erstorben und bewegte sich nicht; er atmete schwer und mühsam, sein Kopf hatte sich unwillkürlich gesenkt. Zum letzten Mal heftete er den matten Blick auf Ordýnow, doch auch dieser Blick erlosch endlich, und die Lider fielen nieder wie von Blei. Eine Blässe verbreitete sich über sein Gesicht... Noch eine Weile regten sich und zuckten seine Lippen, als bemühten sie sich noch ein Wort hervorzubringen — und auf einmal hing eine heiße schwere Träne in der Wimper, löste sich und rollte langsam über die bleiche Wange... Ordýnow konnte es nicht länger ertragen. Er erhob sich und tat schwankend einen Schritt vorwärts, trat zu Katharina heran und ergriff ihre Hand; sie aber sah ihn nicht einmal an, als hätte sie ihn nicht bemerkt, ihn nicht erkannt...
Auch sie schien das Bewußtsein zu verlieren, als reiße ein einziger Gedanke, eine unbewegliche Idee sie völlig hin. Sie warf sich an die Brust des schlafenden Alten, umwand seinen Hals mit ihrem weißen Arm und heftete gleichsam wie angeschmiedet ihren feurigen entzündeten Blick auf ihn. Sie schien es nicht zu spüren, als Ordýnow ihre Hand ergriff. Schließlich wandte sie ihm das Gesicht zu und blickte ihn lange an mit durchdringendem Blick. Es war, als hätte sie ihn

endlich verstanden und ein schweres verwundertes Lächeln
trat wie unter einem schmerzhaften Druck auf ihren Lippen
hervor ...
„Geh, geh fort", flüsterte sie, „du bist trunken und böse! du
bist mir nicht Gast!..." Nun wandte sie sich aufs neue zu
dem Alten und heftete wieder den Blick auf ihn.
Sie schien einen jeden seiner Atemzüge zu bewachen und behütete mit ihrem Blick seinen Schlaf. Sie fürchtete sich selbst
zu atmen und hielt das überschäumende Herz zurück. Und ein
so maßloses Entzücken war in ihrem Herzen, daß auf einmal
Verzweiflung, Wut und ein unerschöpflicher Zorn den Sinn
Ordýnows erfaßten ...
„Katharina! Katharina!" rief er, ihre Hand wie mit einer
Klammer drückend.
Ein Gefühl des Schmerzes glitt über ihr Gesicht; sie erhob
wieder den Kopf und sah ihn so höhnisch an, so frech-verächtlich, daß er sich kaum auf den Füßen hielt. Dann deutete
sie auf den schlafenden Alten und — als wäre der ganze Hohn
des Feindes in ihre Augen übergegangen — blickte mit folternden eiskaltem Blick von neuem Ordýnow an.
„Was? soll er mich erstechen vielleicht?" sprach Ordýnow,
besinnungslos vor Wut.
Es war, als hätte ein Dämon ihm zugeflüstert, daß er sie verstanden ... Und sein ganzes Herz lachte über den unbeweglichen Gedanken Katharinas.
„Abkaufen werde ich dich denn deinem Kaufmann, meine
Schöne, wenn es meine Seele ist, die du verlangst! wahrlich,
er soll nicht erstechen!..."
Ein unbewegliches Lachen, das Ordýnows ganzes Wesen ertötete, verließ nicht Katharinas Gesicht. Der unerschöpfliche
Hohn zerriß sein Herz in Stücke. Ohne Besinnung, fast ohne
Bewußtsein stützte er sich an die Wand und nahm vom Nagel
das kostbare altertümliche Messer des Alten. So etwas wie
Verwunderung spiegelte sich in dem Gesicht Katharinas; doch
zu gleicher Zeit zeigten sich Zorn und Verachtung zum ersten
Mal mit solcher Kraft in ihren Augen. Ordýnow wurde schlecht
bei ihrem Anblick ... Er fühlte, wie jemand seine sich ver-

irrende Hand zum Wahnsinn hinriß und anspornte; er zog das Messer ... Katharina beobachtete ihn unbeweglich, gleichsam atemlos ...
Er blickte den Alten an ...
In diesem Augenblick dünkte es ihn, daß das eine Auge des Alten sich langsam öffne und ihn lachend anblicke. Ihre Blicke begegneten einander. Einige Minuten lang sah Ordýnow ihn regungslos an... Auf einmal erschien es ihm, daß das ganze Gesicht des Alten zu lachen beginne und daß ein teuflisches, tödliches, erkältendes Lachen endlich im Zimmer erschalle. Ein abscheulicher schwarzer Gedanke kroch ihm wie eine Schlange durch den Kopf. Er erzitterte; das Messer fiel ihm aus den Händen und erklirrte auf dem Boden. Katharina schrie auf, wie erwachend aus der Vergessenheit, aus einem Albdruck, nach einer schweren reglosen Vision ... Der Alte, bleich, erhob sich langsam von seinem Bett und schleuderte zornig das Messer mit dem Fuß in einen Winkel des Zimmers; Katharina stand blaß da, gelähmt, unbeweglich; sie schloß die Augen; ein dumpfer unerträglicher Schmerz zeigte sich auf ihrem Gesicht; sie bedeckte sich mit den Händen und fiel mit einem herzzerreißenden Schrei, beinahe atemlos, dem Alten zu Füßen ...
„Aljóscha! Aljóscha!" brach es aus ihrer bedrängten Brust hervor ...
Der Alte umfing sie mit seinen mächtigen Armen und zerdrückte sie fast an seiner Brust. Doch als sie den Kopf an seinem Herzen geborgen hatte, lachte jeder kleinste Zug im Gesicht des Alten ein so nacktes schamloses Lachen, daß Ordýnow durch und durch von Entsetzen geschüttelt wurde. Betrug, Berechnung, kalte eifersüchtige Tyrannei, und die Macht des Entsetzens über einem armen zerrissenen Herzen – das war es, was er in diesem schamlos sich länger nicht mehr verbergenden Lachen erkannte ...
„Sie ist wahnsinnig!" flüsterte er, wie ein Blatt erzitternd in tödlichem Entsetzen, und lief fort aus der Wohnung.

III

Als Ordýnow, blaß und erregt, von der gestrigen Aufregung noch nicht zu sich gekommen, am nächsten Morgen gegen acht Uhr die Tür bei Jarossláv Iljítsch öffnete, zu dem er, wer weiß übrigens aus welchem Grunde, gekommen war, prallte er vor Erstaunen zurück und blieb wie angewurzelt auf der Schwelle stehen, da er im Zimmer — Múrin erblickte. Der Alte war noch blasser als Ordýnow und schien nach der Krankheit sich kaum auf den Füßen halten zu können; setzen wollte er sich übrigens nicht, aller Aufforderungen des über einen solchen Besuch völlig glücklichen Jarossláv Iljítsch ungeachtet. Jarossláv Iljítsch schrie gleichfalls auf, als er Ordýnow erblickte, fast im gleichen Augenblick aber war es mit seiner Freude vorbei, und es erfaßte ihn plötzlich eine Art Verwirrung, ganz unerwartet, auf dem halben Weg vom Tisch zum nächsten Stuhl. Es war ersichtlich, daß er nicht wußte, was zu sagen, noch was zu tun, und er war sich völlig der Ungezogenheit bewußt — in einem so unruhigen Moment den Gast ganz allein sich selbst zu überlassen und an seinem Pfeifchen zu saugen, dennoch aber (so stark war seine Verwirrung) sog er aus allen Kräften an seinem Pfeifchen und sogar fast mit einer gewissen Begeisterung. Ordýnow trat endlich ins Zimmer. Er warf einen flüchtigen Blick auf Múrin. Es glitt etwas über das Gesicht des Alten, was dem gestrigen bösen Lächeln ähnlich sah und was auch jetzt Ordýnow vor Unwillen erzittern machte. Übrigens glättete und versteckte sich alles Feindselige sogleich und sein Gesicht nahm den allerunzugänglichsten und verschlossensten Ausdruck an. Er begrüßte seinen Mieter mit einer mehr als tiefen Verbeugung... Diese ganze Szene rief schließlich das Bewußtsein Ordýnows wieder wach. Er sah Jarossláv Iljítsch scharf an, um die Sachlage zu erfassen. Jarossláv Iljítsch erzitterte in Verlegenheit.

„Herein doch, herein", sprach er endlich, „herein, teuerster Wassíli Michaílowitsch, erfreuen Sie durch Ihre Ankunft und setzen Sie den Stempel... auf alle diese gewöhnlichen Gegenstände..." sagte Jarossláv Iljítsch, mit der Hand auf einen

Winkel des Zimmers deutend, rot wie eine Klatschrose, verwirrt im Herzen und aus dem Konzept gekommen, weil die alleredelste Phrase stecken geblieben und umsonst geplatzt war, und zog mit Gepolter seinen Stuhl in die Mitte des Zimmers.

„Ich störe Sie nicht, Jarossláv Iljítsch, ich wollte ... .nur zwei Minuten."

„Aber ich bitte Sie! wie könnten Sie mich stören ... Wassíli Michailowitsch! doch — gestatten Sie Tee anzubieten! he! Bedienung! ... Ich bin überzeugt, daß auch Sie zu einem Täßchen nicht nein sagen werden!"

Múrin nickte mit dem Kopf und gab auf diese Weise zu erkennen, daß er durchaus nicht nein sagen werde.

Jarossláv Iljítsch schrie den eingetretenen Bediensteten an und verlangte auf allerstrengste Weise noch drei Gläser, dann setzte er sich neben Ordýnow. Eine Weile drehte er seinen Kopf, wie ein Gipskätzchen, bald nach rechts, bald nach links, von Múrin zu Ordýnow und von Ordýnow zu Múrin. Seine Lage war sehr unangenehm. Er wollte ersichtlich etwas sagen, was seiner Ansicht nach wenigstens für die eine Seite äußerst heikel war. Aber mit aller Anstrengung vermochte er durchaus kein Wort hervorzubringen ... Ordýnow war auch wie von einem Zweifel befangen. Es kam ein Augenblick, in dem alle beide zugleich zu sprechen begannen ... Der schweigsame Múrin, der sie mit Neugier beobachtete, öffnete langsam den Mund und zeigte seine Zähne vom ersten bis zum letzten ...

„Ich bin gekommen Ihnen zu erklären", begann auf einmal Ordýnow, „daß der allerunangenehmste Zufall mich zwingt, die Wohnung aufzugeben, und ..."

„Stellen Sie sich vor, welch ein seltsamer Zufall!" unterbrach ihn Jarossláv Iljítsch plötzlich. „Ich muß gestehen, daß ich vor Staunen außer mir war, als dieser ehrwürdige Greis mir heute früh Ihren Entschluß mitteilte. Aber ..."

„Er teilte Ihnen mit?" fragte Ordýnow erstaunt und blickte Múrin an.

Múrin strich sich den Bart und lachte in seinen Ärmel hinein.

„Jawohl", griff Jarossláv Iljítsch auf, „übrigens kann ich mich noch irren. Doch für Sie, ich darf es kühn sagen — mit meiner Ehre kann ich Ihnen dafür bürgen, daß für Sie in den Worten dieses ehrwürdigen Greises auch kein Schatten einer Kränkung lag!..."
Hierbei errötete Jarossláv Iljítsch, mit allen Kräften bemüht, seine Erregung zu unterdrücken. Múrin, als habe er sich nun endlich genug an der Verwirrung von Wirt und Gast geweidet, trat einen Schritt vor.
„Es handelt sich darum, Euer Wohlgeboren", begann er, sich höflich vor Ordýnow verneigend, „ich habe Seine Wohlgeboren um Ihretwillen ein wenig zu bemühen gewagt. Es macht sich so, mein Herr — Sie wissen selbst — ich und die Hausfrau, das heißt, wären mit Herz und Willen bereit und würden kein Wort zu sagen wagen... doch mein Leben ist ja ein solches, Sie wissen selbst, Sie sehen selbst, mein Herr! wirklich aber, Gott behütet Leib und Leben, darum beten wir auch zu Seinem heiligen Willen; sonst aber sehen Sie selbst, mein Herr, soll ich etwa zu heulen beginnen?" Hierbei wischte sich Múrin wieder den Bart mit dem Ärmel.
Ordýnow wurde beinahe schlecht.
„Ja, ja, ich habe Ihnen selbst von ihm gesprochen: krank, das heißt, das ist ein malheur... das heißt, ich wollte mich auf Französisch ausdrücken, doch entschuldigen Sie, ich bin im Französischen nicht so fest, das heißt..."
„Jawohl..."
„Jawohl, das heißt..."
Ordýnow und Jarossláv Iljítsch machten einander gegenseitig eine halbe Verbeugung, jeder von seinem Stuhl aus und ein wenig nach der Seite hin und beide verbargen das entstandene Mißverständnis unter einem entschuldigenden Lachen. Der sachliche Jarossláv Iljítsch korrigierte sich sofort.
„Ich habe übrigens diesen ehrlichen Menschen ausführlich befragt", begann er, „er sagte mir, daß die Krankheit jener Frau..."
Hierbei warf der zartfühlende Jarossláv Iljítsch, der wahrscheinlich einen kleinen Zweifel verbergen wollte, der sich

in seinem Gesicht gezeigt hatte, rasch einen fragenden Blick auf Múrin.

„Ja, unserer Hausfrau..."

Der zartfühlende Jarossláv Iljítsch bestand nicht weiter darauf.

„Hausfrau, das heißt, Ihrer gewesenen Hausfrau, ich bin wirklich, irgendwie... nun ja! sie ist, sehen Sie, eine kranke Frau. Er sagt, daß sie Sie stört... in Ihren Arbeiten, und auch er selbst... Sie haben mir einen wichtigen Umstand verheimlicht, Wassíli Michaílowitsch!"

„Welchen?"

„Das Gewehr betreffend", sprach fast flüsternd Jarossláv Iljítsch mit der allerherablassendsten Stimme und just einem millionsten Teil von Vorwurf, der zart aus seinem freundschaftlichen Tenor herausklang. „Aber", fügte er eilig hinzu, „ich weiß alles, er hat mir alles erzählt und Sie haben edel gehandelt, indem Sie ihm seine unfreiwillige Schuld verziehen. Ich schwöre, ich sah Tränen in seinen Augen!"

Jarossláv Iljítsch errötete von neuem; seine Augen glänzten und er drehte sich gefühlvoll auf seinem Stuhl.

„Ich, das heißt wir, mein Herr, Euer Wohlgeboren, das heißt ich, beispielsweise, und auch meine Hausfrau beten ja wahrlich zu Gott für Sie", begann Múrin, sich zu Ordýnow wendend und den Blick auf ihn geheftet, während Jarossláv Iljítsch seine übliche Bewegung unterdrückte: „Sie wissen ja selbst, mein Herr, sie ist ein sieches dummes Weib; mich selbst tragen kaum die Füße..."

„Ich bin ja bereit", sagte Ordýnow ungeduldig, „genug, ich bitte Sie; meinetwegen gleich!..."

„Nein, das heißt, mein Herr, wir sind sehr zufrieden mit Euer Gnaden. (Múrin verbeugte sich ganz tief.) Ich rede nicht davon, mein Herr; ich wollte nur ein Wort sagen, — sie ist doch, mein Herr, beinah aus meiner Verwandtschaft, das heißt entfernt, beispielsweise, wie man spricht, das siebente Wasser, das heißt, verachten Sie nur nicht unsere Rede, mein Herr, ungebildete Leute sind wir — und sie ist so von Kindheit an! ein krankes Köpfchen, voller Streiche, wuchs auf im Wald,

wuchs auf als Bäuerin, immer unter Schiffsziehern und Fabriksleuten; und nun verbrennt ihr Haus; die Mutter, mein Herr, die ihrige verbrennt; der Vater versengt seine Seele im Feuer — sehen Sie einmal, weiß Gott was sie Ihnen da erzählen wird ... Ich mische mich da nur nicht ein, aber der chichir-rurg-gische Rat in Moskau hat sie untersucht ... das heißt, mein Herr, sie ist ganz zu Schaden gekommen, das ist es! ich allein bin ihr geblieben, bei mir lebt sie auch. Wir leben, beten zu Gott, hoffen auf die Kraft des Allerhöchsten; ich rede ihr auch schon in nichts mehr ein ..."
Ordýnow wechselte die Farbe. Jarossláv Iljítsch blickte vom einen zum anderen.
„Ich rede ja nicht davon, mein Herr ... nein!" korrigierte sich Múrin, wichtig mit dem Kopf nickend, „sie ist, beispielsweise, ein solcher Wind, ein solcher Wirbel, ein Kopf so voller Liebe und Unrast, immer den lieben Freund — wenn man das zur Entschuldigung sagen darf — immer den Herzgeliebten will sie haben, das ist grade ihr Irrwahn. Ich lulle sie schon immer ein mit Märchen, das heißt, und wie noch lulle ich sie ein. Und ich habe doch gesehen, mein Herr, wie sie — verzeihen Sie schon, mein Herr, meine dumme Rede", fuhr Múrin sich verneigend fort und mit dem Ärmel sich den Bart wischend, „wie sie, beispielsweise, Bekanntschaft mit Ihnen machte; Sie, das heißt, beispielsweise, Eure Erlaucht, wünschten ihr inbetreff der Liebe beizukommen ..."
Jarossláv Iljítsch errötete heftig und sah Múrin vorwurfsvoll an. Ordýnow litt es kaum auf seinem Stuhle.
„Nein ... das heißt, mein Herr, nicht davon rede ich ... ich bin einfach ein Bauer, mein Herr, ich muß Ihren Befehlen ... natürlich sind wir ungebildeten Leute, mein Herr, sind Ihre Knechte", sprach er, sich tief verneigend, „wie aber werde ich mit meiner Frau zu Gott beten für Euer Gnaden! ... Wer sind wir denn? wir sind satt, gesund und murren, ja, murren nicht; — ja, was soll ich denn aber tun, mein Herr, den Hals in die Schlinge tun, etwa? Sie wissen selbst, mein Herr, 's ist eine Lebenssache, haben Sie Mitleid mit uns, aber wie wird denn das sein, mein Herr, wenn sie noch einen Liebhaber hat! ...

Verzeihen Sie, mein Herr, das grobe Wort ... ein Bauer, Sie aber, mein Herr, sind ein Herr ... Sie sind, mein Herr, Eure Erlaucht, ein junger Mensch, ein stolzer, hitziger, sie aber ist, mein Herr, Sie wissen ja selbst, ein Kind, klein und ohne Verstand — wie nah ist es da bei ihr bis zur Sünde! ein kerniges Weib ist sie, rotwangig, lieb, mich Alten aber plagt immer die Krankheit. Nun, wie? der Teufel hat ja wohl Euer Gnaden verführt! mit Märchen schon immer lulle ich sie ein, wirklich, lulle sie ein. Wie aber würde ich dann schon mit der Frau zu Gott beten für Euer Gnaden! das heißt, so sehr würden wir beten! ja und was ist sie Ihnen, Eure Erlaucht, wenn sie auch lieb ist, so ist sie doch eine Bäuerin, ein ungewaschenes Weib, ein dummes Frauenzimmer, mir Bauern ebenbürtig! ziemt es wohl Ihnen, beispielsweise, mein Herr und Väterchen, es mit Bäuerinnen zu halten! aber wie ich dann schon mit ihr zu Gott beten würde für Euer Gnaden, so würde ich beten! ..."
Hierbei verneigte sich Múrin tief, ganz tief und richtete lange den Rücken nicht wieder auf, indem er beständig mit dem Ärmel den Bart rieb. Jarossláv Iljítsch wußte nicht mehr, wo er sich befand.
„Jawohl, dieser gute Mensch", bemerkte er, ganz wirrgeworden, „sprach mir da gestern von etlichen Unordnungen, die zwischen Ihnen bestehen; ich wage nicht zu glauben, Wassíli Michaílowitsch ... Ich höre, Sie sind immer noch krank", unterbrach er sich rasch mit vor Erregung tränenden Augen, indem er Ordýnow in unerschöpflicher Verwirrung anblickte.
„Jawohl ... Wieviel bin ich Ihnen schuldig?" wandte sich Ordýnow rasch an Múrin.
„Was tun Sie, Herr und Väterchen! lassen Sie doch! wir sind doch keine Judasse irgendwie. Warum, mein Herr, kränken Sie uns denn! Sie sollten sich schämen, mein Herr, wodurch habe ich mit der Ehefrau Sie gekränkt? ich bitte Sie!"
„Dieses ist aber sonderbar, mein Freund; er hat ja doch bei Ihnen gemietet; fühlen Sie nicht, daß Sie ihn mit Ihrer Weigerung kränken?" mischte sich Jarossláv Iljítsch ein, der es für

seine Pflicht hielt, Múrin auf die ganze Seltsamkeit und Kitzlichkeit seiner Handlungsweise aufmerksam zu machen.
„Ja, ich bitte Sie aber, Väterchen! was denken Sie sich, Herr? ich bitte Sie! wo haben wir es denn nicht getroffen bei Euer Ehren? und wie haben wir uns doch bemüht und bemüht, bis zum Umfallen, ich bitte Sie! genug doch, mein Herr; genug, lieber Herr, Christus sei mit Ihnen! sind wir etwa gar Ungläubige? mochte er doch wohnen bei uns, unsere bäurische Speise verzehren, ihm zur Gesundheit, mochte er doch liegen – nichts hätten wir gesagt – nicht ein einziges Wort; doch da hat der Böse hineingepfuscht, ein kranker Mensch bin ich und auch meine Hausfrau ist krank – was ist da zu tun! es ist niemand zur Bedienung da, aber froh wären wir, von Herzen froh. Und wie werde ich auch mit der Hausfrau zu Gott für Euer Gnaden beten, das heißt, so werden wir beten!"
Múrin verbeugte sich bis zur Gürtelhöhe. Die Tränen traten aus Jarossláv Iljítschs begeisterten Augen. Er sah mit Enthusiasmus Ordýnow an.
„Sagen Sie einmal, was für ein edler Zug! welch eine heilige Gastfreundschaft ruht doch in unserem russischen Volk!"
Ordýnow warf einen wilden Blick auf Jarossláv Iljítsch. Er entsetzte sich beinahe... und betrachtete ihn vom Kopf bis zu den Füßen.
„Ja wahrlich, mein Herr, die Gastfreundschaft nämlich ehren wir, das heißt, so ehren wie sie, mein Herr!" griff Múrin auf, mit dem ganzen Ärmel seinen Bart verdeckend, „wahrlich, jetzt kommt mir der Gedanke: Sie könnte ja noch bei uns zu Gaste sein, mein Herr, bei Gott, zu Gaste", fuhr er fort, indem er auf Ordýnow zutrat, „ich hätte ja nichts dagegen, mein Herr; einen Tag, oder zwei, wirklich, ich würde ja nichts sagen. Aber die Sünde hat sich zu sehr eingemischt, meine Hausfrau ist ja doch nicht gesund! ach, wenn nicht die Hausfrau wäre! wäre ich nun beispielsweise allein: wie täte ich da alles Euer Gnaden zu Gefallen, und mit welcher Fürsorge, das heißt, mit solch einer Fürsorge! wem sollten wir denn mehr alles zu Gefallen tun wollen, als Euer Gnaden? ich würde Sie kurieren, wahrhaftig, würde Sie kurieren, ich weiß auch ein

Mittel... Sie sollten wirklich bei uns zu Gast bleiben, mein Herr, bei Gott, das ist ein großes Wort, bei uns zu Gast!"
„Gibt es denn nicht in der Tat irgend ein Mittel?" bemerkte Jarossláv Iljítsch... und vollendete nicht.
Ordýnow hatte etwas Vergebliches getan, als er kurz vorher in wilder Verwunderung Jarossláv Iljítsch von Kopf bis zu Füßen gemustert hatte. Das war natürlich der ehrlichste und edelste Mensch, doch hatte er jetzt alles verstanden und seine Lage war, mußte er gestehen, äußerst schwierig! er wollte, wie es heißt, vor Lachen platzen! wären sie allein gewesen, er und Ordýnow — zwei solche Freunde! — würde es Jarossláv Iljítsch natürlich nicht ausgehalten und sich ungehemmt dem Trieb der Fröhlichkeit hingegeben haben. Jedenfalls hätte er dies in sehr edler Weise getan, hätte nach dem Gelächter gefühlvoll Ordýnows Hand gedrückt, ehrlich und wahrheitsgemäß beteuert, daß er ihm gegenüber eine verdoppelte Achtung empfinde und daß er es jedenfalls entschuldige... und schließlich der Jugend gegenüber durch die Finger sehe. Jetzt aber, bei seinem bekannten Zartgefühl, war er in der allerschwierigsten Lage und wußte nicht, wo er sich verbergen könne...
„Mittel, das heißt, Arzeneien", griff Múrin auf, dessen ganzes Gesicht in Bewegung geraten war bei dem ungeschickten Ausruf Jarossláv Iljítschs. „Ich, das heißt, mein Herr, würde in meiner Bauerndummheit so etwas sagen", fuhr er fort, noch um einen Schritt vortretend: „Sie haben zu viel, mein Herr, in Büchern gelesen; möchte sagen, Sie sind allzuklug geworden; es ist, das heißt, wie man auf Russisch sagt, auf bäurisch, der Sinn ist mit dem Verstand davongelaufen."
„Genug!" unterbrach ihn streng Jarossláv Iljítsch...
„Ich gehe", sagte Ordýnow, „haben Sie Dank, Jarossláv Iljítsch; ich komme, komme bestimmt zu Ihnen", erwiderte er auf die verdoppelten Höflichkeiten Jarossláv Iljítschs, der ihn nicht länger zurückzuhalten vermochte. — Leben Sie wohl, leben Sie wohl..."
„Leben Sie wohl, Euer Wohlgeboren; leben Sie wohl, mein Herr; vergessen Sie uns nicht, besuchen Sie uns Sünder."

Ordýnow hörte nichts mehr. Er ging fort wie halb bei Sinnen.

Er konnte es nicht länger ertragen; er war wie erschlagen; sein Bewußtsein war gelähmt. Er spürte dumpf, daß die Krankheit ihn würgte, doch eine kalte Verzweiflung hatte von seiner Seele Besitz ergriffen und er fühlte nur, wie ein dumpfer Schmerz an seiner Brust bohrte, saugte, zerrte. Er wollte sterben in diesem Augenblick. Die Füße versagten und er setzte sich an einem Zaun nieder, ohne die vorübergehenden Leute noch zu beachten, und nicht die Menge, die sich rings um ihn her zu versammeln begann, noch die Rufe und Fragen der ihn umringenden Neugierigen. Auf einmal aber erklang unter den vielen Stimmen die Stimme Múrins über ihm. Ordýnow erhob den Kopf. Wirklich stand der Alte vor ihm; sein blasses Gesicht war ernsthaft und nachdenklich. Dies war schon ein ganz anderer Mensch, als jener, der ihn bei Jarossláv Iljítsch in so grober Weise verhöhnt hatte. Ordýnow erhob sich, Múrin faßte ihn am Arm und führte ihn aus der Menge.

„Du willst noch deine Siebensachen abholen", sagte er mit einem schrägen Blick auf Ordýnow. „Traure nicht, Herr!" rief Múrin. „Du bist jung, was gibt's da zu trauern! ..."
Ordýnow antwortete nicht.

„Kränkt dich das, Herr? allzu zornig bist du jetzt wohl ... doch warum? jedermann hütet sein Gut!"

„Ich kenne Sie nicht", sagte Ordýnow, „ich will Ihre Geheimnisse nicht kennen. Aber sie! sie! ..." sprach er und die Tränen strömten ihm in zwei Bächen aus den Augen. Der Wind riß ihm die eine nach der anderen von den Wangen ... Ordýnow trocknete sie mit der Hand. Seine Bewegung, sein Blick, die unwillkürlichen Zuckungen der bebenden blaugewordenen Lippen — alles war ein Vorzeichen von Sinnverwirrung.

„Ich habe dir schon erklärt", sagte Múrin mit gerunzelten Brauen, „sie ist nicht bei Verstand! warum und wie sie von Sinnen kam — wozu brauchst du das zu wissen? mir aber ist sie auch so — die liebste! ich liebe sie mehr als mein Leben und überlasse sie keinem. Verstehst du jetzt!"

Ein Feuer blitzte auf einen Augenblick in Ordýnows Augen auf.

„Aber warum denn ... warum denn habe ich jetzt gleichsam mein Leben verloren? warum tut denn mein Herz weh? warum habe ich Katharina kennen gelernt?"

„Warum?" Múrin lachte auf und versank in Nachdenken. „Warum, ich weiß es selbst nicht, warum", sprach er endlich. „Die Seele der Frau ist nicht der Grund des Meeres, erkennen kannst du sie wohl, doch sie ist listig, standhaft, zählebig! da nimm sie heraus und lege sie vor dich hin! weißt du, Herr, sie hat ja wirklich mit Ihnen von mir fortgehen wollen", fuhr er nachdenklich fort. „Hat den Alten mißachtet, hat alles mit ihm durchlebt, was zu durchleben war! sie hat anfangs an Ihnen zu viel Wohlgefallen gefunden! und wär's auch so, ob Sie, ob ein anderer ... Ich rede ihr doch in nichts drein; begehrt sie Vogelmilch, so hole ich ihr Vogelmilch; ich erschaffe selbst einen solchen Vogel, wenn es keinen solchen Vogel gibt! ehrgeizig ist sie! der Freiheit jagt sie nach und weiß es selbst nicht, was sich das Herz erträumt. Und so kam es denn, daß ihr das Alte besser erschien! ach, Herr! allzu jung bist du! dein Herz ist noch heiß, wie das eines Mädchens, das verlassen ward und sich mit dem Ärmel die Tränen trocknet! erfahre das, Herr: ein schwacher Mensch kann sich allein nicht halten! nur gib ihm alles, er aber kommt selbst, gibt alles zurück; gib ihm das halbe Reich der Welt zum Besitz, versuch's — was denkst du wohl? er kriecht sogleich in deinen Schuh hinein, so klein wird er sich machen. Gib ihm Freiheit, dem schwachen Menschen — er bindet sie fest, bringt sie dir selbst zurück. Dem dummen Herzen taugt auch die Freiheit nicht! man kann nicht leben, ist man von solcher Art! ich sage dir da dies alles — allzu jung bist du! was bist du denn mir? du kamst und gingst — du oder ein anderer, einerlei. Ich wußte von Anbeginn, was geschehen würde. Widersprechen aber darf man nicht, kein Wort darfst du dawider sagen, wenn du dein Glück bewahren willst. Es ist doch so, weißt du, Herr", fuhr Múrin zu philosophieren fort, „man sagt das alles nur so; und was kommt denn nicht vor? er greift im

Zorn nach dem Messer, oder waffenlos, mit bloßen Händen springt er dich an wie ein Widder und beißt dem Feind mit den Zähnen die Kehle durch. Aber laß dir nur dieses selbe Messer in die Hand geben und laß den Feind selbst vor dir seine breite Brust entblößen; wahrlich, du weichst zurück."
Sie betraten den Hof. Der Tatar erblickte Múrin schon von weitem, nahm vor ihm die Mütze ab und sah scharf und listig Ordýnow an.
„Wo ist die Mutter? zuhause?" rief ihm Múrin zu.
„Zuhause."
„Sag, sie soll ihm seine Sachen hinübertragen helfen! und auch du vorwärts, marsch!"
„Sie gingen die Treppe empor. Die Alte, welche Múrin bediente und die sich wirklich als die Mutter des Hausknechts erwies, wirtschaftete mit den Sachen des gewesenen Mieters und band sie mürrisch in ein großes Bündel zusammen.
„Wart; ich bringe dir noch etwas was dir gehört, es ist drüben geblieben..."
Múrin ging in sein Zimmer. Eine Minute darauf kehrte er zurück und bot Ordýnow ein reiches Kissen, ganz bestickt mit Seide und Perlen — jenes selbe, das ihm Katharina untergeschoben hatte, als er krank wurde.
„Dies schickt sie dir", sagte Múrin, „Und jetzt geh wie es gut und recht ist, nur gib acht, nicht herumlungern", fügte er halblaut in väterlichem Tone hinzu, „sonst geht es dir übel."
Man sah, daß er den Mieter nicht kränken wollte. Doch als er den letzten Blick auf ihn warf, sah man unwillkürlich, daß eine Flut unerschöpflichen Zornes in seinem Gesicht heraufzuschäumen begann. Fast mit Widerwillen verschloß er hinter Ordýnow die Tür.
Zwei Stunden darauf zog Ordýnow bei dem Deutschen Spieß ein. Tinchen rief Ach! bei seinem Anblick. Sie fragte ihn sofort nach seiner Gesundheit und als sie Näheres erfahren hatte, begann sie ihn sogleich zu kurieren. Der alte Deutsche zeigte seinem Mieter selbstzufrieden, daß er grade eben ans Tor gehen wollte und den Zettel auf's neue anheften, da seine

Anzahlung genau heute bis zum letzten Pfennig gereicht hatte, wenn man sie auf jeden Mietstag verteilte. Hierbei versäumte es weitsichtigerweise der Alte nicht, die deutsche Akkuratesse und Ehrlichkeit zu rühmen. Am selben Tag erkrankte Ordýnow und konnte erst nach drei Monaten von seinem Bett aufstehen.

Allmählich ward er gesund und begann auszugehen. Das Leben bei dem Deutschen war einförmig und ruhig. Der Deutsche hatte keine besonderen Schrullen; das hübsche Tinchen, blieb nur die Sittlichkeit unangetastet, war alles was einem beliebte, aber das Leben schien auf immer seinen Glanz für Ordýnow verloren zu haben! Er ward nachdenklich, reizbar; seine Eindrucksfähigkeit nahm eine krankhafte Richtung und unmerklich verfiel er in eine böse, trockene Hypochondrie. Die Bücher wurden bisweilen ganze Wochen lang nicht aufgeschlagen. Die Zukunft war ihm verschlossen, das Geld ging auf die Neige und er ließ von vorneherein die Hände sinken; er dachte nicht einmal an die Zukunft. Zuweilen traten das frühere Wissensfieber, die frühere Glut, die früher von ihm selbst geschaffenen Bilder hell vor ihm aus der Vergangenheit hervor, aber sie bedrückten ihn nur, erstickten seine Tatkraft. Der Gedanke fand nicht den Übergang zum Tun. Das Schaffen stockte. Es schien, all diese Bilder wuchsen absichtlich wie Giganten in seinen Vorstellungen empor, um seine Schwäche zu verlachen, der er doch ihr Schöpfer war. Unwillkürlich kam ihm in einer traurigen Minute der Vergleich zwischen sich selbst und jenem prahlerischen Lehrling des Hexenmeisters, der das Zauberwort des Lehrers gestohlen und dem Besen Wasser zu bringen befahl und darin ertrank, weil er vergessen hatte, wie das „hör auf" lautete. Vielleicht hätte sich in ihm eine abgerundete, selbständige, ursprüngliche Idee verwirklichen können. Vielleicht war es ihm beschieden, in der Wissenschaft ein Künstler zu sein. Früher wenigstens hatte er selbst daran geglaubt. Ein aufrichtiger Glaube ist schon ein Pfand des Künftigen. Jetzt aber lachte er selbst zuzeiten über seine blinde Überzeugung und -- bewegte sich nicht vorwärts.

Vor einem halben Jahr hatte er die wohlgeratene Skizze einer Schöpfung durchlebt, erschaffen und auf das Papier geworfen, auf die er (aus Jugendlichkeit) in unschöpferischen Minuten seine allerwesentlichsten Hoffnungen gründete. Das Werk bezog sich auf die Geschichte der Kirche und die wärmsten, heißesten Überzeugungen waren ihm aus der Feder geflossen. Jetzt las er diesen Plan durch, arbeitete ihn um, dachte darüber nach, las, wühlte und verwarf schließlich seine Idee, ohne irgendetwas auf den Trümmern zu erbauen. Aber etwas dem Mystizismus, der Vorbestimmung und dem Geheimnisvollen Verwandtes, begann in seine Seele einzudringen. Der Unglückliche fühlte seine Leiden und bat Gott um Heilung. Die russische Bediente des Deutschen, eine gottesfürchtige Alte, erzählte mit Genuß, wie ihr friedlicher Zimmerherr betete und wie er ganze Stunden lang wie entseelt auf den Altarstufen zu liegen pflegte...

Er sprach mit niemandem ein Wort über das Vorgefallene. Bisweilen aber, besonders in der Dämmerung, in der Stunde, wenn das Summen der Glocken ihm an jenen Augenblick erinnerte, als zum ersten Mal seine Brust erbebte und schmerzte von einem ihm vorher fremdgewesenen Gefühl, als er neben ihr in Gottes Tempel auf den Knieen lag, alles vergessend und nur das scheue Klopfen ihres Herzens hörend, als er mit den Tränen des Entzückens und der Freude seine neue helle Hoffnung besprengte, die in seinem einsamen Leben aufgeblinkt war – dann erhob sich der Sturm in seiner auf immer verwundeten Seele; dann zuckte sein Geist und die Qual der Liebe flammte als brennendes Feuer aufs neue in seiner Brust. Dann tat ihm sein Herz weh vor Trauer und Leidenschaft und seine Liebe schien noch zu wachsen mit der Trauer zugleich. Oft saß er stundenlang, sich selbst und sein ganzes Alltagsleben vergessend, alles in der Welt vergessend, auf dem gleichen Fleck, einsam, vergrämt, schüttelte hoffnungslos den Kopf und flüsterte unter stummen Tränen vor sich hin: „Katharina! meine Taube ohne gleichen! meine einsame Schwester!..."

Irgend ein abscheulicher Gedanke begann ihn immer mehr

und mehr zu quälen. Immer stärker und stärker verfolgte er ihn und verkörperte sich ihm mit jedem Tag immer deutlicher zur Wahrscheinlichkeit, zur Wirklichkeit. Er glaubte — und er war schließlich selbst davon überzeugt — er glaubte, daß Katharinas Verstand heil war, daß aber Múrin in seiner Weise recht gehabt, als er sie ein schwaches Herz genannt. Er glaubte, daß irgend ein Geheimnis sie an den Alten knüpfe, daß aber Katharina, ohne sich des Verbrechens bewußt zu sein, als reine Taube in seine Gewalt geraten war. Wer sind sie? er wußte es nicht. Aber er träumte beständig von der tiefen, ausweglosen Tyrannei über einem armen schutzlosen Wesen und das Herz in seiner Brust verwirrte sich und zitterte in kraftlosem Unwillen. Er glaubte, daß man vor die erschreckten Augen der auf einmal sehendgewordenen Seele tückisch ihren Fall selbst hinstellte, daß man tückisch das arme schwache Herz marterte, ihr schief und krumm die Wahrheit auslegte, mit Absicht die Blindheit bewahrte, wo es nötig war, schlau den unerfahrenen Neigungen ihres heftigen zerrütteten Herzens schmeichelte und allmählich der freien ungebundenen Seele die Flügel beschnitt, die dann endlich weder zur Empörung, noch zum freien Auftrieb in das wirkliche Leben hinein fähig blieb ...

Allmählich ward Ordýnow noch mehr menschenfremd als vorher, wobei ihm, wie es die Gerechtigkeit zu sagen gebietet, seine Deutschen niemals im Wege standen. Oft schlenderte er gern durch die Straßen, lange, ohne Ziel. Er wählte meistens die Dämmerstunde, und als Ort des Spaziergangs — die öden, entfernten, selten vom Volk besuchten Gegenden. Eines unglücklichen ungesunden Frühlingsabends traf er Jarossláv Iljítsch in einer solchen Winkelgasse.

Jarossláv Iljítsch war merklich abgemagert, seine angenehmen Augen waren trüb geworden und er selbst wirkte ganz wie blasiert. Er lief atemlos in Besorgung irgend eines unverschiebbaren Geschäftes, durchnäßt und beschmutzt, und ein Regentropfen verließ schon beinahe phantastischerweise den ganzen Abend lang die sehr anständige, jetzt aber blaugewordene Nase nicht. Außerdem hatte er sich den Backenbart stehen lassen. Dieser Backenbart, ja, und auch daß Jarossláv Iljítsch ihn so anblickte, als scheue er die Begegnung mit einem guten alten Bekannten, setzten Ordýnow beinahe in Erstaunen... Wunderlich genug! es kränkte und verwundete gewissermaßen sogar sein Herz, das bisher niemals fremdes Mitgefühl benötigt hatte. Schließlich war ihm der frühere Mensch lieber gewesen, der einfache, gutmütige, naive — entschließen wir uns, es endlich aufrichtig zu sagen — der ein wenig dumme, doch ohne die Prätention, blasiert und klug zu werden. Unangenehm aber ist es, wenn ein dummer Mensch, den wir früher vielleicht grade wegen seiner Dummheit geliebt haben, auf einmal klug wird, entschieden unangenehm. Übrigens verschwand das Mißtrauen, womit er Ordýnow angesehen hatte, sofort wieder. Bei all seiner Blasiertheit hatte er durchaus nicht von seiner früheren Art gelassen, mit welcher der Mensch, wie bekannt, sogar zur Grube fährt und er kletterte, so wie er war, mit Genuß in Ordýnows Freundesseele hinein. Vor allem bemerkte er, daß er sehr viel zu tun habe, dann, daß sie sich lange nicht gesehen; auf einmal aber geriet ihr Gespräch auf eine sonderbare Bahn. Jarossláv Iljítsch sprach von der Lügenhaftigkeit der Leute überhaupt, von der Unsicherheit der irdischen Güter, von der Eitelkeit der Eitelkeiten, versäumte es nicht, nebenbei, mehr als gleichgültig sogar, Púschkin zu erwähnen, sprach mit einigem Zynismus von guten Bekannten und spielte zum Schluß sogar auf die Verlogenheit und Heimtücke derjenigen an, die sich in der Welt Freunde nennen, während es aber wahre Freundschaft in der Welt von Anbeginn nie gegeben hat. Mit einem Wort, Jarossláv Iljítsch war klug geworden. Ordýnow widersprach ihm in keiner Weise, doch ward ihm unsagbar, qualvoll traurig zu Mute: es war, als begrabe er seinen besten Freund!

„Ach! stellen Sie sich vor — ich hätte es fast zu erzählen vergessen", sagte plötzlich Jarossláv Iljítsch, als wäre ihm etwas sehr Interessantes eingefallen, „wir haben eine Neuigkeit! ich erzähle es Ihnen im Vertrauen. Erinnern Sie sich an das Haus, in dem Sie gewohnt haben?"

Ordýnow zuckte zusammen und erblaßte.

„Stellen Sie sich also vor, unlängst hat man in diesem Hause eine ganze Diebesrotte entdeckt, das heißt, mein lieber Herr, eine Bande, eine Verbrecherherberge; Schmuggler, Gauner aller Art, wer weiß was! einige hat man gefangen, hinter anderen ist man noch erst her; die strengsten Befehle wurden erteilt. Und können Sie sich vorstellen: erinnern Sie sich des Hausbesitzers, so ein gottesfürchtiger, ehrwürdiger, von edlem Aussehen..."

„Nun!"

„Urteilen Sie danach über die ganze Menschheit! das war der Häuptling ihrer ganzen Bande, der Anführer! ist das nicht blödsinnig?"

Jarossláv Iljítsch sprach mit Gefühl und verurteilte um des einen willen die ganze Menschheit, denn Jarossláv Iljítsch kann nicht anders handeln; das liegt in seinem Charakter.

„Und jene? und Múrin?" sprach Ordýnow flüsternd.

„Ach, Múrin, Múrin! nein, das ist ein ehrwürdiger edler Greis. — Aber erlauben Sie, Sie entzünden da ein neues Licht..."

„Was denn? war er auch in der Bande?"

Das Herz Ordýnows wollte ihm vor Ungeduld die Brust zersprengen...

„Übrigens, was sagen Sie denn da..." fügte Jarossláv Iljítsch hinzu, seinen bleiernen Blick scharf auf Ordýnow gerichtet — ein Anzeichen, daß er kombinierte: „Múrin konnte nicht darunter sein. Genau vor drei Wochen ist er mit seiner Frau nach Hause gefahren, in seine Heimat... Ich habe es vom Hausknecht erfahren... Dieser Tatarenbursche, erinnern Sie sich?"

NIKOLAI LJESSKÓW

Der ungetaufte Pope

Eine unwahrscheinliche Begebenheit

(Ein legendärer Vorfall)

Erzählung

Erstes Kapitel

In unserem Freundeskreis stießen wir auf die folgende Zeitungsnachricht:
„In einem Dorf geschah es, daß der Geistliche seine Tochter verheiratete. Natürlich war es ein prächtiges Fest, alle tranken tüchtig und amüsierten sich auf ländliche, auf häusliche Manier. Unter anderem erwies sich der Diakonus des Ortes als ein Liebhaber der Tanzkunst und tanzte in der Begeisterung und Freude des Festes ‚mit fröhlichen Füßen' angesichts der Gäste einen Trepack, wodurch er alle in nicht geringes Entzükken versetzte. Unglücklicherweise war auch der Probst auf dem selben Fest, dem ein solches Tun des Diakonus als sehr verletzend erschien und des höchsten Strafmaßes würdig, und in seinem Eifer schrieb der Probst dem Bischof einen Bericht, daß der Diakonus auf einer Hochzeit im Hause des Geistlichen den ‚Trepack getreten' habe. Der Erzbischof Ignatius empfing den Bericht und versah ihn mit der folgenden Resolution:

> Der Diakonus N hat den Trepack getreten...
> Doch der Trepack klagt nicht;
> Warum denn schreibt der Probst Bericht?
> Den Probst vors Konsistorium zitieren und befragen!

Die Sache endete damit, daß der Ankläger, nachdem er hundertundfünfzig Werst zurückgelegt und für die Reise nicht wenig Geld verbraucht, mit der Ermahnung heimkehrte, daß der Probst mündlich an Ort und Stelle den Diakonus hätte ermahnen sollen, nicht aber Geschichten aufrühren wegen eines einzigen und noch dazu eines Ausnahmefalles."

Nachdem sie dieses durchgelesen, beeilten sich alle einstimmig, ihr volles Einverständnis mit der originellen Resolution des hochwürdigen Ignatius zu bekunden, doch einer von uns, ein großer Kenner des geistlichen Wandels, der immer in seinem Gedächtnis einen reichen Vorrat von Anekdoten aus diesem eigenartigen Milieu hatte, fügte ein:

„Gut ist es schon, meine Herrschaften, meinetwegen: der Probst hätte in der Tat keine ‚Geschichten aufrühren sollen wegen eines einzigen und noch dazu eines Ausnahmefalles'; aber ein Fall ist dem anderen nicht gleich, und das was wir soeben gelesen erinnert mich an einen anderen Vorfall, wobei ein denunzierender Probst seinen Bischof vor eine viel größere Schwierigkeit stellte, aber auch hier ging die Sache glatt zu Ende."

Natürlich baten wir den Sprecher, uns seinen schwierigen Vorfall mitzuteilen, und vernahmen von ihm das folgende:

Die Begebenheit, davon ich Ihnen auf Ihre Bitte Bericht geben soll, nahm in den ersten Regierungsjahren des Kaisers Nikolai Pawlowitsch ihren Anfang und erreichte ihren Höhepunkt schon gegen Ende seiner Regierung, in den allerverworrensten Tagen unserer Krim'schen Mißerfolge. Hinter den damaligen hochwichtigen Geschehnissen, welche so selbstverständlich die allgemeine Aufmerksamkeit in Rußland auf sich lenkten, schrumpfte der verzwickte Fall vom „ungetauften Popen" unter dem Lärm ein und wird jetzt nur noch in der Erinnerung einiger überlebenden Teilnehmer dieser absonderlichen Geschichte aufbewahrt, die schon den Charakter einer unterhaltsamen Legende neuester Herkunft erhalten hat.

Da diese Begebenheit am Ort ihres Hergangs sehr vielen bekannt ist und ihre Hauptperson bis jetzt wohlbehalten existiert, so werden Sie mich entschuldigen, wenn ich den Ort der Handlung nicht näher bezeichne und es vermeide, den Personen ihre wirklichen Namen zu geben. Ich will Ihnen nur sagen, daß dies im Süden Rußlands vor sich ging, unter kleinrussischer Bevölkerung, und daß es den ungetauften Popen, den Vater Ssawwa betrifft, einen sehr guten frommen Menschen, der auch bis jetzt wohlbehalten lebt und predigt und sowohl bei der Obrigkeit sehr beliebt ist, wie auch bei seiner friedlichen Dorfgemeinde.

Abgesehen vom eigenen Namen des Vaters Ssawwa, dem ich ein Pseudonym zuzuerteilen nicht für nötig erachte, werde ich allen anderen Personen und Örtlichkeiten neue Namen geben an Stelle der wirklichen.

Zweites Kapitel

Also, in einem kleinrussischen Kosakendorf, das wir, meinetwegen, etwa Paripsy nennen mögen, wohnte der reiche Kosak Petro Sacharowitsch, genannt Dukatsch. Er war schon bejahrt, sehr reich, kinderlos und streng — überstreng. Er war kein Bauer im Amt im großrussischen Sinn dieses Wortes, denn in kleinrussischen Dörfern ist das Amtbauerntum auf großrussische Art unbekannt, aber er war, wie man es nennt, ein Dukatsch — ein schwieriger, zänkischer und unverschämter Mensch. Alle fürchteten ihn und wichen ihm aus bei Begegnungen, gingen eilig auf die andere Seite der Straße, um nicht von Dukatsch beschimpft oder bei Gelegenheit sogar, wenn seine Kraft die größere war, von ihm geprügelt zu werden. Seinen Stammnamen hatten alle, wie dies in Dörfern nicht selten vorkommt, auf die allergründlichste Weise vergessen und durch die Gassenbezeichnung und den Spitznamen „Dukatsch" ersetzt, der seine unangenehmen gesellschaftlichen Eigenschaften ausdrückte. Dieser beleidigende Rufname trug natürlich nicht zur Milderung der Lebensart des Petro Sacharytsch bei, sondern reizte ihn im Gegenteil noch mehr und brachte ihn in einen solchen Zustand, in dem er, der von Natur ein sehr kluger Mensch war, die Selbstbeherrschung und die ganze Vernunft verlor und gegen die Leute wie ein Besessener wütete.

Es brauchten nur Kinder, die irgendwo spielten, im Schreck bei seinem Anblick auseinander zu laufen, mit dem Ruf: „ach, schrecklich, der alte Dukatsch kommt", so erwies sich dieser Schreck schon nicht als überflüssig: der alte Dukatsch stürzte sich hinter den auseinanderlaufenden Kindern mit seinem langen Stecken drein, wie er in die Hand eines richtigen gesetzten kleinrussischen Kosaken gehört, oder mit einem zufällig vom Baum gerissenen Zweig. Vor Dukatsch fürchteten sich übrigens nicht nur die Kinder: wie ich schon sagte, auch die Erwachsenen bemühten sich ihn zu umgehen, — „damit er nur nicht einen Grund zum Anbinden bekomme." So war dieser Mensch. Niemand liebte Dukatsch und niemand hatte weder vor noch hinter seinem Rücken gute Wünsche für ihn, im Gegenteil, alle meinten, der Himmel zaudere nur aus einer unbegreiflichen Nachlässigkeit so lang, den zanksüchtigen Kosaken so in Stücke zu schlagen, daß nicht einmal sein Gekröse mehr übrig bleibe, und ein jeder hätte, je nach Vermögen, sich gern bemüht, diese Versäumnis der Vorsehung nachzuholen, wenn nicht das Glück, ihnen zum Ärger, dem Dukatsch unsichtbar von allen Seiten „wie toll zuflösse". In allen Dingen hatte er Erfolg — alles kam ihm wie von selbst in seine eisernen Hände: seine mächtigen Schafherden waren fruchtbar wie die Herden Labans unter der Aufsicht Jakobs. Es gab für sie in der Nähe schon nicht Steppen genug; die isabellfarbenen gradhörnigen Ochsen des Dukatsch waren stark und groß und gingen auch etwa in hunderten von Paaren vor neuen Lastfuhren bald nach Moskau, bald in die Krim, bald nach Njeshin; und der Bienenstand in seinem Lindengehölz, im warmen Gehege war ein solcher, daß man die Körbe nach Hunderten zählen mußte. Mit einem Wort, es war ein für den Kosakenstand unermeßlicher Reichtum. Und wofür hat Dukatsch dies alles von Gott empfangen? Die Leute wunderten sich nur und beruhigten sich damit, daß dies alles nicht zum Guten führt, daß Gott auf solche Weise den Dukatsch nur „versucht", damit er noch großspuriger werde, und ihm dann „eins aufklopfen" wird, aber auch so aufklopfen, daß es in der ganzen Umgegend hörbar werden soll.

Die guten Leute erwarteten mit Ungeduld diese Bestrafung des argen Kosaken, aber Jahre um Jahre vergingen und Gott „klopfte" den Dukatsch nicht. Der Kosak wurde immer reicher und eingebildeter und von keiner Seite bedrohte ihn etwas seiner Wildheit Angemessenes. Das allgemeine Gewissen fühlte sich darob stark verstört. Umsomehr als man vom Dukatsch nicht sagen konnte, es werde an seinen Kindern heimgesucht werden: er hatte keine Kinder. Nun begann aber auf einmal die alte Dukatschicha aus irgend einem Grunde den Leuten auszuweichen, sie genierte oder, wie es am Ort hieß, sie „schämte" sich, zeigte sich nicht auf der Straße und daraufhin verbreitete sich in der Umgegend die Nachricht, daß die Dukatschicha „gesegneten Leibes" war.

Die Geister und die Zungen kamen in Bewegung: das vom langen Warten ermüdete öffentliche Gewissen hoffte auf baldige Befriedigung.

Was wird das für ein Kind sein! was wird das für ein Antichristenkind sein! und das sollte doch vor der Geburt umkommen im Mutterleib, um die Gotteswelt nicht zu sehen!

Dieses erwarteten alle mit Ungeduld und schließlich wurde die Erwartung belohnt: in einer frostkalten Dezembernacht kam in der geräumigen Hütte des Dukatsch, in den heiligen Schmerzen der Geburtswehen, ein Kind zur Welt.

Der neue Erdenbewohner war ein Knabe und dazu ohne jegliche tierhafte Mißbildung, wie alle guten Leute es gewünscht hatten; sondern im Gegenteil, er war ungewöhnlich sauber und schön, mit einem schwarzen Köpfchen und großen blauen Äugelchen.

Die Gevatterin Kerassicha, die als erste diese Nachricht auf die Straße brachte und schwor, daß das Kind weder Hörnerchen noch ein Schwänzchen hatte, wurde bespieen und beinahe verprügelt, das Kind aber blieb dennoch hübsch, sehr hübsch, und dazu noch erstaunlich friedlich: es atmete leise vor sich hin, schämte sich aber gleichsam zu schreien.

Drittes Kapitel

Als Gott ihm diesen Knaben schenkte, war Dukatsch, wie oben gesagt, schon nahe seinem Untergang. Er war damals vielleicht über fünfzig Jahre alt. Es ist bekannt, daß bejahrte

Väter eine solche Neuigkeit sehr warm begrüßen, wie die Geburt eines ersten Kindes, noch dazu eines Sohnes, eines Erben des Namens und des Reichtums. Auch Dukatsch war über dieses Ereignis sehr froh — äußerte dies aber so, wie es ihm seine rauhe Natur erlaubte. Vor allem rief er seinen bei ihm wohnenden unbehausten Neffen zu sich, der Agap hieß, und eröffnete ihm, daß dieser jetzt schon nicht mehr nach des Onkels Erbschaft hinzuschielen brauche, sondern daß ihm Gott nun für sein Hab und Gut einen richtigen Erben gesendet habe, und darum befahl er diesem Agap, sogleich seinen neuen Festrock und die Mütze anzuziehen und in der ersten Morgendämmerung als Bote zum angereisten jungen Gerichtsherrn und der jungen Popentochter zu gehen, — sie zu Gevattern zu laden.

Agap war auch schon an die vierzig, aber er war ein verhetzter Mensch und sah aus wie ein Küken mit einem zerzausten Köpfchen, das an der Seite eine urkomische Glatze hatte, ebenfalls ein Werk der Hände des Dukatsch.

Als Agap in seiner Kindheit verwaiste und im Hause des Dukatsch aufgenommen ward, war er ein lebhaftes und sogar aufgewecktes Kind und brachte seinem Onkel den Vorteil, daß er lesen und schreiben konnte. Um den Neffen nicht umsonst zu füttern, schickte ihn Dukatsch vom ersten Jahr an mit den Frachtkutschern nach Odessa. Und als Agap eines Tages nach der Rückkehr dem Onkel die Abrechnung vorlegte und ihm die Ausgabe für den Kauf einer neuen Mütze zeigte, ärgerte sich Dukatsch, daß jener eigenwillig einen solchen Kauf abzuschließen gewagt, und schlug den Burschen so grausam auf den Hals, daß dieser ihm sehr lange schmerzte und für immer ein wenig schief blieb; die Mütze aber nahm Dukatsch ihm fort und hing sie an einen Nagel, bis sie von den Motten zerfressen sein würde. Der Schiefhals Agap ging ein Jahr ohne Mütze herum und diente allen guten Leuten zum Gelächter. In dieser Zeit weinte er oft und bitter und hatte Muße darüber nachzudenken, wie seiner Not abzuhelfen sei. Ihn selbst hatten die Verfolgungen längst stumpf gemacht, aber die Leute redeten ihm zu, daß er mit seinem Onkel fertig werden könnte,

nur nicht so einfach, mit Gradheit, sondern mit Politik. Nämlich grade mit einer so feinen Politik, daß man die Mütze kauft, die Ausgabe aber nicht einträgt, sondern das Geld in kleinen Summen auf andere Gegenstände „verteilt". Außerdem noch müsse er für alle Fälle, wenn er zum Onkel ginge, ein sehr langes Handtuch nehmen und es sich mehrmals um den Hals wickeln, damit es nicht allzusehr schmerze, wenn Dukatsch handgreiflich würde. Agap merkte sich diese Belehrung und ein Jahr später, als der Onkel ihn wieder nach Njeshin schickte, ging er ohne Mütze fort und kehrte mit der Abrechnung zurück und mit einer Mütze, die nirgends in der Abrechnung eingetragen war. Dukatsch bemerkte dies anfangs nicht und lobte sogar den Neffen, indem er sagte: „Ich müßte dich hauen, weiß aber nicht wofür." Hier aber gab es der Teufel Agap ein, dem Onkel zu zeigen, wie ungerecht in der Welt die menschliche Gerechtigkeit ist! Er vergewisserte sich, ob ihm das lange Handtuch gut um den Hals gewunden war, das ihm zu seinen politischen Zwecken dienen sollte, fand es in guter Ordnung und sagte zum Onkel:
„Oho, Onkel, sehr gut! weißt nicht wofür schlagen! eine solche Gerechtigkeit ist in der Welt!"
„Was denn für eine Gerechtigkeit?"
„Nun eben eine solche: sehen Sie einmal, Onkel." Und Agap klopfte auf das Papier und sagte: „hier ist keine Mütze?"
„Nun, keine", entgegnete Dukatsch.
„Hier aber ist doch eine Mütze", rühmte sich Agap und setzte sich seine neue stutzerhafte Mütze aus Reschetilowschem Lammfell schief auf das Ohr.
Dukatsch sah sie an und spricht:
„Gute Mütze. Laß mich mal auch probieren."
Er setzte sich die Mütze auf, trat vor eine Spiegelscherbe, die in ein mit grellbuntem Papier beklebtes Rähmchen eingelassen war, schüttelte den grauen Kopf und spricht wieder:
„Schau, das ist wirklich eine so prächtige und gute Mütze, daß sie auch mir gut stehen würde, wenn ich sie tragen wollte."
„Ja, ganz leidlich, wenn sie nur gut steht."
„Wo aber hast du sie gestohlen, du Teufelssohn?"

„Was reden Sie, Onkel, wie werde ich denn stehlen!" erwiderte Agap. „Gott soll mich davor bewahren, ich habe zeitlebens nicht gestohlen."

„Wo hast du sie dann gemaust?"

Doch Agap entgegnete, daß er die Mütze überhaupt nicht gemaust, sondern sie ganz einfach durch Politik erworben habe.

Dukatsch erschien dies so lächerlich und unwahrscheinlich, daß er lachte und sprach:

„Wie willst du Dummkopf das machen: wie kannst du Politik betreiben?"

„Und doch hab ich getrieben!"

„Nun schweig."

„Bei Gott, ich hab's getan!"

Dukatsch drohte ihm nur schweigend mit dem Finger; der andere aber blieb bei seiner Behauptung stehen, „Politik betrieben" zu haben.

„Wie zum Teufel hat sich dir das in den Kopf gesetzt", sprach Dukatsch, „wie kann das geschehen, daß du, ein Dorflümmel, in Njeshin eine Politik betreibst?"

Agap jedoch blieb bei seiner Behauptung, daß er wirklich Politik betrieben habe.

Dukatsch gebot Agap sich zu setzen und ihm alles wahrheitsgemäß über die von ihm gemachte Politik zu erzählen, und er füllte sich einen Becher mit Pflanzenschnaps, rauchte die Pfeife an und bereitete sich vor, lange zuzuhören. Aber da war nichts lange anzuhören. Agap wiederholte dem Onkel seine ganze Abrechnung und spricht:

„Da ist keine Mütze?"

„Nun, keine", erwiderte Dukatsch.

„Hier ist aber doch eine Mütze!"

Und er erklärte, wieviel Kopeken er zu jedem gekauften Gegenstand hinzugerechnet hatte, und erzählte dies alles lustig, mit offener Seele und in vollem Vertrauen zu dem eng um den Hals gewickelten Handtuch. Jetzt aber geschah eine höchst unvorhergesehene Überraschung: statt seinen Neffen auf den Hals zu schlagen, sagte Dukatsch:

„Schau, du bist ja in Wahrheit ein Politiker: hast gestohlen,

und den Hals umwickelt, damit's nicht weh tut. Nun, so gebe ich dir denn eine andere Politik", und dabei riß er ihm einen Haarbüschel aus, der ihm in der Hand blieb.
Solch ein Ende nahm dieses politische Spiel zwischen Onkel und Neffe und, indem es im Dorf bekannt wurde, wurde der Ruf des Dukatsch dadurch noch mehr befestigt, daß dieser Mensch „wie ein Stein" wäre – und man könne ihm mit nichts beikommen: weder mit Gradheit, noch mit Politik.

Viertes Kapitel

Dukatsch wohnte immer einsam: er besuchte niemanden und es wollte auch keiner nahe mit ihm bekannt sein. Aber Dukatsch war hierüber auch nicht im geringsten betrübt. Vielleicht gefiel ihm das sogar. Wenigstens äußerte er nicht ohne Vergnügen, daß er sich Zeit seines Lebens vor keinem gebückt habe und auch nicht bücken werde und sich auch den Fall nicht vorstellen konnte, der ihn zum Sichbücken veranlassen mochte. Aus welchem Grunde hätte er auch wirklich irgendwem zu schmeicheln brauchen? an Stieren und jeglichem Hausrat war kein Mangel; und wenn Gott ihn darin strafen will, wenn Ochsen eingehen, oder irgend etwas verbrennt, so hat er genug Land und Wiesen, alles ist in Ordnung, alles erzeugt sich wieder neu und er wird aufs neue reich. Und wäre das auch nicht der Fall, so kenne er genau eine augenfällige Eiche im fernen Wald, darunter ein guter Topf mit alten Rubelstücken vergraben sei. Er braucht ihn nur von dort herzuholen, so kann man ohne jede Sorge eine ganze Ewigkeit leben, und doch nicht alles aufbrauchen. Was bedeuteten ihm die Menschen? soll er sie etwa zu Kindstaufen laden – doch er hatte keine Kinder. Oder um seiner Dukatschicha ein Vergnügen zu machen, die ihm mit ihren Weiberlaunen zu Leibe ging:
„Warum fürchten uns alle und beneiden uns – es wäre besser, wenn uns jemand lieben wollte."
Aber, war dieses Weibergenörgel der Beachtung eines Kosaken wert?

Und so gingen Jahre um Jahre dahin und trugen unschädlich über das Haupt des Dukatsch jegliche Zufälligkeiten und Unbilden des Lebens hinweg, aber der Vorfall, der ihn zwingen konnte, sich vor den Leuten zu bücken, flog dennoch nicht an ihm vorüber: jetzt brauchte er die Leute, um sein Kind zu taufen.

Ein jeder andere Mensch, der nicht so stolz war wie Dukatsch, hätte natürlich nichts darin gefunden, aber daß Dukatsch hingehen, einladen und noch überreden sollte, das ging über seine Kräfte. Und wen denn einladen und wen „überreden?" — selbstverständlich nicht den ersten besten, sondern die allervornehmsten Leute: die junge, elegante Popentochter, die im Dorf Hüte aus Poltawa trug, und den jungen Gerichtsherrn, welcher um diese Zeit beim Vater Diakonus zu Besuch war. Zugegeben, daß dies eine anständige Gesellschaft war, schlimm wäre es aber, wenn sie Nein sagten. Dukatsch erinnerte sich, daß er ja doch nicht nur die einfachen Leute nicht beachtet, sondern auch dem Vater Jakob die Achtung versagt und sich einst mit dem Diakonus auf dem Damm gradezu „geprügelt" hatte, dafür, daß dieser bei einer Begegnung nicht vom Weg in den Schmutz ausweichen wollte. Auch sie hatten das gewiß nicht vergessen, und jetzt — da sie dem stolzen Kosaken nötig waren — würden sie ihm das wohl gar gedenken. Es war indessen nichts zu tun. Dukatsch bequemte sich zu einer List: um persönlich den Empfang einer Absage zu vermeiden, ließ er die Gevattern durch Agap einladen. Um aber auch für diesen den Auftrag verlockender zu machen, versah er ihn mit Festgeschenken aus dörflichem Vorrat, die er der altväterlichen Truhe entnahm: für das Dämchen einen hohen Schildpattkamm „mit einem Gitter" und für den Herrn ein vergoldetes Fläschen in der Form eines Hahns mit einer deutschen Inschrift. Doch war alles umsonst: die Gevattern lehnten ab und nahmen die Geschenke nicht an; und, nach den Worten Agaps, lachten ihm obendrein ins Gesicht: was braucht Dukatsch sich zu sorgen, sagten sie, dürfen denn die Kinder solcher Bösewichter, wie er einer ist, überhaupt getauft werden? und als Agap bemerkte, ob denn das Kind wirklich eine ganze Woche lang ungetauft bleiben müsse, soll der Pope selbst — Vater Jakob — gradeheraus prophezeiht haben: nicht nur eine Woche lang, sondern für alle Ewigkeit werde es ungetauft bleiben.

Als Dukatsch dies vernahm, steckte er den Daumen zwischen Zeige- und Mittelfinger, schob dieses Gebilde seinem Neffen unter die Nase und befahl ihm, es dem Vater Jakob zum Dank für die Prophezeihung hinzutragen. Und um Agap mehr Lust zu dem Gang zu machen, drehte er ihn mit der anderen Hand um und knuffte ihn von hinten hinaus.

Fünftes Kapitel

Agap hielt dies natürlich nicht für den schlimmsten Ausgang, den er nach seiner mißlungenen Gesandtschaft hatte erwarten können; er begab sich aus dem Gesichtskreis des Onkels in eine Schenke hinein und erzählte das Geschehene so gut, daß es nach einer halben Stunde im ganzen Dorf bekannt ward und jedermann, Groß und Klein, sich darüber freute, daß der Vater Jakob es „in Büchern gelesen habe, es sei dem Dukatschkind bestimmt, ungetauft zu bleiben". Und hätte jetzt der alte Dukatsch seine ganze Wichtigkeit vergessen und den Niedrigsten der Niedrigsten im Dorf zu Gevatter geladen, so wäre gewiß keiner seinem Rufe gefolgt, aber Dukatsch wußte das; er wußte, daß er sich in der Lage jenes Wolfes befand, der einem jeden irgend eine Niederträchtigkeit zugefügt und darum nirgends ein Obdach und nirgends Schutz finden konnte. Er ging mit dem Kopf durch die Wand: indem er Agap den an den Vater Jakob adressierten Daumen unter die Nase hielt, beschloß er, nicht nur ohne die Hilfe seiner Dorfgenossen auszukommen, sondern auch ohne die Dienste des Vaters Jakob selbst.

Allen zum Trotz, besonders aber vielleicht dem Vater Jakob, beschloß Dukatsch, den Sohn in einer fremden Gemeinde taufen zu lassen, im Dorf Peregudy, welches von Paripsy nicht mehr als sieben oder acht Werst entfernt lag. Und um eine eilige Sache nicht auf die lange Bank zu schieben, wollte er den Sohn sofort taufen lassen, nämlich heute noch – damit morgen schon nicht länger darüber gesprochen werde, sondern alle, im Gegenteil, merkten, daß Dukatsch ein echter Kosak sei, der keinem zum Gespött zu dienen brauche und ohne alle auskommen könne. Einen Gevatter hatte er schon ausgesucht – einen ganz unerwarteten –, nämlich Agap. Freilich konnten sich viele über eine solche Wahl wundern, aber Dukatsch hatte dafür eine Ausrede: er suchte sich einfache Paten aus – „zufällige", weil ein Volksglaube existiert, daß Gott einem solche schicke. Agap war auch wirklich solch ein „Zufälliger", den der reiche Dukatsch zuerst erblickt hatte bei der Nachricht von der Ankunft des Neugeborenen; und die erste weibliche „Zufällige" war die Hebamme Kerassiwna. Es war ein wenig peinlich, sie zur Gevatterin zu laden, denn die Kerassiwna hatte einen nicht ganz aufrechten Ruf: sie war zweifellos eine Hexe – so zweifellos, daß nicht einmal ihr Mann es ableugnete, der sehr eifersüchtige Kosak Kerassenko, aus dem sein listiges Eheweiblein den ganzen Mannesmut und seine ganze unerträgliche Eifersucht herausgeprügelt hatte. Indem sie aus ihm einen völlig verprügelten Dummkopf machte, führte sie ein Leben in der vollsten Freiheit – ihrem Erwerb nachgehend bald durch Ausschank von Branntwein, bald durch Ausübung von Geburtshilfe, bald indem sie Semmeln verkaufte oder schließlich einfach „die Blumen der Freuden pflückte".

Sechstes Kapitel

Ihr Hexentum war bekannt bei Alt und Jung – denn die Gelegenheit, die es kundbar machte, war eine sehr öffentliche und skandalöse. Die Kerassiwna hatte sich schon im Mädchenstand durch furchtlosen Eigenwillen ausgezeichnet. Sie hatte in Städten gewohnt und besaß ein seltsam geformtes Glasgefäß mit einem gehörnten Teufel, das ihr ein Rogatschówscher Edelmann aus Pokotj geschenkt hatte, der solches Teufelszeug auf dem benachbarten Hüttenwerk blasen ließ. Und die Kerassiwna trank wohlbehalten aus diesem Gefäß und blieb gesund. Und zuguterletzt bewies sie noch zu alledem die allerunmöglichste Kühnheit, indem sie sich freiwillig zur Ehe mit Kerassenko entschloß. Das vermochte kein anderer zu tun, als eine Frau, die sich vor nichts fürchtet, denn es war bekannt, daß Kerassenko mit seiner Eifersucht schon zwei Frauen unter die Erde gebracht, und als er nirgends in der Umgegend eine dritte finden konnte, bot sich ihm diese verfluchte Christa von selbst an und heiratete ihn, wobei sie nur die Bedingung machte, daß er ihr immer vertrauen werde. Kerassenko ging darauf ein und dachte bei sich:

„Dummes Weib: auch noch vertrauen soll ich dir! — sind wir erst verheiratet, lasse ich dich auch keinen Schritt von meiner Seite."

Eine jede andere an Christas Stelle hätte dies vorausgesehen, aber dieses aufgeweckte Mädchen war gleichsam verdummt: nicht nur daß sie ohne jede Furcht den eifersüchtigen Witwer heiratete, sondern sie wandelte ihn dazu noch gänzlich um, so daß er völlig aufhörte, eifersüchtig zu sein, und sie nach ihrem freien Willen leben ließ. Dieses eben hatte nur die allerlistigste Hexerei zustande gebracht unter zweifelloser Mithilfe des Teufels, den die Nachbarin der Kerassiwna selbst, die Pidnebéssnaja, in menschlicher Gestalt gesehen hatte.

Dies geschah bald nach der Hochzeit Kerassenkos mit der kekken Christa und obwohl jetzt seitdem wohl reichlich zehn Jahre vergangen waren, erinnerte sich der arme Kosak natürlich bis jetzt noch genau an diese teuflische Angelegenheit. Es war im Winter, eines Abends zur Zeit der Feiertage, da es auch der allereifersüchtigste Kosak nicht fertig bringt, zu Hause sitzen zu bleiben. Kerassenko jedoch versagte sich selbst Geselligkeit und ließ auch die Frau nirgends hin und es kam deshalb zwischen ihnen zu einer Schlacht, wobei die Kerassiwna zu ihrem Mann sagte:

„Nun, da du dich als untreu deinem Worte gezeigt hast, so werde ich dir böse mitspielen."

„Was heißt böse! wie willst du mir böse mitspielen?" sprach Kerassenko.

„Und ich tue es einfach und damit gut."
„Und wenn ich dich nicht aus den Augen lasse?"
„Und ich schicke einen Kobold über dich."
„Was für einen Kobold? — bist du denn eine Hexe?"
„Das wirst du schon sehen, ob ich eine Hexe bin, oder nicht."
„Schon recht."
„Du wirst schon sehen: schaue mich an, halte mich fest, ich aber tue das Meine."
Und sie bestimmte sogar eine Frist:
„Drei Tage", sagte sie, „gehen nicht vorüber, dann hab ich's gemacht."
Der Kosak versitzt den ersten, versitzt den zweiten, versitzt auch noch den dritten Tag und denkt: „die Frist ist zu Ende, und ob mich hundert Teufel holen, so ist es zu Hause langweilig ... und die Schenke der Pidnebessnaja ist grade meiner Hütte gegenüber, von Fenster zu Fenster: von dort kann ich alles sehen, wenn jemand zu mir in die Hütte kommt. Und ich trinke dort unterdessen meine zwei — drei oder vier Quart ... höre was die Leute reden, die von der Stadt kommen ... und tanze und bin vergnügt."
Und er ging — ging hin und setzte sich, wie er es sich ausgedacht, an das Fenster, so daß er seine ganze Hütte sehen konnte ... und wie das Feuer darin brennt ... und wie das Weiblein hier und dort herumwirtschaftet. Wundervoll! und Kerassenko sitzt und trinkt und schaut immer nach seiner Hütte hin; auf einmal aber taucht die Witwe Pidnebessnaja auf, die diese Kombination bemerkt hat, und beginnt ihn aufzuziehen: „ei, du dummer Kosak, und dieses und jenes, wonach du ausschaust, das kriegst du zeitlebens nicht zu schauen."
„Schon recht — wollen sehen!"
„Hilft alles nichts — wo man viel nach uns Frauen ausschaut, da hilft uns Frauen der Teufel selbst."
„Rede nur, rede du nur", entgegnete der Kosak, „aber wo ich die Frau im Auge habe, da wird auch der Teufel bei ihr nichts ausrichten."
Hier begannen alle die Köpfe zu schütteln.

„Ach, schlecht ist das, Kerassenko, ach, das ist schlecht! — entweder bist du ungetauft oder so des Teufels geworden, daß du nicht einmal an den Teufel mehr glaubst."
Und alle empörten sich darob so sehr, daß sogar einer in der Menge rief:
„Was ist da viel zu reden: gebt ihm einen solchen Ausputzer, daß er sich dreimal umdreht und zum rechten Glauben bekehrt."
Und man hätte ihn wirklich beinahe verprügelt, wozu, wie er bemerkte, irgend ein fremder Mensch besondere Neigung verriet, von dem Kerassenko auf einmal ohne ersichtlichen Grund dachte, daß das kein anderer sei, als jener selbe Edelmann aus Rogatschów, der seiner Frau das Glas mit dem Teufel geschenkt und über welchen er mit seiner Frau grade vor der Hochzeit ein Gespräch gehabt hatte, das seinen Abschluß in der Bedingung fand, dieser Mensch dürfe fortan nie mehr besprochen werden.
Ein fürchterlicher Eid hatte diese Bedingung bekräftigt: bei der ersten Erwähnung des Edelmanns durch Kerassenko werde der letztere sogleich in des Teufels Rachen sein. Und Kerassenko entsann sich dieser Bedingung genau. Jetzt aber war er betrunken und konnte seine Verlegenheit nicht ertragen: was der Edelmann aus Rogatschów hier zu suchen habe? und er begab sich eilig nach Hause, fand aber dort die Frau nicht und das erschien ihm noch sonderbarer.
„Nicht erwähnen", dachte er, „wir haben wirklich ausgemacht, ihn nicht zu erwähnen, aber was hat er sich denn hier umherzutreiben? und warum ist meine Frau nicht zu Hause?"
Und während Kerassenko sich solchen Erwägungen hingab, glaubte er auf einmal auf dem Vorplatz hinter der Tür Küsse zu vernehmen. Er fuhr auf und begann zu lauschen ... er hört, noch ein Kuß, und noch einer, und Geflüster, und wieder ein Kuß. Und alles das grade hinter der Tür ...
„Ei, alle hundert Teufel", sprach Kerassenko zu sich selbst, „entweder bin ich den Branntwein nicht mehr gewöhnt und habe mich bei der Pidnebessnaja so prächtig bewirtet, daß ich weiß der Teufel was zu sehen glaube; oder meine Frau hat ge-

wittert, daß ich wegen des Rogatschówschen Edelmanns mit ihr zanken möchte, und hat mir schon den Kobold auf den Hals geschickt? Die Leute haben mir schon früher oft gesagt, daß sie eine Hexe ist, nur habe ich das noch nicht herausfinden können, und jetzt ... da küssen sie sich wieder, o ... o ... o ... da wieder, und wieder ... ah, warte nur, ich will dir auflauern!"

Der Kosak ließ sich von der Bank herab, kroch leise zur Tür heran, legte das Ohr an den Spalt und begann zu horchen: sie küssen sich, kein Zweifel, sie küssen sich — schmatzen nur so mit den Lippen ... und jetzt reden sie und das ist die leibhaftige Stimme seiner Frau; er hört sie sagen:

„Was kümmert dich mein Mann, solch ein Lumpenkerl: ich will ihn hinauswerfen und dich in die Stube lassen."

„Oho!" dachte Kerassenko, „da prahlt sie, daß sie mich fortjagen und in meine Stube einen hineinlassen will ... nun, das soll nicht geschehen."

Und er erhob sich, um die Tür mit einem starken Ruck aufzustoßen, aber sie ging von selbst auf und auf der Schwelle erschien die Kerassiwna — so gut und ruhig, nur, wie es schien, ein klein wenig rot, und sie fing sofort an zu zanken, wie es einer echten kleinrussischen Ehefrau geziemt. Sie nannte ihn Teufelssohn, und Trunkenbold, und Hund, und gab ihm noch viele andere Namen und erinnerte ihn zuguterletzt an ihre Abmachung, daß Kerassenko nicht daran denken dürfe, eifersüchtig zu sein. Und zum Beweis seines Vertrauens müsse er sie sofort zum Tanzfest gehen lassen. Sonst werde sie ihm einen solchen Streich spielen, daß er sich zeitlebens daran erinnern solle. Aber Kerassenko war nicht auf den Kopf gefallen: sie jetzt zum Tanzfest gehen lassen, nachdem er bei der Pidnebessnaja mit eigenen Augen den Rogatschówschen Edelmann gesehen und soeben gehört, wie seine Frau da irgend jemanden geküßt und ihn in die Stube einzulassen versprochen ... das wäre ihm natürlich als eine allzugroße Dummheit vorgekommen.

„Nein", sagte er, „such dir wo anders einen solchen Dummkopf, ich aber werde dich lieber im Hause einsperren und zu

Bett gehen. So wird es sicherer sein, dann wird mich auch dein Kobold nicht erschrecken."

Die Kerassiwna erblaßte sogar bei diesen Worten; der Mann hatte zum ersten Mal in einem solchen Ton zu ihr gesprochen und sie begriff, daß für ihre eheliche Politik jetzt der allerentscheidendste Augenblick gekommen war, in dem sie um jeden Preis gewinnen mußte: sonst ginge alles, was sie bis jetzt mit solcher Gewandtheit und Hartnäckigkeit geleitet, spurlos verloren und würde sich vielleicht gar noch gegen sie selbst wenden.

Und sie fuhr in die Höhe — fuhr in die Höhe, bohrte dem Kosaken den allerbeleidigendsten Esel und wollte, ohne sich lange zu besinnen, zur Tür hinaus wischen, jener aber erriet ihre Absicht und kam ihr zuvor, legte die Kette vor die Tür und den Schlüssel in die endlose Tasche seiner unendlich weiten Hosen und sprach mit empörender Ruhe:

„Geh nur immer deines Weges schnelle, von dem Ofen bis zur Schwelle."

Die Lage der Kerassiwna wurde noch deutlicher sichtbar: sie nahm die Herausforderung des Gatten an und verfiel in einen so unbeschreiblichen und schrecklichen extatischen Zustand, daß Kerassenko sogar erschrak. Christa stand lange auf dem gleichen Fleck, zuckend und sich reckend wie eine Schlange, und ihre Hände krampften sich zusammen, die Fäuste waren fest geballt, und im Halse kollerte es und über das Gesicht hin liefen bald weiße, bald dunkelrote Flecken, während die direkt auf den Mann gerichteten Blicke schärfer wurden als Messer und auf einmal aufglommen gleich einer roten Flamme.

Dies erschien dem Kosaken so fürchterlich, daß er die Frau nicht in solcher Raserei erblicken wollte und ausrief:

„Weg mit dir, verfluchte Hexe!" und damit blies er auf einmal das Licht aus.

Die Kerassiwna stampfte nur im Dunkel und zischte:

„So sollst du denn mich Hexe kennen lernen!" und dann sprang sie plötzlich wie eine Katze auf den Ofen und schrie laut und schallend in das Rohr hinein:

„Wau-wau-wau! würge seine Sau!"

Siebentes Kapitel

Der Kosak erschrak freilich noch ärger über diesen neuen Wutausbruch, um jedoch die Frau nicht fortzulassen, die sichtlich eine Hexe war und die direkte Absicht hatte, durch den Rauchfang davonzufliegen, fing er sie, umfaßte sie kräftig mit den Armen, warf sie auf das Bett nach der Wand zu und legte sich selbst sogleich vorn an den Rand.

Zur Verwunderung ihres Mannes leistete die Kerassiwna keinerlei Widerstand, im Gegenteil, sie war still wie ein friedliches Kind und schalt nicht einmal. Kerassenko war darüber sehr froh und indem er mit der einen Hand den in der Tasche versteckten Schlüssel, mit der anderen die Frau am Hemdärmel festhielt, versank er in tiefen Schlaf.

Dieser selige Zustand aber währte nicht lange: er hatte nur eben die Hälfte des ersten Schlafs zurückgelegt, darin sein von Weindämpfen überfülltes Hirn weich ward und die Klarheit der Vorstellungen einbüßte, als er auf einmal einen Stoß in die Rippen bekam.

Was ist das? dachte der Kosak und murmelte nach Empfang neuer Stöße: „Was sollen die Stöße, Frau?"

„Wie soll ich denn nicht stoßen: hör mal, was im Hof geschieht."

„Was geschieht denn dort?"

„So hör du nur."

Kerassenko erhob den Kopf und hörte irgend etwas im Hof erschrecklich quieken.

„Oho", – sprach er, „da schleppt wohl jemand unser Schwein fort."

„Aber gewiß doch. Laß mich schnell hinaus, ich gehe nachsehen: ob es gut eingesperrt ist."

„Dich hinauslassen? ... hm ... hm ..."

„Nun gib doch den Schlüssel, sonst stiehlt man das Schwein und wir werden die ganzen Weihnachtstage ohne Würste und ohne Schmalz dasitzen. Alle guten Leute werden Würste essen, wir aber werden nur zuschauen ... oho – ho – ho ... horch,

horch, merkst du, wie man es schleppt ... und wie es mir leid tat, wie das arme Ferkel zu quieken anfing! ... nun laß mich schnell hinaus: ich geh und hol es zurück."

„Nun ja, so werde ich dich hinauslassen! wann wäre das vorgekommen, daß ein Weib eine solche Arbeit täte — ein Schwein zurückholen? —" erwiderte der Kosak, „ich stehe lieber auf und hole es selbst zurück."

Es war ihm aber in der Tat unangenehm aufzustehen und er wollte schrecklich ungern in den Frost hinaus aus der warmen Stube; doch tat auch ihm das Schwein leid und so stand er auf, warf den Kittel über und ging zur Tür hinaus. Hier eben geschah aber dieses rätselhafte Ereignis, das mit ganz unzweifelhafter Beweiskraft der Kerassiwna einen solchen Hexenruhm verschaffte, daß seitdem ein jeder sich fürchtete, die Kerassiwna bei sich im Hause zu sehen, geschweige denn sie zur Gevatterin zu laden, wie dies der hochmütige Dukatsch getan.

Achtes Kapitel

Der vorsichtig hinschreitende Kosak Kerassenko hatte noch nicht Zeit gefunden, den Stall aufzusperren, wo das mit der ihm zugefügten Beunruhigung unzufriedene Schwein kummervoll heulte, als aus der tiefen Finsternis etwas Weiches und Breites, etwa wie eine Wagenleinwand, auf ihn herabfiel und gleichzeitig ein Stoß den Kosaken in den Nacken traf, so daß er auf die Erde fiel und sich nur mit Mühe freimachen konnte. Nachdem er sich überzeugt hatte, daß das Schwein wohlbehalten an seinem Platz lag, verschloß Kerassenko fester die Tür und ging zur Hütte, um weiterzuschlafen.

Aber da hatte er sich verrechnet: nicht nur die Stube selbst, sondern auch der Vorplatz war abgesperrt. Er geht da hin, geht dort hin, — alles ist zugesperrt. Was zum Kuckuck! er klopfte, klopfte; rief, rief nach der Frau:

„Frau! Christa! — mach schnell auf."

Die Kerassiwna gab keine Antwort.

„Pfui du, schlechtes Weib: was ist ihr da eingefallen, sich einzuschließen und so rasch einzuschlafen! Christa! he! Frau! mach auf!"

Nichts erfolgte: alles wie ausgestorben, sogar das Schwein schläft, und grunzt nicht mehr.

„Das ist mal eine Geschichte!" dachte Kerassenko, „schau, wie fest sie schläft! nun, so klettre ich über den Zaun auf die Straße und gehe ans Fenster: sie schläft nahe am Fenster und wird mich gleich hören."

So tat er es auch: er geht ans Fenster und hebt zu klopfen an, aber was muß er da hören? — seine Frau spricht:

„Schlafe, Mann, schlafe: höre nicht darauf, daß geklopft wird: — da geht ein Teufelszeug bei uns um."

Der Kosak begann stärker zu klopfen und zu schreien:

„Sofort mach auf, oder ich zerbreche das Fenster."

Jetzt aber ärgerte sich Christa und antwortete:

„Wer wagt es da, zu solcher Zeit bei ehrlichen Leuten zu klopfen?"

„Ich bin es ja, dein Mann."

„Was für ein Mann?"

„Du weißt ja, dein Mann — Kerassenko."

„Mein Mann ist zu Hause, — geh nur, geh, wer immer du seist, wecke uns nicht: mein Mann und ich liegen einander im Arm und schlafen."

Was heißt das? dachte Kerassenko, schlafe ich denn immerzu und sehe einen Traum, oder ist dies alles wirklich?

Und er pochte wieder und rief von neuem:

„Christa, he Christa! — so öffne doch um Gottes willen."

Und er besteht darauf, besteht immer wieder darauf; jene aber schweigt lange — gibt keine Antwort, und erwidert dann:

„So packe du dich fort, — was belästigst du uns; — ich sage dir, mein Mann ist zu Hause, liegt neben mir in meinem Arm, — hier ist er."

„Christa, vielleicht scheint dir das nur so?"

„Oho! — hab Dank dafür! wie denn, bin ich etwa so dumm, bin ich so ganz gefühllos, daß ich nichts weiter zu unterscheiden weiß? nein, ich weiß besser, was mir scheint und was mir nicht scheint. Hier ist er, hier, mein Mann ist hier ganz nah bei mir ... jetzt bekreuze ich ihn: Herrgott Jesus, und jetzt küsse ich ihn: und umarme ihn und küsse ihn wieder ... so gut haben wir's bei einander, du aber, schlechter Herumstreicher, geh du selbst zu deiner Frau, — störe uns nicht beim Schlafen und Küssen. Gute Nacht, — geh zu mit Gott."

„Pfui du, hundert Teufel dir und deinem Vater: was ist das für eine Geschichte!" überlegte Kerassenko achselzuckend. „Vielleicht hab ich mich gar, als ich über den Zaun kletterte, in der Hütte geirrt. — Aber nein: es ist meine Hütte."

Er ging hinüber auf die andere Seite der breiten Dorfstraße und begann vom hohen Ziehbrunnen an zu zählen:

„Die erste, zweite, dritte, fünfte, siebente, neunte ... diese da ist meine neunte."

Er kommt heran: klopft wieder, ruft wieder, und wieder dieselbe Geschichte: auf einmal antwortet eine weibliche Stimme und jedesmal mit größerer Unzufriedenheit, und immer im gleichen Sinn.

„Geh fort; mein Mann ist bei mir."

Und es ist Christas Stimme — ohne Zweifel ihre Stimme.

„Hör einmal, wenn dein Mann bei dir ist, laß ihn sprechen."

„Was soll er denn mit mir sprechen, wir haben schon alles besprochen."

„Ich möchte ja hören: ob da ein Mensch bei dir ist."

„Aber gewiß ist er das: hör einmal, wie wir uns küssen werden."

„Pfui, schämen sie sich nicht: sie küssen sich in der Tat und reden mir ein, daß ich — nicht ich bin, und schicken mich irgendwohin ganz fort aus dem Hause. Aber wart einmal: ich bin nicht ganz dumm — ich gehe und rufe die Leute und die Leute sollen sagen: ob dies mein Haus ist, oder nicht, und ob ich, oder wer sonst, der Mann meiner Frau ist. — Hör, Christa: ich geh und wecke die Leute."

„Geh nur, geh", entgegnet die Stimme, „laß uns nur in Frieden: wir zwei haben uns sattgeküßt und liegen jetzt friedlich umarmt und fühlen uns wohl. Und um die anderen kümmern wir uns nicht."

Auf einmal bestätigt das gleiche eine andere, ohne Zweifel eine männliche Stimme:
„Wir zwei haben uns sattgeküßt und liegen jetzt friedlich umarmt, du aber geh zum Teufel."
Es blieb nichts mehr zu tun: Kerassenko überzeugte sich, daß sich in sein Amt an Christas Seite irgend ein anderer eingeschlichen hatte, und er ging die Nachbarn zu wecken.

Neuntes Kapitel

Ob viel oder wenig Zeit verging, bis der betäubte Kerassenko etwa zwei Dutzend Kosaken aufzuwecken und mitsamt den aus Neugier freiwillig ihren Männern gefolgten Kosakinnen vor seinem Haus zu versammeln vermochte, — die Kerassiwna blieb in ihrer Stellung und beteuerte allen immerzu, ein Kobold sei bei ihnen draußen, ihr Mann aber sei bei ihr zu Hause, liege in ihren Armen, und zum Beweis ließ sie alle mehr als einmal hören, wie sie ihn küßte. Und alle Kosaken und Kosakinnen hörten das und fanden, das könne unmöglich ein Irrtum sein, denn es waren wirkliche Küsse und obendrein hörte man durch das Fenster, wenn auch nicht besonders deutlich, so doch gut eine männliche Stimme, die nach der Beteuerung der Kerassiwna diejenige ihres Mannes war. Und alle vernahmen, wie diese Stimme auf einmal nah hinter dem Fenster erklang und von dort, alle erschreckend, sagte:
„Was geht ihr Dummköpfe hinter dem Kobold drein? — ich liege zu Hause bei meiner Frau; euch aber führt ein Kobold an. Laßt ihm jedermann einen guten Stüber versetzen, weit ausgeholt, — dann fällt er gleich auseinander."
Die Kosaken bekreuzten sich und der ihm Zunächststehende versetzte Kerassenko aus voller Kraft einen Hieb in den Nacken, — er selbst aber nahm sogleich Reißaus; und die anderen folgten seinem Beispiel. Und Kerassenko, nachdem ein jeder ihm weit ausholend einen Stüber versetzt, war im Verlauf einer Minute grausam verprügelt und mitleidlos an der Schwelle seiner verzauberten Hütte seinem Schicksal überlas-

sen, wo irgend ein arglistiger Dämon ihn auf seinem ehelichen Lager so eifrig vertrat. Er versuchte schon nicht mehr seinen Kummer zu erleichtern, saß jedoch im Schnee und weinte bitterlich, wie solches einem Kosaken wohl gar nicht geziemte, und glaubte immer die Küsse seiner Kerassiwna zu hören. Glücklicherweise aber haben alle menschlichen Qualen ein Ende, — auch diese Folter Kerassenkos, — er schlief ein und sah im Traum, daß seine Frau ihn am Kragen nahm und auf das wohlbekannte warme Bett hinübertrug, und als er aufwachte, erblickte er sich in der Tat auf seinem Bette, in seiner Hütte, und vor ihm am Ofen wirtschaftete seine stattliche Kerassiwna, welche Klöße mit Käse zubereitete. Kurz, alles war in Ordnung — als wäre überhaupt nichts Außergewöhnliches geschehen: weder vom Ferkel, noch auch vom Kobold war überhaupt die Rede. Kerassenko aber, obwohl er sehr davon zu sprechen wünschte, wußte nicht, wie das anzufangen.

Der Kosak ließ ganz einfach alles gut sein und lebte seitdem mit seiner Kerassiwna in Frieden und Eintracht, indem er ihr Raum und Freiheit ließ, die sie auch nach bestem Wissen zu nutzen verstand. Sie trieb Handel, und fuhr umher wohin sie wollte, und ihr häusliches Glück wurde darum nicht geringer, vielmehr wuchsen der Wohlstand und die Erfahrenheit. Dafür war aber die Kerassiwna in der öffentlichen Meinung ruiniert: alle wußten, daß sie eine Hexe war. Die schlaue Kosakin stritt dies niemals ab, da es ihr eine Art Übergewicht verlieh: man fürchtete und feierte sie, holte ihren Rat ein, brachte ihr ein Schock Eier, oder sonst einen im Haushalt nützlichen Gegenstand.

Zehntes Kapitel

Auch Dukatsch kannte die Kerassiwna und kannte sie natürlich als eine kluge Frau, mit der es sich, von ihrer Hexerei abgesehen, in jedem wichtigen Falle zu beraten empfehlenswert war. Und da Dukatsch selbst ein unbeliebter Mensch war, so mäkelte er auch an der Kerassiwna nicht sonderlich. Die Leute

behaupteten sie oftmals zusammen unter der dichten Weide gesehen zu haben, die in die ihre Gärten trennende Hecke eingeflochten wuchs. Einige glaubten sogar, daß hier ein wenig Sündhaftigkeit mit im Spiel war, aber das war natürlich nur Gerede. Dukatsch und die Kerassiwna, deren Reputation etwa gleichartig war, waren einfach mit einander bekannt und hatten dieses und jenes mit einander zu besprechen.
So fiel dem Dukatsch auch jetzt in diesem Fall, bei Gelegenheit der mißlungenen Gevatterneinladung, die Kerassiwna ein und er befragte sie um Rat und erzählte ihr von dem Ärger, den alle Leute ihm zugefügt.
Die Kerassiwna hörte ihn an, bedachte sich nicht lange, sondern schüttelte das Haar und sagte gradeheraus:
„Nun was denn, Pan Dukatsch, ladet mich zur Gevatterin!"
„Dich zur Gevatterin laden?" wiederholte Dukatsch nachdenklich.
„Ja, oder glaubt Ihr, daß ich eine Hexe bin?"
„Hm!... man sagt, du bist eine Hexe, aber ich habe keinen Schwanz an dir bemerkt."
„Und werdet ihn auch nicht bemerken."
„Hm! dich zur Gevatterin... was werden aber die Leute dazu sagen?"
„Welche Leute?... dieselben, die Eure Hütte nicht einmal um darin auszuspucken betreten wollen?"
„Das ist wahr, aber was wird meine Dukatschicha sagen? Sie hält dich ja doch für eine Hexe."
„Und Ihr habt Angst vor ihr?"
„Angst!... ich bin kein solcher Tölpel wie dein Mann: ich fürchte mich nicht vor Weibern und auch sonst vor niemandem: nur... bist du auch wirklich keine Hexe?"
„Ei, ich sehe ja, Pan Dukatsch, Ihr seid grad solch ein Tölpel! nun, so ladet denn wen Ihr wollt."
„Hm! nun, wart, wart, ärgere dich nicht: sei du wirklich Gevatterin. Aber schau, wird denn der Peregudinsche Pope mit dir taufen wollen?"
„Und warum denn nicht?"
„Gott mag das wissen: er ist solch ein Gelehrter – fängt immer

mit der Schrift an — er wird sagen: nicht von meiner Gemeinde."

„Habt keine Angst — er wird das nicht sagen: wenn er auch ein Gelehrter ist, so hört er doch gern auf Frauen ... fängt mit der Schrift an, und endet wie alle Leute — mit dem was die Frau will. Ich kenne ihn gut und war mit ihm in einer Kumpanei, wo er nichts trinken wollte. Er sagt: es steht geschrieben: ‚trinket nicht den Wein, — denn in ihm ist Verführung.' Und ich sage: ‚Verführung ist eine Sache für sich, Ihr aber trinkt ein Gläschen', — und er trank's."

„Trank's?"

„Trank's."

„Nun, so ist's recht: gib nur acht, daß er uns im Rausch den Jungen nicht verdirbt — ihn nicht Iwán tauft, oder Nikola."

„Seht einmal an! werde ich ihn denn ein christliches Kind Nikola taufen lassen? als wüßte ich nicht, daß das ein Moskauer Name ist."

„Das ist es eben: Nikola ist ganz und gar ein Moskowit."

Es bestand noch die Schwierigkeit, daß die Kerassiwna keinen so warmen und weiten Pelz besaß, um das Kind nach Peregudy zu bringen, es war aber ein sehr kalter Tag, — ein wahrhaft „barbarisches Wetter", aber dafür hatte die Dukatschicha einen wundervollen Pelz, überzogen mit blauem Nanking. Dukatsch holte ihn hervor, ohne die Frau zu fragen, und gab ihn der Kerassiwna.

„Nimm", sagte er, „zieh ihn an und behalte ihn ganz, nur fackle nicht lange, damit die Leute nicht sagen, daß der Dukatsch das Kind drei Tage lang ungetauft läßt."

Die Kerassiwna machte mit dem Pelz einige Umstände, nahm ihn aber doch. Sie schlug die mit Hasenfell gefütterten Ärmel weit zurück und alle im Dorf bekamen zu sehen, wie die Hexe, die bunte Haube keck in den Nacken geschoben, sich neben Agap in den mit zwei kräftigen Pferden des Dukatsch bespannten Schlitten setzte und sich in das ein wenig über acht Werst entfernte Dorf Peregudy zum Popen Jeremias auf den Weg machte. Als die Kerassiwna mit Agap abfuhr, sahen die neugierigen Leute, daß sowohl der Gevatter wie die Gevatterin

genügend nüchtern waren. Freilich sah man zwischen Agaps Knien, der das Gespann lenkte, ein rundes Fäßchen mit Beerenschnaps, aber das war augenscheinlich zur Bewirtung der Gemeinde bestimmt. Bei der Kerassiwna aber hinter dem Latz des weiten blauen Pelzes lag das Kind, bei dessen Taufe sich ein sehr seltsamer Vorfall ereignen sollte, – was übrigens viele erfahrene Leute lebhaft ahnten. Sie wußten, daß Gott die Taufe des Sohnes eines so bösen Menschen, wie Dukatsch, nicht zulassen werde, und noch im Beisein einer allbekannten Hexe. Was wäre dann der ganze kirchliche Glaube noch wert!
Nein, Gott ist gerecht: Er kann und wird das nicht zulassen.
Derselben Meinung war auch die Dukatschicha. Sie beweinte bitterlich die entsetzliche Eigenmächtigkeit ihres Mannes, der ihrem einzigen langerwarteten Kinde eine notorische Hexe als Patin ausgesucht.
Unter solchen Umständen und Prophezeihungen ging die Abfahrt Agaps und der Kerassiwna mit dem Kinde des Dukatsch vor sich, aus dem Dorf Paripsy nach Peregudy, zum Popen Jeremias.
Dieses geschah im Dezember, zwei Tage vor dem Nikolaustag, etwa zwei Stunden vor der Mittagszeit, bei ziemlich frischem Wetter und einem scharfen „Moskauerwind" (d. h. Nordwind), der sogleich nach der Abfahrt Agaps und der Kerassiwna aus dem Dorf zu wehen begann und sich in einen heftigen Sturm verwandelte. Der Himmel wurde oben bleifarbig; unten wehte Schneestaub daher und ein wildes Schneegestöber setzte ein.
Alle Menschen, die dem Kinde des Dukatsch übelwollten, bekreuzten sich gottesfürchtig, da sie dieses sahen, und fühlten sich befriedigt: jetzt war schon nicht mehr daran zu zweifeln, daß Gott auf ihrer Seite war.

Elftes Kapitel

Ein böses Vorgefühl hatte auch Dukatsch selbst; bei all seiner Härte war er doch abergläubischer Furcht zugänglich und –

hatte Angst. In der Tat, aus welchem Grunde das nun auch sein mochte: der Sturm, der jetzt die Gevattern und das Kind bedrohte, hatte sich gleichsam von der Kette losgerissen, grade zu der Zeit, da sie das Dorfgebiet verließen. Noch ärgerlicher aber war, daß die Dukatschicha, die ihr ganzes Leben in sklavischer Stummheit vor dem Ehegatten verbracht hatte, auf einmal ihre schweigsamen Lippen auftat und zu sprechen anhub.

„In unserem Alter, mir zum Trost, hat Gott uns ein Kind gegeben, du hast es aufgegessen."

„Was heißt das?" unterbrach sie Dukatsch, „wie habe ich das Kind aufgegessen?"

„Auf solche Weise, daß du es der Hexe gegeben hast. Wann war das erhört unter aller christlichen Kosakenschaft, daß man einer Hexe ein Kind zu taufen gibt?"

„Und sie wird es dazu noch bekreuzen."

„Niemals geschah das, niemals wird es geschehen, daß der Herrgott an sein christliches Taufbecken eine arglistige Hexe heranläßt."

„Wer hat dir denn gesagt, daß die Kerassiwna eine Hexe ist?"

„Alle wissen das."

„Was wird nicht alles geredet, aber niemand hat ihren Schwanz gesehn."

„Den Schwanz nicht, aber man hat gesehen, wie sie ihren Mann verwandelt hat."

„Warum sollte sie einen solchen Tölpel auch nicht verwandeln?"

„Und der Pidnebessnaja hat sie alle abspenstig gemacht, daß man ihr keine Semmeln mehr abkauft."

„Darum, weil die Pidnebessnaja weich schläft und nachts den Teig nicht rührt, ihre Semmeln sind schlechter."

„Mit Euch läßt sich ja nicht reden, aber fragt wen Ihr wollt, alle guten Leute fragt — und alle guten Leute werden Euch sagen, daß die Kerassiwna eine Hexe ist."

„Was brauchen wir die anderen guten Leute zu fragen, wenn ich selbst ein guter Mensch bin."

Die Dukatschicha richtete den Blick auf ihren Mann und sagte:

„Wie ist das ... Ihr wollt ein guter Mensch sein?"

„Ja; was denkst du denn, bin ich etwa kein guter Mensch?"

„Natürlich, kein guter."

„Wer hat dir denn das gesagt?"

„Wer hat denn Euch gesagt, daß Ihr gut seid?"

„Und wer hat gesagt, daß ich nicht gut bin?"

„Wem habt Ihr denn je etwas Gutes getan?"

„Wem ich etwas Gutes getan?"

„Ja."

„Alle hundert Teufel ... es ist auch wahr, ich kann mich durchaus nicht erinnern: wem ich je etwas Gutes getan?" dachte der an Widerspruch nicht gewöhnte Dukatsch, und um die Fortsetzung dieses ihm unangenehmen Gesprächs nicht anhören zu müssen, sagte er:

„Das hätte noch gefehlt, daß ich mit dir, mit einem Weib, reden möchte."

Und mit diesen Worten, um nicht länger der Frau Auge in Auge gegenüber in der Hütte zu sein, nahm er vom Wandbrett die seinerzeit Agap abgenommene Lammfellmütze und machte einen Spaziergang in die Welt hinaus.

Zwölftes Kapitel

Wahrscheinlich fühlte Dukatsch einen sehr schweren Druck auf seiner Seele, da er imstande war, über zwei Stunden unter freiem Himmel zu verbringen, denn draußen war die richtige Hölle los: der Sturm wütete heftig und in den dichten niederstäubenden und einherwehenden Schneemassen war es kaum möglich Atem zu holen.

Wenn dies in der Nähe des Wohnhauses, an geschützter Stelle so war, was mochte dann auf offener Steppe vor sich gehen, wo die Gevattern und das Kind von diesem ganzen Entsetzen ereilt werden mußten? war dies schon einem erwachsenen

Menschen so unerträglich, brauchte es dann viel, um darunter ein Kind zu ersticken?

Dukatsch verstand dies alles und hatte gewiß nicht wenig darüber nachgedacht, denn er war doch nicht um seines Vergnügens willen über die fürchterlichen Schneewehen hinweg auf den sich hinter dem Dorf hinziehenden Damm geklettert, wo er lange — lange im Halbdunkel des Schneegestöbers gesessen, sichtlich mit großer Ungeduld irgendetwas von dorther erwartend, wo das Auge nichts unterscheiden konnte. Solange auch Dukatsch bis zum Anbruch der Dunkelheit mitten auf dem Damme stand — niemand stieß ihn weder von vorn, noch von der Seite, und er bekam nichts zu sehen außer den undeutlichen endlos-langen Gespenstern, die über seinem Kopfe gleichsam einen Reigen führten und Schnee auf ihn herab schütteten. Schließlich bekam er es satt und als die rasch eingetretene Dämmerung die Dunkelheit noch vergrößerte, ächzte er, befreite die Füße von dem darüber hingewehten Schnee und wanderte heim.

Schwer und lange mühte er sich im Schnee, blieb mehr als einmal stehen, irrte vom Weg ab und fand ihn aufs neue. Er ging weiter und stieß auf etwas, befühlte es mit den Händen und überzeugte sich, daß es ein Holzkreuz war — ein hohes, hohes Holzkreuz, wie solche in Kleinrußland an den Straßen stehen.

„Oho, — da bin ich also aus dem Dorf hinausgekommen! ich muß zurück", dachte Dukatsch und wandte sich nach der anderen Seite, hatte aber noch nicht drei Schritte getan, als das Kreuz wieder vor ihm stand.

Der Kosak stand eine Weile, schöpfte Atem und ging, als er sich erholt hatte, nach einer anderen Richtung, aber auch hier versperrte ihm wieder das Kreuz den Weg.

„Bewegt es sich eigentlich vor mir, oder was geht sonst vor?" und er begann mit den Händen umherzulangen und stieß wieder auf ein Kreuz, und noch auf eins, und eins daneben.

„Aha! jetzt verstehe ich: ich bin auf den Friedhof geraten. Da ist auch Licht bei unserem Popen. Der Taugenichts wollte seine Popenfrau nicht zu mir lassen, das Kind zu taufen. Ist

auch nicht nötig; aber wo zum Teufel ist denn hier der Wächter Matwéjko?"
Und Dukatsch wollte auf die Suche nach dem Wächterhäuschen gehen, rollte aber plötzlich in irgend eine Grube hinab und schlug so schwer auf etwas Hartes nieder, daß er lange besinnungslos liegen blieb. Als er jedoch zu sich kam, war es ganz still rings umher, über ihm blaute der Himmel und man sieht die Sterne.
Dukatsch begriff, daß er sich in einem Grabe befand, und fing mit Händen und Füßen zu arbeiten an; doch war es schwer herauszukommen und er plagte sich eine gute Stunde lang, bis er herausklettern konnte, und dann spie er erbittert aus.
Es war gewiß reichlich eine Stunde vergangen, — der Sturm hatte sich merklich gelegt und Sterne waren am Himmel erschienen.

Dreizehntes Kapitel

Dukatsch ging nach Hause und wunderte sich sehr darüber, daß weder bei ihm in der Hütte, noch bei einem seiner Nachbarn Licht zu sehen war. Augenscheinlich war die Nacht schon weit vorgeschritten. Waren denn Agap und die Kerassiwna mit dem Kinde wirklich auch bis jetzt noch nicht heimgekommen?
Dukatsch fühlte im Herzen einen ihm längst fremdgewordenen Druck und öffnete die Tür mit unsicherer Hand.
In der Stube war es dunkel, aber aus dem blinden Winkel hinter dem Ofen erscholl ein klägliches Schluchzen.
Das war das Weinen der Dukatschicha. Der Kosak begriff wohl die Ursache, hielt es aber nicht aus und fragte:
„Sind sie denn wirklich bis jetzt . . ."
„Ja, bis jetzt noch frißt die Hexe mein Kind", unterbrach ihn die Dukatschicha.
„Du bist ein dummes Weib", sagte Dukatsch mit Schärfe.
„Ja, Ihr habt mich so dumm gemacht; und ob ich auch dumm bin, so habe ich dennoch nicht mein Kind der Hexe gegeben."

„Geh du zum Kuckuck mit deiner Hexe: ich hab mir fast den Hals gebrochen, bin in ein Grab geraten."

„Aha, in ein Grab ... nun, da hat sie Euch auch zum Grab geführt. Geht jetzt lieber und schlagt irgendwen tot."

„Wen totschlagen? was faselst du?"

„Geht, schlagt wenigstens ein Schaf tot, — sonst hat sich Euch nicht umsonst das Grab aufgetan, — Ihr sterbt bald. Gebe das Gott: was brauchen wir zu leben, von denen alle Leute sagen werden, daß sie ihr Kind der Hexe gegeben."

Und sie fuhr wieder fort, laut über dies Thema zu träumen, während Dukatsch beständig dachte: in der Tat, wo ist denn Agap? wo ist er hingekommen? wenn sie vor Ausbruch des Schneegestöbers nach Pereguody gelangt sind, so haben sie dort natürlich gewartet, bis der Schneesturm nachläßt; aber in diesem Fall mußten sie abfahren, sobald es sich aufheiterte, und könnten jetzt schon zu Hause sein.

Hat Agap vielleicht allzuoft aus dem Fäßchen genippt?

Diesen Gedanken hielt Dukatsch für glaubhaft und er beeilte sich, ihn der Dukatschicha mitzuteilen, diese aber stöhnte noch ärger:

„Was gibt's da zu raten: wir sehen unser Kind nicht wieder, die Hexe Kerassiwna hat es gefressen und dieses Wetter in die Welt gesandt und sie selbst fliegt jetzt mit ihm über die Berge und trinkt sein rotes Blut."

Und die Dukatschicha ging damit ihrem Mann so zu Leibe, daß er sie ausschalt, von dem einen Wandbrett wieder seine Mütze, von dem anderen das Gewehr nahm und fortging, um einen Hasen zu schießen und ihn in jenes Grab zu werfen, wo er selbst vor kurzem hineingefallen war, und seine Frau blieb zurück, um ihren Kummer hinter dem Ofen auszuweinen.

Vierzehntes Kapitel

Der bekümmerte und ungewohnter Weise erregte Kosak wußte in der Tat nicht, wohin er sich begeben sollte, da aber schon einmal das Wort vom Hasen seinen Lippen entfallen war, so gelangte er eher mechanisch als bewußt zu seiner Tenne, welche die schädlichen Hasen zu besuchen pflegten, setzte sich hinter eine Haferschütte und versank in Nachdenken.

Vorahnungen quälten ihn und der Kummer schlich sich ihm in die Seele ein und störte darin peinigende Erinnerungen auf. So unangenehm ihm die Worte der Frau auch waren, sah er doch ein, daß sie recht hatte. Er hatte wirklich zeitlebens keinem Menschen irgend etwas Gutes erwiesen, vielen aber manches Leid zugefügt. Und jetzt kommt um seines Trotzes willen sein einziges, lang erwartetes Kind um und er selbst fällt in ein Grab, was nach dem allgemeinen Volksglauben unausweichlich ein Böses bedeutet. Morgen werden alle Leute von alledem wissen und alle Leute sind seine Feinde . . . aber . . . vielleicht wird das Kind noch gefunden und er, um die lange Weile der Nacht zu vertreiben, wird einem Hasen auflauern und ihn totschießen und dadurch das ihn bedrohende Grab von seinem Haupt abwenden.

Und Dukatsch seufzte und begann auszuschauen, ob nicht irgendwo ein Hase über das Feld springe oder unten an den Getreideschobern rupfe.

So war es auch; der Hase erwartete ihn wie der Widder den Abraham: beim letzten Schober, auf gleicher Höhe mit diesem, auf der mit Schnee überwehten Hecke saß ein großer grauer Hase. Er spähte offenbar in die Gegend hinaus und bot ein unvergleichlich bequemes Ziel.

Dukatsch war ein alter und erfahrener Jäger, er hatte Jagdszenen aller Art erlebt, so ein gewandtes Sich-hinstellen in die Schußlinie aber war ihm noch nicht vorgekommen, und um die Gelegenheit nicht zu versäumen, bedachte er sich nicht lange, sondern legte an und gab Feuer.

Der Schuß rollte hin, und zugleich glitt ein schwaches Stöhnen durch die Luft; aber Dukatsch hatte keine Zeit, um nachzudenken, — er lief hin, um den dampfenden Propfen auszutreten, trat darauf und blieb sehr unruhig und bestürzt stehen: der Hase, der noch einige Schritte von Dukatsch entfernt war, saß immer noch auf seinem Platz und rührte sich nicht.

Dukatsch bekam von neuem Angst: ob nicht wirklich der Teufel mit ihm sein Spiel trieb: hatte er nicht einen Werwolf vor sich? Und Dukatsch machte einen Schneeball und warf damit nach dem Hasen. Der Klumpen traf sein Ziel und fiel auseinander, aber der Hase rührte sich nicht, — nur ein Stöhnen ging wieder durch die Luft. Was ist da für ein Unheil? dachte Dukatsch und ging, indem er sich bekreuzte, vorsichtig auf das zu, was er für einen Hasen gehalten, was aber niemals ein Hase gewesen war, sondern ganz einfach eine Lammfellmütze, die aus dem Schnee hervorschaute. Dukatsch griff nach der Mütze und erblickte beim Schein der Sterne das totenhafte Gesicht seines Neffen, darüber eine dunkle, klebrige, feuchtriechende Flüssigkeit sich ergossen hatte. Das war Blut.

Dukatsch erzitterte, warf sein Gewehr hin und ging ins Dorf, wo er alle weckte, — allen erzählte er seine Missetat; bereute sie vor allen, indem er sagte: „Gott hat recht, mich zu strafen, — geht, schaufelt sie aus dem Schnee heraus, mich aber bindet und übergebt dem Gericht."

Die Bitte des Dukatsch wurde erfüllt; er wurde gebunden und in eine fremde Hütte gesetzt, und auf die Tenne ging das ganze Dorf, um Agap herauszuschaufeln.

Fünfzehntes Kapitel

Unter einem weißen Schneehaufen, der den Schlitten bedeckte, wurden der blutbefleckte Agap und die unbeschädigte, obwohl erstarrte Kerassiwna gefunden, und an ihrer Brust völlig wohlbehalten das schlafende Kind. Die Pferde standen auch hier, bis zum Bauch im Schnee, und ließen die müden Köpfe über die Hecke hängen.

Kaum hatte man sie ein wenig vom angehäuften Schnee befreit, als sie sich in Bewegung setzten und die erstarrten Gevattern und das Kind zur Hütte zogen. Die Dukatschicha wußte nicht, was sie tun sollte: das Unglück ihres Mannes betrauern oder sich mehr freuen über die Rettung des Kindes. Als sie den Knaben auf den Arm nahm und ihn vor das Feuer trug, er-

blickte sie das Kreuz an ihm und begann sogleich vor Freude zu weinen, dann hob sie ihn zum Heiligenbild empor und sagte in heißer Begeisterung, mit tief gerührter Stimme:
„Herrgott! dafür, daß Du ihn errettet und unter Dein Kreuz genommen hast, werde auch ich Deine Milde nicht vergessen, ich ziehe das Kind auf und gebe es Dir: möge es Dein Diener sein."
So ward das Gelübde abgelegt, das in unserer Erzählung eine große Bedeutung hat, in der man bis jetzt noch nichts von einem ungetauften Popen zu sehen bekam, während er doch schon zugegen ist, grade wie Agaps Mütze, als es so aussah, daß sie nicht da war.
Ich setze aber meine Erzählung fort: das Kind war gesund; mit einfachen Bauernmitteln brachte man bald auch die Kerassiwna wieder zu sich, die jedoch von allem, was vor sich ging, nichts begriff und immer nur wiederholte:
„Das Kind ist getauft, und ihr sollt es Ssawka nennen."
Damit begnügte man sich bei einer so aufregenden Gelegenheit, und zudem gefiel allen der Name wohl. Sogar der verstörte Dukatsch billigte ihn und sagte:
„Dank sei dem Popen von Peregudy gesagt, daß er den Jungen nicht verdorben und ihn nicht Nikola getauft."
Jetzt aber hatte sich die Kerassiwna völlig erholt und erzählte, daß der Pope schon das Kind auf den Namen Nikola hatte taufen wollen; — so, sprach er, geht es nach dem Kirchenbuch, nur hätte sie die Oberhand behalten: „Ich sagte, Gott mit ihnen, mit diesen Kirchenbüchern, was gehen die uns an; aber ein Kosakenkind kann unmöglich wie ein Moskowit Nikola heißen."
„Du bist eine kluge Kosakin", lobte sie Dukatsch und wies die Frau an, ihr eine Kuh zu schenken, und er selbst versprach, wenn er heil davonkäme, auch noch irgendwie ihres Dienstes zu gedenken.
Damit nahm vorläufig die Taufangelegenheit ein Ende, und es setzte die lange und düstere Beerdigungszeit ein. Agap kam nicht mehr zu sich: sein von einer dichten Schrotgarbe durchschossener Kopf wurde schwarz, bevor man ihn abwaschen

konnte, und gegen Abend des eingetretenen Tages empfing Gott seine vielgeprüfte Seele. Am selben Abend brachten drei mit langen Stöcken bewaffnete Kosaken den alten Dukatsch in die Stadt und lieferten ihn dort der Obrigkeit ab, die ihn als einen Mörder in das Gefängnis setzte.

Agap wurde bestattet, Dukatsch kam vor Gericht, das Kind wuchs, aber die Kerassiwna, obgleich sie sich erholt hatte, war dennoch nicht wohlauf und hatte sich stark verändert. — Sie ging umher, als wüßte sie nicht, wo ihr der Kopf stand. Sie ward still, traurig und oftmals nachdenklich und stritt sich nicht mehr mit ihrem Kerassenko, der nicht begreifen konnte, was mit seiner Frau vorgegangen war. Sein Leben, das bisher von ihrem Eigensinn und ihrer Eigenmächtigkeit so abhängig gewesen war, wurde völlig frei von Sorgen: er hörte von seiner Frau keinerlei Widerspruch noch Vorwurf, und da er fortan weder im Traum noch im Wachen den Rogatschowschen Edelmann zu schauen bekam, wußte er sich nicht genug seines Glückes zu rühmen. Diese erstaunliche Veränderung im Charakter der Kerassiwna wurde lange und vergeblich besprochen, auch auf dem Markt im Örtchen; ihre Freundinnen selbst, die zänkischen Marktweiber, sagten, sie sei ganz und gar sanft geworden. Und in der Tat, wenn man jetzt nicht nur einen, sondern sogar zwei Käufer ihrem Verkaufstisch mit den Semmeln abwendig machte, so kam es sogar vor, daß sie dem Vater, der Mutter und den sonstigen Anverwandten keinen einzigen Teufel an den Hals wünschte. Über den Rogatschowschen Edelmann aber wurde sogar ein solches Gerücht verbreitet, daß er sich zweimal in Paripsy gezeigt; die Kerassiwna aber wollte ihn nicht einmal ansehen. Ihre Nebenbuhlerin selbst, die Bäckerin Pidnebessnaja, da sie ihre Seele nicht verderben wollte, erzählte, sie habe gehört, daß dieser junge Herr, als er einst zur Kerassiwna gekommen sei, um bei ihr eine Semmel zu kaufen, von ihr eine solche Antwort erhalten habe:

„Hebe dich von mir, daß meine Augen dich nimmer sehen. Ich habe für dich nichts mehr, weder zum Schenken, noch zum Verkaufen."

Und als der junge Herr sie fragte, was ihr denn eigentlich zugestoßen wäre, erwiderte sie:
„Nichts, — schwer ist mir: ich hege ein großes Geheimnis."
Umgewandelt hatte diese Angelegenheit auch den alten Dukatsch, der bei den guten alten Einrichtungen drei Jahre lang prozessiert und im Gefängnis gehalten wurde, auf den Verdacht hin, daß er den Neffen absichtlich getötet haben sollte, und der darauf, weil seine Dorfgenossen seine Aufführung nicht billigten, beinahe als Ansiedler verschickt worden wäre. Aber die Sache nahm ein solches Ende, daß die Dorfgenossen sich erbarmten und sich bereit erklärten, ihn wieder aufzunehmen, sobald er im Kloster die ihm auferlegte Kirchenstrafe abgebüßt haben würde.
Dukatsch blieb in der Heimat nur dank der Nachsicht dieser selben Leute, die er sein Leben lang verachtet und gehaßt hatte ... das war für ihn eine fürchterliche Lehre, und Dukatsch nahm sie auf das vortrefflichste an. Nach Ablauf der offiziellen Bußzeit und nach fünfjähriger Abwesenheit von zu Hause kam er nach Paripsy als ein sehr guter Greis, bekannte öffentlich seinen Stolz, bat alle um Verzeihung und ging wieder in jenes Kloster, wo er laut Gerichtsbeschluß seine Strafe verbüßte, und dorthin trug er auch seinen Topf mit den Rubelstücken, um Messen lesen zu lassen „für drei Seelen". Was das für drei Seelen waren, wußte Dukatsch selbst nicht; so aber hatte es ihm die Kerassiwna gesagt, daß sein entsetzlicher Charakter nicht nur Agap zugrunde gerichtet hätte, sondern noch zwei Seelen, von denen nur Gott und sie, die Kerassiwna, wüßten, sie aber könne das niemandem sagen.
So blieb das Rätsel ungelöst, wofür im Kloster der mit dicken altertümlichen Rubeln gefüllte Topf die Verantwortung trug.
Unterdessen war das Kind herangewachsen, dessen Erscheinen in der Welt und dessen Taufe von den geschilderten Begebenheiten begleitet war. Von der Mutter aufgezogen, einer einfachen, aber sehr guten und zärtlichen Frau, erfreute es auch diese wiederum durch Zärtlichkeit und Güte. Ich erinnere daran, daß die Dukatschicha, als dieses Kind von der Brust der Kerassiwna der Mutter hingereicht worden war, es „Gott ge-

weiht" hatte. Solche „Weihgelübde" waren in Kleinrußland noch in verhältnismäßig jüngerer Zeit Sitte und wurden genau eingehalten, besonders wenn die „Weihkinder" selbst nicht dagegen waren. Wenn übrigens ein Widerstand hier und da auch vorfiel, so geschah es doch nicht häufig, wahrscheinlich weil die „Weihkinder" von frühester Jugend an schon so erzogen wurden, daß sich Geist und Charakter in entsprechend geschmeidiger Stimmung entwickelten. Wenn das Kind in einer solchen Richtung ein gewisses Alter erreichte, so übte es nicht nur keinen Widerspruch gegen das elterliche Gelübde aus, sondern strebte selbst danach, das Gelübde einzuhalten, mit jenem ehrfürchtigem Gefühl der Ergebenheit, das nur dem lebendigen Glauben und der Liebe eigen ist. Ssawwa Dukatschow war genau nach solchem Rezept erzogen und zeigte früh Neigung zur Erfüllung der von seiner Mutter, inbetreff seiner, abgegebenen Versprechungen. Schon im ersten Kindesalter, bei einem etwas zarten und schwachen Körper, zeichnete er sich durch Gottesfurcht aus. Er zerstörte niemals Nester, würgte nie junge Katzen, peitschte nie Frösche mit Gerten, aber alle schwachen Geschöpfe fanden in ihm ihren Beschützer. Das Wort der zärtlichen Mutter war für ihn Gesetz — ein ebenso heiliges, wie auch angenehmes — denn es stimmte in allen Dingen überein mit den Bedürfnissen des zärtlichen Herzens des Kindes selbst. Gott zu lieben, war ihm ein Bedürfnis und eine höchste Freude, und er liebte Ihn in allem, was in sich Gott widerspiegelt und Ihn dem verständlich und unschätzbar macht, zu dem Er gekommen und bei dem Er Sein Haus aufgeschlagen. Die ganze Umgebung des Kindes war eine religiöse: seine Mutter war fromm und gottesfürchtig, sein Vater lebte sogar im Kloster und büßte für irgendwas. Das Kind wußte aus vielen halben Anspielungen, daß mit seiner Geburt irgend etwas zusammenhing, was ihre ganze häusliche Lebensweise verändert hatte, — und dies alles erhielt in seinen Augen einen mystischen Charakter. Er wuchs auf in der Hut Gottes und wußte, daß ihn niemand aus Seinen Händen nehmen würde. Mit acht Jahren kam er in die Lehre zum Bruder der Pidnebessnaja, Ochrim Pidnebessnij, der in Paripsy lebte, in einem Winkelgäßchen hinter der Schenke der Schwester, doch hatte er zu diesem Geschäft keinerlei Beziehung, sondern führte ein ungewöhnliches Leben.

Sechzehntes Kapitel

Ochrim Pidnebessnij gehörte dem neuen, sehr interessanten kleinrussischen Typus an, der in den jenseits des Dniepr gelegenen Siedlungen fast schon seit dem ersten Viertel des laufenden Jahrhunderts aufzutauchen und sich zu entwickeln begann. Dieser Typus hat sich gegenwärtig schon völlig bestimmt ausgeprägt und drückt sich deutlich aus in seinem starken Einfluß auf die religiöse Stimmung der örtlichen Bevölkerung. Es ist in Wahrheit erstaunlich, daß unsre Volkskenner und Volksfreunde, die in allen Einzelheiten des Volkslebens herumwühlten, das kleinrussische niedere Volk übersehen oder ihrer Beachtung nicht gewürdigt haben, von dem im religiösen Leben des südrussischen Volkes ein völlig neuer Strom ausgegangen ist. Hier ist nicht der Ort dafür, auch übersteigt es meine Kräfte; ich will Ihnen nur kurz zeigen, daß das gewisse weltliche Einsiedler waren: sie erbauten sich kleine Hüttchen neben ihren Elternhäusern, in irgend einem Winkelgäßchen, lebten reinlich und sauber, sowohl seelisch wie äußerlich. Sie vermieden keinen und wichen keinem aus – sie mühten sich und arbeiteten mit der Familie zusammen und waren sogar ein Muster des Fleißes und der Häuslichkeit, vermieden auch die Unterhaltungen nicht, trugen jedoch in alles ihren ein wenig puritanischen Charakter hinein. Sie ehrten sehr das „Gelehrtentum", und ein jeder unter ihnen war durchaus schriftkundig; diese Schriftkundigkeit diente ihnen aber hauptsächlich zum Studium des göttlichen Wortes, dem sie sich mit feurigem Eifer und mit Ehrfurcht hingaben, sowie auch mit dem Vorurteil, daß es sich in seiner Reinheit nur in dem einen Buch des Neuen Testamentes erhalten hatte, – in den „menschlichen Überlieferungen" jedoch, an welche die Geistlichkeit sich hielt, sei alles verdreht und verdorben. Man sagt, daß solche Gedanken unter dem Einfluß deutscher Kolonisten entstanden seien, aber meiner Ansicht nach ist es gleichgültig, woher der Einfluß kommt, ich weiß nur das eine, daß sich hieraus später die sogenannte Sekte der „Stundisten" gebildet hat.

Der ledige Bruder der Pidnebessnaja, der Kosak Ochrim, gehörte zu den Leuten dieser Art: er hatte von sich aus das Lesen und Schreiben gelernt und hielt es für seine Pflicht, es nun auch den anderen beizubringen. Er unterrichtete so viele als er konnte, und immer umsonst, indem er für seine Mühe jene Bezahlung erwartete, die jedem versprochen ist, der „lehrt und unterweist". Der Unterricht ließ im Sommer gewöhnlich nach, zur Zeit der Feldarbeiten, wurde aber lebhafter im Herbst und ging ungeschwächt den ganzen Winter durch bis zur Frühlingsarbeit. Die Kinder lernten am Tag, Abends jedoch versammelten sich bei Pidnebessnij die Abendgäste — Spinnstubenarbeiterinnen — ebenso wie auch bei anderen Leuten. Nur wurden bei Ochrim keine dummen Lieder gesungen und nicht müßig geschwatzt, und die Mädchen spannen Flachs und Wolle, Ochrim selbst aber stellte auf den Tisch Meth und einen Teller mit Nüssen zur Bewirtung „im Namen Christi" und erbat sich als Gegengabe für die Bewirtung die Erlaubnis, „von Christus zu sprechen". Das junge Volk erlaubte es ihm, und Ochrim erquickte die guten Seelen mit Meth, Nüssen und evangelischen Gesprächen, und sie fanden rasch ein solches Vergnügen daran, daß bald kein einziges Mädchen und kein einziger Bursch mehr andere Abende besuchen wollte. Die Gespräche wurden sogar auch ohne Meth und ohne Nüsse fortgesetzt.

Während der Abende bei Ochrim kamen auch Annäherungen vor, die später zu Ehen führten; hierbei wurde aber auch eine sehr besondere Seltsamkeit bemerkt, die dem Ruf Ochrims einen außergewöhnlichen Nutzen brachte: all die jungen Leute, die sich auf Ochrims Abenden in einander verliebt und sich dann verheiratet hatten, waren alle durch die Bank glücklich in der Ehe. Natürlich kam dies sehr wahrscheinlich daher, daß ihre Annäherung in einer friedlich geistlichen Atmosphäre vor sich gegangen war, und nicht im Aufruhr unbändiger Leidenschaften, wo das Verlangen des Blutes die Wahl bestimmt, und nicht die feinspürige Neigung des Herzens. Kurz, es ging nach der Schrift: „Gott setzete ins Haus die Gleichdenkenden, und nicht die von Bitternis Erfüllten." So brachte alles dem Ruf Pidnebessnijs Nutzen, der bei all seiner Einfachheit und Anspruchslosigkeit in Paripsy eine sehr geachtete Stellung einnahm – die eines gottgefälligen Menschen. Um seinen Urteilsspruch wurde er nur deshalb nicht angegangen, weil er niemanden verurteilte, bei ihm zu lernen aber wünschten alle, die die „Auferstehung erhofften".

Siebzehntes Kapitel

Solcher Leute wie Ochrim Pidnebessnij waren zu jener Zeit in Kleinrußland mehrere aufgetreten, aber sie alle mieden den Lärm und blieben verborgen und unbemerkt, außer für die Bauernwelt.
Ein ganzes Vierteljahrhundert später offenbarten sich diese Leute selbst, indem sie in einem umfassenden und fest zusammengeschlossenen religiösen Bund auftraten und sich „Stundisten" nannten. Ich habe einen ihrer Führer sehr gut gekannt: das war ein freundlicher, guter, reiner Junggesell und Kosak. Wie die Mehrzahl seiner Gefährten hatte er das Lesen und Schreiben selbst erlernt und es alle Buben und Mädchen im Umkreis ganz allein gelehrt. Die Letzteren unterrichtete er während der Abende, oder, nach großrussischem Ausdruck, in den „Spinnstuben", wo sich alle bei ihm zur Arbeit versammelten. Die Mädchen spannen und nähten, er aber erzählte von Christus.
Seine Auslegungen waren die allereinfachsten, ganz fern jeglicher Dogmatik und allen gottesdienstlichen Einrichtungen, sie hatten jedoch fast ohne Ausnahme die sittliche Erziehung des Menschen nach den Ideen Jesu zum Ziel. Der mir bekannte Prediger und Kosak wohnte aber auf der linken Seite des Dniepr, an einem Ort, wo es noch keine Stundisten gab.

Übrigens hatte diese Lehre in der Zeit, auf welche sich meine Erzählung bezieht, auch am rechten Ufer des Dniepr entlang noch keine irgendwie bestimmte Form angenommen.

Achtzehntes Kapitel

Der junge Ssawka Dukatschow wurde um des Lesens und Schreibens willen zu Pidnebessnij in die Lehre gegeben, und dieser, da er einerseits die raschen Fortschritte des Kindes bemerkte, andererseits seine heiße Religiosität, gewann es sehr lieb. Ssawwa vergalt seinem treuherzigen Lehrer Gleiches mit Gleichem. So entstand eine Verbindung zwischen ihnen, die sich als eine in solchem Maße feste und zärtliche herausstellte, daß der Knabe, als der alte Dukatsch seinen Sohn ins Kloster nahm, um ihn dort laut dem mütterlichen Gelübde dem Dienst Gottes zu weihen, sich in unerträglicher Sehnsucht verzehrte, nicht so sehr nach der Mutter, als nach seinem schlichtgesinnten Lehrer. Und diese Sehnsucht wirkte so nachteilig auf den schwachen Organismus des zarten Kindes ein, daß er bald erkrankte, sich hinlegte und sicherlich gestorben sein würde, wenn Pidnebessnij nicht unerwarteter Weise zu Besuch gekommen wäre.

Er begriff die Ursache der Krankheit seines kleinen Freundes und verstand es nach seiner Rückkehr nach Paripsy der Dukatschicha beizubringen, daß ein Gottesopfer kein Kindesmord zu sein brauche. Und darum riet er, das Kind nicht länger im Kloster zu plagen, sondern aus ihm ein „lebendes Opfer" zu machen. Pidnebessnij gab einen Weg an, der der kleinrussischen Kosakenschaft kein völlig fremder und unbekannter war: er gab den Rat, Ssawwa in eine geistliche Schule zu tun, von wo er dann in das Seminar übergehen und ein Dorfgeistlicher werden konnte, und ein jeder Dorfgeistliche vermochte den armen und unwissenden Menschen viel Gutes zu tun und dadurch ein Freund Christi und ein Freund Gottes zu werden.

Die Gründe Ochrims überzeugten die Dukatschicha, und der Knabe Ssawka wurde aus dem Kloster genommen und in die

geistliche Schule gebracht. Dieses billigten alle, die Kerassiwna ausgenommen, in welche sich, wahrscheinlich um ihrer alten Sünden willen, irgend ein finsterer Geist des Widerspruchs eingenistet hatte, der sich in äußerst tollen Extravaganzen äußerte, wenn es sich um ihr Patenkind handelte. Sie schien ihn zu lieben und Mitleid mit ihm zu haben, aber Gott weiß, wie sie die Leute seinethalb in Verwirrung brachte.
Das fing noch in seiner ersten Kindheit an: man trägt etwa Ssawka zur Kommunion, – die Kerassiwna schreit:
„Was tut ihr! nicht nötig; – nicht hinbringen ... das ist ein solches Kind ... kann unmöglich kommunizieren."
Wenn man nicht auf sie hört, wird sie ganz grün und lacht entweder oder bittet das Volk in der Kirche:
„Laßt mich schnell hinaus, damit meine Augen nicht sehen, wie er das Blut Christi empfängt."
Auf die Frage, was sie dabei so in Verwirrung setze, antwortete sie:
„Nichts, schwer ist mir!" – woraus alle schlossen, daß seit dem Beginn ihrer Besserung und dem Aufgeben ihrer Hexereien ein Teufel in ihrer Seele ein geschmücktes Zimmerlein gefunden habe und dorthin zurückgekehrt sei in Gesellschaft mehrerer anderer Kobolde, die das Kind Ssawka nicht liebten.
Und in der Tat, die „Kobolde" wurden wild geschäftig, als Ssawka in das Kloster gebracht wurde: sie hetzten die Kerassiwna so auf, daß diese über drei Werst weit hinter dem Schlitten einherjagte und schrie:
„Verderbt nicht seine Seele, bringt ihn nicht in das Kloster, denn es ist hierbei nicht zuständig."
Aber natürlich hörte man nicht auf sie; jetzt aber, als die Rede davon war, den Knaben in einer Schule unterzubringen, „die man als Pope verläßt", geschah mit der Kerassiwna ein Unglück: sie wurde vom Schlag getroffen und verlor auf lange den Gebrauch der Zunge, den sie wiedergewann, als die Aufnahme des Kindes schon vollzogen war.
Freilich stellte sich bei Ssawkas Aufnahme zunächst noch ein

kleines Hindernis heraus, welches darin bestand, daß sein Name nirgends in den Taufregistern der Peregudinschen Kirche zu finden war; aber dieser für bürgerliche Schulen entsetzliche Umstand wird in geistlichen Schulen ein wenig leichter genommen. In geistlichen Schulen weiß man, daß die Geistlichkeit i h r e Kinder oft in die Taufregister einzutragen vergißt. Nach der Taufe wird hübsch getrunken, — man fürchtet sich zu schreiben, weil die Hände zittern; am nächsten Tag braucht man eine Stärkung nach dem Rausch; am dritten kann man sich auf nichts besinnen, und später vergißt man den Eintrag überhaupt. Solche Vorfälle sind bekannt, und natürlich war das auch hier der Fall, der Aufseher nannte die Geistlichen zwar Trunkenbolde, nahm aber den Knaben auf, so wie er in den Beichtlisten eingetragen war. In die Beichtlisten aber war Ssawwa vortrefflich eingetragen worden: genau und sogar mehr als einmal im Jahr.

So wurde die ganze Sache in Ordnung gebracht, — und der gute Junge Ssawwa lernte vorzüglich, beendigte die Schule, beendigte das Seminar und ward für die Akademie bestimmt, lehnte aber wider aller Erwarten ab und äußerte den Wunsch, ein gewöhnlicher Geistlicher zu werden, und zwar durchaus in einer Dorfgemeinde. Der Vater des jungen Theologen, der alte Dukatsch, war zu dieser Zeit schon gestorben; aber seine alte Mutter lebte noch in eben demselben Dorf Paripsy, wo grade um diese Zeit der Geistliche verschied und eine Stelle frei wurde. Der junge Mensch bekam nunmehr diese Stelle. Die unerwartete Nachricht von dieser Anstellung erfreute die Kosaken von Paripsy sehr, dafür büßte aber die altgewordene Kerassiwna völlig jeglichen Verstand ein.

Als sie vernahm, daß ihr Patenkind Ssawwa ein Pope werden sollte, zerriß sie ohne Scham Hemd und Rock am Leibe, warf sich auf einen Düngerhaufen und heulte:

„Oh, Erde, Erde! nimm uns beide!" — dann aber, als dieser Geist sie wieder freigelassen hatte, stand sie auf, bekreuzigte sich und ging in ihre Hütte. Und nach einer Stunde erblickte man sie, wie sie ganz dunkel gekleidet und mit einem Stöckchen in der Hand die große Landstraße entlang nach der Gouvernementsstadt hinschritt, wo Ssawwa Dukatschows Ordinierung erfolgen sollte.

Einige Leute trafen die Kerassiwna auf diesem Wege und sahen, daß sie große Eile hatte, — sie ruhte weder aus, noch ließ sie sich in Gespräche ein, und sah aus, als ginge sie ihrem Tode entgegen: sie blickte immer nach oben und flüsterte irgend etwas, wahrscheinlich betete sie zu Gott. Gott erhörte aber auch jetzt ihr Gebet nicht. Obgleich sie in demselben Augenblick die Kathedrale betrat, da die Hilfsgeistlichen den Kandidaten auf den Nacken schlugen und ihr „Laßt geschehen" riefen, so hörte doch niemand darauf, daß in der Menge ein Bauernweib zu schreien anhub: „O, es soll nicht geschehen, es soll doch nicht!" Der Kandidat wurde eingekleidet, das Weib aber hinausgestoßen und freigelassen, nachdem es zehn Tage lang bei der Polizei in Gewahrsam gehalten worden war, die ganze Wäsche für den Polizeiaufseher gewaschen und Kohl geschnitten hatte, zwei Fässer voll. Die Kerassiwna interessierte sich nur für eines: „Ist Ssawka schon Pope?" Und als sie erfuhr, daß er Pope war, fiel sie auf die Kniee nieder und kroch so auf den Knieen achtzig Werst weit bis nach Paripsy, wo in diesen Tagen der neue Pope Ssawka schon eingetroffen war.

Neunzehntes Kapitel

Die Kosaken von Paripsy waren wie gesagt sehr froh, daß man ihnen einen frommen Vater aus ihrem Kosakengeschlecht zugeschickt hatte, und empfingen den Popen Ssawwa mit großer Herzlichkeit. Besonders gewann er ihr Wohlwollen dadurch, daß er die alte Mutter sehr ehrfurchtsvoll behandelte und auch gleich bei seiner Ankunft nach seiner Patin fragte, obgleich er es sicher gehört hatte, daß sie außer manchem anderen auch eine Hexe war. Er erwies ihr keinerlei Mißachtung. Allen schien es überhaupt, daß er ein sehr guter Geistlicher zu werden versprach, und ein solcher war er auch in Wirklichkeit. Alle liebten ihn, und sogar die Kerassiwna sagte nichts gegen ihn, runzelte nur hier und da die Stirn, seufzte und flüsterte:

„Alles wäre gut, wenn's nur einen Fisch in diesem Fischsüppchen gäbe."

Doch es war, ihrer Meinung nach, kein Fisch in der Fischsuppe, und ohne Fisch gab's eben keine Fischsuppe. Mochte also der Pope Ssawwa noch so gut sein, er war dennoch nichts wert, und das mußte durchaus offenkundig werden.

In der Tat, es fielen Sonderbarkeiten an ihm auf: erstens war er arm, doch völlig gleichgültig dem Geld gegenüber. Zweitens, als er bald Witwer geworden war, heulte er nicht und nahm sich keine junge Tagelöhnerin; drittens, als einige Frauen zu ihm kamen und ihm sagten, sie hätten ein Gelübde getan, nach Kiew zu gehen, gab er ihnen den Rat, den Bittgang durch Kranken- und Armenhilfe zu ersetzen und vor allem die Familie zu beruhigen durch Fürsorge für ein gutes Leben; was aber das abgelegte Gelübde betraf – er bewies eine unerhörte Vermessenheit – so bot er an, sie vom Gelübde zu entbinden und die Verantwortung auf sich zu nehmen. „Von einem Gelübde entbinden, das man den Heiligen abgelegt hatte..." Das erschien vielen als eine solche Gotteslästerung, die für einen getauften Menschen kaum möglich war. Dabei blieb aber die Sache nicht beruhen – der Pope Ssawwa gab alsbald Veranlassung zu noch größeren Zweifeln: während der ersten großen Fastenzeit, nachdem die ganze Gemeinde bei ihm zur Beichte gewesen war, erwies es sich, daß er keinem einzigen Menschen zu essen verboten, was ihm Gott beschert hatte, und keinem einzigen Bußverbeugungen auferlegt, und wenn auch den einen oder den anderen eine Kirchenbuße traf, so zeigten sich dabei neue Seltsamkeiten. So befahl zum Beispiel der Vater Ssawwa sehr dringlich dem Müller Gawrilka, der bekanntlich seinen Mahlzins mit einer sehr tiefen Schöpfkelle schöpfte, sofort nach der Beichte die Ränder dieser Kelle abzuschneiden, um kein überflüssiges Korn zu nehmen. Sonst wollte er ihm das Abendmahl nicht reichen und führte Belege dafür aus der Schrift an, daß ein ungerechtes Maß Gott erzürne und eine Strafe nach sich ziehen könne. Der Müller gehorchte, und alle hörten auf, ihm die Kränkung nachzutragen, und das Mahlen ging in der Mühle ohne Unterbrechung vonstatten. Er bekannte vor allem Volk, daß Ssawwas Kirchenbuße dieses an ihm bewirkt hatte. Ein junges, sehr hitziges, zum zweiten Mal verheiratetes Weiblein mißhandelte die Kinder aus erster Ehe. Vater Ssawwa mischte sich auch hier ein, und nach dem ersten Vorabendmahlsbesuch bei ihm war die junge Stiefmutter wie umgewandelt und war gut zu den Stieftöchtern und Stiefsöhnen. Sühnopfer nahm er wohl an – aber nicht für Weihrauch und Kerzen, sondern für zwei Waisenkinder ohne Haus und Obdach, Michalka und Potapka, die beim Popen Ssawwa wohnten in einer Erdhütte neben dem Glockenturm.

„Ja", sagt wohl bisweilen der Pope Ssawwa zu einem Weib oder einem Mädchen, „Gott gebe, daß dir dies alles verziehen werde und du künftig nicht sündigest, du aber gib dir Mühe darum und diene Gott."

„Ich wäre ja von Herzen froh, Väterchen, nur weiß ich nicht: was Ihm gefällig wäre ... soll ich etwa nach Kiew gehen?"

„Nein, du brauchst nicht weit zu gehen, – arbeite zu Hause und tue das nicht mehr, was du getan hast, jetzt aber geh und nimm das Maß von den Gotteskindern Michalka und Potapka und nähe jedem ein Paar Höschen, meinetwegen kurze, aber dem Hemd entsprechend. Sie sind groß geworden – schämen sich, den Leuten die bloßen Bäuche zu zeigen."

Die Sünderinnen nahmen gern auch diese Buße auf sich, und Michalka und Potapka lebten unter der Hut des Vater Ssawwa wie in Abrahams Schoß – und zeigten nicht nur die „b l o ß e n B ä u c h e" nicht mehr, sondern wurden sich ihres ganzen Waisentums kaum bewußt.

Und ähnliche Kirchenbußen des Vater Ssawwa waren allen nicht nur sehr erträglich, sondern vielen ganz nach dem Herzen – sogar tröstlich. Nur verübte der Vater Ssawwa zuguterletzt einen solchen Streich, der ihm teuer zu stehen kam. Seine kleine Kirche begannen Leute aus der Umgegend zu besuchen, aus der Gemeinde Peregudy, wo er getauft worden war und wo sich jetzt schon ein anderer Pope befand – nicht derselbe, mit dem in ihrer Jugend die Keressiwna Becher geleert und dem sie aus alter Bekanntschaft den Ssawka Dukatschow zur Taufe

gebracht. Dieses legte den Grund zur Feindseligkeit des Peregudinschen Popen dem Vater Ssawwa gegenüber, und nun ereignete sich ein anderer schädlicher Vorfall: in der Gemeinde Peregudy starb ein reicher Kosak Osseledez und wollte in seinem Testament „einen Haufen Rubel für das große Läuten" bestimmen, das heißt, für den Ankauf einer großen Glocke; plötzlich jedoch, nachdem er vor dem Tode mit dem Vater Ssawwa gesprochen hatte, änderte er schroff seine Absicht und bestimmte nichts für das große Läuten, sondern berief drei ordentliche Männer und erklärte, daß er ihnen diesen Haufen Groschen anvertraue mit der Bestimmung, sie für das „Gotteswerk" zu verwenden, „das der Vater Ssawwa angeben würde".
— Der Kosak Osseledez starb, und der Vater Ssawwa ließ für seinen Haufen Groschen eine helle Hütte mit zum Öffnen eingerichteten Fenstern bauen und versammelte darin die Kinder, um sie Lesen und Schreiben und das Wort Gottes zu lehren.
Die Kosaken dachten, daß dies wohl ein gutes Werk sein mochte, wußten aber nicht, ob es auch ein gottgefälliges Werk war; der Pope von Peregudy setzte ihnen aber auseinander, daß das Werk nicht gottgefällig sei. Er versprach, deswegen Anzeige zu erstatten, und tat es auch. Der Vater Ssawwa wurde zum Bischof berufen, aber in Frieden wieder entlassen, und er fuhr in seiner Arbeit fort: predigte und lehrte, sowohl in der Schule wie zu Hause und auf dem Felde und in seiner kleinen Holzkirche. Es vergingen mehrere Jahre. Der Peregudinsche Pope, im Wetteifer mit Vater Ssawwa, hatte in dieser Zeit eine Kirche aus Stein erbaut, unvergleichlich besser als die von Paripsy, und ein reiches Heiligenbild beschafft, von dem er den Leuten mancherlei Wunder zu erzählen wußte; aber der Vater Ssawwa beneidete ihn auch um seine Wunder nicht und setzte immerzu sein stilles Werk nach seiner Weise fort. Er betete in derselben kleinen Kirche von Holz und las Gottes Wort, und seine kleine Kirche war bisweilen zwar den Leuten zu eng, dafür aber hatte der Pope von Peregudy in seinem steinernen Tempel so viel Platz, daß er fast nur zuzweit mit seinem Glöckner durch die ganze Kirche wanderte und zusah, wie kühn eine Kirchenmaus auf den erhöhten Altarplatz empor-

lief und sich wieder darunter versteckte. Und zuguterletzt ärgerte sich der Peregudinsche Pope sehr darüber; er konnte aber gegen seinen Nachbarn von Paripsy, den Vater Ssawwa, wüten soviel er mochte, ihm jedoch keinerlei Schaden zufügen, weil dem Vater Ssawwa durchaus nicht beizukommen war, auch stand hinter diesem der Erzbischof, und das ging so weit, daß er ihm sogar in jener großen Schuld an der Umwandlung des Kosaken Osseledez Recht gegeben hatte, für dessen Haufen Groschen statt des „Läutens" eine Schule gekauft worden war. Lange duldete das der Pope von Peregudy und begnügte sich nur damit, daß er vom Vater Ssawwa allerlei Widersinnigkeiten erfand, wie etwa, daß er ein Zauberer sei und seine Patin, wie allen bekannt, in ihrer Jugend ein lockeres Leben geführt habe und bis jetzt eine Hexe geblieben sei, denn sie gehe nie zur Beichte und könne nicht sterben, wie es geschrieben steht: „Gott will den Tod des Sünders nicht", sondern er will, daß er sich bessere. Sie aber bessert sich nicht — sie fastet zwar, zur Beichte aber geht sie nicht.

Das war auch in der Tat so: obgleich die alte Kerassiwna, die längst allen ihren Schwachheiten entsagt, ehrbar und gottesfürchtig lebte, so ging sie doch nicht zur Beichte. Nun, so tauchten denn wieder die Gerüchte auf, sie wäre eine Hexe, und vielleicht sei auch der Vater Ssawwa nur gut dank ihrer Beihilfe.

Es entstand solch ein Gerede, und dazu kam noch ein anderer nichtssagender Vorfall: die Kühe hörten auf, Milch zu geben ... wer konnte daran schuld sein, wenn es nicht die Hexe war? und wer ist eine größere Hexe als die alte Kerassiwna, von der alle wußten, daß sie einen Kobold dem ganzen Dorf auf den Hals geschickt, den Ehemann in einen Teufel verwandelt und jetzt alle ihre Altersgenossen im Dorf überlebt hatte, und immer noch am Leben ist und weder beichten noch sterben will.

Man mußte sie sowohl zu dem einen wie zu dem anderen veranlassen, und das nahmen einige gute Leute auf sich, die einander das Wort gegeben hatten: wer zuerst die alte Kerassiwna an einem dunklen Ort antreffen würde, der sollte ihr einen

Schlag versetzen — wie es einem wahren rechtgläubigen Christen geziemt, eine Hexe zu schlagen — nur einen Hieb aus voller Wucht, und ihr dabei sagen:

„Verrecke, sonst kriegst du noch mehr."

Und einer dieser Gottesverehrer, die eine solche Heldentat auf sich genommen, hatte Glück: er traf die alte Kerassiwna in einem menschenleeren Winkel und bewirtete sie mit einem einzigen Hieb so gründlich, daß sie kopfüber niederfiel und stöhnte:

„O, ich sterbe: ruft den Popen — ich will beichten."

Sofort hat es die Hexe gewußt, wofür sie den Schlag bekommen!

Kaum aber hatte man sie nach Hause getragen, und der Vater Ssawwa war erschrocken zu ihr gelaufen, da überlegte sie es sich anders und fing an, es hinauszuschieben:

„Bei dir", sagte sie, „darf ich nicht beichten, deine Beichte hilft mir nicht, ich will einen anderen Popen!"

Der gute Vater Ssawwa schickte sofort sein Wägelchen nach Peregudy zu seinem Tadler, dem dortigen Geistlichen, und hatte nur eine Sorge, daß der sich sträuben und nicht kommen werde; doch seine Sorge war umsonst: der Peregudinsche Pope kam, trat zur Sterbenden ein und blieb lange, lange bei ihr; und dann trat er aus der Hütte auf die Freitreppe hinaus, schob sich das Ciborium hinter den Brustlatz und brach in ein äußerst ungeziemendes Lachen aus. Er lacht und lacht dermaßen, daß er nicht aufhören konnte, und die Leute sehen ihn an und können nicht begreifen, was das zu bedeuten habe.

„Genug doch — laßt doch, Vater: was lacht Ihr denn so, daß wir Angst bekommen", sagen die Leute.

Und er antwortet:

„So geziemt es sich auch, daß ihr Angst bekommt; und daß Alle Angst bekommen — in der ganzen getauften Welt, denn bei euch hat sich ein solches Heidentum eingenistet, wie es seit dem allerersten Tag, seit dem heiligen Fürsten Wladímir nicht erlebt ward."

„O, Gott mit Euch — macht uns doch keinen solchen Schreck: kommt, seid freundlich, geht zum Vater Ssawwa und sprecht mit ihm: ihm wird schon was Gutes einfallen — wie den Christenseelen zu helfen sei."

Doch der Peregudinsche Pope geriet noch mehr ins Lachen hinein und wird auf einmal ganz grün, rollt die Augen und sagt:

„Tölpel seid ihr alle — unwissende und ungelehrte Leute: eine Schule habt ihr euch gebaut, aber sehen tut ihr nichts."

„Darum bitten wir Euch ja: geht zu unserem Vater Ssawwa — dort erwartet er Euch in seiner Hütte: setzt Euch zu ihm und redet mit ihm. Er sieht alles."

„Sieht!" schrie der Peregudinsche Pope „garnichts; nichts sieht er: er hat nicht einmal gewußt, was für einer er selbst in der Welt ist!"

„Das wissen wir alle, daß er unser Vater Priester ist, ein Pope."

„Pope!"

„Aber er ist doch Pope."

„Und ich werde euch zeigen, daß er durchaus kein Pope ist!"

„Wieso kein Pope?"

„Ganz einfach, kein Pope und auch kein Christ."

„Wieso kein Christ! geht doch, was faselt Ihr?"

„Aber nein, ich fasle nicht — er ist kein Christ."

„Was ist er denn sonst?"

„Was er sonst ist?"

„Ja!"

„Der Teufel mag wissen, was er ist!"

Die Leute fuhren zurück und bekreuzten sich, aber der Peregudinsche Pope setzte sich in den Schlitten und sprach:

„Jetzt fahre ich direkt von euch zum Probst und bringe ihm eine solche Botschaft, daß in der ganzen christlichen Welt eine große Schande kundbar wird, und dann werdet ihr sehen, daß euer Pope kein Pope ist und kein Christ, und daß eure Kinderchen keine Christen sind, und wen unter euch er verheiratet, der ist so gut wie nicht verheiratet, und wen er bestattete, der ist gestorben wie ein Hund, ohne Absolution, und quält sich dort in der Glut und wird sich eine Ewigkeit quälen und niemand kann ihn von dort befreien. Ja; und alles was ich sage ist eine große Wahrheit, und mit dieser fahre ich jetzt zum Probst, ihr aber, wenn ihr mir nicht glaubt, geht allesammt zur Kerassiwna, solang sie noch atmet — ich habe ihr befohlen unter Androhung eines schrecklichen Fluches, euch alles zu sagen: wer dieser Mensch ist, den ihr euren Popen Ssawwa nennt. Ja, er hat schon genug Leute verdorben: da sitzt auch eine Elster auf seinem Dach und schreit: ‚Ssawka, wirf den Talar ab!' — Macht nichts; bald sehen wir uns wieder. Junge! geschwind zum Probst, und du, Elsterlein, krächze lauter: ‚Ssawka, wirf den Talar ab!' und ich kehre gleich mit dem Probst hierher zurück."

Mit diesen Worten fuhr der Peregudinsche Pope davon und die Leute, so viele hier zugegen waren, wollten gleich im ganzen Schwarm zum Hüttchen der Kerassiwna gehen, um sie zu befragen: was sie da ihrem Patenkind, dem Vater Ssawwa, nachgesagt hatte; nach etlicher Überlegung aber beschlossen sie es anders einzurichten, sie schickten zwei Kosaken zu ihr hinein und als dritten den Popen Ssawwa selbst.

Zwanzigstes Kapitel

Die Kosaken und der Vater Ssawwa traten ein und trafen die Kerassiwna, wie sie vor den Heiligenbildern lag und bitterbitterlich weinte.

„Verzeih mir", sagt sie, „mein Herzchen, mein liebes und unseliges", sprach sie zu Ssawwa gewendet, „ich trug in meinem Herzen dein geheimes Unglück und meine Schuld dreißig Jahre lang und fürchtete sie im Wachen auszusprechen und im Traum sie zu verraten, jetzt aber, da ich vor den Allerhöchsten treten soll, habe ich alles geoffenbart."

Der Vater Ssawwa mochte vielleicht ein wenig Furcht empfinden, da dieses ganze Geheimnis ihn allzu rauh und nah betraf, doch ließ er sich nichts anmerken und sagte ruhig:
„Was ist denn das für eine große Sache?"
„Eine große Sünde habe ich begangen, und eben an dir."
„An mir?" wiederholte der Vater Ssawwa.

„Ja, an dir: ich habe dir alles im Leben verdorben, denn ob du auch schriftgelehrt und ein Pope geworden bist, so taugst du dennoch nicht zu alledem, weil du selbst bis jetzt ein ungetaufter Mensch bist."

Es ist nicht schwer sich vorzustellen, was der sanfte Vater Ssawwa bei dieser Eröffnung empfinden mußte. Er hielt das anfangs für einen krankhaften Wahn der Sterbenden, lächelte sogar zu ihren Worten und sagte:

„Genug, genug, Patin: wie kann ich denn ungetauft sein, wenn du selbst meine Patin bist?"

Die Kerassiwna jedoch bewies in ihrer Erzählung eine völlige Klarheit des Geistes und Folgerichtigkeit.

„Laß das", sprach sie, „was bin ich dir für eine Patin? niemand hat dich getauft. Und wer an alledem schuld ist — ich weiß es nicht und habe es zeitlebens nicht erfahren können: ist dieses von unseren Sünden gekommen, oder mehr vom Nikola, von der großen moskowitischen Schlauheit. Hier kommt aber der Peregudinische Geistliche mit dem Probst — sitze auch du hier: ich werde allen alles erzählen."

Der Probst war im Beginn nicht einverstanden mit der Anwesenheit des Vater Ssawwa und der Kosaken beim Bekenntnis der Kerassiwna, diese aber bestand darauf, indem sie drohte, daß sie sonst nichts erzählen werde.

Dies ist ihre Beichte.

Einundzwanzigstes Kapitel

„Der Pope Ssawwa", sagte sie, „ist überhaupt kein Pope und kein Ssawwa, sondern ein ungetaufter Mensch, und um diese Sache weiß ich allein in der Welt. Alles fing damit an, daß sein verstorbener Vater, der alte Dukatsch, sehr böse war: niemand liebte und alle fürchteten ihn, und als ihm ein Sohn geboren wurde, wollte niemand Gevatter sein, um sein Kind zu taufen. Der alte Dukatsch lud den jungen Herrn vom Gericht und die Tochter unseres verstorbenen geistlichen Vaters, niemand aber kam. Dann wurde der alte Dukatsch noch böser auf das ganze Volk und den geistlichen Vater selbst — und wollte ihn selbst nicht um die Taufe bitten: ‚Ich komme', sagt er, ‚ganz allein aus, ohne sie einzuladen.' Er rief seinen Neffen Agapka, der als Waise bei ihm wohnte und ein Tölpel war, und ließ ein Paar Pferde anspannen und lud mich zur Gevatterin: ‚Fahrt ihr', sagt er, ‚Kerassiwna und Agap, in das fremde Dorf und tauft mir heute mein Kind.' Und er schenkte mir einen Pelz, aber Gott mit ihm, ich habe ihn nach jenem Fall überhaupt nicht mehr angezogen; da hängt er auch jetzt noch ganz heil nach all diesen dreißig Jahren. Und eines gebot mir Dukatsch, ‚gib acht', sagt er, ‚da Agap ein dummer Mensch ist, der nichts zu machen versteht, so schau zu, richte es gut mit dem Popen ein, damit er dem Jungen, wovor Gott uns behüte, nicht aus irgend einer Bosheit einen unchristlichen, schwierigen oder moskowitischen Namen gebe. Wir haben grade Barbaratag, und das ist sehr gefährlich, denn grade neben Barbara wohnt Nikola, und Nikola ist der Hauptmoskowit und will uns Kosaken nie eine Hilfe leisten, sondern hilft immer ziehen auf der Moskauer Seite. Was da auch immer geschehen möge, auch wenn das Recht auf unsrer Seite ist — er aber geht und schwatzt Gott dieses und jenes vor und dreht alles den Russen zuliebe und wird seinen Moskowitern heraushelfen und sie unterstützen, und die Kosaken kränken. Gott bewahre uns davor, daß wir unseren Kindern seinen Namen geben. Nun wohnt aber hier neben ihm der heilige Ssawka. Dieser ist ein Kosak und will uns sonderlich wohl. Mag er da sein wie er will, wenn auch nicht sehr angesehen — für seine Kosaken aber wird er einstehen.'

Ich sage: ‚Das ist so: nur ist er machtlos, der heilige Ssawka!'

Dukatsch aber sagt: ‚Tut nichts, daß er machtlos ist, dafür ist er aber äußerst durchtrieben: wo es seiner Kraft mißlingt, da wirft er sich auf die Schlauheit und haut seine Kosaken schon irgendwie heraus. Seine Kraft aber können wir selbst ihm stärken: wir stellen ihm Kerzen auf und halten eine Messe ab: Gott wird sehen, daß die Leute auch den heiligen Ssawka hochschätzen, und wird ihm selbst Mut einflößen und dann wird er auch Kraft gewinnen.'

Ich versprach alles, um was Dukatsch mich bat. Und wickelte den Kleinen in den Pelz, hing mir sein Kreuz um den Hals, und wir setzten uns das Fäßchen mit Pflaumenschnaps zu Füßen und fuhren fort. Kaum aber waren wir eine Werst weit gefahren, als der Schneesturm losbrach — man kann einfach nicht fahren, sieht die Hand vor den Augen nicht.
Ich sage zu Agap: ‚Wir können nicht fahren, laß uns umkehren.'
Er aber hatte Angst vor dem Onkel und wollte um keinen Preis zurück.
‚Mit Gottes Hilfe', sagt er, ‚kommen wir hin. Ob ich aber erfriere, oder der Onkel mich totschlägt — ist mir einerlei.'
Und er treibt immer die Pferde an und wie er es sich in den Kopf gesetzt, dabei bleibt er auch.
Unterdessen jedoch wurde es dunkel und man konnte den Weg nicht mehr unterscheiden. Wir fahren und fahren und wissen nicht wohin. Die Pferde drehen sich, gehen im Kreis, hierher, dorthin — und nirgends kommen wir hin. Uns fror schrecklich und um nicht zu erstarren, taten wir einen Zug aus dem Fäßchen, das wir dem Popen von Peregudy bringen sollten. Und ich sah mir das Kind an und dachte bei mir — Gott helfe uns, daß es nicht ersticke. Nein, ganz warm liegt es da und atmet so, daß sogar ein kleiner Dampf von ihm aufsteigt. Ich machte ihm eine Öffnung über dem Gesichtchen — laß es nur atmen, und weiter fahren wir, und fahren und fahren, und sehen daß es wieder nur im Kreise geht, und nirgends ist ein Schimmer in der Dunkelheit, die Pferde aber gehen dorthin, wohin sie wollen. Jetzt führen wir auch gern nach Hause, wie wir's zuerst gedacht, um den Schneesturm abzuwarten, aber auch das geht nicht — man konnte ja schon nicht mehr die Richtung erkennen: wo Paripsy, und wo Peregudy liegt. Ich hieß Agap absteigen und die Pferde am Zügel führen, doch er sagt: ‚Wie klug du bist! mich friert.' Ich verspreche ihm nach der Rückkehr ein Goldstück, er aber sagt:
‚Wozu brauche ich Euer Goldstück, wenn wir beide hier verrecken. Wenn Ihr mir aber etwas Gutes antun wollt, so laßt mich einen kräftigen Zug aus dem Fäßchen tun.' Ich sage:

‚Trink soviel du willst', — und er tat es denn auch. Er trank und ging nach vorn, um die Pferde am Zügel zu nehmen, kommt aber statt dessen sofort zurück: kommt zurück und zittert am ganzen Leib.
‚Was hast du', sage ich, ‚was ist denn nur mit dir?'
Und er antwortet: ‚Ja, schau du einmal', sagt er, ‚wie klug du bist: kann ich denn wider Nikola angehen?'
‚Was redest du Dummer: was brauchst du wider Nikola anzugehen?'
‚Wer kann denn wissen', sagt er, ‚warum er da vorne steht?'
‚Wo? wer steht?'
‚Aber da vorn', sagt er, ‚vor dem Gespann, bei den Pferden!'
‚Pfui doch, du Tölpel', sage ich, ‚du bist betrunken!'
‚Oho, schon recht', erwidert er, ‚was heißt betrunken? dein Mann war aber nicht betrunken und hat den Kobold gesehen, und ich sehe ihn auch.'
‚Nun gut', sag ich, ‚da fällt dir noch ein, was mein Mann gesehen haben soll — ich weiß besser als du was er gesehen hat, du aber sprich: was zeigt sich dir da?'
‚Da steht ja doch etwas so ganz sonderlich Großes mit einer russischen goldnen Mütze, aus der die Funken fliegen.'
‚Die fliegen dir selbst', sag ich, ‚aus den Augen im Rausch.'
‚Nein', streitet er, ‚es ist Nikola in der Moskauer Mütze. Er läßt uns nicht weiterfahren.'
Ich dachte mir, das sei vielleicht nicht wahr, vielleicht aber doch wahr, weil wir den Jungen nicht Nikola, sondern Ssawka nennen wollten, und sage: ‚So sei es denn nach seinem Willen: sollen wir nicht, so wollen wir nicht — wir geben ihm jetzt nach und tun morgen nach unserem Gutdünken. Laß die Pferde gehn wohin sie mögen — sie werden uns nach Hause bringen; du aber trinke dafür jetzt meinetwegen das ganze Fäßchen aus.'
So wiegelte ich Agap auf.
‚Trink du nur ordentlich', sag ich, ‚und dann beiß die Zunge fest; und ich werde so etwas zusammenlügen, daß es niemand

in den Sinn kommen soll, daß wir lügen. Wir sagen, wir haben das Kind getauft, wie Dukatsch es wollte, und ihm den guten Kosakennamen Ssawka gegeben — jetzt hänge ich ihm auch das Kreuzlein um den Hals; und am Sonntag sagen wir: der fromme Vater hat uns befohlen, ihm das Kind zur Kommunion zu bringen, und wenn wir's hinbringen, machen wir Taufe und Kommunion zugleich ab, — und dann kommt alles in geziemende christliche Ordnung.'

Und ich schaue wieder nach dem Kind — so lebendig liegt es da, schläft, ganz warm ist es, sogar eine Schneeflocke schmilzt auf seinem Stirnchen, und ich machte ihm mit diesem Schmelzwasser ein Kreuz über das Gesichtchen und sprach: im Namen des Vaters, des Sohnes, und hing ihm das Kreuzlein um, und wir fuhren hin nach Gottes Willen, wohin die Pferde uns bringen würden.

Die Pferde gingen und gingen — sie gehen bald, bald bleiben sie stehen, und gehen wieder, und das Wetter wird immer ärger und ärger und der Frost immer böser. Agap war völlig betrunken, murmelte anfangs vor sich hin und gab dann nicht mehr Antwort — ist in den Schlitten gefallen und schnarcht. Ich aber wurde starrer und starrer und kam nicht eher zu mir, als bis man mich im Hause des Dukatsch mit Schnee abzureiben begann. Hier erwachte ich und entsann mich dessen, was ich hatte sagen wollen, und sagte es auch, daß das Kind getauft sei und daß es den Namen Ssawwa empfangen habe. Man glaubte mir und ich war ruhig, denn ich hoffte dies alles, wie gesagt, schon am ersten Sonntag in Ordnung zu bringen. Ich wußte aber nicht, daß Agap erschossen worden und bald gestorben war und daß der alte Dukatsch ins Gefängnis kommen sollte; und als ich's erfuhr, wollte ich alles wenigstens der alten Dukatschicha gestehen, konnte mich aber nicht entschließen, weil damals in der Familie eine große Trauer war. Ich dachte, ich will das alles später erzählen, aber auch später war es schwer das zu eröffnen, und so verschob ich es denn von Tag zu Tag. Und die Zeit ging und ging und der Junge wuchs immer; und immer nannte man ihn Ssawka und tat ihn in die Lehre, — und ich entschloß mich immer nicht, das Geheimnis kundzutun, und quälte mich immer, und wollte immer alles eröffnen, daß er nicht getauft worden war, und wie ich dann auf einmal hörte, daß er sogar Pope werden sollte, lief ich in die Stadt, um es zu sagen, aber man ließ mich nicht vor und er wurde ordiniert und es war jetzt vergebens, noch zu reden. Dafür habe ich seitdem keine Minute Ruhe gekannt und quäle mich, daß durch meine Schuld die ganze Christenheit in meiner Heimat dank dem ungetauften Popen zum Gelächter wird. Später, je älter ich wurde, und sah, wie die Leute ihn immer mehr liebten, um so mehr quälte ich mich und fürchtete mich, daß die Erde mich nicht aufnehmen würde. Und nur jetzt, in meiner Todesstunde, war ich gezwungen es zu sagen. Möge mir die ganze Christenheit verzeihen, deren Seelen ich durch den ungetauften Popen verdorben, mich aber dürft ihr lebendig in die Erde scharren und ich nehme diese Strafe mit Freuden auf mich."

Der Probst und der Peregudinsche Pope hörten dies alles an, schrieben alles nieder und setzten ihre Unterschrift darunter, lasen es dem Vater Ssawwa vor, gingen dann in die Kirche, versiegelten dort alles und fuhren dann in die Gouvernementsstadt zum Bischof und nahmen den Vater Ssawwa selbst mit.

Das Volk aber fing jetzt zu lärmen an und redete hin und her: was ist denn das, mit unserem frommen Vater, und woher, und aus welchem Grunde? und kann das so sein, wie es die Kerassiwna erzählt? und braucht man einer Hexe zu glauben?

Und sie trugen eine solche Kombination zusammen, daß dies alles vom Nikola herrühre und daß man jetzt so viel als möglich den heiligen Ssawka vor Gott „stärken" und selbst zum Bischof gehen müsse. Sie brachen die Kirche auf, zündeten vor den zwölf Heiligenbildern alle Kerzen an, so viele nur im Kasten zu finden waren, und schickten dem Probst sechs gute Kosaken nach, die den Bischof bitten sollten, es möchte ihm nur nicht in den Sinn kommen, an den Vater Ssawwa zu rühren, „sonst wollen wir ohne diesen frommen Vater keinen anderen gehorchen und nehmen einen anderen Glauben an, wenn nicht den katholischen, dann den türkischen, aber ohne Ssawwa wollen wir nicht bleiben".

Hier hatte nun der Bischof einen Knoten aufzulösen, schwieriger als jener andere, daß „der Diakonus den Trepack getreten ... doch der Trepack klagt nicht; warum denn schreibt der Probst Bericht?"

Die Kerassiwna starb, nachdem sie im Anfall der Reue allen bestätigt hatte, was wir wissen, und die Abgesandten der Kosaken gingen zum Bischof und dachten die ganze Nacht darüber nach, was sie tun würden, wenn der Bischof nicht auf sie hört und ihnen den Vater Ssawwa fortnimmt.
Und noch fester beschlossen sie: sie kehren dann in das Dorf zurück, trinken in allen Schenken den ganzen Schnaps auf einmal aus, damit sonst niemand ihn bekomme, und dann nimmt ein jeder unter ihnen drei Weiber, und die Reicheren vier, und werden richtige Türken, aber sie wollen keinen anderen Popen, solang ihr guter Ssawwa lebt. Und wie konnte man zugeben, daß er nicht getauft sein sollte, da er doch in der ganzen Christenheit so viele Leute getauft, kommuniziert, getraut und bestattet hatte? sollten denn wirklich alle diese Leute jetzt in der „Lage der Heiden" sein? nur in einem Punkt waren die Kosaken bereit, dem Bischof nachzugeben — wenn der Vater Ssawwa nicht Pope bleiben dürfe, so möge ihn der Bischof heimlich bei sich irgendwo taufen, ihn aber dennoch bei ihnen lassen ... denn sonst „begeben sie sich in den türkischen Glauben".

Zweiundzwanzigstes Kapitel

Es war wieder im Winter und wieder gegen Abend und grade wieder um jenen Tag des Nikolaus oder Ssawwa herum, an dem die Kerassiwna vor fünfunddreißig Jahren aus Paripsy nach Peregudy gefahren war, um den kleinen Sohn des Dukatsch taufen zu lassen.
Die Gouvernementsstadt, wo der Bischof wohnte, war vierzig Werst von Paripsy entfernt. Der zur Befreiung des Vater Ssawwa ausgezogene Trupp rechnete, daß er bis zur Herberge

des Juden Jossel fünfzehn Werst zurücklegen, sich dort ein wenig stärken und wärmen und dann rechtzeitig am Morgen zum Bischof gelangen werde.
Es kam ein wenig anders. Die Umstände, welche die Laune haben, sich zu wiederholen, spielten den Kosaken denselben Streich, den sie vor fünfunddreißig Jahren Agap und der Kerassiwna gespielt hatten: es erhob sich ein schrecklicher Schneesturm und die ganze Schar der Kosaken begann in der Steppe umherzuirren, sie verloren den Weg und wußten nachher nicht, wo sie sich befanden, und sehen auf einmal, vielleicht eine Stunde vor der Morgendämmerung, einen Menschen vor sich stehen, und nicht an einem gewöhnlichen Ort, sondern auf dem Eise, neben einem Eisloch – und der sagt lustig:
„Guten Morgen, Burschen!"
Jene begrüßten ihn.
„Was bringt euch", sagt er, „zu solcher Zeit daher? seht doch, ihr seid beinahe ins Wasser hineingeraten."
„Wir haben", sprechen sie, „einen großen Kummer, wir eilen zum Bischof: wir wollen ihn sehen, bevor unsre Feinde hinkommen, damit er es nach unserem Willen macht."
„Und was hat er zu tun?"
„Er soll uns den ungetauften Popen lassen, sonst sind wir so unglücklich, daß wir Türken werden wollen."
„Wie wollt ihr Türken werden! die Türken dürfen keinen Schnaps trinken."
„Den trinken wir vorher allen auf einmal aus."
„Seht einmal, wie schlau ihr seid."
„Ja was soll man denn tun, bei solch einer Kränkung – wenn man uns den guten Popen fortnimmt."
Der Fremde sagt: „Nun, erzählt mir das alles einmal mit Vernunft."
Und jene erzählten es. Und so ohne Weiteres, vor dem Eisloch stehend, erzählten sie alles der Reihe nach und fügten wieder hinzu, daß wenn der Bischof ihnen nicht den Ssawwa läßt, sie „den ganzen Glauben aufgeben".
Jetzt nun sagt ihnen dieser Fremde: „Nun, Burschen, habt keine Angst, ich hoffe, der Bischof wird es gut entscheiden."

„Das denken wir ja auch", sagen sie, „daß man in so hohem Rang gut entscheiden muß, und Gott kennt seinen Rang in der Kirche .."

„Er wird, er wird es entscheiden, und entscheidet er nicht, so will ich helfen."

„Du? ..., ja, wer bist du denn?"

„Sag: wie nennt man dich?"

„Ich", sagt er, „heiße Ssawwa."

Die Kosaken stießen einander in die Rippen.

„Merkt ihr, das ist Ssawwa selbst."

Und jener Ssawwa sagt ihnen dann: „Seht, ihr seid hingekommen, wo ihr hingehört — dort auf dem Hügel ist das Kloster, da wohnt auch der Bischof."

Sie blicken hin, und richtig: es war heller geworden und vor ihnen auf dem Hügel hinter dem Fluß liegt das Kloster.

Die Kosaken wunderten sich sehr darüber, daß sie bei so rauhem Wetter ohne auszuruhen vierzig Werst zurückgelegt hatten, sie erstiegen den Hügel, setzten sich vor dem Kloster nieder, holten aus ihren Ranzen hervor, was diese Eßbares enthielten, und begannen sich zu stärken — und nun warten sie, daß zur Morgenmesse geläutet und das Tor geöffnet werde.

Als dieses geschehen war, traten sie ein, gingen zur Messe und erschienen nachher auf der bischöflichen Freitreppe und baten um Audienz.

Obwohl unsere Oberhirten keine große Freude haben am Gespräch mit dem niederen Volk, so wurden diese Kosaken doch sogleich in die Gemächer hineingelassen und in das Empfangszimmer geführt, wo sie lange — lange warteten, bis der Peregudinsche Pope hinzukam, und der Probst, und der Pope Ssawwa, und viele andere Leute.

Der Bischof erschien und unterhielt sich mit allen, dem Probst und den Kosaken sagte er jedoch kein Wort, bevor er nicht die übrigen alle aus dem Saal entlassen hatte, und dann wendet er sich direkt zu den Kosaken:

„Wie nun, Burschen, ihr seid gekränkt? ihr wünscht euch sehr euren ungetauften Popen?"

Und jene antworten:

„Seid gut und gnädig, Euer Hochehrwürden: wie sollte das keine Kränkung sein... das war solch ein Pope, solch ein Pope, man findet keinen solchen in der ganzen Christenheit..."

Der Bischof lächelte.

„Richtig", sagt er, „man findet keinen solchen", und nun wendet er sich zum Probst und sagt:

„Geh einmal in die Sakristei: nimm, dort hat dir Ssawwa ein Buch hingelegt, bring es her und lies, wo es aufgeschlagen ist."

Und er selbst setzte sich.

Der Probst brachte das Buch und begann zu lesen: „Ich will euch nicht in Unkenntnis lassen, Brüder, daß unsere Väter alle unter der Wolke gewesen waren und alle das Meer durchschritten haben und sich alle in Mose getauft in der Wolke und im Meere. Und sie aßen die geistliche Speise allesamt und tranken den geistlichen Wein allesamt, so von dem geistlichen künftigen Felsen kommet: der Fels aber ist Christus."

An dieser Stelle unterbrach ihn der Bischof und sagt: „Verstehst du was du liesest?"

Der Probst erwidert: „Ich verstehe."

„Und hast du dieses jetzt erst verstanden?"

Der Probst aber weiß nicht, was er antworten soll, und sagt so auf gut Glück: „Diese Worte habe ich auch früher gelesen."

„Und wenn du sie gelesen, warum hast du dann eine solche Unruhe zugelassen und diese guten Leute in Verwirrung gesetzt, denen er ein guter Hirte gewesen ist?"

Der Probst entgegnet: „Nach den Regeln der heiligen Väter..."

Doch der Bischof unterbrach ihn:

„Wart", sagt er, „wart: geh wieder zu Ssawwa: er wird dir die Regel weisen."

Der ging und kehrte mit einem neuen Buch zurück.

„Lies", sagt der Bischof.

„Wir lesen", begann der Probst, „beim heiligen Theologen

Gregorius steht geschrieben von Basilius dem Großen, daß er ‚den Christen ein Priester gewesen vor der Weihe‘."
„Was bedeutet dies?" sagt der Bischof.
Und der Probst antwortet: „Ich tat das nur aus dienstlicher Pflicht, dieweil er sich in einem solchen Rang als ein Ungetaufter erwiesen ..."
Jetzt aber stampft der Bischof mit dem Fuß:
„Schon wieder", sagt er, „auch jetzt noch wiederholst du das gleiche! so meinst du also, man könne durch eine Wolke hindurchgehen und sich in Mose taufen lassen, aber in Christo nicht? man sagte dir doch, sie haben die Taufe begehrt und haben die feuchte Wolke durchschritten in der Furcht des Todes und mit dem Schmelzwasser jener Wolke ein Kreuz auf das Antlitz des Kindes gezeichnet im Namen der heiligen Dreieinigkeit. Was brauchst du noch mehr? ein unsinniger Mensch bist du und taugst nicht zum Werk: ich setze an deine Stelle den Popen Ssawwa; ihr aber, Burschen, laßt euren Zweifel fahren: euer Pope Ssawwa, der euch gut dünkt, dünkt auch mir gut und ist Gott gefällig, so geht denn heim ohne Zweifel."
Jene fallen ihm zu Füßen.
„Seid ihr zufrieden?"
„Mächtig zufrieden", antworten die Burschen.
„Jetzt wollt ihr nicht mehr,Türken werden?"
„Pfui, wir wollen's nicht, Vater, wir wollen's nicht."
„Und trinkt nicht den ganzen Schnaps auf einmal aus?"
„Nicht auf einmal, trinken ihn nicht, fort damit, bei Gott!"
„Geht denn mit Gott und lebt christlich."
Und jene bereiteten sich schon zum Fortgehen, da winkt einer sich zur Beruhigung dem Bischof mit dem Finger und sagt:
„Seid so gütig, Euer Gnaden, und geht mit mir ein wenig in die Ecke."
Der Bischof lächelt und sagt: „Nun gut, gehen wir in die Ecke."
Hier fragt ihn der Kosak: „Mit Verlaub, Euer Gnaden, wie habt Ihr das alles erfahren, noch bevor wir es Euch gesagt?"
„Was geht das dich an?" spricht er.

„Das geht uns darum an: hat Euch nicht etwa Ssawwa selbst alles geoffenbart?"
Der Bischof, dem sein Zellendiener Ssawwa alles erzählt hatte, sieht den Kosaken an und sagt:
„Du hast es erraten — mir hat Ssawwa alles gesagt."
Und mit diesen Worten verließ er den Saal.
Nun begriffen die Burschen alles so wie sie es wünschten. Und seit jener Zeit lebt die Kunde, wie der unvermögende Ssawwa heimlich und säuberlich die Sache so gewendet, daß der Moskauer Nikola mit all seiner Kraft nichts ausrichten konnte.
„Solch ein Durchtriebener", sagen sie, „ist unser Ssawka, hat sich so gestärkt, so viel ausgeklügelt, daß er alle in Verwirrung gebracht: bald weist er auf die Schrift hin, bald steckt er einem die heiligen Väter unter die Nase, so daß man überhaupt nichts begreifen kann. Gott der Heilige weiß: ob er wirklich dem Popen Ssawwa hinter dem Latz der Kerassiwna das Kreuz gegeben, oder nur einen so geschickten Wirrwarr gemacht, den auch der Bischof nicht entwirren konnte. Alles aber ist gut ausgegangen. Er sei bedankt dafür."

Der Vater Ssawwa, sagt man, lebt auch heute noch und rings um sein Dorf herum gibt es Stundisten, seine kleine Kirche ist aber immer noch gedrängt voll ... und wenn man auch nicht weiß, ob dort auch jetzt der heilige Ssawka wie früher „verstärkt" wird, so wird doch beteuert, daß dort ebenso wie früher in der ganzen Gemeinde keinerlei Michalkas und Potapkas die „bloßen Bäuche" zeigen.

Anmerkungen

Iwán Sergejewitsch Turgenjew, geboren in Orel am 9. November 1818, gestorben in Bougival bei Paris am 3. September 1883. Die Brieferzählung „Faust" entstand 1855, „Klara Militsch" in Bougival, Oktober 1882. Henry von Heiseler hat die beiden Erzählungen Anfang 1924 für den Buchenau & Reichert Verlag, München, übersetzt, wo sie im Sommer des gleichen Jahres in einem Band „Turgenjews Okkulte Erzählungen" herauskamen.

Fjodor Michailowitsch Dostojewski, geboren in Moskau am 11. November 1821, gestorben in Petersburg am 9. Februar 1881. Die „Hausfrau" ist 1847 geschrieben. H. v. H.s Übersetzung ist aus dem Jahr 1923 und erschien 1924 in „Dostojewski's Liebeserzählungen" bei Buchenau & Reichert, München.

Nikolai Semjonowitsch Ljessków, geboren in Orel am 16. Februar 1831, gestorben in Petersburg am 5. März 1895. Die Entstehung des „Ungetauften Popen" fällt in das Jahr 1877. Henry von Heiseler hat von März bis Juni 1924 vier Erzählungen Ljessków's: „Das Schreckgespenst", „Das Tier", „Das Tal der Tränen" und „Der ungetaufte Pope" übersetzt. Die ersten drei erschienen unter dem Titel „Geschichten vom Lande" innerhalb der Ljessków-Ausgabe des C. H. Beckschen Verlages, München 1925. Die Übersetzung des „Popen" wurde erst nach dem Tode H. v. H.s in der Münchner Monatsschrift „Kunstwart" im Mai und Juni 1930 gedruckt. Als ein „glänzendes Probestück, um Ljessków kennen zu lernen", bezeichnet Josef Hofmiller die Erzählung in seinem ebendaselbst erschienenen Essay über Ljessków: „Es wird eine Zeit kommen, sie ist sogar ganz nahe, wo man nicht ein einziges Stück von Shaw mehr spielt, nicht einen einzigen Roman von Galsworthy mehr liest. Ljessków wird man wieder lesen, man wird ihn stets mehr lesen, man wird ihn immer lesen." B. v. H.

INHALT

Turgenjew: Faust 5

Turgenjew: Klara Militsch 57

Dostojewski: Die Hausfrau 125

Ljessków: Der ungetaufte Pope 219

Anmerkungen 285